rororo

Ich starre Oliver an. Wie kann mein Bruder wissen, welcher Krieg in mir tobt, wenn ich an meine Zukunft denke? Ich will einmal mehr leisten, als einen Ehemann zufrieden zu machen, indem ich ihm den Haushalt führe und seine Kinder großziehe. Doch dieses Verlangen steht im Widerspruch zu der Einsicht, dass eine Heirat, realistisch betrachtet, für mich wohl der einzige Weg in die Unabhängigkeit ist. Einerseits kann ich schlichte Befriedigung darüber empfinden, eine Arbeit gut gemacht zu haben, aber andererseits sträubt sich alles in mir dagegen, dass die sauber gefegte Haustürschwelle mein Horizont sein soll. Wurde ich in die falsche Generation hineingeboren? Oder womöglich gerade in die richtige? Welchen Platz kann es für mich in dieser neuen Welt geben, die gerade um mich herum entsteht?

ro
ro
ro

Miranda Malins ist Autorin, Historikerin und Wirtschaftsjuristin. Sie promovierte an der University of Cambridge und ist seitdem als Rednerin bei Konferenzen sowie als Journalistin und Rezensentin tätig. Ihr Spezialgebiet ist die Geschichte Oliver Cromwells und seiner Familie sowie die Politik des Interregnums nach der Hinrichtung Karls I. Die Autorin lebt mit ihrem Mann, ihren zwei Kindern und der Katze Keats in Hampshire. «Die Tochter des Königsmörders» war ihr Debüt.

Anja Schünemann studierte Literaturwissenschaft und Anglistik in Wuppertal. Seit 2000 arbeitet sie als freiberufliche Übersetzerin der verschiedensten Genres und hat seitdem große Romanprojekte und Serien von namhaften Autorinnen und Autoren wie Philippa Gregory, David Gilman sowie Robert Fabbri aus dem Englischen ins Deutsche übertragen. Historische Romane sind eines ihrer Spezialgebiete: Von der Antike bis zum Mittelalter, in die frühe Neuzeit sowie bis ins 20. Jahrhundert verfügt sie über einen reichen Wissensschatz, der ihre Übersetzungen zu einem gelungenen Leseerlebnis macht.

MIRANDA MALINS

Die Tochter der Rebellion

Historischer Roman

Aus dem Englischen
von Anja Schünemann

ROWOHLT TASCHENBUCH VERLAG

Die Originalausgabe erschien 2022 unter dem Titel
«The Rebel Daughter»
bei Orion Books / The Orion Publishing Group Ltd /
Hachette UK Company, London.

Deutsche Erstausgabe
Veröffentlicht im Rowohlt Taschenbuch Verlag,
Hamburg, Februar 2023

Redaktion Kathrin Jurgenowski
Covergestaltung Hauptmann & Kompanie Werbeagentur, Zürich,
nach dem Original von The Orion Publishing Group Ltd
Satz aus der Apollo MT Std
bei Pinkuin Satz und Datentechnik, Berlin
Druck und Bindung GGP Media GmbH, Pößneck
ISBN 978-3-499-00562-6

Die Rowohlt Verlage haben sich zu einer nachhaltigen Buchproduktion verpflichtet. Gemeinsam mit unseren Partnern und Lieferanten setzen wir uns für eine klimaneutrale Buchproduktion ein, die den Erwerb von Klimazertifikaten zur Kompensation des CO_2-Ausstoßes einschließt.
www.klimaneutralerverlag.de

FSC www.fsc.org
MIX
Papier | Fördert gute Waldnutzung
FSC® C014496

Für Mommy

Robert Cromwell (†1617)
⚭ ELIZABETH STEWARD (*1565)

Joan

ELIZABETH
«Liz»
(*1593)

CATHERINE
⚭
Roger
Whetstone

LAVINIA

OLIVER
CROMWELL (*1599)
⚭
ELIZABETH
BOURCHIER (*1598)

ROBERT
«Robin»
(1621–39)

OLIVER
«Olly»
(*1623)

BRIDGET
«Biddy»
(*1624)

RICHARD
«Dick»
(*1626)

DIE FAMILIE CROMWELL IM JAHRE 1643

Margaret
(*1601)
⚭
VALENTINE
WALTON

Anna
(*1603)
⚭
John
Sewster

JANE
(*1606)
⚭
JOHN
DESBOROUGH

Robina
⚭
Peter
French

VALENTINE
«Val»

HENRY
«Harry»
(*1628)

ELIZABETH
«Betty»
(*1629)

James
(*† 1632)

MARY
«Mall»
(*1637)

FRANCES
«Fanny»
(*1638)

PERSONEN

DIE FAMILIE CROMWELL

Oliver Cromwell, Parlamentsabgeordneter für Cambridge und Colonel in der Eastern Association Army
Elizabeth Cromwell (geborene Bourchier), seine Frau
Robert Cromwell (Robin), ihr ältester Sohn
Oliver Cromwell (Olly), der zweite Sohn der Cromwells
Bridget Cromwell (Biddy), die älteste Tochter der Cromwells
Richard Cromwell (Dick), der dritte Sohn der Cromwells
Henry Cromwell (Harry), der jüngste Sohn der Cromwells
Elizabeth Cromwell (Betty), die zweite Tochter der Cromwells
Mary Cromwell (Mall), die dritte Tochter der Cromwells
Frances Cromwell (Fanny), die jüngste Tochter der Cromwells

WEITERE VERWANDTE DER FAMILIE CROMWELL

Elizabeth Cromwell (geborene Steward), Olivers verwitwete Mutter, lebt bei der Familie

Liz Cromwell, Olivers unverheiratete Schwester, lebt ebenfalls bei der Familie

Jane Desborough, Olivers Schwester

John Desborough, ihr Mann, Colonel in der Eastern Association Army

Valentine Walton, Olivers Schwager, Colonel in der Eastern Association Army

Valentine Walton (Val), sein Sohn

Catherine Whetstone, Olivers Schwester, lebt später bei der Familie

Lavinia Whetstone, ihre Tochter, lebt später bei der Familie

Edward Whalley, Olivers Cousin, Major in der Eastern Association Army

IN CAMBRIDGESHIRE

Reverend Hitch, Kantor und Vorsänger der Kathedrale von Ely

Sir John Claypole aus Northborough

Mary Claypole, seine Frau

John Claypole, ihr Sohn

Martha, Magd der Familie Cromwell

Matthew, Knecht der Familie Cromwell

BEI DER ARMEE

Earl of Essex, Oberkommandeur der Parlamentstruppen

Earl of Manchester, Kommandeur der Eastern Association Army

Henry Ireton, Major in Colonel Thornhaughs Reiterregiment

Francis Thornhaugh, Colonel

Charles Fleetwood, Captain in der Leibgarde des Earl of Essex

Sir Thomas «Black Tom» Fairfax, stellvertretender Kommandeur der Northern Association Army, später Oberkommandeur der New Model Army

Lady Anne Fairfax, seine Frau

John Lambert, Colonel in der Northern Association Army

Frances Lambert, seine Frau

Thomas Harrison, Major in der Eastern Association Army

Catherine Harrison, seine Frau

Thomas Rainsborough, Colonel in der Eastern Association Army

Edward Sexby, Kavallerist in der Eastern Association Army und Agitator

Hugh Peter, Geistlicher in der New Model Army

Edmund Ludlow, Lieutenant-General, Mitglied des Parlaments und später des Staatsrats

IM PARLAMENT

John Pym, Parlamentsmitglied, führende Stimme gegen den König in der Vorphase des Krieges

William Lenthall, Speaker des House of Commons

Sir Henry Vane, Parlamentsmitglied, führender Vertreter der Fraktion der Independents

Denzil Holles, Parlamentsmitglied, führender Vertreter der Fraktion der Presbyterianer

IN LONDON

John Lilburne, Verfasser von Flugschriften, ehemaliger Offizier bei den Parlamentstruppen und ein führender Leveller

Elizabeth Lilburne, seine Frau, ebenfalls bei den Levellers aktiv

Frances Fleetwood, Charles Fleetwoods Frau

Margery, Amme

Jean, Olivers Diener

ROYALISTEN

König Charles I.

Charles, Prince of Wales

James, Duke of York

Prinz Ruprecht von der Pfalz, Neffe des Königs und dessen Reitergeneral

Sir John Ashburnham, Höfling

Sir Charles Lucas, Lieutenant-General in der Armee des Königs

Sir George Lisle, Colonel in der Armee des Königs

Lady Whorwood, Eigentümerin von Holton Park

Jane Whorwood, ihre Schwiegertochter

PROLOG

Januar 1636, in den Fens

Ich bin stets die Erste im Haus, die erwacht. Vor Mutter und Vater, vor meinen Brüdern und Schwestern. Vor Großmutter, die nicht länger als drei Stunden am Stück schläft und niemals nach fünf Uhr früh.

Ich komme sogar dem Hahn in der Scheune zuvor.

Sie steht vor Tage auf und gibt Speise ihrem Hause, und dem Gesinde, was ihm zukommt.

Ich mag diesen Vers aus den Sprüchen Salomos. Was mich anspricht, ist nicht allein die Wärme, nicht die Vorstellung, Licht in die Dunkelheit zu bringen oder für geliebte Menschen zu sorgen. Es ist das Wort *Sie*. Sie steht auf. Sie handelt. Sie begegnet dem neuen Tag als Erste und auf ihre Weise, gestärkt durch ein paar kostbare Minuten der Stille. Sie facht das Feuer an und deckt den Tisch, ja. Aber sie leistet mehr als das: Sie gibt dem Tag seine Form, für sich selbst und für alle um sie herum.

Und was kommt dann? Sie tut noch mehr. *Sie trachtet nach einem Acker und kauft ihn und pflanzt einen Weinberg vom Ertrag ihrer Hände. Sie gürtet ihre Lenden mit Kraft und regt ihre Arme.* Darin stecken viele Verben. Frauen bekommen sonst nicht viele Verben. Dieses eine Mal spricht der Herr zu uns nicht von Königen oder Propheten, von einem reichen Mann in einem Palast oder einem armen Mann an seinem Tor. Er spricht von einer gewöhnlichen Frau. Einer Frau, für die *Kraft und Würde ihr Gewand* sind. Einer Frau, die *ihren Mund auftut mit Weisheit, und auf ihrer Zunge ist gütige Weisung*. Einer Frau, die *viel edler als die köstlichsten Perlen* ist.

Und so erwache ich jeden Morgen als Erste und nehme den Tag in Besitz.

Dennoch gibt es Dinge, die ich nicht vermag. Ich kann kein Geld auftreiben für eine Magd, die Mutter zur Hand geht. Ich kann keinen Speck herbeischaffen, wenn unser Vorrat an Salzfleisch zur Neige geht, noch kann ich dem Frost Einhalt gebieten, wenn er wie mit unzähligen Fingern durch die Fensterritzen kriecht. Ich lege getrockneten Lavendel auf den Küchentisch und mische Honig und Kräuter für den Haferbrei, der zum Anwärmen über dem Feuer steht. Doch das ist alles, was ich tun kann.

Es war ein harter Winter für uns. Mutter und Vater wollen ihre Bedrängnis ungern eingestehen, aber wir Kinder haben all die kleinen Sparmaßnahmen wohl bemerkt, die sich in unser Leben geschlichen haben. Wie erstmals die heruntergebrannten Bienenwachskerzen durch stinkende Talglichte ersetzt wurden. Wie Mutter anfing, für unsere Nachbarn Wäsche zu stopfen. Wie Vater sein Jagdpferd verkaufen musste; dabei war ihm dieses Pferd fast so lieb wie seine Kinder. Aber was nutzt einem Landmann – auch wenn er ein Edelmann ist – ein Vollblut, das nicht zur Feldarbeit taugt?

Und das schlechte Wetter hat ein Übriges getan. Die Kälte ist Vater auf die Brust geschlagen, sodass er Tag und Nacht ein rotes Flanelltuch um den Hals tragen muss. Und der Regen, so viel Regen. Die Überflutungen sind zurückgegangen, haben aber einige Verwüstung hinterlassen: Wälle aus schlammigem Torf säumen die Straßen, die Felder sind aufgeweicht und die Zaunpfähle morsch. Hierzulande werden Pächter schnell vom Hof gejagt, wenn sie nicht den nötigen Ertrag erwirtschaften; ein guter Name und berühmte Vorfahren schützen einen nicht davor.

Und so machen wir uns täglich an die Arbeit, sobald wir im rosigen Licht der Morgendämmerung unseren Haferbrei gegessen haben. Vater ist sehr darauf bedacht, keine Stunde der kurzen Wintertage zu vergeuden. Als an diesem Morgen die blasse Sonne über den weiten, flachen Horizont klettert, sitze ich mit meiner kleinen Schwester Betty in der Scheune am Rand des Feldes. Wir bereiten Setzkartoffeln vor, während die Männer in ihren braunen Jacken gebückt arbeiten. Stundenlang sind wir damit beschäftigt, alle bis auf die vielversprechendsten Keimansätze zu entfernen und die Knollen zum Vortreiben mit dem rosigen Ende nach oben in lange, schmale Kisten mit Stroh zu setzen.

Meine Hände kribbeln vor Kälte. Die Handschuhe sind vorne aufgetrennt, damit ich die Finger besser gebrauchen kann. Ich halte kurz inne und reibe meine Fingerspitzen aneinander. Sie riechen widerlich süß von der Stärke und sind schwarz von Erde. Die Schwärze sitzt in jeder Rille der Haut; ich könnte damit Abdrücke auf Papier machen, wie ich es früher gern tat. Ich schaue auf Betty hinunter, die ihren Kopf mit den weizenblonden Locken an meinen Arm lehnt. Sie ist erst sechs, fünf Jahre jünger als ich, und wird rasch müde. Ich denke, ich werde sie bald ins Haus schicken. Sie kann etwas Milch und einen Keks bekommen und dann Mutter beim Stopfen helfen.

Wenigstens ist Vater heute gut gelaunt. Die düstere

Stimmung, die ihn vorige Woche fest im Griff hatte, scheint verflogen. Allerdings kann man nie wissen, wann sich das nächste Mal düstere Wolken über ihm zusammenballen. Er stimmt ein Lied an, und ich höre, wie meine Brüder mit ihren hellen Knabenstimmen einfallen. Mein ältester Bruder Robert hält den Ton weniger sicher als die anderen, da er gerade im Stimmbruch ist und zum Bariton wird. Betty und ich schließen uns dem Gesang an. Zusammen sind wir ein richtiger kleiner Chor.

Da zeichnet sich auf dem Damm die Silhouette eines Reiters ab. Ich bemerke ihn zuerst und verstumme. Betty folgt meinem Blick, dann meine Brüder, und ihr Gesang bricht ebenfalls ab. Vater hört als Letzter auf zu singen. Der Reiter hält vor dem nächsten Tor an; sein Brauner schnaubt Dampfwolken in die frostige Luft. Vater, der gerade einen Zaun repariert, richtet sich auf und hält sich mit einer Hand das Kreuz.

«Seid Ihr der Pächter? Mister Oliver Cromwell?», ruft der Reiter Vater zu und beugt sich über seine Satteltasche. «Ich habe einen Brief für Euch.»

Wir schauen zu, wie Vater den Pfahl in den durchweichten Boden rammt und auf den Mann zugeht. Der Schlamm schmatzt unter seinen hohen Stiefeln. Er nimmt das gefaltete Papier und bricht mit seinen behandschuhten Händen das Siegel. Dann liest er, tief über das Blatt gebeugt, die Stirn so gefurcht wie das Feld, in dem er steht.

Es ist ein langer Brief.

Betty vertreibt sich die Zeit, indem sie mit zwei Kartoffeln jongliert. Ich sehe, wie sie sich in der Luft drehen und Erdkrümel auf unsere Röcke fallen. Doch dann ertönt plötzlich ein lautes, herzhaftes Lachen. Unsere Blicke richten sich wieder auf Vater, und die Kartoffeln fallen zu Boden. Vater schlingt die Arme um sich, sein ganzer Körper schüttelt sich vor Lachen, und ihm laufen Tränen über die Wangen.

«Jungs!», ruft er, als er seine Sprache wiederfindet. «Robin, Olly, Dick, Harry!» Vater ruft sie in der Reihenfolge ihres Alters, und sie kommen angesprungen wie Jagdhunde. «Biddy, Betty!» Nun schaut er sich nach uns Mädchen um.

Wir laufen los, dass die Kartoffeln uns vom Schoß fallen und kreuz und quer über den Scheunenboden kullern. Ich raffe meine Röcke und eile aufs Feld, Betty rennt voraus und springt über Wälle aus aufgeworfener Erde, die ihr bis zu den Knien reichen. Als wir bei Vater ankommen, um den sich schon unsere Brüder drängen, schließt er Betty in die Arme und hebt sie hoch. Sie umklammert mit ihren schlammigen Beinen seine Taille und schmiegt das Gesicht an seine dicke, raue Arbeitsjacke. Ich bleibe ein wenig auf Abstand, dabei wünsche ich mir, ich wäre es, die ihre gerötete Wange an seine drückt. Gleich darauf schelte ich mich selbst für meine sündhafte Eifersucht.

«Es gibt Neuigkeiten, meine Lieben! Großartige Neuigkeiten!», verkündet Vater schließlich. «Gelobt sei Gott! Wie ihr ja wisst, ist mein Onkel vorigen Monat gestorben. Nun hat er mir eine Erbschaft hinterlassen: großen Grundbesitz in und um Ely, einen Posten als Zehnteinnehmer für den Dekan und das Domkapitel der dortigen Kathedrale, Einkünfte von gut dreihundert Pfund im Jahr. Das ist kein Vermögen, aber es ist genug, mehr als genug …»

Er spricht nicht weiter, doch ich weiß, was er meint: genug, um wieder in die Gentry aufzusteigen, den Stand, der ihm gebührt. Genug, um seinen Status als einer der einflussreichsten Grundbesitzer der Grafschaft wiederzuerlangen. Genug, um den Abstieg, den wir in letzter Zeit erlebt haben, umzukehren. Vier Jahre sind nun vergangen, seit das Glück uns verließ; damals musste Vater seinen Besitz verkaufen und seine Heimat Huntingdon verlassen. Ich habe mit angesehen, wie er sein ehrbares Leben dort hinter sich ließ und in den Stand eines Pächters hinabsank – er, der Enkel des sogenannten «goldenen Ritters» Sir Henry Cromwell. Dieser hatte einst das herrschaftliche Hinchingbrooke House erbaut, wo der alte König James mit Vorliebe einkehrte, wenn er auf der großen Straße nach Norden reiste. Selbst unser König Charles war als Knabe einmal dort und tollte sogar mit Vater durch die Gärten. Wenigstens behauptet Vater das.

Aber nun wird alles anders. Wir können unsere Geschichte neu schreiben.

Mein ältester Bruder Robin, mit seinen vierzehn Jahren selbst schon fast ein Mann, strahlt vor Freude und Erleichterung. Als Vaters Erbe wird er am meisten von diesem Aufstieg profitieren, doch auch für uns andere tun sich neue Möglichkeiten auf. Meine Brüder können die Universität besuchen, vielleicht einmal einen akademischen Beruf ergreifen – sogar einen Sitz im Parlament bekommen, sofern der König es je wieder zusammentreten lässt. Betty und ich haben bessere Heiratsaussichten, wenn es einmal so weit ist. Und Mutter muss nicht mehr im Licht von Talgkerzen die Wäsche anderer Leute flicken.

«Ach, meine Lieben …» Vater findet seine Stimme wieder. Sie klingt jetzt kräftiger als zuvor, und mir ist, als könne ich sehen, wie sein Körper unter der Arbeitskleidung erstarkt. «Kommt, wir wollen gehen und es eurer Mutter erzählen. Wir werden zur Feier des Tages ein Huhn schlachten! Und Ihr, werter Herr», ruft er dem verblüfften Boten zu, «Ihr werdet doch hoffentlich mit uns anstoßen? Ein Glas Wein auf unsere Zukunft trinken?»

Vater legt die Arme um uns, und so gehen wir über die Felder zum Wohnhaus. Der erfreute Reiter folgt uns entlang der Straße. Die Jungs laufen voraus, Vater jedoch hält nach wenigen langen Schritten inne. «Das ist Gottes Werk», sagt er so leise, dass nur Betty und ich es hören, «und ich will Ihm jeden Tag meines Lebens danken.» Vater berührt Bettys Nasenspitze mit seiner, und sie lächelt. «Gott ist in meinem größten Elend zu mir gekommen, Mädchen, wisst ihr das? Als ich am tiefsten gesunken war. Er forderte mich auf, Ihm durch mein Leiden zu dienen. Und das habe ich getan, weiß Gott, das habe ich getan. All meinen Zweifeln zum Trotz habe ich Seinen Plan für mich nie infrage gestellt. Aber jetzt, ha!»

Betty kichert, und auch ich lache unwillkürlich, ganz taumelig vor Freude. Vater legt den Arm um mich und drückt mich an seine Brust. Meine Brüder hören unser Lachen, kehren um und drängen sich erneut um Vater. Die zwei älteren, Robin und Olly, klopfen ihm grinsend auf den Rücken, die jüngeren, Dick und Harry, springen herum und klammern sich an seine Jacke.

Doch Vater ist schon nicht mehr bei uns. Er schaut zum Himmel auf, Tränen steigen ihm in die Augen. Ich folge seinem Blick, und bleiche Sonnenstrahlen lassen meine Sicht verschwimmen. Wieder höre ich Vaters tiefe Stimme durch den Herzschlag in meinem Ohr:

«Nun kann ich Gott durch meine *Taten* dienen, nicht mehr nur durch mein Leiden. Und was ich in der Welt bewirken werde!»

Vaters laute Stimme stört einen Schwarm Stare auf, die

sich flatternd in die Luft erheben, und unsere Freudenrufe schallen über das ganze Feld.

ERSTER TEIL

Sieben Jahre später
Ely

KAPITEL EINS

Frühjahr 1643

Die Schüssel gleitet Betty aus den Händen und zerschellt auf dem Fliesenboden. Mir gelingt es irgendwie, die meine nicht fallen zu lassen. Vor Schreck wie versteinert, stehen wir beide da und starren auf die Haustür. Das Eichenholz erzittert unter dröhnenden Schlägen, und die Straße draußen hallt wider von wütendem Geschrei und Schüssen. Instinktiv warte ich darauf, dass Vater sich an uns vorbeidrängt und an die Tür geht, doch dann fällt mir wieder ein, dass er nicht da ist. Er kämpft bei seinem Regiment, ebenso wie mein Bruder Olly. Mein ältester Bruder Robin liegt in der kalten Erde, Dick und Harry sind in der Schule, und unser Knecht, der alte Matthew, hat im Wirtshaus The Bell gewiss schon das zweite Bier getrunken. Es ist nach neun Uhr abends.

Kalte Angst überkommt mich, als mir bewusst wird: In diesem Haus sind acht Frauen und kein einziger Mann.

«Wer ist da?» Ich wage mich ein paar Schritte vor, die Schüssel mit Kartoffeln noch immer in den Händen. In der Tür zur Stube erscheint Mutter. Ich werfe ihr einen raschen Blick zu, hoffe auf eine beruhigende Geste.

«Reverend Hitch», flüstert eine vertraute Stimme durch das gemaserte Holz. «In der Stadt hat es einen Aufstand gegeben, Mistress. Ihr müsst Türen und Fenster verschließen und das Licht löschen.»

Mutter ist jetzt an meiner Seite und hat die Tür einen Fingerbreit geöffnet. Draußen steht der Geistliche mit angespannter Miene. Über Mutters Haube hinweg sehe ich undeutlich Stadtvolk mit gesenkten Köpfen durchs Halbdunkel huschen. Wie gütig der Reverend ist, uns zu warnen, denn wir gehören nicht zu den folgsamsten unter seinen Schäfchen – wir haben in Sachen Religion unsere eigenen Ansichten.

«Royalisten?»

«Ja, Mistress. Etwa fünfzig Männer sind für den König aufgestanden. Sie haben die Tore besetzt und arbeiten sich durch die Stadt vor. Sechs Soldaten unserer Parlamentstruppen wurden bereits getötet, ein weiterer verblutet in der Kathedrale. Ihr müsst Euch verschanzen – sie wissen sicher, dass dieses Haus Captain Cromwell gehört und dass er nicht zu Hause ist. Ich muss jetzt weiter.»

«Der Herr sei uns gnädig.» Mutter greift nach der einfachen Perlenkette an ihrem Hals. «Danke, Reverend, wir sind Euch sehr verbunden. Falls Ihr in der Stadt unserem Knecht begegnet, bitte schickt ihn her und sagt, er soll so viele Männer mitbringen, wie entbehrlich sind. Wir werden Türen und Fenster verbarrikadieren und auf Gott vertrauen.»

Reverend Hitch nickt und verschwindet mit wehendem schwarzem Mantel in der Düsternis. Mutter schließt die Tür wieder und verriegelt sie fest. Mit entschlossener Miene dreht sie sich zu uns um und erteilt gestikulierend einen Schwall von Anweisungen. Mein Herz hämmert unter dem Mieder.

«Betty, bring Großmutter hinauf in ihre Kammer und

versorge sie mit Brot, Dünnbier und Decken. Dann geh zu den Kleinen – gewiss sind sie von dem Klopfen aufgewacht und ängstigen sich. Kleide sie an für den Fall, dass wir das Haus eilig verlassen müssen, dann setze dich zu ihnen. Lösche alle Kerzen bis auf eine!»

Betty zögert und wirft einen Blick auf die Scherben aus bemaltem Steingut auf dem Boden. Es war Mutters beste Schüssel.

«Lass das liegen, ich räume es weg, wenn die Gefahr vorüber ist.»

Wortlos verschwindet meine Schwester in der Stube. Als sie die Stufe hochsteigt, blitzt der weiße Saum ihres Unterrocks.

«Ich gehe nach hinten, Mutter», sage ich und stelle die Kartoffeln auf dem Tisch neben der Tür ab.

«Ja, übernimm du die Rückseite des Hauses, Bridget, und ich kümmere mich um die Vorderseite. Verriegele die Fenster, zieh die Vorhänge zu, schließe die Türen ab. Lass in jedem Raum nur ein Binsenlicht brennen, damit wir noch sehen, was wir tun.»

«Liz?», ruft Mutter nach hinten, und meine unverheiratete Tante antwortet aus der Küche. «Lösche das Feuer. Fülle ein paar Flaschen Bier ab und richte Proviantpakete her für den Fall, dass wir fliehen müssen.»

Rasch arbeite ich mich von einem Raum zum nächsten vor. Zuletzt ist die Scheune an der Reihe, die an das westliche Ende des Hauses angebaut ist – vor dem Krieg hatte Vater dort seine Zehntstube. Beinahe stolpere ich über eine dahinhuschende Maus, als ich eilig zu der großen Tür am Ende des Raumes gehe. Ich schließe sie ab und lege den Riegel vor, dann schleife ich ein paar Mehlsäcke herbei und lehne sie gegen die Tür. Schwitzend versuche ich, einen hochzuheben, um ihn auf die anderen zu stapeln, doch er ist zu schwer. Ich fluche darüber, dass ich nicht die Kraft eines Mannes habe. Stattdessen zerre ich Vaters Stuhl herbei und verkeile die Tür damit. Ich bete, das möge genügen.

Als ich wieder in den Hausflur komme, fegt Martha, unsere Küchenmagd, gerade die Scherben der zerbrochenen Schüssel zusammen. Als sie fertig ist, holen wir gemeinsam die Bank aus der Ecke mit unseren Stiefeln und Mänteln und verrammeln damit die Haustür. Ich drehe mich um, da sehe ich zu meiner Überraschung Betty die Treppe herunterkommen.

«Die Mädchen weinen», sagt sie mit gequälter Miene. «Sie haben sich an mich geklammert, und ich habe ihnen versprochen, dass uns nichts geschieht, aber sie glauben mir nicht. Sie hören nur auf dich, Biddy.»

Das Los der ältesten Schwester, denke ich und bin wider Willen gerührt vom Vertrauen der Kleinen. Mary und Frances sind so viel jünger als wir: sechs und fast fünf Jahre. Beinahe eine zweite Familie; sie kamen erst zur Welt, nachdem Vaters Schicksal sich gewendet hatte. Ich weiß, dass sie die dreizehnjährige Betty anhimmeln, schön und liebenswürdig, wie sie ist. Mich mit meinen nunmehr achtzehn Jahren finden sie mitunter etwas streng. Aber wir leben im Krieg. Schön und liebenswürdig zu sein, genügt nicht mehr. In Abwesenheit der Männer müssen wir stark und erfinderisch sein. Harte Arbeit, Geistesgegenwart und Kenntnisreichtum sind jetzt die Währung der Frauen, Mut und Mitgefühl gleichermaßen unser Kapital. Früher wünschte ich mir für meine Zukunft nichts als den sicheren Hafen der Ehe und Mutterschaft, geht es mir durch den Kopf, während ich die

Treppe hinaufsteige. Nun frage ich mich, ob mir das genügen wird.

Wir verbringen die ganze Nacht zusammen im oberen Stockwerk, eine Masse zusammengedrängter weiblicher Körper, eingehüllt in eine warme Wolke aus Lavendelduft und Angstschweiß. Wir schweigen, lauschen aufmerksam. Die Mädchen schlafen unruhig auf Mutters und Bettys Schoß, während Großmutter in ihrem Bett wachliegt und leise Psalmen rezitiert. Tante Liz döst daneben in einem Lehnstuhl, während Martha und ich abwechselnd durch einen Schlitz zwischen den Vorhängen Ausschau halten. Einmal in der Stunde schleichen wir nach unten, um an den Türen und Fenstern nach dem Rechten zu sehen.

Außerhalb unserer vier Wände ist die Stadt Ely wie ein lebendes Wesen. Mal verstummt sie für eine Weile, dann brechen erneut Rufe und Geschrei aus, und Schritte poltern über das Kopfsteinpflaster. Anschließend schläft sie wieder ein, und nur die Glocken der Kathedrale lassen von Zeit zu Zeit ihren Herzschlag ertönen. Gegen drei Uhr früh dringt Fackelschein von der Straße durch die Vorhänge und lässt Schatten über die verängstigten Gesichter tanzen. In die gespenstische Stille hinein hören wir unter unserem Fenster Männerstimmen.

«Ist das hier sein Haus?», fragt ein Mann mit rauer Stimme.

«Ja», antwortet ein anderer.

Jemand hämmert an die Tür. Diesmal ist es nicht das rhythmische Klopfen des Reverend, das klang wie von einem Specht. Es sind die Schläge vieler Fäuste und sogar ein paar Stiefeltritte.

Mary erwacht und wimmert. Mutter hält ihr rasch mit einer Hand den Mund zu und flüstert ihr etwas ins Ohr. Ich lausche, und das Geräusch meines eigenen Atems klingt überlaut in meinen Ohren. Ich schließe die Augen und bete, die Bank an der Tür möge halten.

Eine Minute vergeht, dann hört das Poltern auf, und wir hören schwere Männerschritte zu beiden Seiten um das Haus herumgehen. Der Fackelschein entfernt sich. Ich öffne die Augen wieder und stelle mir vor, wie Nasen sich an die Scheiben pressen, wie Männer versuchen, in der Nachtluft die Witterung der Frauen aufzunehmen, die sich in ihr Nest ducken. Irgendwo klopft jemand an Glas, und einen entsetzlichen Moment lang fürchte ich, sie könnten eine Scheibe einschlagen, um sich Zutritt zu verschaffen, oder in Lampenöl getränkte Lumpen um Steine wickeln, sie anzünden und durch die Fenster werfen.

Mutter greift nach meiner Hand und spricht flüsternd das Vaterunser. *Vater unser, der du bist im Himmel …* Ich drücke ihre Hand, und Betty und die Mädchen klammern sich an uns. Leise wie die Mäuschen in der Kirche fallen wir alle in das Gebet ein. *Dein Wille geschehe, wie im Himmel, also auch auf Erden …* Ich schließe die Augen wieder und verliere mich in dem Gebet. Wir sprechen es vier, fünf Mal, ehe Mutter plötzlich verstummt. Der Bann ist gebrochen, wir verfallen wieder in Schweigen, lauschen.

Die Männer sind fort. Unsere Worte, Gottes Worte, haben sie abgewehrt – und auch die Bank im Hausflur. Wenigstens vorerst.

Das Gefühl des Sieges lässt mich freier atmen. Ich lasse Mutters Hand los und richte mich erneut aufs Warten ein. Mall und Fanny sinken allmählich wieder in Schlaf, und auch Betty schläft nun ein. Tante Liz döst, Mutters Kopf sinkt auf die Brust, und Martha in der Zimmerecke hüllt sich in ihr zerschlissenes Umschlagtuch.

Großmutter und ich sind die Einzigen, die sich nicht dem Schlaf ergeben. Selbst im Stockfinsteren spüren wir unsere Verbindung. «Du und ich, Bridget», dringt Großmutters vom Alter brüchige Stimme durch die Dunkelheit, «wir halten jetzt Wache.» Irgendwo in der Ferne höre ich einen Schrei.

Von da an bleibt es die meiste Zeit still, nur hin und wieder höre ich draußen noch Männer rufen und in der Nähe des Hauses herumrennen. Mutter wird für eine Weile wach, und wir unterhalten uns flüsternd, dann döst sie wieder ein. Noch ein paar Stunden vergehen, ehe das erste rosige Dämmerlicht schüchtern durch die Ritzen der Vorhänge kriecht. In dem Spalt in der Mitte, wo sie nicht ganz schließen, sehe ich das beschlagene Glas. Meine Blase macht sich bemerkbar, und ich schleiche auf Zehenspitzen aus dem Zimmer, um nach einem Nachttopf zu suchen.

Da ich schon einmal auf den Beinen bin, beschließe ich, nach dem Rechten zu sehen. Ich lege mir eine Decke um die Schultern und steige leise die Treppe hinunter. Als ich im Hausflur stehe, dort, wo Betty die Schüssel hat fallen lassen, höre ich plötzlich eine Gewehrsalve, gefolgt von Hufgeklapper auf der Straße. Das Geräusch kommt näher, dann halten die Reiter vor unserem Haus an. Ich weiche von der Tür zurück. Hastig schaue ich mich nach etwas um, das ich als Waffe gebrauchen kann. Ein großes Scheit im Brennholzkorb und der schwere Kerzenleuchter auf der Truhe nicht weit von mir erscheinen mir am besten geeignet. Ich nehme beides und ziehe mich damit unter die

Treppe zurück. Mein Herzschlag dröhnt in meinen Ohren. Ich bete zu Gott, meine Schwestern zu verschonen und mir Kraft zu geben. Wenn Er mich als Werkzeug braucht, so will ich gern alles tun, was ich vermag – eher werde ich sterben, als zuzulassen, dass ein Mann meine Schwestern anrührt.

Wieder erzittert die Tür unter Faustschlägen. Laute Stimmen ertönen, als riefen die Männer etwas zu uns herein, doch in meinem Versteck unter der Treppe kann ich sie nur gedämpft hören. Jetzt klingt es wie Stiefeltritte gegen die Tür. Als das Holz splittert, zwinge ich mich, meinen Schlupfwinkel zu verlassen. Ich atme tief durch, noch einmal, dann fliegt die Tür auf.

Mit einem Aufschrei stürze ich den Eindringlingen entgegen und schwinge meine Waffen. Wild fuchtelnd, renne ich geradewegs in zwei Männer hinein; gleichzeitig stolpern die beiden über die Bank, mit der die Tür verrammelt war. Ich schlage nach ihnen. Dann prallen sie im Sturz gegen mich, und ich falle nach hinten. Da ich keine Hand frei habe, um mich abzufangen, schlage ich heftig mit dem Rücken auf dem Boden auf. Für einen Moment bleibt mir die Luft weg, außer mir vor Wut liege ich da. Doch dann schaue ich auf und erblicke den stämmigen Mann, dessen Silhouette sich nun im Türrahmen abzeichnet.

Vater. Es ist mein Vater.

«Biddy!» Er eilt besorgt zu mir. «Mein Liebling, mein tapferes Mädchen! Bist du verletzt? Sind alle in Sicherheit?»

Ich kann den Blick nicht von ihm wenden. «Wir alle sind wohlauf, Vater. Die anderen sind oben.»

«Und du bist der Wachhund?», fragt Vater. Ich höre den Stolz in seiner Stimme und sonne mich darin.

Einer der Männer, die die Tür eingetreten haben, beugt sich über mich, fasst mich unter den Achseln und hebt mich auf. Der Geruch nach verschwitzter Kleidung und Pferdehaar steigt mir in die Nase. Der Mann ist hochgewachsen und drahtig, ganz das Gegenteil der eher gedrungenen Cromwell-Männer, an die ich gewöhnt bin. Erst jetzt schaue ich ihn richtig an und bemerke, dass seine Lippe blutet.

«Nun, Henry, was sagt Ihr zu meiner ältesten Tochter Bridget?», redet Vater den Mann an, dann breitet er die Arme nach mir aus. «Ist sie nicht die tapferste, mutigste Frau, der Ihr je begegnet seid?»

Der Mann lässt mich los, richtet sich zu seiner vollen Größe auf und betastet mit einem Finger vorsichtig seine Lippe. In plötzlicher Verlegenheit weiche ich von ihm zurück und flüchte mich in Vaters Arme. Seine stämmige Gestalt und sein vertrauter Geruch nach Stroh und Leder beruhigen mich. Nun betrachte ich die zwei anderen Männer eingehender. Sie sind in den besten Jahren – ich schätze beide auf Anfang bis Mitte dreißig – und nach ihrer Kleidung zu urteilen Kavalleriesoldaten. Der Dunkelhaarige, dessen Lippe blutet, wirkt streng und ernst, der andere Mann ist blond und lächelt.

«Sie hat mir einen ordentlichen Schlag verpasst, Sir, das muss ich ihr lassen», erwidert der Dunkelhaarige schließlich. Er reibt sich das Kinn und mustert mich mit durchdringendem Blick.

«Und ob, mir auch», sagt der andere lachend; seine blonden Locken wippen über dem Spitzenkragen. «Gut gemacht, Mistress!»

Beide sprechen einen ähnlichen Akzent, vielleicht aus Nottinghamshire. Mir bleibt die Peinlichkeit erspart, etwas erwidern zu müssen, denn in diesem Moment kommt Mutter fliegenden Schrittes die Treppe herunter, gefolgt von Betty und den kleinen Mädchen. «Oliver, Gott sei Dank.»

Ich trete ein wenig zurück, damit Vater seine Frauen in die Arme schließen kann. Während ich die Szene lächelnd betrachte, gewinne ich allmählich meine Fassung und Geistesgegenwart wieder. «Ich kümmere mich um das Frühstück», sage ich und mache mich auf den Weg in die Küche.

Vater hat seine vertrautesten Offiziere mit nach Hause gebracht, darunter auch Verwandte, die wir herzlich willkommen heißen. Meine beiden Onkel, Colonel Valentine Walton und Colonel John Desborough – die Ehemänner von Vaters Schwestern Margaret und Jane –, scheinen das ganze Haus auszufüllen. Onkel Walton lacht und plaudert mit Mutter und Tante Liz. Er schüttelt das Armeeleben ab wie ein Zugpferd nach Feierabend seine Last. Sein Sohn, mein jugendlicher Vetter Val, gebärdet sich neben ihm wie ein junger Hengst, das glänzende Schwert am Gürtel. Onkel Desborough hingegen entspannt sich auf gänzlich andere Art: Mit seiner massigen Gestalt trottet er schwerfällig wie ein alter Bär durchs Haus, und wer sich ihm nähert, erntet finstere Blicke. Aber am glücklichsten bin ich über die Rückkehr meines älteren Bruders Olly. Freudig beobachte ich, wie er jeden Gegenstand, jede Fläche mit den Händen berührt, als wolle er sich vergewissern, dass er wirklich wieder daheim ist.

Beim Frühstück sind wir eine große Gesellschaft, so groß, dass nicht alle am Esstisch in der Stube Platz haben.

Deshalb macht Olly es sich auf dem Boden bequem, wo die Mädchen seine Schärpe und sein Schwert genau untersuchen, und Großmutter bleibt in ihrem Lehnstuhl am Feuer. Betty sitzt anmutig auf einem Schemel neben ihr, während mir zu meiner stillen Freude ein Platz am Tisch zugestanden wurde. Durch die Tür höre ich Matthew hämmern und ächzen – er setzt die Haustür wieder instand.

«Ich war noch nie so froh, wieder zu Hause zu sein», sagt Vater. Er lehnt sich auf seinem Stuhl am Kopfende der Tafel zurück und strahlt uns an, dann runzelt er plötzlich finster die Stirn. «Aber die Vorstellung, dass meine kleinen Frauenzimmer bedroht wurden, in unserem eigenen Haus.»

«Bekümmere dich nicht weiter deswegen, Liebster», sagt Mutter und wirft ihm über den Tisch hinweg einen beruhigenden Blick zu. «Wir waren hier drin sicher.»

«Und nun, da mein Sohn wieder da ist, werden wir noch sicherer sein», wirft Großmutter ein. Sie schaut von ihrer Schale mit Haferbrei auf. «Als er fortging, war er bloß Captain, jetzt kehrt er als Colonel zurück!» Stolz und zufrieden strahlt sie Vater an. Ihr einziger Sohn hat der Welt bewiesen, dass er der Goldjunge ist, für den sie ihn schon immer gehalten hat.

Vater errötet über das Lob seiner Mutter, dann platzt er heraus: «Die Beförderung schmeichelt mir, Mutter, das will ich nicht bestreiten.»

«Hört, hört.» Die anderen Offiziere klopfen beifällig auf den Tisch.

«Der ‹Herr der Fens› reißt alle mit!» Onkel Walton hebt schmunzelnd sein Glas, sichtlich erfreut, dass er und Vater nun den gleichen Rang haben.

Vater zieht eine Augenbraue hoch, dann hebt auch er dankend sein Glas und leert es in einem Zug. Seine gute Laune ist zurückgekehrt.

Ich stehe beflissen auf und gehe mit dem Bierkrug hin, um ihm nachzuschenken, dann schaue ich in die Runde, ob einer der Gäste noch etwas braucht. Mir ist sehr daran gelegen, dass auch die beiden Fremden sich an unserem Tisch willkommen fühlen, nicht zuletzt, weil ich ihnen so einen unsanften Empfang bereitet habe. Daher freut es mich, dass der blonde junge Offizier, den ich mit dem Kerzenständer geschlagen habe – Vater hat ihn als Captain Charles Fleetwood vorgestellt –, mir freundlich zulächelt, als er mir sein leeres Glas hinhält. Von dem dunkelhaarigen Offizier neben ihm, den ich nunmehr als Major Henry Ireton kenne, kommt hingegen keine solche freundschaftliche Geste. Ich werfe ihm einen Blick zu und frage mich kurz, ob seine geschwollene Lippe – die Folge meines Angriffs mit dem Holzscheit – ihn daran gehindert hat zu frühstücken, denn er hat weder seinen Teller mit Brot und Speck noch das Glas Ale angerührt. In diesem Moment richtet er seinen eindringlichen Blick auf Vater und ergreift das Wort:

«Dennoch dürfen wir nun nicht müßiggehen, Colonel», beginnt er. Seine Stimme ist tief und klangvoll, und er spricht mit einer ruhigen Autorität, die nicht recht zu seinem untergeordneten Rang passt. «Wir haben die Armee des Königs aus den östlichen Grafschaften hinweggefegt, was hauptsächlich Euren Anstrengungen zu verdanken ist, doch die Isle of Ely ist nach wie vor bedroht. Aufgrund der natürlichen Gegebenheiten ist die Gegend besonders gut zu verteidigen, daher wird der König sie erobern müssen, wenn er diesen Teil des Landes wieder unter seine Herrschaft bringen will. Und nun wurde Major-General Grey mit fünftausend Mann unserer Eastern Association Army nach Westen beordert, wo er sich den Truppen des Earl of Essex im Themsetal anschließen soll, um die kleineren Städte zu besetzen, die Oxford verteidigen. Damit ist Ely der nördlichen Armee des Königs schutzlos ausgeliefert.»

Henry Ireton verstummt – er hat die Lage nüchtern und rational zusammengefasst. Es würde mich wundern, wenn er nicht an der Universität studiert und ein Juraexamen abgelegt hätte, denke ich, während ich ihn über den Rand meines Bechers hinweg betrachte.

«Ihr sprecht wahre Worte, Henry.» Vater nickt ernst. Wieder redet er den jüngeren Mann vertraulich mit dem Vornamen an. «Die Heeresleitung hat mir geschrieben, meine Liebe, die Herren beurteilen die Lage ganz so wie Henry», fährt er an Mutter gerichtet fort. «Deshalb haben sie mich zum Gouverneur von Ely ernannt, damit ich hier ein Hauptquartier einrichte und die Verteidigung der Region leite. Nachdem Grey nach Westen marschiert ist, kann ich nach meinem Gutdünken schalten und walten – bis auf Weiteres.»

Vater wird in der Heimat stationiert? Ich bin begeistert über diese Nachricht, doch ehe ich mein Entzücken zum Ausdruck bringen kann, kommt Betty mir zuvor.

«Dann wirst du diesmal länger bei uns bleiben, Vater?», fragt sie, kommt mit glühenden Wangen angesprungen und nimmt seine Hand.

«Ja, Betty, mein Liebling», erwidert er und küsst ihre Hand. «Ich werde wahrscheinlich bis nach der Ernte hauptsächlich hier in der Gegend zu tun haben. Allerdings muss ich mit meinen Männern etwaige Einfälle abwehren, und von Zeit zu Zeit werde ich nach London gehen, um dem Parlament und unserem Oberbefehlshaber, dem Earl of Essex, Bericht zu erstatten.»

«Ab September stehen wir dann wieder im Feld, und wer weiß, was uns noch erwartet», wirft mein Bruder Olly von seinem Platz am Boden ein. Zwar kann ich sein Gesicht nicht sehen, und seine Stimme klingt beherzt, doch ich meine, in der aufgesetzten Tapferkeit einen unsicheren Unterton zu hören. Er und unser Vetter Val haben mit solchem Eifer zu den Waffen gegriffen, als der Krieg voriges Jahr begann, begeistert wie Schuljungen, die zum ersten Mal von zu Hause fortgehen. Doch nun, da sie jeder einen Reitertrupp in Vaters Regiment befehligen, ist die Sache kein Spiel mehr. Ich frage mich, ob die Erfahrung, gegen seine Landsleute zu kämpfen, Olly verändert hat. Wenn wir beide allein sind, werde ich ihn ausfragen, damit er mir erzählt, wie es wirklich ist.

«Da haben sie Euch vor eine große Aufgabe gestellt», sagt Henry Ireton bedächtig zu Vater. «Es wird viel zu tun geben: die Verbindung zur Garnison in Cambridge halten, Befestigungen in Wisbech und Earith errichten, neue Rekruten anwerben und ausbilden, die Finanzierung sichern, Waffen und Verpflegung für zweitausend Mann beschaffen, das heißt …» Er verstummt, die kohlschwarzen Augen ins Leere gerichtet. Wahrscheinlich überschlägt er die Zahlen im Kopf.

Vater schiebt scharrend seinen Stuhl zurück, steht auf und geht um den Tisch herum, bis er hinter Iretons Stuhl stehen bleibt. «Es ist wahrhaftig eine große Aufgabe, Henry, so groß, dass ich einen guten Stellvertreter brauche. Jemanden, der weit klüger ist als ich, der einen Blick fürs Detail hat und einen Kopf für Zahlen. Was meint Ihr?»

Zum ersten Mal, seit er zur Haustür hereingestürmt ist, verzieht Major Ireton sein strenges Gesicht zu einem Lächeln. «Ich meine, es hatte seinen Sinn, dass der Herr mich hergeführt hat», erwidert er und steht auf. Vater schließt ihn herzlich in die Arme und küsst ihn auf beide Wangen.

Ich beobachte diese Freundschaftsbezeigung und bin wieder einmal fasziniert, wie leicht mein Vater neuerdings auf dem Schlachtfeld Freundschaften schließt. Wie mag es wohl sein, in einem Kavallerieangriff neben einem anderen Mann zu reiten? In einen Hagel aus Musketenkugeln zu stürmen und Männer niederzumachen, als würde man Getreide dreschen? Wie mag es sich für Vater anfühlen, der bis vor einem Jahr nie eine Waffe in die Hand genommen hat, außer um auf die Jagd zu gehen? Ich schaue mich im Zimmer um und beobachte, wie die anderen Männer auf Henrys Ernennung reagieren: Onkel Walton schlägt freudig auf den Tisch, Val und Olly folgen rasch seinem Beispiel; von Onkel Desborough kommt ein zustimmendes Nicken, doch seine Miene bleibt griesgrämig. Charles Fleetwood applaudiert leise, allerdings wirkt sein Beifall auf mich etwas zurückhaltend. Vielleicht hatte Charles selbst auf die Beförderung gehofft?

«Und du kannst für mich ein Auge auf meine Familie haben, wenn ich unterwegs bin, Henry», fährt Vater fort. «Vorausgesetzt, du verdirbst es dir nicht mit Biddy und ihren Holzscheiten und Kerzenständern! Bidding Biddy – Biddy die Gebieterische, so nenne ich sie, und warum, brauche ich dir wohl nicht zu erklären», fügt er lachend hinzu.

Ich schrecke peinlich berührt aus meinen Gedanken auf. Alle Blicke sind auf mich gerichtet. Vaters scherzhafte Bemerkung kränkt mich, doch ich weiß, er hat es nicht spöttisch gemeint – er wollte ausdrücken, wie stolz er auf seine tüchtige älteste Tochter ist. Daher richte ich mich gerade auf und antworte lächelnd: «Deputy Ireton hat von mir nichts zu befürchten.»

Henry neigt leicht den Kopf, und ich erwidere dies mit einem knappen Nicken, ehe ich aufstehe, um den Tisch abzuräumen.

KAPITEL ZWEI

«Ich finde, er sieht nicht besonders gut aus», flüstert Betty mir später am Vormittag zu. «Zu streng. Zu spitz. Woran erinnert er mich nur? Ah, ich weiß! An einen Fuchs. Er ist zu füchsisch.»

«Unfug», entgegne ich, verärgert über ihre Oberflächlichkeit. «Das kannst du Major Ireton wohl kaum vorwerfen. Was zählt, ist der Charakter eines Menschen, nicht seine Gesichtszüge.» Insgeheim muss ich einräumen, dass er wirklich etwas von einem Fuchs hat, doch ich werde mich nicht dazu herablassen, Betty zuzustimmen.

Wir stehen am Waschbecken in der Küche und weichen die Wäsche ein, die unser Bruder Oliver wie immer in einer verdreckten Satteltasche auf dem Küchentisch abgelegt hat. Es ist unsere Aufgabe, die hartnäckigsten Flecken mit Lauge zu behandeln, bevor Martha die Kleidung im Nebengebäude wäscht. Während ich an einem dunkelbraunen Fleck an seinem Ärmelaufschlag herumschrubbe, frage ich mich plötzlich, ob das wohl Blut ist.

«Aber er ist so ernst», fährt Betty fort und streicht sich mit dem Handgelenk eine Locke aus dem Gesicht.

Ich reibe den Blutfleck zwischen Daumen und Zeigefinger. Dabei bin ich erstaunt, wie wir beide denselben Wesenszug bemerken und ihn doch ganz gegensätzlich beurteilen können. Für Betty ist Major Iretons Ernsthaftigkeit ein Makel, ich hingegen sehe darin eine Tugend: *Die Unverständigen erben Torheit; aber Erkenntnis ist der Klugen Krone.* «Er ist ein Soldat, der das Werk Gottes tut, Betty», versuche ich zu erklären. «Wenn das einen Menschen nicht ernsthaft macht, dann weiß ich es auch nicht.»

Betty lässt ein winziges, helles Lachen ertönen und stößt mich leicht mit dem Ellenbogen in die Seite. «Er würde zu dir passen, Biddy. Ich kann mir gut vorstellen, wie ihr beide in eurer Ernsthaftigkeit miteinander glücklich wäret, und vor dem Schlafengehen würdet ihr Seite an Seite knien und beten.»

Ich versteife mich. Sie hätte nichts Besseres sagen können, um mir Henry Ireton zu verleiden. Nachdem sie ihn für mich auserkoren hat, könnte ich ihn niemals mehr selbst erwählen, selbst wenn ich mich entschließen sollte zu heiraten. Sie weiß das, und ich weiß, sie wartet nur darauf, dass ich es ausspreche. Stattdessen schweige ich trotzig und widme mich mit neuer Energie dem Blutfleck.

Nach einer Weile sieht Betty ein, dass ich ihr nicht den Gefallen tun werde, mich zu empören. Also verfolgt sie ihre Gedanken weiter. «Aber wenigstens haben wir noch die anderen jungen Männer, die uns aufheitern. Captain Fleetwood wirkt recht lebhaft, und Val ist durch den Krieg offenbar auch nicht furchtbar ernst geworden.» Betty hält in ihrer Arbeit inne und schaut durch das breite Sprossenfenster. Draußen im Garten liegen unser Vetter Val und unser Bruder Oliver ausgestreckt im Gras, die Köpfe zusammengesteckt, und lassen sich von der Sonne bescheinen. «Ich werde sie mal fragen, ob sie hereinkommen und etwas Kuchen essen möchten», sagt Betty plötzlich. «Meine Finger sind schon ganz schrumpelig.» Sie trocknet sich die Hände ab und entledigt sich ihrer Schürze, dann läuft sie durch die Hintertür hinaus in den Garten. Ich schaue zu, wie sie anmutigen Schrittes zu den jungen Männern hinübergeht, sich majestätisch neben ihnen im Gras niederlässt und ihre Röcke ordnet. Olly reagiert nicht, als sie sich nähert, Val hingegen setzt sich auf und wirft sich ein wenig in Pose.

Ich beobachte, wie die drei miteinander plaudern. Dabei versinke ich in meine Gedanken, während meine Finger die zarte Spitze an Olivers Leinenkragen bearbeiten, nur ein schmaler Stoffstreifen zwischen meinen Fingern. Ich fühle mich an die Zeit vor ein paar Jahren erinnert, als meine jüngsten Schwestern noch klein waren und ich ihre schmutzigen Windeln und spitzenbesetzten Nachthäubchen wusch. Das war eine turbulente Zeit. Mit dreizehn und dann vierzehn war ich alt genug mitzuerleben, wie Mutter in den Wehen lag, und ich sah, wie die Last weiterer Kinder sie wieder in den Morast der Mutterschaft hinabzog – das endlose Füttern, Wickeln, Waschen, Trösten; von früh bis spät hatte sie nie eine Hand frei, um etwas für sich zu tun. Davor hatte ich romantische Vorstellungen von Geburt und Säuglingspflege gehabt, doch diese blieben zwischen Putzen und Wiegen in jenen Jahren der Knechtschaft auf der Strecke. Für Mutter und Vater war es natürlich das größte Glück. Sie sahen in den Kleinen eine neue Hoffnung, einen Neubeginn, nachdem das Erbe meines Großonkels unser Geschick gewendet und uns nach Ely geführt hatte. Ich glaube, sie waren auch erleichtert, dass der kleine James nicht ihr letztes Kind blieb – er hatte nur zwei Tage gelebt. Ich war damals acht. Sein Tod in Verbindung mit Vaters Ängsten und seinem Statusverlust hatte für einige Jahre eine kalte Decke über das Ehebett meiner Eltern gelegt.

Ich wringe den letzten Kragen aus und lege ihn in den Korb neben mir. Diese Arbeit ist getan, und mich durchströmt eine plötzliche Befriedigung. Meine Arme fühlen sich angenehm erschöpft an. Mein Blick wandert wieder durch das Fenster zu der Gruppe auf dem Rasen. Betty macht gerade einen Scherz, die Jungen lachen. Val beugt sich zu ihr hinüber und dreht eine Locke ihres Haares um seinen Finger. Die kastanienbraune Strähne glänzt im Sonnenschein.

Da steht Olly auf, durchquert gemächlichen Schrittes den Garten und kommt in die Küche. Er wirft einen Blick auf den vollen Wäschekorb neben mir, dann gibt er mir einen Kuss.

«Du bist eine gute Schwester, Biddy. Ich bin froh, saubere, läusefreie Kleidung zu haben, wenn ich wieder bei der Truppe bin.»

Ich schenke ihm ein warmes Lächeln. Er ist mein Lieblingsbruder, sofern Gott so etwas zulässt. Im Alter am nächsten, nur ein Jahr älter als ich. Der ruhigste, vernünftigste unter den Jungen; Mutters gesunder Menschenverstand gepaart mit Vaters einnehmender Art. «Versprich mir nur, an mich zu denken, wenn das nächste Mal der Mann neben dir sich kratzt», sage ich.

Olly lacht, dann wird er still und blickt ins Leere. Ich spüre, wie er sich in meiner Gegenwart entspannt, und ich glaube fast, die heimliche Angst in seinem jugendlichen Gesicht zu sehen, gefolgt von Erleichterung. Plötzlich überkommt mich der Drang, ihn in Daunen zu packen und sicher in der Truhe am Fußende von Bettys und meinem Bett zu verwahren. Doch ich weiß, er braucht Stärkung, keine übertriebene Fürsorge.

«Du tust Gottes Werk, Olly, das weißt du», rede ich ihm

sanft zu. «Du leistest deinen Beitrag in einem gerechten Krieg gegen einen Tyrannenkönig. Gott, ich wünschte, ich könnte kämpfen – ich würde so gern etwas anderes tun, als nur zu waschen und zu nähen.» Ich knete und wringe das Handtuch in meinen Händen.

«Du würdest nicht so reden, wenn du gesehen hättest, was ich gesehen habe», entgegnet Olly rasch, aber nicht unfreundlich. Er weiß, wie ich unter meinen Beschränkungen leide. «Auf dem Tisch des Wundarztes oder in einem von Seuchen heimgesuchten Lager ist von der Ehre Gottes nicht viel zu sehen.» Sein Ton wird düster, als grässliche Erinnerungen in ihm aufsteigen. «Da sind Blut und Schweiß. Kot und Schlamm. Es fällt schwer, an ‹die größere Sache› zu denken, wenn man vom Regen durchweicht erwacht, mit nassen, geschwollenen Füßen, mit leerem Magen, zwanzig Meilen Ritt vor sich, und am Ende erwartet einen eine Musketenkugel. Ich verbringe jetzt jeden Tag meines Lebens entweder gelangweilt oder verängstigt. Und immer, immer hungrig.»

Seine erschreckenden Worte beschwören eine fremde Szenerie herauf, und es fällt mir schwer, das Gesagte wirklich zu begreifen. Die Erfahrungen, mit denen ich es am ehesten vergleichen kann, sind wohl die Geburten, die ich miterlebt habe – die blutigen Laken, die Schüsseln mit gestaltlosem, ekelerregend riechendem Fleisch, endloses, eintöniges Stöhnen, durchsetzt von Momenten schreienden Grauens. Olly lässt sich auf einen Stuhl sinken und greift über den Tisch nach einem Stück Korinthenkuchen. Ich setze mich neben ihn und schaue zu, wie er lustlos isst, sehe Krümel von seinem Kinn fallen.

«Ach, mein Lieber.» Ich weiß nichts Tröstendes zu sagen – der Krieg ist so weit jenseits meines Horizonts. «Bestimmt empfinden all die anderen Männer mitunter so wie du.»

Oliver schnaubt mit vollem Mund. «Manche, ja, die von der gewöhnlichen Sorte. Aber nicht die aus unserer Familie, niemals. Unsere Onkel sind tapfer wie Bären; Val hält das Ganze für ein großartiges Spiel und stürzt sich mit Begeisterung hinein; und Vater …»

«Und Vater?»

Er schweigt einen Moment, sucht nach den richtigen Worten. «Vater wird ein ganz anderer Mensch. Bei der Truppe und auf dem Schlachtfeld lebt er richtig auf, als sei er dazu geboren. Es ist seltsam, das mit anzusehen. Beinahe unirdisch – und dann auch wieder ganz irdisch. Nein, ich bin der Einzige, der solche Angst und solchen Groll hegt, aber ich lasse es mir vor den anderen nicht anmerken. Außerdem habe ich gar keine Wahl: Ich bin jetzt Vaters Erbe, und wenn er für das Parlament kämpft, muss ich es auch tun.»

Es ist die vertraute Bürde, die wir beide auf unterschiedliche Weise empfinden: der Verlust unseres ältesten Bruders Robert. Eine Erinnerung, scharf wie ein Nadelstich, versetzt mich in die Vergangenheit. Es war mitten in einer Novembernacht vor vier Jahren, als ein rotwangiger Bote unter Hufgeklapper in die Straße ritt und unser ganzes Haus weckte, indem er mit der Faust an die Tür hämmerte. Eine Laterne, ein Brief, ein Aufschrei von Vater, wie ich ihn weder zuvor noch danach je vernommen habe, von keinem Menschen und auch von keinem Hund. Der Direktor der Knabenschule in Essex hatte geschrieben, der achtzehnjährige Robin, mein ältester Bruder, sei plötzlich an einem Fieber gestorben. Er war der Erbe, der Goldjunge, nach meinem Großvater benannt. Unser einziges Fünkchen Trost war, dass unser anderer Großvater, der in der Nähe wohnte, gerade noch rechtzeitig eingetroffen war, um am Ende bei Robin zu sein.

In den folgenden Wochen und Monaten gab es nichts als Schmerz, eine Welt der Trauer, tief und unerschöpflich wie ein Brunnen. Als wir endlich ausgehöhlt und blinzelnd ins schwache Licht traten, fanden wir uns alle verwandelt. Ich war Mutter und Vater zugleich geworden in jenen düstersten Tagen, als meine Eltern in ihrem Schmerz zu Kindern wurden: Vater haderte mit Gott und verlor beinahe den Verstand, Mutter entwickelte eine sanfte Stärke. Die jüngeren Kinder Dick, Harry und Betty schienen kostbarer geworden, die kleinen Mädchen ein Quell der Freude. Und Olly, stets so sorglos und unbefangen auf seinem Platz als Zweitgeborener, war mit Bitterkeit an die Stelle unseres toten Bruders gerückt und blinzelte ins grelle Licht.

«Was, wenn ich als Nächster sterbe?» Olly schaut mich an, Tränen in den Augen. Er ist neunzehn, doch in diesem Moment wirkt er so viel jünger. «Robin ist als ältester Sohn gestorben. Jetzt bin ich der älteste. Was, wenn Gott mich schlägt wie die Knaben in Ägypten? Und nach mir Dick, dann Harry …»

«Psst.» Ich schließe ihn fest in die Arme und wiege ihn sanft wie ein kleines Kind. «Das wird nicht geschehen. Der Herr nahm jeder Familie ihren erst*geborenen* Sohn, und das auch nur, um den Pharao zu strafen.»

«Aber der König ist unser Pharao, und er ist ein ebensolcher Tyrann.»

«Sprich nicht so.» Ich nehme seine Hände, auf die der Krieg seine Landkarte gezeichnet hat: Die Hände des Schuljungen waren weich bis auf die kleine Schwiele, die der Griffel hinterlassen hatte. Nun ist die Haut rau und rissig, die Finger schwielig, weil sie stundenlang Zügel oder Musketen halten müssen. «Wir sind nicht mehr in Ägypten, sondern auf dem Weg ins Gelobte Land. Du wirst sehen, wir werden ein neues Jerusalem erleben. Dafür kämpfst du, mein Lieber. Vertraue auf Gott, und Er wird gütiger zu uns sein, das verspreche ich dir.»

«Vielleicht werden deine Versprechen mich schützen.» Olly macht sich von mir los, stößt die Worte unter Tränen hervor und greift dabei nach seiner Tasche, die noch auf dem Tisch liegt. «Ich habe hier ein Töpfchen Salbe von einem Apotheker, den ich bei Peterborough traf. Wenn ich verwundet werde, aber die Waffe zu fassen bekomme, die mich verletzt hat, dann werde ich sie dir so schnell wie möglich schicken, und du musst sie mit dieser Salbe bestreichen. Die Veteranen in meiner Truppe schwören, man könne Wunden heilen, indem man die Waffe behandelt, die sie verursacht hat.»

Ich nehme zögernd den Tiegel, öffne ihn und betrachte die dunkel glänzende Masse darin. Sie sieht aus wie mit Blut vermischtes Gänseschmalz. Ich weiß, dass auch unbelebten Objekten Gefühle innewohnen können, aber könnte diese Schmiere wirklich meinen Bruder über Hunderte Meilen Entfernung heilen?

«Versprich es mir!», verlangt Olly weinend und drückt mir den Salbentiegel an die Brust. Ich nicke rasch, verberge meinen Zweifel und schließe meinen Bruder noch einmal in die Arme.

«Ich verspreche es», flüstere ich. Es ist ein tröstlicher Gedanke, etwas tun zu können, um ihm zu helfen.

Als wir ein paar Stunden später zum Abendessen zusammenkommen, scheint Olly sich gänzlich erholt zu haben. Die Maske ist wieder da; die einstudierte tapfere Gelassenheit des Soldaten überdeckt seine wahren Gefühle wie Morgentau das Gras. Die Familie ist jetzt unter sich, denn Henry Ireton und Charles Fleetwood sind unterwegs und kümmern sich um die Quartiere für ihre Männer. Dadurch sind wir entspannter, können gleichsam freier atmen, wie wenn wir am Ende des Tages unsere steife Kleidung ablegen und in der Unterwäsche dastehen.

Wir haben ein Festmahl für die Männer vorbereitet. Mutter hat den ganzen Nachmittag in der Küche das Regiment geführt und eigenhändig Vaters und Ollys Lieblingsspeisen zubereitet. Es gibt Aalpastete mit Muskatkruste. Tante Liz hat sie zum Bäcker gebracht, um sie im Ofen zu garen. Außerdem gibt es Huhn, am Drehspieß gebraten und dabei mit Salbeibutter übergossen; es gibt gestampfte Kartoffeln und gekochte Möhren. Die Nachspeise, eine Creme aus Milch und Weißwein mit den ersten Kirschen des Jahres, ist meine stolze Kreation, unter Einsatz von Kasserolle und Schaumschläger mit größter Sorgfalt hergestellt. Nach dem Essen rücken wir unsere Stühle ans Feuer. Die Wärme ist an einem kühlen Frühlingsabend noch immer willkommen. Mutter bringt Mary und Frances allen Protesten zum Trotz hinauf ins Bett, und Tante Liz kümmert sich um Großmutter. Die älteren Männer machen es sich bequem und reden über den Krieg – wobei ich den Eindruck habe, dass Onkel Walton schon das eine und andere Gläschen zu Kopfe gestiegen ist –, während Olly und Val aufmerksam zuhören. Betty sitzt neben Vater, eine Hand in die seine gelegt, und ich mache mich daran, ein Paar seiner Strümpfe zu stopfen.

«Wenn wir nur hier in den östlichen Grafschaften erfolgreich die Stellung halten», sagt Onkel Walton und stopft seine Pfeife aus Vaters Tabakbeutel auf dem Kaminsims, «wenn wir nur das bereits gewonnene Territorium verteidigen können, dann wird alles gut.»

«Nein.» Onkel Desborough schüttelt unwirsch den Kopf. Vor seinem Gesicht kringelt sich Pfeifenrauch. «Das wird nicht genügen. Wir müssen den Osten halten *und* Essex dabei unterstützen, Oxford und das Themsetal einzunehmen. Sonst geraten wir in den Zangengriff – Hoptons Truppen rücken aus dem Westen an, und Newcastles Armee bedrängt uns von Norden. Solange der König Oxford und die Städte an der Themse hält, kann er London angreifen, und dann ist alles verloren.»

Instinktiv schauen alle zu Vater, um zu sehen, wie er darüber denkt. Er nimmt einen tiefen Zug von seiner Pfeife und richtet den Blick in die Flammen im Kamin.

«Weißt du, was mir nachts den Schlaf raubt, Betty?», fragt er schließlich, wendet sich meiner Schwester zu und drückt ihre zarte Hand. «Material. Männer. Und Motive. Das Parlament muss uns mehr Mittel bewilligen – ich zahle die Schuhe und Strümpfe für meine Männer größtenteils aus eigener Tasche. Und wir müssen mehr Soldaten rekrutieren, gute, ehrbare Männer, die wissen, wofür sie kämpfen, und die Gott lieben.»

«Und die Motive?», fragt Olly nach.

Vater schaut ihn mit traurigem Lächeln an. «Das Problem bereitet mir die größten Sorgen, mein Junge. Dein Onkel Desborough hat recht. Es genügt nicht, diesen Krieg nicht zu verlieren, sondern wir müssen ihn gewinnen, klar und eindeutig. Sonst wird keiner von uns sicher sein. Doch ich fürchte, manche unserer edlen Kommandeure sehen es nicht so. Sie wollen lediglich auf dem Schlachtfeld Stärke demonstrieren und unsere Position dann dazu nutzen, einen ehrenhaften Friedensschluss mit dem König auszuhandeln. Ihnen behagt die Vorstellung nicht, um jeden Preis bis zum Sieg zu kämpfen. Das ist überaus frustrierend für diejenigen unter uns, die sich am Rande dieses Krieges abmühen und wenig Einfluss auf das Herz des Geschehens haben.»

Ich verstehe, was er meint. Aus der Sicht des Königs sind wir, die für das Parlament kämpfen, in diesem Krieg die Rebellen und werden es immer bleiben, ganz gleich, wie oft wir seine Truppen schlagen. Aber wenn er nur ein einziges Mal wirklich die Oberhand gewinnt, werden möglicherweise all unsere tapferen Männer hängen, ihr Besitz fällt an die Krone, und wir Frauen stehen auf der Straße. Es ist eine schreckliche Vorstellung, doch ich ducke mich nicht davor weg, sondern blicke ihr mit umso größerer Entschlossenheit ins Auge. Ich werfe einen Blick zu Olly und wünsche, ich könnte etwas von dem Zorn, aus dem ich meine Kraft ziehe, auf ihn übertragen.

«Aber auch wir wollen doch gewiss irgendwann Frieden mit dem König schließen, Vater?», fragt Betty, schmiegt sich an Vater und schenkt zugleich Val ein strahlendes Lächeln. «Du bist doch nicht in den Krieg gezogen, um ihn vom Thron zu stoßen.»

Eigentlich sollte ich seine Antwort abwarten, doch diese Angelegenheit liegt mir so am Herzen, dass ich meine Zunge nicht im Zaum halten kann: «Ja, aber wenn wir nicht die Absicht hätten, den Krieg zu gewinnen, Betty», halte ich dagegen, «warum haben wir dann überhaupt zu den Waffen gegriffen?»

«Du hast recht, Biddy.» Vater belohnt mich mit einem

breiten Lächeln, und ich sonne mich in seiner Wärme. «Wir müssen tapfer und standhaft sein. Wir müssen mutig für unsere Überzeugungen kämpfen.»

Betty runzelt leicht die Stirn, doch Vater nimmt augenblicklich ihre Einwände vorweg.

«Auch du sprichst wahre Worte, mein Liebes: Natürlich wollen wir, dass der König seinen Thron behält. Aber das Parlament muss aus einer unanfechtbar starken Position heraus mit ihm verhandeln können. Wir müssen die Möglichkeit offenhalten, ihn gänzlich zu schlagen und uns auf keinen Kompromiss mit ihm einzulassen. Nur so können wir seine Macht beschneiden und unsere Köpfe sicher behalten.»

«Da wir gerade von Köpfen sprechen, meiner gehört ins Bett», wirft Onkel Walton mit etwas schleppender Stimme ein. «Wir reiten morgen heim, Val», teilt er seinem Sohn mit, der aufspringt, um seinem Vater auf die Beine zu helfen. Dann wendet Onkel Walton sich an seinen Schwager, meinen Onkel Desborough. «John, reitet Ihr mit uns? Wir können Euch nach Hause begleiten und bei der Gelegenheit Jane und den Kindern Guten Tag sagen, ehe wir nach Great Staughton weiterreiten.»

Onkel Desborough nickt. Er tritt an den Kamin, um seine Pfeife auszuklopfen.

«Ich kümmere mich um die Betten», sage ich und mache mich auf die Suche nach Martha. Sie soll mir helfen, die Rollbetten für die Gäste bereit zu machen. Val kann bei Olly unterkommen, und meine Onkel schlafen in der hinteren Stube. Es dauert einige Zeit, die Rahmen abzustauben, die Matratzen auszurollen und genug frische Laken und Decken aufzutreiben. Bis wir fertig sind und Martha noch Nachttopf, Krug und Waschschüssel, Binsenlicht und Kerzen herbeigeschafft hat, liegen die meisten Familienmitglieder schon im Bett, und im Haus herrscht schläfrige Stille. Auch ich bin nun erschöpft. Ich sage meinen Onkeln Gute Nacht, dann gehe ich nach oben. Als ich die Tür öffne, finde ich zu meiner Überraschung Betty nicht in unserem Bett vor. Leise, um Mary und Frances nicht zu wecken, schließe ich die Tür, dann bleibe ich stehen und lausche.

Draußen hat der Wind aufgefrischt, und ich höre das Fenster im Flur klappern. Aus dem Zimmer meiner Eltern ertönt Vaters vertrautes Schnarchen, und ich danke einmal mehr dem Herrn, dass er wieder sicher unter unserem Dach weilt. Dann höre ich andere, ungewohnte Geräusche: leises Stimmengemurmel und das Rascheln von Röcken. Auf Zehen schleiche ich über den schmalen Treppenabsatz und spähe um die Ecke, wo der Flur zum Schlafzimmer der Jungen führt. Was ich erblicke, verbrennt mir schier die Augen: Betty lehnt an der Wand, das Gesicht anmutig nach oben geneigt, und Val beugt sich über sie, sodass ihre Lippen sich berühren. Sekundenlang starre ich die beiden an, nehme gebannt die intimen Details dieses Bildes auf. Ihre Hand auf seiner Schulter. Seine Hand sacht an ihrer Wange. Der doppelte Schatten, den sie im Schein ihrer Nachtlichter werfen. Plötzlich finde ich meine Sprache wieder.

«Betty», zische ich, leise, um Vater nicht zu wecken.

Die beiden lösen sich hastig voneinander, und Val lässt fluchend seine Kerze fallen. Sie erlischt mit einem Zischen in den Binsen auf dem Boden. Er kniet sich hastig hin und sucht nach ihr. Ich nutze die Gelegenheit, packe Betty am Handgelenk und zerre sie mit einem Ruck von ihm fort.

«Au! Du tust mir weh», beklagt sie sich, doch ich achte

gar nicht darauf. Eilig ziehe ich sie mit mir in die Sicherheit unseres Zimmers.

«Was hast du dir nur dabei gedacht?» Ich will eigentlich noch mehr sagen, meinem Ärger Luft machen, doch da richtet Mall sich in ihrem Bett auf und schaut zu uns herüber, ihre Puppe an die Brust gedrückt. Ich verstumme gezwungenermaßen und kann nur ohnmächtig wütend dastehen, während Betty sich entkleidet und elegant ins Bett steigt. Auf wundersame Weise scheint ihre Würde in keiner Weise angekratzt.

Ich bedeute Mall, sich wieder hinzulegen, und ziehe mich langsam aus, steif auf der Bettkante sitzend. Als ich unter die Decken schlüpfe, bleibe ich so dicht wie möglich am Rand des Bettes liegen, steif wie ein toter Fisch, während es in mir brodelt. Wenig später bemerke ich, dass Betty eingeschlafen ist. Wie so oft staune ich über ihre Fähigkeit, unangenehme Dinge im Handumdrehen aus ihrem Kopf zu verbannen. Warum schläft sie, die einen Fehltritt begangen hat, den Schlaf der Gerechten, während ich, die unschuldige Zeugin, vor innerem Aufruhr keine Ruhe finde? Ich versuche, mich zu sammeln und meine Gefühle zu ordnen, doch sie sind so verworren, dass ich noch stundenlang wach liege. Und so lausche ich im Dunkeln auf die leisen Atemzüge meiner Schwestern und versuche, mir darüber klar zu werden, was mich mehr empört: dass Betty den Pfad der Tugend verlassen hat oder dass sie einen Mann geküsst hat, noch bevor ich es getan habe.

KAPITEL DREI

Sommer 1643

Unsere ganze Familie befindet sich im Kriegszustand, alle Anstrengungen sind auf die Sache gerichtet. Sie füllt unsere Tage so vollständig aus, dass ich mich kaum noch erinnern kann, was wir eigentlich taten, bevor König Charles vergangenes Jahr seine Standarte gegen unser Parlament erhob. Viele Engländer rangen schwer mit sich, als sie gezwungen waren, sich zwischen König und Parlament zu entscheiden. Vater jedoch zögerte keinen Augenblick. Der König war ein selbstherrlicher Autokrat, der es vorzog, ohne das Parlament zu regieren. Er umgab sich mit falschen Beratern, erhob unrechtmäßige Steuern, zensierte und bestrafte seine Kritiker ohne ordentlichen Prozess und führte die Kirche wieder näher zu Rom, all das unter dem mächtigen Einfluss seiner französischen, katholischen Königin und ihres korrupten Hofes. Einzig das Parlament konnte verhindern, dass England in eine Tyrannei wie auf dem Kontinent abglitt. «Allein das Parlament kann der Verfechter des gemeinen Volkes sein und unsere althergebrachten Freiheiten verteidigen», pflegte Vater zu sagen, wenn er mit einem Bier und einer Bibel in der Hand die Männer aus der Gegend drängte, sich seiner Reitertruppe anzuschließen. Und nicht nur die Männer nahmen die

Weisheit in Vaters Worten auf wie die göttliche Wahrheit von der Kanzel. Auch ich empfand es so. Es war, als hätte der bevorstehende Krieg in Vater eine Kraft entfesselt, die der Gewalt der Gezeiten glich und deren Wogen uns alle mitrissen.

Und so arbeiten wir.

Vater verbringt den Sommer größtenteils zu Hause, wie er es versprochen hat. Er organisiert die Verteidigung der Region aus seiner einstigen Zehntstube in unserem Haus oder vom Rücken seines Pferdes Blackjack aus. Tag für Tag gehen Scharen von Männern bei uns ein und aus – Boten, Offiziere, Amtspersonen aus der Stadt, Deputy Ireton. Ihre Stiefel sind schmutzig, ihre Kehlen dürsten nach Ale. Unsere Stube wird zu einer Art Warteraum, wo Männer auf und ab gehen, Pläne schmieden, sich beraten und ausruhen. Und wir Frauen leisten unseren Beitrag: Wir bedienen die Männer, waschen und flicken Kleidung, stricken Socken für die Soldaten und orangefarbene Schärpen für die Offiziere, kaufen Verpflegung ein, besuchen die Hinterbliebenen der Gefallenen, organisieren Spendensammlungen, verkaufen auf dem Markt Kleidung, Brot und Pasteten, um Geld für die Armee aufzubringen.

Bei einer solchen Gelegenheit stehe ich gerade mit Betty und Mutter hinter unserem Verkaufsstand, als ich Henry Ireton über den Marktplatz auf uns zukommen sehe. Es ist ein heißer, schwüler Samstag, und in der Stadt drängen sich Händler, Hausfrauen, Diener und Soldaten. Sie alle gehen eilig ihren Geschäften nach, wischen sich dabei mit Tüchern die Gesichter oder wedeln mit Fächern, die Augen gegen die Sonne abgeschirmt. Henry Ireton scheint als Einziger die Hitze gar nicht wahrzunehmen – er geht zielstrebig, den Blick nach vorn gerichtet, und diktiert dabei einem Sergeant, der neben ihm herläuft, Anweisungen.

«Ladys», grüßt er uns forsch, dann greift er in die Tasche, um ein paar Münzen in unsere Spendenbüchse zu stecken. Der Sergeant entfernt sich unauffällig.

«Guten Tag, Deputy Ireton.» Mutter knickst. «Wie geht es Euch?»

«Danke, gut, Ma'am. Ich war den Vormittag über in der Stadt unterwegs, um mit Lieferanten zu verhandeln. Ihr würdet staunen, was für Mengen an Verpflegung einquartierte Truppen benötigen: Fleisch, Brot, Haferflocken, Erbsen, Käse, Bier, außerdem Futter für die Pferde – all das tonnen- oder fässerweise. Ganz zu schweigen von Seife, Kerzen und Feuerholz, medizinischem Material …» Henry spricht voller Eifer, seine Augen leuchten angesichts dieser Herausforderung.

Mutter lacht gutmütig. «Als Vorstand eines großen Haushalts kann ich mir das sehr wohl vorstellen, Sir! Es ist nur eine Frage des Maßstabs. Wenn Ihr ein wenig Rat bezüglich der Händler in der Stadt wünscht, stehe ich Euch gern zur Verfügung.»

Ihre Antwort scheint Henry zu überraschen, er nickt und deutet ein verlegenes Lächeln an. «Vielen Dank, Ma'am – wenn ich das nächste Mal ins Haus des Gouverneurs komme, werde ich Euch ein paar Namen nennen und würde mich über Eure Einschätzung freuen.»

«Sehr gern, Sir.» Mutter lächelt. «Bridget hier kann Euch ebenfalls beraten – sie regelt inzwischen den größten Teil unserer Geschäfte in der Stadt.»

Ich freue mich über die gebührende Anerkennung und erwidere höflich Henrys Kopfnicken, doch im nächsten Augenblick beschleicht mich ein Zweifel. Hat Mutter

Hintergedanken, wenn sie mich ihm als gute Beraterin anpreist?

«Und wohin seid Ihr jetzt unterwegs, Sir?», erkundige ich mich, um das Thema zu wechseln.

«In einer halben Stunde reite ich mit Eurem Vater aus, um mit den neuen Rekruten zu exerzieren», antwortet er. «Doch zuvor werde ich ein paar besinnliche Minuten in der Kathedrale verbringen. Wir haben neue Laienprediger eingeladen – mehrere Einwohner der Stadt und ein paar meiner Männer werden sprechen. Es tut mir gut, sie anzuhören.»

Das erstaunt mich. Früher durften nur Reverend Hitch oder Geistliche, die zu Besuch waren, in der Kathedrale predigen. Wenn wir eine Predigt hören wollten, die mehr nach unserem unkonventionellen Geschmack war, musste Vater mit uns in ein Privathaus oder einen Versammlungsraum gehen. Ich weiß, dass Vater in letzter Zeit zu beschäftigt war, um sich mit den Angelegenheiten der Kathedrale zu beschäftigen, also haben wir diese Neuerung wohl Deputy Ireton zu verdanken.

«Möchtet Ihr mich vielleicht begleiten, Ma'am?», fragt Henry, an Mutter gerichtet, während ich noch ganz in Gedanken bin.

«Ich käme wirklich gern mit, Sir, aber wie Ihr seht, habe ich viel zu tun.» Mutter hält kurz inne, dann lächelt sie ihn strahlend an. «Allerdings brauche ich hier nicht die Hilfe meiner *beiden* Töchter – Bridget, warum gehst du nicht mit, um die Prediger zu hören? Das wird dir sicher Freude machen.»

Ich presse die Lippen zusammen. Mutter hat also entschieden, dass Henry eine gute Partie für mich wäre. Haben sie und Betty darüber gesprochen? Weiß Vater davon?

Verärgert suche ich nach einem Vorwand, um höflich abzulehnen, doch mir fällt keiner ein. Und ich würde die Prediger wirklich gern hören …

«Wenn es dir auch wirklich nichts ausmacht, Mutter», erwidere ich betont gleichmütig. Ich richte den Blick gelassen auf Henry Ireton, der mir höflich zunickt.

«Ganz bestimmt nicht. Geh schon. Auf dem Heimweg könntest du vielleicht bei Witwe Thomas vorbeischauen, Biddy, und fragen, ob sie etwas braucht.»

Damit ist es entschieden. Ich packe einen Laib Brot und vier Korinthenbrötchen für Witwe Thomas in meinen Korb und gehe mit Henry. Er hat lange Beine und einen forschen Soldatenschritt, sodass ich alle drei oder vier Schritte einen kleinen Hüpfer machen muss, um gleichauf mit ihm zu bleiben.

«Ihr interessiert Euch also für Predigten, Mistress Cromwell?», fragt er mich nach einer Weile, den Blick geradeaus gerichtet. Seine Stimme klingt so tonlos, geradezu desinteressiert, dass ich nicht recht weiß, was ich davon halten soll.

«In der Tat, Sir.» Ich bin ein wenig atemlos von dem flotten Tempo. «Ich höre mir gern neue Ideen an, über die ich nachdenken kann, während ich meine täglichen Arbeiten verrichte.»

«Dann schätzt Ihr neue Lehren? Ihr sucht nicht die schlichte Bequemlichkeit des Bekannten und Unstrittigen?»

Die Richtung seiner Frage überrascht mich, und ich muss kurz darüber nachdenken. «Ich suche beides miteinander zu vereinen», antworte ich schließlich. «Wir brauchen die Gewissheit des Bekannten – die Gebote, die Lehren Christi und Gottes Liebe zu uns –, um unser Leben danach auszurichten. Aber ist das Wort des Herrn nicht etwas Lebendiges? Ebenso lebendig wie wir? Ich denke, wir sollten uns stets um neue Auslegungen bemühen, um mehr daraus zu lernen.»

Daraufhin wendet Henry sich mir zu und schenkt mir ein seltenes Lächeln. Sein Gesicht hat wirklich etwas Füchsisches, doch das werde ich vor Betty niemals zugeben. Ich will sie in ihrem Übereifer, mich zu verkuppeln, nicht noch bestärken.

«Ich stimme Euch zu», sagt er, jetzt mit einem Anflug von Wärme in der Stimme. «Erst recht in diesen bedrängten Zeiten, in denen es mitunter schwerfällt, den richtigen Weg zu erkennen. Wir müssen mehr denn je danach streben, den Willen Gottes zu ergründen, und Er kann sich uns an den unwahrscheinlichsten Orten offenbaren.»

Wider Willen interessiere ich mich für seine Gedanken. «Dann ist es also Euer Werk, dass die Kathedrale für Laienprediger geöffnet wurde, Deputy Ireton?»

«So ist es.» Er nickt bedächtig. «Ich wünsche mir für die Bevölkerung von Ely größere Freiheit, sodass die Leute nach ihren eigenen Vorstellungen leben und ohne Furcht ihre Gedanken äußern können. Warum sollten wir überhaupt kämpfen, wenn wir nicht solche Veränderungen bewirken können?»

«Damit werdet Ihr einige Leute ziemlich verärgern», bemerke ich, unwillig, ihn durch Zustimmung zu ermutigen.

«Zweifellos, Mistress Cromwell. Aber ich nehme an, Eure Familie fürchtet den Unmut solcher Leute nicht.»

Nun ist es an mir zu lächeln, auch wenn ich das eigentlich nicht beabsichtigt habe. «Das ist wohl wahr. Manche nennen meine Familie radikal, unserer reformierten Ansichten wegen, auch wenn wir nie Anstoß erregen wollten und stets zur Kirche gehen, wie das Gesetz es vorschreibt. Vater bemüht sich sogar sehr um gute Beziehungen zu allen bedeutenden Familien der Stadt, ganz ohne Ansehen ihrer religiösen Gesinnung.»

«Euer Vater ist ein größerer Friedensstifter als ich, Mistress», erwidert er. «Das habe ich schon oft selbst erlebt. Ich bin weniger kompromissbereit und nachsichtig als er. Schon oft habe ich zornig nach Veränderung gestrebt, und er hat mir die Hand auf die Schulter gelegt und mir zugeredet, geduldig zu sein.»

Diesen Einblick in die Beziehung der beiden Männer finde ich höchst interessant. Ich habe beobachtet, wie hoch Vater die Klugheit und Hingabe seines Stellvertreters schätzt. Vielleicht arbeiten die beiden gerade deshalb so gut zusammen, weil sie in ihrem Wesen so verschieden sind?

Ich würde gern noch mehr über Vaters Führungsstil erfahren, doch wir sind jetzt bei der Kathedrale angelangt und verstummen. Henry führt mich durch das breite, im Karomuster geflieste Kirchenschiff, dessen riesiges Deckengewölbe sich über uns spannt wie ein hoher Baldachin aus steinernen Weißbirken. Die Gemeindemitglieder, an denen wir vorbeigehen, nicken dem Deputy respektvoll zu. In diesem Moment überkommt mich eine plötzliche Verlegenheit, als sei ich seine Braut, die er zum Altar führt. Ich unterdrücke die Empfindung rasch, vergrabe sie so tief wie möglich.

Wir setzen uns. Gerade hat ein Soldat seine Ansprache beendet, und auf dem Weg zurück zu seinem Platz salutiert er vor Henry. Hinter uns scharren Füße, jemand geht nach vorn, um als Nächstes zu sprechen. Zu meinem Erstaunen ist es eine Frau. Bei näherem Hinsehen erkenne ich sie: Es handelt sich um die Tochter eines unserer Pächter. Im vergangenen Jahr habe ich sie alle näher kennengelernt, da ich in Vaters Abwesenheit Mutter geholfen habe, die Pacht zu kassieren. Die Leute um uns herum raunen und schnappen hörbar nach Luft. Selbst jene, die wie wir dem reformierteren puritanischen Glauben anhängen, würden doch nicht so weit gehen, weibliche Prediger zu akzeptieren. Dennoch darf die Frau sprechen, und Henry neben mir macht keine Anstalten einzuschreiten.

Sie redet nur wenige Minuten lang, spricht über ihre persönliche Gotteserfahrung und preist Ihn dafür, dass Er sich der kleinen Dinge unseres täglichen Lebens annimmt. Ich höre gebannt zu. Allein ihre Stimme zu hören, zu sehen, wie sie aufrecht und majestätisch vor uns steht und selbstgewiss ihre Gedanken vorträgt, ist für mich ein erhebendes Erlebnis. Mir ist, als schwebte ich bei dem Anblick hoch zwischen dem Deckengebälk, und in diesen wenigen Minuten fallen alle Zukunftsängste von mir ab. Wenn sie das kann, weshalb sollte ich es nicht auch können? Wäre das eine Möglichkeit, im Leben meinen eigenen Weg zu gehen, durch das Wort Gottes?

«Sie war außerordentlich», höre ich mich später am Abend zu Betty sagen, während wir den Kleinen bei ihren Leseübungen helfen. «Den Mut aufzubringen, so aufzustehen und die Wahrheit ihres Glaubens zu verkünden; ihre persönliche Beziehung zu Gott zu erklären.»

Betty schaut mich mit hochgezogener Augenbraue an. Ich habe nicht erwartet, dass sie mein Interesse an dieser Predigerin teilt, sondern wollte nur das Gespräch von

Henry Ireton ablenken. «Lies weiter, Mary, versuche das nächste Wort. G-a-r-t-e-n», sagen wir gemeinsam. «Ja, das war richtig.»

«Aber worüber habt ihr gesprochen, du und der Deputy?», beharrt Betty. «Ich habe gesehen, wie ihr auf dem Weg über den Marktplatz miteinander geredet habt.»

«Nichts von Belang. Garten ... Jetzt kommt ein schwieriges Wort. G-e-t-h-s-e...»

«Ein Jammer, dass er nicht besser aussieht», unterbricht Betty mich mit vielsagendem Blick, während sie das Kinn auf Frances' Kopf legt.

«Glücklicherweise bin ich nicht so versessen auf Äußerlichkeiten wie du», entgegne ich. «Ich finde es weit wichtiger, dass jemand in der Lage ist, ein geistreiches Gespräch zu führen.»

«Aha! Dann war eure Unterhaltung also doch nicht so belanglos.»

Ich ärgere mich, dass ich in ihre Falle getappt bin. «Wenigstens haben wir miteinander gesprochen. Was ich von dir und Val auf dem Flur gesehen habe, kam mir nicht wie ein Gespräch vor.»

«Psst!» Sie wirft mir einen warnenden Blick zu.

«Warum? Was hast du denn mit Val gemacht?» Frances vergisst augenblicklich ihr Bilderbuch und schaut neugierig zu Betty auf.

«Gar nichts, kleines Fräulein», sagt Betty rasch und drückt Fanny, bis sie kichert. Das Buch gleitet von ihrem Schoß auf den Boden.

«Was für eine hübsche Szene.» Vater erscheint in der Tür. Betty schaut mich vorwurfsvoll an – beinahe hätte ich sie verraten.

«Meine reizenden Mädchen beim Lernen», bemerkt Vater fröhlich. Er lässt sich in einem Lehnstuhl nieder und legt die Stiefel auf einen Schemel.

«Es ist schon spät – hast du denn gegessen, Vater? Soll ich dir etwas holen?» Ich mache Anstalten aufzustehen, doch er bedeutet mir, sitzen zu bleiben.

«Ich habe mit Henry im Wirtshaus The Bell gegessen, nachdem wir die neuen Rekruten gemustert hatten. Er hat mir erzählt, dass er dich mitgenommen hat, um die Prediger anzuhören, Biddy? Dann hast du ihn wohl in einem seiner wenigen freien Momente erwischt – er arbeitet fast ohne Unterlass. Ich habe darauf bestanden, dass er morgen mit uns zu Abend isst. Wir wollen doch sehen, ob deine Mutter ihn nicht etwas auffüttern kann.»

Betty schaut mich mit hochgezogener Augenbraue an.

«Ja, Vater, ich habe mit ihm die Prediger gehört, und es war höchst interessant», antworte ich und tue, als hätte ich Bettys Blick nicht bemerkt.

«Ach, schön, sehr schön. Er ist ein vortrefflicher Mann und weit fort von seinem Zuhause – es freut mich, dass du freundlich mit ihm umgehst.»

Ich weiß nicht recht, ob Vater mich für meine kühle Art schelten oder mich ermutigen will, Henry als Verehrer in Betracht zu ziehen. Oder ob hinter seinen Worten überhaupt eine tiefere Absicht steckt. Doch eigentlich will ich es auch gar nicht wissen.

«Wie waren denn die neuen Rekruten, Vater?», erkundige ich mich, um das Thema zu wechseln. «Taugen sie etwas?»

Er beugt sich hinunter und nimmt sich einen Zuckerkeks von dem Teller, der neben Betty auf dem Boden steht. «Es ist ein sehr gemischter Haufen. Nun, da der Earl of Manchester zu unserem Kommandeur ernannt wurde und die Zwangsrekrutierung eingeführt hat, schließen sich die Männer nicht mehr nur aus Überzeugung der Truppe an. Ich habe ihm erklärt, dass wir eifrige Kämpfer brauchen, die Gott lieben und an unsere Sache glauben; dass solch ein Mann auf dem Schlachtfeld so viel wert ist wie zehn von der anderen Sorte. Aber er hat das Kommando. Henry und ich werden unser Bestes tun, um sie zu formen. Wenn wir ohne Ansehen des gesellschaftlichen Standes die Besten befördern, können diese für den Rest den Ton angeben. Im Übrigen brauchen wir die Männer nun einmal.»

«Ist die Lage denn so verzweifelt, Vater?», fragt Betty, dreht sich halb um und legt ihm eine Hand aufs Knie. Ich spüre, wie Mary auf meinem Schoß sich anspannt, während sie ihre Hand in meine schiebt.

«Nein, mein Liebes, nicht verzweifelt», erwidert Vater beruhigend. Sein Tonfall klingt unbeschwert, doch ich frage mich, ob er seinen Offizierskollegen die gleiche Antwort geben würde wie seinen besorgten Töchtern.

«Nicht verzweifelt, aber vielleicht in einem empfindlichen Gleichgewicht?», schlage ich vor, bemüht, verständig und erwachsen dreinzublicken.

Vater schaut mich nachdenklich an, während er sich die nächsten Worte zurechtlegt. «Empfindlich, ja, Bridget. Der König ist in der Offensive; wir brauchen alle verfügbaren Männer.»

«Schlafenszeit, Mädchen», ertönt Mutters Stimme vom Flur her. Mary hüpft gehorsam von meinem Schoß, während Frances widerspenstig die Arme verschränkt.

«Ich bringe sie zu Bett», ruft Vater zurück, und Fanny strahlt und springt eifrig auf. Betty und ich sehen zu, wie Vater die beiden aus dem Zimmer führt und sie sich mit ihren kleinen Händen an sein Wams klammern. «Soll ich euch noch einmal die Geschichte von dem großen Bären erzählen?», höre ich ihn fragen, während sie die Treppe hinaufgehen. Auf seine Worte folgt ein tiefes Brummen, dann Gekicher.

«Er geht so liebevoll mit ihnen um», bemerkt Betty und nimmt sich einen Keks.

«Er verwöhnt sie», erwidere ich.

KAPITEL VIER

Uns allen ist klar, dass dieser Zustand nicht anhalten kann. Sehr bald müssen Vater und Olly wieder ins Feld ziehen, und wir versinken erneut in die zermürbende, drückende Verzweiflung wartender Frauen in Kriegszeiten. Ich kann mich eines heimlichen Grolls gegen die Männer nicht erwehren, als seien sie irgendwie an der Situation schuld.

Ich glaube, Olly spürt meine wachsende Gereiztheit, doch er ist nachsichtig genug zu erkennen, dass dahinter eigentlich Liebe steckt. Am Tag vor dem Abmarsch bittet er mich, mit ihm angeln zu gehen, wie wir es als Kinder oft taten. Eigentlich müsste ich Martha in der Küche helfen und Vaters Hemden fertig ausbessern, doch die Aussicht auf die weiten schwimmenden Wiesen und darauf, Olly ganz für mich allein zu haben, ist allzu verlockend.

Wir gehen gemeinsam durch die Stadt, überqueren den Great Ouse und folgen den Dämmen entlang der Kanäle nach Osten, der Sonne entgegen, die sich auf dem stillen Wasser spiegelt. Ich kenne die Stelle, wo er angeln will. Nach etwa zwanzig Minuten sind wir da, und ich breite die Decke aus, während Olly sich hinhockt, um seinen Haken zu ködern. Wir machen es uns bequem und schauen zu, wie die hohen Rohrkolben sich im leichten Wind wiegen.

«Nach dem Krieg würde ich am liebsten nichts anderes mehr tun, als zu angeln.»

Ich lächle, schließe die Augen und spüre die Wärme der Sonne auf meinem Gesicht. «Irgendwann wirst du das Haus erben, und dann kannst du jeden Tag hier draußen in den Fens verbringen, wenn du willst. Aber du wirst es bald leid sein.»

«Bestimmt nicht», widerspricht Oliver sehr entschieden. «Ich habe nicht den Drang, Großes in der Welt zu bewirken, nicht so wie Vater – und wie *du*.»

«Ich?» Ich schaue ihn an und lache hohl über die Vorstellung, doch ein wenig bleibt es mir in der Kehle stecken. «Wann werde ich wohl jemals Gelegenheit haben, etwas Außerordentliches zu tun?»

Er denkt ein wenig nach. «Ich weiß es nicht, Biddy. Aber eines weiß ich: Du wirst jede Gelegenheit nutzen, die sich dir bietet. Du musst mir etwas versprechen.»

Ich schaue ihn fragend an.

«Versprich mir, dass du nicht aus Stolz diese Gelegenheit ausschlägst, selbst wenn sie in Gestalt eines Ehemannes daherkommt.»

Ich starre Oliver an. Mein erster Impuls ist Entrüstung über seine Dreistigkeit, doch dann geht mir allmählich auf, dass in seinen Worten Wahrheit steckt. Wie kann mein Bruder wissen, welcher Krieg in mir tobt, wenn ich an meine Zukunft denke? Ich will einmal mehr leisten, als einen Ehemann zufrieden zu machen, indem ich ihm den Haushalt führe und seine Kinder großziehe. Doch dieses Verlangen steht im Widerspruch zu der Einsicht, dass eine Heirat, realistisch betrachtet, für mich wohl der einzige Weg in die Unabhängigkeit ist. Einerseits kann ich schlichte Befriedigung darüber empfinden, eine Arbeit gut gemacht zu haben, aber andererseits sträubt sich alles in mir dagegen, dass die sauber gefegte Haustürschwelle mein Horizont sein soll. Wurde ich in die falsche Generation hineingeboren? Oder womöglich gerade in die richtige? Welchen Platz kann es für mich in dieser neuen Welt geben, die gerade um mich herum entsteht? Ich richte den Blick wieder auf das Wasser, ziehe die Beine an und lege nachdenklich das Kinn auf die Knie.

«Betty hält die Augen offen, was das angeht», fährt Olly jetzt in scherzhaftem Ton fort. «Sie wird nicht warten, bis du verheiratet bist, dessen kannst du gewiss sein …» Er hält inne und reibt sich das unrasierte Kinn. «Sie hat mir einen Brief für Val mitgegeben. Du glaubst nicht vielleicht, dass sie und er …?»

Ich winde mich innerlich. Lügen sind mir zuwider, doch ich will den Fehltritt meiner Schwester nicht verraten, nicht einmal gegenüber Olly. «Sie ist jung und tändelt gern», sage ich stattdessen. «Sie wird sich der Macht ihrer Schönheit gerade erst bewusst und probiert sie aus, wie man einen Muskel spielen lässt. Ich sehe, wie sie von Tag zu Tag mehr erblüht. In meinen schwächeren Momenten beneide ich sie sogar, denn mir ist wohl bewusst, wie sehr ihre Schönheit meine in den Schatten stellt.» Ich mache eine dankende und zugleich abwehrende Geste, als Olly automatisch widersprechen will. «Nein, nein, es ist schon gut. Tatsächlich halte ich ihre Schönheit sogar auch für eine Bürde. Sie führt zu übertriebenen Hoffnungen und Erwartungen und verleiht unschuldigen Momenten allzu viel Gewicht.»

«So habe ich Schönheit noch nie betrachtet», bemerkt Olly kopfschüttelnd.

«Du bist eben ein Mann», erwidere ich.

«Und Vater?»

«Der ist noch blinder als du. Bettys Reiz wirkt auf ihn

stärker als auf jeden anderen. Mutter hingegen sieht uns ganz klar. Ich glaube, sie wünscht, ihre Gaben wären gerechter auf ihre Kinder verteilt worden: dass Betty etwas von meiner Frömmigkeit hätte und ich einen Teil ihrer Schönheit. Dass sie ein wenig ernsthafter wäre und ich etwas weniger ernst. Vielleicht wäre dann die Zukunft für uns beide nicht so ungewiss.»

«Eine ernüchternde Einschätzung», kommentiert Olly. «Ich sehe, wir alle haben unsere Schlachten zu schlagen.»

Seine Worte reißen mich aus meinem Selbstmitleid. «Es tut mir leid, mein Lieber. Aber sage mir ehrlich, wie steht der Krieg? Vater ist zu sehr darauf bedacht, unsere Gefühle zu schonen – ich bin sicher, er verrät uns nicht die ganze Wahrheit.»

Olly seufzt. Er zögert seine Antwort hinaus, indem er noch einmal die Angelschnur auswirft. Der Köder wird von einer glitzernden Strömung erfasst.

«Es sieht nicht gut aus, Biddy. Der König hat die Oberhand. Es gibt Gerüchte, er werde zwei neue Armeen aufstellen, eine im Westen und eine im Norden, die beide auf London marschieren sollen. Sie werden noch durch Truppen verstärkt, die aus Irland zurückkehren. Und wir hier im Osten sind in Gefahr. Die nördliche Armee des Earl of Newcastle gewinnt mit jedem Tag an Boden. Sie hat bereits Stamford erreicht, das ist nur einen oder zwei Tagesmärsche von hier. Wir brauchen Hilfe. Unsere größte Hoffnung, unsere einzige Hoffnung ist, dass John Pym und seine Fraktion im Parlament die Schotten überzeugen können, auf unserer Seite in den Krieg einzutreten.»

«Ist das denn wahrscheinlich?»

«Einen Versuch ist es wert, allerdings ist der Ausgang

ungewiss. Viele im Königreich stehen auf der Seite von König Charles – immerhin ist er selbst Schotte.»

«Aber seine konservative Haltung in Fragen der Religion gefällt ihnen nicht?»

«Nein, und das haben sie kurz vor dem Krieg noch gezeigt, indem sie sein neues Gebetbuch ablehnten. An diesem Punkt sollten wir ansetzen, so haben wir am ehesten eine Chance, die Schotten zu überzeugen. Wir können nur hoffen, dass die Engländer im Falle einer Einigung keinen zu hohen Preis zahlen müssen.»

«Du meinst, die Schotten könnten darauf bestehen, in England ihre presbyterianische Kirche einzuführen?» Diese Vorstellung widerstrebt mir zutiefst – es ist eine streng hierarchische Kirche, in der ein Ältestenrat Vorschriften erlässt und über das gemeine Volk bestimmt. Wo bliebe da Raum für Menschen wie uns, die eine freiere Vorstellung von Religion haben? «Damit wäre Pym doch gewiss nicht einverstanden?»

Olly legt seine Angel beiseite und fischt stattdessen ein Stück Brot aus meinem Korb.

«Im Augenblick ist alles möglich», sagt er mit vollem Mund. «Wir sind inzwischen so weit gegangen, dass es kein Zurück mehr gibt.» Er wendet sich von mir ab und starrt aufs Wasser hinaus, blinzelt in das Sonnenlicht, das auf den dunklen Locken an seinem Hals spielt.

Ich sollte seinem Blick folgen und die gespiegelte Welt bewundern, die vor mir liegt wie ein illuminiertes Manuskript aus der alten Kirche. Mit ihrem Efeugrün, dem strahlenden Gold und den unterschiedlichen tiefen und blasseren Blautönen wirkt sie irgendwie schärfer und wirklicher als die echte Welt. Doch ich will nur meinen geliebten Bruder anschauen, die Landschaft seiner gebräunten Haut, die Narbe an seinem Hals, wo er sich einmal beim Rasieren geschnitten hat, weiß neben seinem kastanienbraunen Haar. Ich warte, denn ich spüre, dass er mir noch etwas zu sagen hat.

Als er das Schweigen bricht, ist seine Stimme so leise wie das stille Wasser:

«Bei Edgehill, in der letzten Stunde der Schlacht, habe ich einen alten Schulfreund gesehen. Er kämpfte auf der anderen Seite, stand mir direkt gegenüber. Wir haben uns gleichzeitig erkannt, durch den Pulverdampf der Musketen, und ich saß wie erstarrt im Sattel. Ich konnte ihn doch nicht angreifen, oder? Aber ich hatte mein Schwert in der Hand, das Blut rauschte laut in meinen Ohren, und um mich herum prallten Pferde gegeneinander. Also habe ich stattdessen auf den Mann neben ihm gezielt, habe ihn aufgeschlitzt, und er stürzte aus dem Sattel. Mein Freund hielt sein Pferd zurück und starrte mich entsetzt an, als sei ich eine Bestie. Und hatte er nicht allen Grund dazu? Sein Kamerad lag blutend im Gras, die Pferde der anderen trampelten bereits über ihn hinweg. Ich hätte meinem Freund gern gesagt, dass das nicht meine Absicht war, dass ich ihn schützen wollte. Ich wünschte mir, er würde weiterkämpfen, auf mich losgehen oder auf irgendjemand anderen, doch er saß nur fassungslos da, während sein Pferd mit den Hufen scharrte. Da ritt ich ihm entgegen – ich hatte den verzweifelten Drang, ihn einfach nur in die Arme zu schließen und ihm zu sagen, dass ich ihn liebe. Aber im nächsten Moment stieß ein Pikenier ihm seinen Spieß von unten in die Brust. Es ging so schnell, dass er den Blick nicht mehr von mir wenden konnte, ehe das Licht in seinen Augen erlosch und er zu Boden fiel. In meinen Träumen starrt er mich noch immer an. Starrt und kippt leblos aus dem Sattel, immer und immer wieder.»

Ich rutsche über die Decke und nehme die Hand meines Bruders, schiebe meine Finger fest zwischen seine. Nichts, was ich sagen könnte, würde ihn trösten; ich verfluche mich selbst für meine mädchenhaft beschränkte Erfahrung. Und erst recht dafür, dass ich so wenig für unsere Sache zu tun vermag. Eine Weile habe ich mir eingebildet, ich könnte heimlich davonlaufen, mich als Junge verkleiden und mich der Armee anschließen, wie es Gerüchten zufolge einige Frauen getan haben. Frauen, die entschlossen waren zu kämpfen oder die einfach nur bei ihrem Ehemann oder ihrem Liebsten sein wollten. Aber könnte ich solche Erlebnisse, wie Olly sie schildert, überhaupt ertragen? Den Berg aus Leichen, über den wir hinwegsteigen müssen, um den Sieg zu erlangen? Seine Worte wecken Zweifel in mir, die meine Gedanken trüben. Wie kann ich eine Hilfe sein?

Und so sitzen wir da, jeder auf seine Weise gefangen, so reglos und still, dass ein Eisvogel in seiner Farbenpracht an uns vorbeischnellt, um neben Ollys Angelschnur Posten zu beziehen.

Beim Abschied fließen wie immer die Tränen, auch wenn Vater beteuert, er werde wahrscheinlich bald wieder zu Hause sein – in Kriegszeiten gibt es keine Gewissheit, wenn man sich trennt, sei es auch nur für kurze Zeit. Ich küsse Vater, dann überlasse ich ihn den anderen, denn sie bedürfen seiner Umarmungen dringender: Mutter, Großmutter, Betty und die kleinen Mädchen. Ich wende mich indessen Olly zu und bin die Letzte, die ihn berührt, ehe er in Vaters Schatten davonreitet, um sich seinen Männern anzuschließen.

«Denk an die Salbe!», ruft er mir noch über die Schulter zu, und ich taste nach dem Tiegel in meiner Tasche.

Es dauert eine Viertelstunde, bis alle achthundert Mann aus der Stadt geritten sind. Unsere Arme schmerzen vom Winken und unsere Wangen vom verkrampften Lächeln, als wir uns endlich in die Düsternis unseres gemeinsamen Zuhauses zurückziehen können. Sobald wir Frauen unter uns sind, sinken wir in uns zusammen, erschlaffen in einem einzigen gemeinsamen Ausatmen und geben voreinander unsere wahren Gefühle zu erkennen. So ist es immer, wenn die Männer aufbrechen, denke ich zornig, während ich der Reihe nach in die Gesichter schaue. Es ist, als seien wir ohne sie auf einmal formlos, absichtslos, geradezu leblos. Wir verabschieden die Männer dorthin, wo sich das eigentliche Geschehen abspielt, und versinken dann in die stillen Belanglosigkeiten weiblichen Lebens, um bang auf die nächste Briefsendung zu warten.

Mich ärgert diese Abhängigkeit, die ich doch zugleich selbst empfinde. Ich glaube, vor dem Krieg hat mich der Unterschied zwischen dem Leben der Männer und dem der Frauen nie derart gestört, ich habe ihn gar nicht so stark wahrgenommen. Aber vielleicht setzte das Gefühl auch schon früher ein. In jenen glücklichsten Jahren, nachdem Vater die Erbschaft gemacht hatte und wir in das Haus in Ely umgezogen waren, strahlte sein Wirken aus diesen vier Wänden heraus. Sein Leben stand im Mittelpunkt, war für uns alle bedeutsamer als unser eigenes. Allmählich nahm er wieder einen Platz in der Gesellschaft ein, übernahm immer mehr Verantwortung in der Stadt und der Region. Wir fingen an, Nachbarn zu uns einzuladen, ein Netz aus Beziehungen zu knüpfen, und Vater war jeden Tag bei uns, führte seine Geschäfte von der Zehntstube aus.

Doch dann richtete er den Blick über den flachen Horizont der Fens hinaus. Zwei Jahre vor Beginn des Krieges wurde er Parlamentsabgeordneter für Cambridge – ein Aufstieg, der selbst Mutter verblüffte, obwohl sie doch seine Fähigkeiten am besten kannte. Er verkaufte seine Position als Zehnteinnehmer, und bald ritt er nach Cambridge, nach London und blieb Wochen, mitunter sogar Monate fort. Allerdings war nach der jahrelangen Alleinherrschaft des Königs das Parlament kein glückliches, und so kehrte Vater oft in düsterer Stimmung zurück. Er brütete, verschanzte sich mit den wichtigen Männern der Region in seinem Arbeitszimmer. Ich bemühte mich, so viel wie möglich von ihren Gesprächen aufzuschnappen, wenn ich ihnen Bier und Brot brachte. Ich hörte sie sagen, der König missbrauche seine Macht, erhebe rechtswidrige Steuern, sperre Männer ohne Prozess ein, er werde mehr und mehr wie die Despoten auf dem Festland, und seine Frau, eine französische Katholikin, vergifte seine Sicht auf die Kirche. Es gab eine Rebellion in Schottland, dann eine in Irland, und der König schickte Soldaten ins Parlament, um seine Widersacher zu verhaften. Doch sie waren bereits geflohen – jemand hatte sie vorgewarnt. Als der König seine Pläne durchkreuzt sah, verließ er London und erhob seine Standarte in Nottingham, erklärte seinem eigenen Volk den Krieg. Und ehe wir uns versahen, hob Vater Truppen aus und marschierte im Namen des Parlaments in Cambridge ein. Mit dieser kühnen Tat machte er sich einen Namen.

Von da an veränderte sich auch mein Leben, wenngleich ich es damals nicht so wahrnahm. Da Vater und Olly im Feld und meine jüngeren Brüder in der Schule waren, übernahm ich zu Hause einen Teil der Männerarbeit, Dinge, die ich in Friedenszeiten niemals getan hätte. Inzwischen helfe ich Mutter mit Vaters geschäftlichen Angelegenheiten, kassiere seine Pacht, kümmere mich darum, dass das Schulgeld für die Jungen gezahlt wird, ich verhandele mit Lieferanten und Bediensteten und halte Augen und Ohren offen, um die Informationen an Vater weiterzugeben. In seiner Abwesenheit trifft Mutter die Entscheidungen für die Familie, und sie holt sich bei mir Rat. Oft sitzen wir abends noch lange beisammen, wenn meine Schwestern schon im Bett liegen, lesen Briefe und bezahlen Rechnungen, besprechen die jüngsten Meldungen vom Krieg und planen unsere Zukunft. Ich genieße die Herausforderung, auch wenn sie in mir die Sehnsucht geweckt hat, mehr aus meinem Leben zu machen.

Ich weiß jetzt, dass ich mit einem Leben am heimischen Herd nicht zufrieden wäre. Ich muss in die Welt hinaus, wo ich mehr bewirken kann als im Kreise meiner Kinder und Nachbarinnen. Vielleicht könnte ich als Predigerin oder Verfasserin von Schriften ein solches Leben haben. Doch andererseits will ich nicht wie Tante Liz enden, als Anhängsel in einem Haus leben, das nicht das meine ist, einer anderen Frau untergeordnet und einem Mann unterstellt, der nicht mein Ehemann ist. Und ich kann mir selbst nicht länger vormachen, ich könnte davonlaufen und im Krieg mitkämpfen. Also wird es vielleicht so kommen, wie Olly gesagt hat: dass ich mich an einen Mann binden muss, um voranzukommen. Aber ich könnte niemals einen Mann heiraten, der mich nicht als vollwertige

Partnerin mit auf den Weg nehmen will. Der nicht meinen Rat höher schätzt als den jedes anderen Menschen. Wenn er sein Leben draußen in der Welt nicht mit mir teilen will, werde ich nicht für sein Leben daheim sorgen.

Von diesen Gedanken getrieben, straffe ich die Schultern und übernehme das Regiment über die verzweifelten Frauen um mich herum – jetzt bin ich wieder der Herr im Haus.

«Henry! Wie schön. Kommt doch herein.»

«Henry», so nennen wir Deputy Ireton also inzwischen, da er so viel Zeit bei uns verbringt. Er ist in Ely geblieben, um als Vaters Stellvertreter die Angelegenheiten der Stadt zu regeln. Seither isst er ein- oder zweimal in der Woche mit uns zu Abend, sitzt sonntags in der Kathedrale neben uns und holt zu seinen Geschäften mit den ansässigen Kaufleuten meinen und Mutters Rat ein. Abgesehen von unserem Knecht ist Henry oft tagelang der einzige Mann, dessen Stimme wir hören. Mutter hält große Stücke auf ihn und verlässt sich auf ihn neuerdings fast so wie auf einen ältesten Sohn. Die Kleinen, die ihren Vater vermissen, hocken ihm zu Füßen und betteln um Süßigkeiten. Und Betty, die ihn doch so füchsisch fand, lächelt und errötet, wann immer sie ihn anschaut. Vermutlich hat sie einfach Langeweile. Er scheint nach dem Soldatenleben, an das er gewöhnt ist, all die weibliche Aufmerksamkeit durchaus zu genießen, wenn auch auf seine eigene ernste und mitunter etwas schroffe Art. Ich für meinen Teil bemühe mich nicht besonders darum, dass er sich bei uns willkommen fühlt. Eines schätze ich allerdings an seinen häufigen Besuchen: Er bringt stets Nachrichten über den Krieg mit. Heute Abend verkündet er die große Neuigkeit bereits im Hausflur, noch ehe er seinen Mantel abgelegt hat:

«Die Schotten haben sich auf unsere Seite gestellt, gelobt sei Gott!» Dabei grinst er nicht, wie andere Männer es bei einem solchen Anlass täten, aber seine strahlenden Augen verraten deutlich genug, wie entscheidend diese Entwicklung ist.

«Dem Herrn sei Dank.» Mutter fasst Henry am Arm. «Ihr bleibt doch gewiss zum Essen und feiert mit uns.»

«Martha, noch ein Gedeck mehr zum Abendessen», rufe ich in Richtung der Küche. Dann hole ich eine Flasche Wein anstelle des Dünnbiers, das wir normalerweise trinken, wenn wir allein sind. In der Stube trete ich Henry meinen angestammten Platz an Mutters rechter Seite ab und setze mich stattdessen ihm gegenüber.

«Über die Einzelheiten wird noch verhandelt», fährt Henry fort, während er sorgsam seinen Stuhl zurechtrückt. «Jedenfalls geht der Krieg damit in eine neue Phase. Mit einer Schottenarmee können wir siegen, ganz gleich, mit wie vielen irischen Rebellen der König sich verbündet.»

«Wäre es denn eine so starke Truppe, Henry?», fragt Betty mit großen Augen.

«Gerüchten zufolge zwanzigtausend Mann.»

«Gottlob», sagt Mutter und faltet die Hände. «Henry, würdet Ihr das Tischgebet sprechen?»

Ich schließe die Augen fest, während Henry den Tischsegen spricht, und bete inbrünstig, diese Armee möge unserer Sache wirklich zum Sieg verhelfen. Als ich die Augen wieder öffne, ist es still in der Runde, da alle sich Essen auftun. Ich nutze den Moment, um mehr zu erfahren.

«Und was ist der Preis für diese zwanzigtausend Schotten, Deputy Ireton? Werden wir demnächst zum Gottesdienst in eine presbyterianische Kirche gerufen?»

Henry mustert mich forschend, ehe er antwortet. Sein Messer liegt noch unberührt neben dem Teller. «Das ist eine kluge Frage, Miss Bridget. Soweit ich weiß, ist genau das der strittige Punkt. Und ich bin sicher, keiner von uns hier am Tisch würde wollen, dass unsere religiöse Freiheit weiter eingeschränkt wird.»

«Allerdings nicht», bestätige ich. «Dann können wir wohl nur hoffen, dass das Parlament einen Kompromiss findet, der für alle akzeptabel ist.»

«Ja», pflichtet er mir bei, «eine geschickte Formulierung im Text des Abkommens, die Reformen verspricht und ein paar Forderungen zugesteht. Man könnte ihnen beispielsweise so weit folgen, Feiertage wie Weihnachten abzuschaffen, ohne jedoch allzu genau festzulegen, wie die Kirche künftig aussehen soll.»

«Oder *wann* die Änderungen vorgenommen werden», füge ich hinzu. «Vage Formulierungen und Verzögerungstaktik – dazu sollten unsere Politiker wohl in der Lage sein.»

Henry nickt mit anerkennender Miene. Gleich darauf ertappe ich Mutter und Betty bei einem verschwörerischen Blickwechsel. Ich schaue sie aus schmalen Augen an, dann wende ich mich meinem Teller zu, entschlossen, nichts mehr zu sagen.

«Eure Familie in Nottinghamshire wird sicher froh über diese Nachricht sein?», sagt Mutter rasch, als eine peinliche Stille eintritt.

«Ganz bestimmt», wirft Großmutter vom anderen Ende des Tisches ein, ehe Henry etwas erwidern kann. «Das Weibsvolk daheim hat es nicht leicht.»

«Gewiss nicht, Ma'am.» Henry neigt höflich den Kopf. «Und für meine Verwandten war es besonders hart, da ich durch die nördliche Armee des Königs von ihnen abgeschnitten wurde.»

«Andererseits könntet Ihr ohne dieses Unglück jetzt nicht hier bei uns sitzen.» Betty lächelt Henry zu. Ihre ungezwungene, liebenswürdige Art ärgert mich, doch zugleich bewundere ich meine Schwester dafür.

Ich schaue verstohlen zu Henry, rechne mit dem hingerissenen Blick, mit dem andere Männer auf Bettys honigsüße Worte reagieren würden, doch er scheint gänzlich unbeeindruckt.

Mutter lächelt, dann schüttelt sie mitfühlend den Kopf. «Ist Euer Vater denn daheim?»

«Mein Vater lebt schon lange nicht mehr», antwortet Henry leise. «Er starb, als ich dreizehn war.»

«Ach je.» Mutter legt mit mütterlicher Geste ihre Hand auf Henrys, und auch wir anderen schauen mitleidig drein. «Und habt Ihr noch Geschwister?»

«Ich bin der Älteste von acht – das heißt, acht, die das Säuglingsalter überlebt haben.»

Bei diesen Worten schaue ich auf und breche unwillkürlich mein Schweigen. «Dann wart Ihr nach dem Tod Eures Vaters also der Haushaltsvorstand?» Ich denke an Vater, der mit achtzehn ebenfalls die Verantwortung für seine verwitwete Mutter und sieben Schwestern übernehmen musste. Ich werfe einen Blick zu Großmutter, die sich interessiert vorgebeugt hat, und spüre, dass sie das Gleiche denkt.

Henry schiebt ein Stück Hühnerfleisch auf seinem Teller herum und erwidert: «Ja und nein. Ja, ich übernahm die Verantwortung für meine Familie und habe in den vergangenen Jahren gemeinsam mit meiner Mutter das Gut verwaltet, während meine Geschwister heranwuchsen. Aber wir in Nottinghamshire haben ein anderes System, bei uns erbt nicht der älteste, sondern der jüngste Sohn den Grundbesitz.»

Das erstaunt uns alle. «Davon habe ich ja noch nie gehört», bringe ich schließlich heraus.

«Ich auch nicht», schließt Mutter sich an, während Großmutter sich zungeschnalzend über ihr Glas beugt und Tante Liz einen mitfühlenden, gurrenden Laut von sich gibt.

Henry nimmt einen tiefen Zug aus seinem Weinglas. «Es ist gewiss eine ungewöhnliche Praxis», ergreift er nach einer Weile wieder das Wort, «doch man braucht mich deshalb nicht zu bedauern. Ich habe immer gewusst, wie die Dinge liegen, und habe mich angestrengt, mir selbst etwas zu erarbeiten – erst in Oxford, dann in der Armee. Und nun hat der Herr es für passend erachtet, mich herzuführen, damit ich hier Sein Werk tue. Dies ist eine günstige Zeit für Männer, die sich ungeachtet von Herkunft und Stand einen Namen machen wollen – in unserer Armee wimmelt es von Söhnen ohne Erbanspruch, wie ich einer bin.»

Für einen Mann, ja, denke ich nicht ohne Neid. Könnte ich doch nur so kühn über meine eigene Zukunft sprechen, mit solcher Gewissheit, aus eigener Kraft etwas erreichen zu können! Ich beobachte Henry aufmerksam und versuche auszumachen, ob unser Mitgefühl ihn verunsichert oder bestärkt hat, doch er ist heute unergründlich.

«Nun, darauf wollen wir trinken, Henry», sagt Mutter. Ihre gütige Art macht etwaige Peinlichkeiten rasch vergessen, und wir heben unsere Gläser. «Ich bin überzeugt, dass Ihr Eure Lieben stolz machen werdet, und ich hoffe, solange Ihr von ihnen getrennt seid, betrachtet Ihr uns als Eure Familie.»

«Jawohl, junger Mann», bekräftigt Großmutter. «Ich habe Hochachtung vor einem Sohn, der für seine verwitwete Mutter und seine Geschwister sorgt, wie Ihr es getan habt – und auch mein Oliver. Ihr seid an unserem Tisch stets willkommen.»

«Ich danke Euch, Ma'am – und Euch auch, Ma'am, Ihr seid sehr gütig», erwidert Henry, an Mutter und Großmutter gerichtet. Er wirkt etwas verlegen, doch mir scheint, eigentlich freut er sich über ihre Worte. Als er weiterspricht, finde ich meinen Eindruck bestätigt: «Ich muss gestehen, dass ich es genieße, an Eurem Familienleben teilhaben zu dürfen. Ich fühle mich auf angenehme Weise an meine eigene Mutter und meine Schwestern erinnert.»

«Ich hoffe nur, wir erinnern Euch nicht *zu* sehr an Eure Schwestern, Henry», wirft Betty ein. Dabei lächelt sie mir vielsagend zu, und mich beschleicht das grässliche Gefühl, dass sie stellvertretend für mich mit ihm tändelt.

Vor Verlegenheit schießt mir das Blut in die Wangen, und ich werfe ihr einen strafenden Blick zu. Als ich gleich darauf verstohlen zu Henry schaue, verrät seine Miene aber nichts als höfliche Verwirrung – offenbar hat er Bettys Andeutung nicht verstanden. Erleichtert greife ich nach meinem Glas. Ich danke dem Herrn für Henrys Begriffsstutzigkeit, auch wenn ich mich zugleich frage, was das über mich aussagt.

KAPITEL FÜNF

Frühjahr 1644

«Fünf Pfund pro Woche?»

«Fünf Pfund.» Mutter blickt lächelnd von Vaters Brief auf.

«Und das immer, wirklich jede Woche?», frage ich und lasse das Haushaltsbuch in den Schoß sinken.

«So schreibt er es hier. Er wird uns das Geld schicken, ob er seine Bezahlung erhält oder nicht. Nun, da er erneut befördert wurde, sollen für seine Männer endlich die nötigen Mittel zur Verfügung gestellt werden, und er hofft, dass für uns das Leben so ein wenig leichter wird.»

«Dem Herrn sei Dank», sage ich und wende mich wieder dem Haushaltsbuch zu. Ich überfliege die Spalten und überschlage rasch ein paar Zahlen. «Wir können das Schulgeld für das Semester zahlen, Matthew und Martha entlohnen und unsere Rechnung beim Fleischer begleichen.»

«Und Betty kann die Bänder bekommen, die sie sich zum Geburtstag wünscht», fügt Mutter hinzu.

Ich gestatte mir ein nachsichtiges Lächeln.

«Wir könnten sie ihr schon früher geben, damit sie sie tragen kann, wenn John Claypole zu Besuch kommt. Das wird sie freuen», fährt Mutter fort.

«Dann schenkt er ihr vielleicht mehr Aufmerksamkeit

als mir, das würde deine Pläne durchkreuzen», bemerke ich und schaue sie mit schief gelegtem Kopf an.

Mutter seufzt. «Du kannst das Heiraten nicht ewig aufschieben, Biddy. Deinem Vater ist sehr daran gelegen, dass du versorgt bist. Und wenn du Henry nicht willst …»

«Ich habe nie gesagt, dass ich Henry nicht will.» Ich seufze ebenfalls und setze mich aufrechter hin. «Außerdem spielt es wohl kaum eine Rolle, was ich von ihm halte – er hat bislang keinerlei Interesse an mir gezeigt, sosehr du und Betty es auch darauf angelegt habt. Er interessiert sich nur für seine Arbeit.» Zwar hege ich keine romantischen Gefühle für ihn, aber das heißt ja nicht, dass er nicht umgekehrt etwas für mich empfinden könnte. Ich weiß, Eitelkeit ist eine Sünde, aber ich würde schon gern wenigstens ein einziges Mal angehimmelt werden.

Mutter überhört meine Erwiderung. «Wenn du Henry nicht willst, dann nimm John Claypole zum Mann. Er ist jünger, etwa in deinem Alter, und besser situiert: Er wird einmal das Haus in Northborough erben. Und seine Mutter ist eine sehr liebenswürdige Frau.»

«Was schreibt Vater sonst noch?», erkundige ich mich – ich weigere mich, auf ihr Feilschen um eine Heirat einzugehen.

Mutter richtet den Blick wieder auf den Brief. «Hier steht, Olly wurde in der Garnison von Newport Pagnell stationiert, während dein Vater viel in London ist. Er nimmt an den Beratungen dieses neu gebildeten englisch-schottischen Komitees teil, das nun das Kriegsgeschehen lenken soll. Es ist eine große Ehre, dass das Parlament ihn in das Gremium berufen hat, zusammen mit all den großen Peers und Generälen. Seine Begeisterung ist deutlich herauszulesen.»

«Gewiss wird es Vater jetzt viel besser ergehen, da er einen Platz in der Runde der obersten Entscheidungsträger hat», erwidere ich. Ich klappe das Haushaltsbuch zu – es ist Zeit, zu Bett zu gehen. «Bald werden sie ihm aus der Hand fressen.»

All meinen Einwänden zum Trotz hat Mutter sich durchgesetzt: Ihre Freundin Mary Claypole und deren ältester Sohn kommen zu Besuch. Ich weiß, dass sie eine anständige Puritanerfamilie sind – vor dem Krieg hat Johns Vater sich geweigert, die rechtswidrige Schiffssteuer an den König zu zahlen. Dennoch kann ich mich meines Widerwillens gegen diese offensichtliche Kuppelei nicht erwehren. Und so bin ich mürrisch und wortkarg, ganz und gar nicht in Stimmung, mich umwerben zu lassen.

«Mistress Cromwell, welch eine Freude, Euch wiederzusehen.» John Claypole führt meine Hand an die Lippen, dann lässt er sich geschmeidig auf dem Stuhl neben meinem im Garten nieder. Er ist sportlich und auffallend gut aussehend, mit dunklem Haar und geröteten Wangen, wie er da lächelnd in der Frühlingssonne sitzt. Ein rötlich blonder Spaniel legt sich quer über seine Stiefel, während ich ihm ein Glas Likör einschenke.

«Es ist einige Jahre her, dass wir uns zuletzt gesehen haben», fährt er unbefangen fort. «Wie ich hörte, unterstützt Ihr die Kriegsbemühungen nach Kräften und habt in Abwesenheit Eures werten Vaters praktisch die Leitung des Haushalts übernommen.»

Seine Worte schmeicheln mir, und ich lächle zustimmend. «Ich leiste meinen Beitrag, Sir, so gering er auch sein mag. Und Ihr?»

«Ich beabsichtige, mich bald zur Armee zu melden», antwortet er rasch. Das erleichtert mich zu hören – ich war erstaunt, einen Mann seines Alters in Zivilkleidung zu sehen, und hatte schon Sorge, er fühle sich der Sache des Parlaments womöglich nicht verpflichtet.

In diesem Moment regt sich etwas an der Hintertür, und ich sehe, wie Martha den militärisch gekleideten Henry Ireton in den Garten führt. Ich runzele die Stirn, als mir einfällt, dass Mutter ihn zum Abendessen eingeladen hat – vorgeblich um das Geschlechterverhältnis am Tisch auszugleichen, doch ich kenne ihre wahren Beweggründe: Sie will sehen, ob die Anwesenheit zweier potenzieller Verehrer nicht einen der beiden dazu bewegen kann, mir einen Antrag zu machen.

Henry überquert forschen Schrittes den Rasen, und alle werden miteinander bekannt gemacht. Dann nimmt er neben Mary Claypole Platz und treibt ein wenig höfliche Konversation. Ich spüre, dass der viel jüngere John Henry bereits als langweiligen, schäbigen Soldaten abgeschrieben hat, und mein Verdacht wird bestätigt, als er mich verschwörerisch angrinst. Eigentlich sollte ich das missbilligen, doch ich ertappe mich dabei, das Lächeln zu erwidern, als amüsierten wir uns gemeinsam über einen Scherz.

Wir plaudern oberflächlich über seine Heimat Northborough und tauschen Neuigkeiten über unsere gemeinsamen Freunde aus. Als das Gespräch nach einer Weile ins Stocken gerät, beugt John sich hinunter, um das lange Fell seines Hundes zu zausen und ihn an den Ohren zu kraulen.

«Wie heißt er?», erkundige ich mich.

«Badger. Und nun möchtet Ihr sicher wissen, warum?» Er lächelt, als er meine Miene sieht – tatsächlich lag mir die Frage bereits auf der Zunge. «Weil er am allerersten Tag, an dem er bei mir war, einen verletzten Dachs erlegt hat. Es war auf dem Heimweg von einer Jagd. So etwas Mutiges habe ich noch nie gesehen. Und an jenem Tag beschloss ich, zum Andenken an diese Heldentat künftig jeden Hund, den ich besitze, Badger zu nennen.»

Ich lache und bin im nächsten Moment überrascht von mir selbst. Verlegen beuge ich mich hinunter, um Badger am Kopf zu kraulen. Ich spüre ein Kribbeln, als mein kleiner Finger im Fell des Hundes kurz Johns Hand streift. Er wirft mir einen Blick zu und lacht herzlich, und der Klang erinnert mich ein wenig an Vater. Vielleicht würden wir doch ganz gut zusammenpassen, überlege ich, dann ziehe ich rasch die Hand zurück und streiche mein Haar glatt, ehe John sich wieder aufrichtet.

«Ah, Betty, gutes Mädchen.»

Mutters Stimme zieht meinen Blick an, und ich sehe Betty elegant über den Rasen auf uns zuschreiten. Vor sich trägt sie den Honigtopf, nach dem Mutter sie geschickt hatte, wie eine Königin den goldenen Reichsapfel. Ich spüre die Veränderung in John, noch bevor er ein Wort sagt. Er lässt von Badger ab und springt auf, um Betty zu begrüßen, wobei er mir halb den Rücken kehrt.

Von da an ist die Situation hoffnungslos. John ist völlig dem Bann meiner Schwester verfallen, seine Verliebtheit ist nicht zu übersehen. Auch wenn mich das nicht überrascht, versetzt es mir dennoch einen Stich, wie deutlich er sie bevorzugt. Verdrossen füge ich mich in den allzu vertrauten Tanz, in dem Betty einen Mann anzieht wie eine Kerze den Nachtfalter, während ich fröstelnd im Dunkeln zurückbleibe. Muss es denn immer so ablaufen?, frage ich mich bitter, während ich beobachte, welche Wirkung sie auf John ausübt. Müssen Schönheit und jugendliche Reize stets mehr zählen als Charakterstärke und Verstand? Selbst in Kriegszeiten? Mutter sieht, wie ich leide, und bemüht sich nach Kräften – beim Abendessen setzt sie mich neben John, und Betty erhält ihren Platz am anderen Ende des Tisches. Doch unserem Gespräch fehlt nun der Funke, und John ist nicht recht bei der Sache. Seine Aufmerksamkeit schweift immer wieder in Bettys Richtung ab. Umgekehrt scheint Betty ebenso von John eingenommen, sie schaut ihn mit dem gleichen Lächeln an, das sie sonst Val zu schenken pflegt. Henry, der mir gegenübersitzt, ist auch stiller als sonst. Erst beim Nachtisch, einer Süßspeise mit Himbeeren, wird er lebhafter und redet John eindringlich zu, sich zur Armee zu melden.

Ich sehne mich danach, endlich allein zu sein und meine Wunden zu lecken. Ich spüre, dass auch Henry unruhig ist – jetzt, da die Mahlzeit zu Ende geht, drängt es ihn gewiss, sich wieder seiner Arbeit zu widmen. Er ist gerade dabei, sich zu entschuldigen, als es an der Tür klopft. Mutter will aufstehen, aber Henry legt ihr eine Hand auf die Schulter.

«Ich kümmere mich darum.» Nach kurzer Zeit kommt er wieder und übergibt Mutter einen Brief.

«Ist der von Vater?», will Frances wissen und zappelt vor Aufregung auf ihrem Stuhl herum.

«Ja, Fanny. Allerdings hätte ich seine Handschrift kaum erkannt, sie ist so krakelig.»

Mutter beginnt zu lesen, und wir warten schweigend. Als ich Martha in der Tür bemerke, stehe ich auf und fange an, auf meiner Seite des Tisches das Geschirr abzuräumen. Sie übernimmt die andere Seite. Ich bin so beschäftigt, dass ich gar nicht wahrnehme, dass etwas nicht stimmt, bis ich Bettys Gesicht sehe. Sie starrt Mutter entgeistert an. Ich folge ihrem Blick – Mutter ist aschfahl geworden, ihre Hand umklammert die Perlenkette an ihrem Hals, und über ihre Wangen laufen zwei Tränen.

«Mutter?» Endlich finde ich meine Stimme wieder.

Doch Mutter sagt nichts. Stattdessen hält sie mit zitternder Hand das Blatt in die Höhe, und ich schaue schreckensstarr darauf. Quälend lange Augenblicke vergehen, dann tritt Henry vor und nimmt ihr sacht das Papier aus der Hand. Mutter starrt ins Leere, während Henry den Brief überfliegt. Mir schlägt das Herz bis zum Hals, und das Schlucken fällt mir schwer. Henry lässt das Blatt sinken.

«Es tut mir so leid, meine lieben Freunde, es gibt schlimme Neuigkeiten.» Sein Ton ist sanft und pietätvoll. Er begegnet meinem Blick, und irgendwie lese ich die furchtbare Nachricht in seinen Augen, noch ehe er sie ausspricht.

Olly.

Mein liebster Bruder ist tot, ich spüre es im innersten Mark.

Henry spricht die Worte, aber ich höre sie nicht. Ich lausche auf Ollys Geist, versuche, ihn mit der Kraft meiner Gedanken zurück in seinen irdischen Körper zu versetzen. Doch da ist nur Stille.

Irgendwie bringe ich die Kraft auf, die Sturmflut der Gefühle in meinem Inneren zu unterdrücken und die Angehörigen meiner Familie im Haus zu platzieren wie Puppen. Ich fasse Mutter am Arm, nötige sie aufzustehen und übergebe sie Henry mit der knappen Anweisung: «Nach oben.» Sie stützt sich schwer auf ihn, und er trägt sie beinahe die Treppe hinauf. Mit einem Blick zu Tante Liz gebe ich ihr zu verstehen, sie solle sich der Mädchen annehmen.

Mary und Frances vergraben weinend die Gesichter in ihren Röcken, während Tante Liz sie behutsam durch den Flur nach hinten in die Küche führt. Als Nächstes schaue ich mich am Tisch nach Großmutter um, doch dann fällt mir zu meiner Erleichterung ein, dass sie erkältet ist und den Tag oben in ihrem Zimmer zugebracht hat – um sie kann ich mich später kümmern.

Nun zu Betty. Ich sehe, dass John bereits auf den Beinen und an ihrer Seite ist. Offenbar fehlen ihm die Worte, während sie in Mistress Claypoles Armen schluchzt. Ihre neuen rosa Bänder hängen verloren herab.

«Ihr armen, armen Mädchen», flüstert Mary Claypole mir über Bettys Haar hinweg zu. «Wir werden unseren Besuch ein anderes Mal fortsetzen. Schreibe mir, Bridget, lass mich wissen, wie es deiner Mutter geht und was ich tun kann.»

Ich danke ihr und schiebe sie und John zur weinenden Martha hinüber, damit sie sich um das Gepäck und die Kutsche kümmert. An der Tür dreht John sich noch einmal zu mir um. Er schüttelt den Kopf, die Lippen zusammengepresst – sein Gesicht ist voller Mitgefühl, doch er scheint unfähig, etwas Tröstendes zu mir zu sagen. In diesem Moment wünsche ich mir nichts mehr, als dass er mich in die Arme schließt und besänftigende Worte in mein Haar flüstert, doch er tritt schweigend zur Tür hinaus.

Sobald ich allein bin, richten sich meine Gedanken begierig auf die nächste Aufgabe – ich wage nicht, mich auch nur für einen Moment mit meinen Gefühlen zu beschäftigen, nehme mir nicht einmal die Zeit herauszufinden, wie Olly eigentlich gestorben ist. Wurde er in der Schlacht verwundet? Hat er mir die Waffe geschickt, wie er es vorhatte?

Hätte ich ihn mit dieser Salbe retten können? Ich schüttele die Fragen ab wie Regentropfen von einem Mantel und eile in die Küche. Tante Liz setzt den Mädchen gerade warme Milch und Zuckerkekse vor, während sie auf der Bank kauern und sich mit den Fäusten die verweinten Augen reiben. Erleichtert, dass sie versorgt sind, stelle ich einen kleinen Topf mit Branntwein aufs Feuer, dann suche ich Lavendel, Honig und Kamille zusammen, um einen Schlaftrunk für Mutter zu bereiten. Da klappern Stiefel auf den Fliesen, und Henry betritt die Küche, gefolgt von einer verweinten Martha. Rasch durchquert er den Raum, nimmt mir den Stößel aus der Hand und legt ihn in den Mörser.

«Das kann Martha übernehmen», sagt er leise. Er nimmt meine Hand, führt mich zurück in die Stube, setzt mich in einen Lehnstuhl und legt mir eine Decke um die Schultern. Wie betäubt lasse ich alles geschehen. Ich nehme vage wahr, wie er sich leise im Zimmer zu schaffen macht, das Feuer anfacht und dann hinausgeht, um mir ein Glas von dem heißen Branntwein zu holen. Ich kann nur dasitzen und vor mich hin starren. Ich fühle mich wie in einer dichten Wolke eingehüllt, durch die ich gedämpft die allzu vertrauten Geräusche des Weinens aus jedem Winkel des Hauses höre – es ist, als weinte selbst das Gebälk. Ollys Gesicht steht mir vor Augen, sein schiefes Lächeln wärmt mich ein letztes Mal.

Jemand führt meine Hand an den Mund, und ich fühle das Glas heiß an meinen Lippen, schmecke eine bittere Süße auf der Zunge. Ich schlucke einmal, zweimal. Die Person nimmt das Glas fort, legt mir meine Hände in den Schoß und zieht die Decke darüber.

«Er war ein Soldat, Bridget, daran müsst Ihr Euch festhalten.» Henrys Stimme dringt durch den Nebel zu mir.

«Ein Soldat.» Ich spreche die Worte automatisch nach, sie bedeuten nichts.

«Ein Soldat», wiederholt er. «Der Tod war sein ständiger Begleiter, er kannte die Gefahren, war an sie gewöhnt. So wie wir alle.»

Meine Gedanken tauchen auf, um nach Luft zu schnappen wie hektische Frösche. Ich kann Henry nicht sagen, dass er im Irrtum ist – dass Olly kein Soldat war, sich nie an das Grauen gewöhnt hat. Dass er verängstigt und unglücklich war. Ich kann ihm nicht den Tiegel mit der Salbe zeigen. Olly hat bereits sein Leben verloren, ich will nicht, dass er auch noch seine Ehre verliert. «Wurde er erschossen? Musste er leiden?», bringe ich stattdessen heraus. Mein Magen krampft sich vor Angst zusammen, als ich mir vorstelle, wie er nach der Waffe greift, die ihn verwundet hat.

«Er ist im Lager an einem Fieber gestorben.»

«Fieber?» Ich sinke erschrocken in mich zusammen. Ich habe mir seinen Tod vorgestellt, wenn ich nachts wach lag, in meinen düstersten, ängstlichsten Momenten, seinen Salbentiegel unter meinem Kopfkissen fest umklammert, doch in meiner Vorstellung war es stets ein gewaltsamer Tod. Und dann verdrängte ich das albtraumhafte Bild stets mit der strahlenden Fantasie, wie ich ihn rettete. Aber so etwas habe ich nicht vorhergesehen. Niemals wäre mir in den Sinn gekommen, dass er langsam dahinsiechen könnte wie Robin in der Schule. Jetzt sehe ich Olly vor mir, wie er auf einer Matratze liegt, mit Schweiß auf der Stirn und kalten Händen, und niemand ist da, der seine Hand hält. Ich hätte ihm nicht helfen können. Ich streiche mit dem Daumen über meinen Rock, erinnere ich mich an das Gefühl seiner spitzenbesetzten Leinenkragen, als ich sie zum letzten Mal wusch, und hoffe, irgendwie möge sich durch sie etwas von meiner Liebe übertragen haben. Vielleicht konnte er im Sterben meine streichelnden Finger an seinem Hals fühlen.

Henrys Stimme reißt mich aus meinen Gedanken, und ich begegne zum ersten Mal klar seinem Blick.

«Er hat Gottes Werk getan, Bridget, und Gott wird ihn zu sich nehmen.»

Ich denke an Olly, wie er unter Tränen von seiner Angst sprach, der Herr werde ihn als Nächsten schlagen, nachdem Er bereits unseren ältesten Bruder getötet hatte. Ich erinnere mich, wie ich ihm versicherte, so grausam werde Gott nicht sein. Ich war im Irrtum. Ich habe ihn in mehr als einer Hinsicht im Stich gelassen.

«Gott wird ihn zu sich nehmen», wiederhole ich gebetsartig, um die teuflischen Gedanken zu verdrängen.

Henry nimmt meine Hände in seine. «Ja, so ist es. Gott wird ihn zu sich nehmen.»

Ich starre auf unsere Hände hinunter und erinnere mich an das Versprechen, das ich Olly gab, als wir zum letzten Mal gemeinsam beim Angeln saßen. Ich höre mich Worte sagen, die ich mir nicht vorher zurechtgelegt habe, sie strömen einfach aus mir heraus: «Würdet Ihr noch bleiben, Henry? Würdet Ihr mit mir beten?»

«Aber natürlich.»

Henry kniet vor mir nieder und senkt den Kopf.

KAPITEL SECHS

Wie kann Mutter es nur ertragen, noch einen Sohn zu verlieren? Wie kann ich es ertragen, noch einen Bruder zu verlieren? Meine Brüder waren mir immer so kostbar mit ihrer geradlinigen, männlichen Art, und ich konnte mit ihnen irgendwie unbeschwerter umgehen als mit meinen Schwestern. Doch in den vergangenen Jahren wurde mir die Hälfte meiner Brüder genommen – mehr als die Hälfte, wenn ich den kleinen James mitzähle, der gar nicht erst zum Knaben heranwachsen durfte. Ich hatte vier Brüder, nun habe ich noch zwei. Und so schrumpfen wir mehr und mehr zu einem weiblichen Haushalt zusammen, was in diesen gnadenlosen Kriegszeiten umso härter erscheint.

Unser Schmerz ist roh und blutig. Jedes Gespräch, jeder Gedanke, jedes Zimmer und jeder Gegenstand im Haus hat scharfe Ecken und Kanten, an denen wir immer wieder hängen bleiben. Da ist Olivers Angelzeug; dort stehen seine alten Schuhe; in diesen Winkel hat er sich beim Versteckspiel gern gekauert; auf jener Stufe saß er immer, wenn er sich langweilte. Er ist in meinem Kopf und in meinem Herzen gegenwärtig, in den Stimmen und Gesichtern meiner Lieben, in meinen Träumen und Albträumen. Es ist, als sei er noch am Leben, nur nicht in seinem eigenen Körper, sondern in Menschen und Dingen.

Unsere Freunde halten respektvoll Abstand, die Familie

hingegen rückt zusammen. Tante Jane Desborough kommt oft mit ihren Kindern zu Besuch. Sie setzt sich dann zu meiner Mutter und leistet ihr still Gesellschaft, während meine jüngeren Cousinen sich bemühen, uns Mädchen aufzuheitern. Onkel Walton schreibt Briefe voller Mitgefühl. Er selbst hat tiefe Trauer erlebt: Er hat seine Frau verloren, Vaters Schwester Margaret, und davor seinen ältesten Sohn. Dick und Harry kommen vorzeitig aus der Schule nach Hause, und ich muss sie immerfort anschauen, auch wenn ihr Anblick zugleich schwer zu ertragen ist. Sie sind jetzt beide ausgewachsen: der achtzehnjährige Dick schmal gebaut, Harry mit seinen sechzehn Jahren eher stämmig. Doch sie huschen herum wie Mäuse, fast als fürchteten sie sich vor ihrem eigenen Schatten. Besonders Dick scheint in sich zusammenzufallen. Ich erinnere mich schmerzlich daran, wie Olly litt, als Robin starb und er sich selbst überraschend und gegen seinen Willen in der Rolle des ältesten Sohnes und Erben wiederfand. Wer von uns hätte sich vorstellen können, dass dieses furchtbare Muster sich wiederholt?

Vater kehrt heim und schließt sich unserer trauernden Gemeinschaft an. Er ist abwechselnd wie ein Ertrunkener, dann wieder rasend vor Wut. Zornig auf den König, der diesen Krieg begonnen hat, zornig auf sich selbst, weil er dem Ruf zu den Waffen gefolgt ist und seinen Sohn mit ins Feld genommen hat. Zornig auf Gott, der seinen Sohn zu sich gerufen hat, und sogleich wiederum zornig auf sich selbst, weil er die göttliche Vorsehung infrage stellt. Er weint um Olly, er weint um sich selbst, und er weint um England.

Wir halten dem Unwetter stand, so gut wir können.

Henry Ireton ist wie ein Fels in der Brandung, stark und

unerschütterlich inmitten unseres Aufruhrs. Er kommt täglich zu Besuch, bringt Nachrichten und Lebensmittel mit und nimmt Vater so viele administrative Aufgaben wie möglich ab. Er und ich arbeiten zusammen, um die Familie über Wasser zu halten, und finden dabei zu einer gewissen Harmonie. Mir ist gar nicht bewusst, wie sehr ich mich an seine Unterstützung gewöhnt habe und mich auf ihn verlasse, bis er mir eines Tages mitteilt, er werde gemeinsam mit Vater Ely verlassen und wieder ins Feld ziehen. Der Earl of Manchester hat ihn zum Generalquartiermeister befördert, somit ist er für die Versorgung der gesamten Eastern Association Army verantwortlich – eine monumentale Aufgabe und zweifellos genau das Richtige für ihn mit seiner strukturierten Denkweise.

«Die Eastern Association wird nach Norden reiten, um die Truppen abzulösen, die York belagern», erklärt er mir im Garten, wo ich gerade Kräuter pflücke. «Wenn es uns gelingt, die royalistische Armee des Earl of Newcastle zur Schlacht zu zwingen, können wir vielleicht die Pattsituation beenden und die Truppen des Königs aus dem Norden hinwegfegen.»

Bei dieser Aussicht leuchtet sein Gesicht vor Begeisterung, und seine Stimme wird ganz eifrig. Ich jedoch höre die Nachricht mit ebenso viel Schmerz wie Freude.

«Sir Thomas Fairfax ist einer der Befehlshaber des Bündnisses, nicht wahr?», frage ich und richte mich von dem Beet auf. Meine Glieder sind schwer und meine Gedanken träge. «Aus Yorkshire? Vater hat mit ihm gemeinsam in Lincolnshire gekämpft und sagt, Fairfax sei ein brillanter Feldherr. Onkel Walton meint, es sei ihrer Zusammenarbeit zu verdanken, dass diese Grafschaft für das Parlament erobert wurde.»

«Fairfax ist zweifellos ein großer Krieger», bestätigt Henry. «‹Black Tom›, so nennen ihn die Männer seiner dunklen Erscheinung wegen, die im Widerspruch zu seinem Familiennamen steht.»

Ich lächle ein wenig, vielleicht zum ersten Mal seit Wochen. Es fühlt sich ungewohnt an, als bekäme meine Haut Risse davon. «Und wie nennen sie Euch?»

Henry tritt verlegen von einem Fuß auf den anderen. «Ich weiß es nicht, danach müsstet Ihr Euren Vater fragen.»

«Das werde ich», gebe ich zurück, bemüht, nach all den Wochen der Trauer ein wenig unbeschwerter mit ihm umzugehen. Ich halte einen Moment inne, um ihn anzuschauen, das vertraute spitze Gesicht mit den klaren Augen, die schlanke Gestalt unter dem tintenfleckigen Wams. Er scheint aus lauter Ecken und Kanten und gefangener Energie zu bestehen wie ein Funken sprühendes Reisigbündel. Für einen Moment kommt es mir so vor, als wolle er mit mir noch über etwas anderes sprechen. Ich lausche, glaube, die Worte beinahe im Wind zu hören, doch sie verfliegen wie Geistererscheinungen. Stattdessen verabschiedet Henry sich mit einer Verbeugung. Während ich ihm nachblicke, versinke ich wieder einmal in Verzweiflung, dabei könnte ich selbst nicht genau sagen, weshalb. Ausnahmsweise einmal haben meine Gefühle meine Gedanken überholt, und mir fehlt die Kraft, ihnen nachzujagen.

Ich bin nun die Älteste unter uns Geschwistern. Irgendwie sticht diese selbstbezogene Erkenntnis unter den zahllosen schrecklichen Aspekten von Ollys Tod für mich besonders heraus. Ich bin eine Frau, die ältere Brüder hat – geliebte ältere Brüder. Das dritte Kind der Liebe meiner Eltern, ihre erste Tochter. Das bin ich. Ich hatte stets Rob und Olly über mir, größer als ich und mir im Lernen voraus. Manchmal haben sie mich gar nicht beachtet, manchmal geneckt und gehätschelt. Sie haben mir die Dinge erklärt, mir geholfen, die Launen und Eigenheiten meiner Eltern zu verstehen. Sie haben mir den Weg gezeigt. Wie kann ich jetzt aufhören, diese Person zu sein, in diesem Feuer geschmiedet? Werde ich jemals meine Brüder vergessen und mich selbst als die Älteste betrachten? Ohne sie fühle ich mich ausgesetzt, als hätte man mich vom Rand des Raumes, wo ich mich wohlfühle, in die Mitte gestoßen. Als drohte ich vom Pergament unseres Familienstammbaums zu fallen.

Diese Gefühle machen mir schwer zu schaffen, doch als Vater und Henry fort sind, bemühe ich mich nach Kräften, Mutter möglichst viel von ihrer Last abzunehmen. Dabei finde ich eine willkommene Helferin in Betty, die anscheinend über Nacht erwachsen geworden ist. Als Robin vor drei Jahren starb, war sie elf und brauchte ebenso viel Fürsorge wie die anderen. Aber diesmal ist es anders. Ihr Geburtstag scheint völlig vergessen, sie widmet sich ganz der Sorge um Mall und Fanny, sodass Mutter sich kaum um die Kleinen zu kümmern braucht. Abends kriechen wir erschöpft ins Bett und weinen uns abwechselnd beieinander aus. Oft liegen wir uns noch beim Einschlafen in den Armen. Die bitteren Gefühle, die ich am Tag von John Claypoles Besuch gegen meine Schwester empfand, sind vergessen, untergegangen in unserer gemeinsamen Trauer.

Ich klammere mich auch an meine überlebenden Brüder. Dabei verfluche ich sie insgeheim dafür, dass sie mich so an Olly erinnern und dass sie jünger als ich sind und meiner Fürsorge und Nachsicht bedürfen. Harry, stämmig und von einnehmendem Wesen wie Vater, bemüht sich nach Kräften, im Haus mitzuhelfen und uns mit Geschichten aus der Schule aufzuheitern. Dick hingegen verbringt viel Zeit im Freien: Er reitet aus, geht auf die Jagd, und ich argwöhne, dass er im Wirtshaus an der Theke die Stellung hält oder im Hinterzimmer beim Würfeln Vaters Geld verspielt. Es ärgert mich, wie er sich absondert – als ob ich jemals die Möglichkeit hätte, für ganze Tage einfach zu verschwinden, wenn ich es wollte. Eines Morgens, als ich sehe, wie er Ollys Angelzeug nimmt, fahre ich ihn gereizt an.

Ich bin immer noch wütend, als Dick abends wieder hereingeschlendert kommt, während ich gerade das Abendessen auftrage.

«Hattest du draußen einen schönen Tag?» Ich keife wie ein Fischweib und gebe mir auch keine Mühe, meinen Ton zu mäßigen.

Er besitzt immerhin den Anstand, etwas betreten dreinzuschauen, während er mir seinen Teller hinhält und sich Eintopf auftun lässt.

«Lass ihn, Biddy», schilt Mutter mich sanft. «Jeder von uns muss auf seine Weise mit dem Verlust fertigwerden. Außerdem tut es Männern gut, sich im Freien zu betätigen.»

Ich knirsche mit den Zähnen und sage nichts mehr.

«Vielleicht suchst du dir eine Arbeit, Dick, nun, da du die Schule abgeschlossen hast?», fragt Tante Liz, offenbar um das Gespräch auf ein anderes Thema zu lenken.

Es ist eigentlich eine harmlose Frage, doch ich weiß, wir alle denken dasselbe: dass Dick nun Vaters Erbe ist und sich seiner neuen Rolle als ältester Sohn stellen muss, sosehr er sich auch davor scheuen mag.

«Oder du gehst auf die Universität?», schlägt Betty vor.

Dick schluckt seinen Bissen Eintopf hinunter. «Harry hat den Wunsch, nach Cambridge zu gehen, ich nicht.»

Ich werfe Harry einen neidischen Blick zu. Er war immer schon der bessere Schüler von den beiden. In Gedanken lege ich für meine heimgekehrten Brüder eine neue Spalte im Haushaltsbuch an und beginne, die unvermeidlichen Ausgaben zusammenzurechnen: ein Pferd für jeden, neue Kleidung, das Studiengeld für Cambridge. Und wir müssten die Kosten für Harrys Studium sowie für Kost und Logis im Voraus und in voller Höhe begleichen – anders als vor ein paar Jahren könnte Harry nicht einen Teil abarbeiten, indem er Pflichten am College übernimmt. General Cromwells Sohn kann nicht als Stipendiat ins College eintreten.

«Den Wunsch habe ich in der Tat – sofern Vater es erlaubt», bestätigt Harry lächelnd. «Ich würde dann nach dem Abschluss zur Armee gehen.»

«Natürlich wird er es erlauben, Harry», sagt Mutter rasch. «Und an die Armee brauchst du in den nächsten Jahren noch gar nicht zu denken.»

Ich schaue zu Dick hinüber. «Zieht es dich denn zur Armee, Dickie?», frage ich herausfordernd – ich würde mich sofort verpflichten, wenn ich die Möglichkeit hätte.

Dick rutscht ein wenig auf seinem Stuhl herum. «Vielleicht … Mal sehen.»

«Nein», widerspricht Mutter sofort. «Ich will nichts mehr davon hören. Ich schicke nicht noch einen meiner kostbaren Söhne zur Armee, ganz gleich, was euer Vater sagt. Ich habe nicht das Kindbett überlebt, um euch zu Grabe zu tragen.»

Ich beiße mir auf die Zunge. Mich hat die Trauer in

die entgegengesetzte Richtung getrieben, ich würde Dick am liebsten drängen zu kämpfen und Mutter erklären, dass wir Männer brauchen, die für unsere edle Sache ins Feld ziehen. Dass ich selbst kämpfen und Ollys Tod rächen würde, wenn ich nur könnte. Aber ich sehe die Trauer, der ihre bitteren Worte entsprungen sind, und sage nichts.

Es ist unerträglich heiß. Der Sommer ist plötzlich über uns hereingebrochen wie ein Flammeninferno, der Garten vertrocknet in der Hitze, und in der Küche summen Fliegen. Man kann Lebensmittel keinen Augenblick offen liegen lassen, und so sind wir ständig auf der Suche nach Tüchern und Bindfaden zum Abdecken. Frances holt sich einen Sonnenbrand an den Unterarmen. Zwei Tage lang weint und jammert sie in einem fort und verkriecht sich in die dunkelsten Winkel des Hauses. Die Salbe aus eisgekühlter Butter, die Betty ihr aufträgt, schmilzt und tropft in die Binsen am Boden, wo die Katze sie aufleckt.

Doch dem gleißenden Sonnenlicht zum Trotz liegt noch immer ein Schatten über unserem Haus. Unsere Gedanken sind abwechselnd bei Olly und bei der neuen Gefahr, der Vater, Henry sowie meine Onkel und Cousins entgegentreten. Nachrichten sind unsere einzige Stärkung, und jeder Brief von Vater beschert uns ein paar Stunden, vielleicht einen Tag ohne Düsternis. Betty ist sichtlich aufgelebt, als sie einen Brief von Val erhielt; allerdings hält sie ihn sorgfältig vor mir versteckt, in ihrer Tasche oder unter ihrem Kissen.

Einerseits ist es immer schön, Nachricht von unseren Lieben zu erhalten, doch andererseits bestätigen ihre Briefe und die Zeitungen unsere böse Ahnung, dass eine große Schlacht bevorsteht. Der König hat den eifrigen Prinz Ruprecht nach Norden entsandt, und seine Armee schwillt an wie ein Quellmoor, während sie Meile um Meile der unseren entgegenmarschiert. Hilflos und verloren warten wir auf Nachrichten. Die ersten Neuigkeiten erreichen Ely in Form einer Eilbotschaft an Reverend Hitch von seinem Bruder in York, und der Geistliche versäumt es nicht, mit dem Brief bei uns vorbeizuschauen. Er berichtet von einer Schlacht auf dem Moor bei Long Marston, gleich vor der Stadt. Es gab viele Tausend Tote, allerdings wusste der Verfasser noch nicht, wie es ausgegangen war. In dieser Nacht schläft kaum einer von uns. Am nächsten Tag verkünden die Zeitungen, dass der Sieg unser ist, und Lieutenant-General Cromwells Leistungen als Befehlshaber seiner Kavallerie finden ausdrücklich Erwähnung. Wir lesen freudig den Bericht bis zu dem Nachsatz, Vater sei durch eine Pistolenkugel am Hals verletzt worden. Sogleich sind Mutter und Großmutter in Sorge, die Wunde könne sich infizieren, und beide beklagen, er werde gewiss leichtfertig damit umgehen und sich nicht gründlich behandeln lassen.

Noch immer haben wir keine Nachricht von Henry oder von unseren Onkeln und Vettern und auch kein Wort von Vater selbst. Am folgenden Abend kommt endlich der Brief, als ich gerade Fensterläden und Türen zur Nacht verschließe. Die Kleinen sind schon im Bett, ebenso Großmutter, doch wir Übrigen sind noch auf. Wir versammeln uns leise in der Stube. Ich bin dazu ausersehen, laut vorzulesen. In meiner Aufregung breche ich Vaters Wachssiegel so ungeschickt, dass Splitter davon auf meine Röcke fallen, doch dann finde ich mich in den vertrauten Rhythmus seiner Sprache. Der Anfang ist die reine Freude: «‹Der

Herr hat England wahrhaftig große Gunst erwiesen, indem er uns diesen absoluten Sieg schenkte – dergleichen hat man seit Beginn dieses Krieges noch nicht gesehen.›» Ich kann beinahe spüren, wie Vater strahlte, als er diese Worte schrieb. Aus jedem Strich seiner Feder spricht sein Glück und sein gestärkter Glaube.

«Schreibt er mehr über seinen Anteil an der Schlacht?», fragt Harry ein wenig atemlos vor Aufregung.

Ich lese weiter seinen Bericht über die Kämpfe – wie er den linken Flügel befehligte und das Pferd des Prinzen in die Flucht schlug. Harry schlägt Dick grinsend auf den Rücken, und ich sehe, wie Mutter Tränen in die Augen steigen. Vater spricht auch von Henry Ireton und seinem Beitrag zum Sieg – auch er wurde für seine Tapferkeit belobigt. Ich lese, trunken vor Stolz und Erleichterung, und wiege mich in trügerischer Sicherheit, bis meine Zunge über Worte voller Trauer und Hoffnungslosigkeit stolpert. Ich verstumme, überfliege die folgenden Zeilen. Dieser Brief besteht aus zwei Hälften: einem Himmel und einer Hölle. Ich werfe Betty einen Blick zu, dann zwinge ich mich, weiter vorzulesen, auch wenn ich einen Kloß im Hals habe: «‹Ich fürchte, ich muss euch mitteilen, dass Gott den vortrefflichen jungen Val zu sich genommen hat. Er starb durch einen Kanonenschuss.›»

Betty schnappt nach Luft, doch ich lese rasch weiter, um das Schlimme rasch hinter mich zu bringen: Der Schuss traf Vals Pferd, sodass es mit ihm im Sattel stürzte. Sie versuchten noch, ihn zu retten, indem sie ihm das Bein abnahmen, doch er starb auf dem Operationstisch, bis zuletzt tapfer und guter Dinge.

«Nein, nein, nein!», wehklagt Betty und klammert sich an Mutters Arm. Mutter schüttelt nur den Kopf.

«Der arme, arme Val! Und sein Vater! Er war nach Ollys Tod so gütig zu mir, und nun ist auch sein ältester noch lebender Sohn dahin. Unsere prächtigen Jungen, kurz nacheinander von uns gegangen, ebenso wie die älteren. Vielleicht ist es eine Gnade, dass Margaret das nicht mehr erleben muss.»

Ich schaue zu Boden, erinnere mich, wie die Jungen bei ihrem letzten Besuch vor der Feuerstelle lagen und mit den kleinen Mädchen spielten. Wie lebhaft sie beide waren, wie jung. Ich schließe die Augen, um das Bild zu vertreiben, dann wende ich mich wieder dem Brief zu. «Vater sagt, er habe Onkel Walton die Nachricht vom Tod seines Sohnes schriftlich mitgeteilt, und es sei ihm noch nie so schwergefallen, einen Brief zu verfassen. Er habe Onkel Walton berichtet, wie edelmütig und tapfer Val war, wie beliebt bei allen, die ihn kannten. Und er habe ihn daran erinnert, wie Gott ihm Kraft gab, als er Robin und Olly verlor. *Nun hat dein geliebter Sohn ewigen Ruhm errungen,* hat er geschrieben, *keine Sünde, kein Leid kann ihm mehr etwas anhaben.*»

Ich lasse den Brief sinken. «Vater bittet dich, unverzüglich zu Onkel Walton und den Kindern zu reisen, Mutter.»

«Natürlich, ich mache mich gleich morgen früh auf den Weg.» Mutter nimmt Bettys Gesicht in beide Hände. «Ich weiß, wie gern du Val hattest, mein Liebes, aber deinem Onkel zuliebe müssen wir jetzt tapfer sein.»

Betty beißt sich auf die Lippe, und ich frage mich, was sie gerade zurückhält und nicht ausspricht. Hat sie ihn geliebt? Waren sie heimlich verlobt? Ich erinnere mich, wie sie ihm bei dem Kuss im Schein des Nachtlichts das Gesicht entgegenhob, wie er ihr über den Tisch hinweg zulächelte. Ich denke an seinen Brief, das Blatt, das er glatt gestrichen und beschrieben hat, dann gefaltet, versiegelt und in die Tasche gesteckt. Nun liegt es verknittert in unserem Bett, gehütet wie ein Schatz – der letzte Gegenstand, den sie beide berührt haben.

Betty verlässt wortlos den Raum und steigt schwerfällig die Treppe hinauf. Ich folge ihr wie ein Schatten, denn wie immer zieht es mich instinktiv dorthin, wo ich am meisten gebraucht werde. Dann sitzen wir gemeinsam auf dem Bett und lassen die Beine baumeln wie Kinder, die von einer Brücke aus Stöckchen schwimmen lassen. Betty hält Vals letzten Brief mit zitternder Hand fest.

«Liebes …», setze ich an, doch was soll ich sagen? Sie hat nie mit mir darüber gesprochen, was sie und Val füreinander empfanden, hat mich nie an ihrem Geheimnis teilhaben lassen. Kein Wunder – bei der einzigen Gelegenheit, zu der ich einen Blick auf ihre Intimität erhaschte, habe ich sie gescholten. Zwar war ich im Recht, doch die Erinnerung daran liegt mir jetzt auf der Seele.

«Ich habe ihn geliebt.»

«Ich weiß. Und er hat dich ganz bestimmt auch geliebt.»

«Er wollte mich heiraten. Hier …» Sie hält mir den Brief hin, und ich nehme ihn ihr behutsam aus der Hand.

Ich überfliege ihn rasch, begierig und zugleich voller Widerwillen. Genau so habe ich mir einen Liebesbrief von einem Mann vorgestellt: zärtlich, lebhaft, erfüllt von Hoffnungen für die Zukunft. Ich falte das Blatt sorgfältig wieder zusammen, schließe Vals letzte Worte in ihrem papiernen Sarg ein.

«Er war Soldat.» Ich gebe Henrys Worte wieder, da ich keine eigenen finde. «Er kannte die Gefahren und ist ihnen tapfer entgegengetreten. Tapfer wie kein Zweiter, das hat Vater geschrieben.» Ich lege einen Arm um ihre schmale Taille, und sie lässt den Kopf schwer auf meine Schulter sinken.

«Er hat Gottes Werk getan, Betty, und Gott wird ihn zu sich nehmen.»

Ich hoffe, sie findet in dieser Vorstellung den gleichen Trost, den ich darin gefunden habe. Doch stattdessen weint sie und klammert sich an mich, und zwischen den Schluchzern bringt sie leise heraus: «Aber ich wollte ihn doch für mich.»

KAPITEL SIEBEN

Herbst 1644

Getrockneter Schlamm bröckelt auf den Dielenboden, als Vater seine Reitstiefel auszieht. Seine Fingernägel haben dunkle Ränder, seine Hände zittern, als er mühsam mit dem steifen Leder hantiert. Als er sich aufrichtet, sehe ich einen schmutzigen Verband an seinem Hals, und es juckt mir in den Fingern, ihn zu wechseln. Lärmende Kavalleristen versammeln sich vor der offenen Haustür, manche lehnen an der Hauswand und plaudern, müde vom Ritt, während andere auf der Straße ihre Pferde abzäumen. Ich schließe energisch die Tür, damit Vater wenigstens ein paar Minuten Ruhe bekommt.

«Unser Sieg wurde vertan», sagt Vater gerade, als ich mich zu ihm umdrehe. Seine Stimme klingt rau und angespannt, er blickt aus hohlen Augen in die Gesichter seiner Frauen, die sich um ihn scharen. «Nichts, wirklich nichts hätte deutlicher zeigen können, dass Gott unserer Sache gewogen ist, als ein solch monumentaler Sieg. Der Herr treibt uns jetzt vorwärts. Und was tun der Earl of Manchester und die anderen Kommandeure? Folgen sie dem Wink Gottes? Nutzen sie ihren Vorteil, verfolgen Ruprecht und nehmen weitere Städte ein? Nein! Stattdessen trotten wir nach Hause.»

Während er seine Tirade fortsetzt, hole ich rasch Bier und Brot aus der Küche. Als ich ihm beides in die Stube bringe, holt er gerade zum ersten Mal Luft und scheint sich zu sammeln.

«Danke dir, Biddy. Wartet Post auf mich?»

«Ja, Vater.» Ich hole ihm das Päckchen Briefe von seinem Schreibtisch in der Zehntstube und lasse mich dann auf einem Stuhl neben der Tür nieder, während er liest. Mutter, Großmutter, ich und Betty scharen uns um ihn wie müde Reisende um ein Feuer. Hinter uns liegen endlose, trostlose und eintönige Wochen der Klage und Trauer, in denen nur die täglichen Hausarbeiten unseren Tagen Struktur gaben. Vaters Rückkehr wirkt auf uns alle erfrischend, so schlecht er auch gelaunt sein mag.

Vater blättert rasch seine Briefe durch, dann schüttelt er den Kopf und stützt das Kinn in die Hand. «Siehst du» – er gestikuliert mit den Papieren in Mutters Richtung –, «Nachrichten von weiteren Verlusten. Sir William Wallers Southern Association wurde bei Banbury geschlagen, und die Soldaten sind zum Großteil desertiert. Im West Country haben sechstausend Männer des Earl of Essex sich ergeben, eintausend sind tot, und der Earl selbst ist mit einem Fischerboot entkommen. Ha! Mit einem Fischerboot! Welche Schmach.»

«Du musst dich ausruhen, Liebster», redet Mutter ihm besänftigend zu. «Nimm ein Bad. Und lass uns die Wunde an deinem Hals neu verbinden.»

«Ja, ja.» Vater macht eine unwirsche Geste, dann richtet er den Blick ins Feuer.

Mary und Frances kommen hereingesprungen. Sie nehmen die Stimmungen anderer noch nicht so wahr wie wir Erwachsenen, und so klettern sie begeistert auf Vaters

Schoß. Ich richte mich auf, um sie zu verscheuchen, bis er in besserer Laune ist, doch Vaters Miene erhellt sich augenblicklich. Er schließt die beiden in die Arme und gibt jeder einen Kuss auf die Stirn. Dann lässt er sie auf seinen Knien reiten, bis sie vor Vergnügen quietschen. Auch Vater selbst kichert jetzt. Er nimmt Mary die Puppe aus der Hand, wackelt damit herum und tut, als könne sie sprechen.

«Werter Lord Manchester», redet er die schäbige Puppe an.

«Lieutenant-General Cromwell.» Die Puppe macht eine Verbeugung, und Vater lässt sie in einem überheblichen Tonfall sprechen, der offenbar Manchesters Art nachgeahmt ist.

«Wir dürfen uns nicht länger wegducken und auf Frieden hoffen, verehrter Lord. Wir müssen wieder hinaus ins Feld und gegen unseren Feind in die Offensive gehen.»

«Oh nein, General», lässt Vater die Puppe antworten, «wir sind mit unserer Situation ganz zufrieden. Wir dürfen nicht allzu erfolgreich sein. Es besteht keine Notwendigkeit, sich mutwillig in Gefahr zu begeben. Der König ist ein vernünftiger Mann, früher oder später wird es zu einem Friedensschluss kommen.» Dabei schüttelt er die Puppe, sodass ihr Kopf hin und her schlenkert und sie aussieht wie ein Hofnarr.

Die Mädchen lachen. «Mehr, mehr!», bedrängen sie Vater.

Doch Vater ist verstummt und starrt auf den Earl of Manchester in seiner Hand. Plötzlich funkeln seine Augen, und er lächelt. «Nun, kleine Mall und Fanny, wie schließen wir Freundschaft mit unseren Puppen, wenn wir uns nicht vertragen?»

Mary schaut ratlos drein, doch Frances kräht sofort: «Wir laden sie zum Essen ein, Papa.»

Vater küsst Fanny auf die Wange und gibt Mary die Puppe zurück. «Ganz genau.»

So erhält der Earl of Manchester in Cambridge die Einladung, am nächsten Tag mit uns zu Abend zu essen. Sobald seine Zusage eingetroffen ist, verfällt das ganze Haus in fieberhafte Geschäftigkeit. Noch nie ist eine so vornehme Person über unsere bescheidene Türschwelle getreten. Den ganzen Tag über schauen Nachbarn herein – die zweifellos durch das Gerede der Dienerschaft von dem Ereignis erfahren haben –, bringen gute Ratschläge und die erlesensten Speisen aus ihren Vorratskammern. Ich stecke bis zu den Ellenbogen in Fischinnereien und Mehl, ebenso wie Betty, Tante Liz, Martha und die Küchenmagd unserer Nachbarn, die sie uns für den Tag ausgeborgt haben. Mutter ist der Generalquartiermeister und beaufsichtigt all die Vorbereitungen gewissenhaft und konzentriert, genauso, wie ich mir Henry bei seiner Arbeit vorstelle. Trotz der Fülle an Speisen wird Mutter die Befürchtung nicht los, es könnte nicht reichen, und sie bestellt noch zusätzlich Wild und Hasenpfeffer aus dem Wirtshaus.

Henry und Charles Fleetwood wurden ebenfalls eingeladen und treffen eigens früher ein, um sich noch mit Vater zu beraten. Anschließend kommt Henry in die Küche, um zu schauen, ob er sich nützlich machen kann. Er bleibt etwas verlegen in einer Ecke stehen, um niemandem in die Quere zu kommen. Bei seinem Anblick freue ich mich sehr. Er war mir so eine Stütze in den Wochen nach Ollys Tod. Ihn heil und unversehrt wiederzusehen, erfüllt mich mit Erleichterung, umso mehr, als ich seinen grausigen Bericht über die Schlacht höre.

«Es war ein furchtbares Gemetzel, Bridget. Ich kann und will Euch gar nicht erzählen, wie es war.» Ich muss an Ollys grauenhafte Gesichte vom Tod seines Freundes in der Schlacht von Edgehill denken. Es gibt mir einen Stich, als ich mich zum tausendsten Mal daran erinnere, dass auch er nun tot ist.

«Und wir haben Val verloren», erwidere ich leise. Dabei werfe ich einen verstohlenen Blick zu Betty, die geschäftig mit dem Teig hantiert.

«Ja, und noch viele, viele andere. Doch sie alle dürfen nicht vergeblich gestorben sein, dafür müssen wir sorgen.»

Henrys Ton ist äußerst entschieden, und ich höre eine Schärfe heraus, die ich so bei ihm noch nie wahrgenommen habe. Das rührt etwas in mir auf, und ich spüre ein Feuer in der Brust.

«Ich bin ganz Eurer Meinung, Henry», sage ich. Die Teighülle für die Pastete ist fertig, und ich wische mir die klebrigen Finger ab. «Der Sieg muss etwas bewirken, sonst wäre der Preis, der dafür gezahlt wurde, allzu hoch gewesen.»

Henry schaut mich nachdenklich an und nickt nur schweigend. Im nächsten Augenblick kommt Harry mit einem Korb frisch geschlagener Scheite und Anmachholz aus dem Garten hereingestürmt. Er wirft Henry einen schüchternen Blick zu, dann lächelt er ihn freundlich an. Mir fällt ein, dass die beiden sich noch nicht begegnet sind, und so mache ich sie miteinander bekannt.

«Wie ich hörte, habt Ihr die Schule beendet», sagt Henry, nachdem sie sich begrüßt haben. «Werdet Ihr

Euch der Armee anschließen? Noch einen Cromwell könnten wir gut brauchen – kaum jemand kann Eurem Vater mit seinem taktischen Geschick das Wasser reichen, abgesehen von Black Tom und John Lambert bei den Truppen im Norden, der eine natürliche Begabung zeigt.» Plötzlich verstummt er und wirft mir einen raschen Blick zu, wie um sich zu vergewissern, dass er mich in meiner Trauer um meinen Bruder Olly nicht verletzt hat.

Ich ringe mir ein zustimmendes Nicken ab, auch wenn mir bei seinen Worten Tränen in die Augen steigen.

«Ich würde gern, Sir», erwidert Harry, stellt den Korb vor sich ab und fährt sich mit einer Hand durchs Haar. «Wenn ich die Wahl hätte, würde ich allerdings lieber zuerst nach Cambridge gehen.»

«Ich verstehe.» Henry verschränkt die Hände hinter dem Rücken und lehnt sich an die Wand. «Nun, das kann ich Euch nicht verdenken; meine Zeit in Oxford hat mich zu dem Mann gemacht, der ich heute bin. Allerdings haben meine Lehrer ebenso von mir gelernt wie ich von ihnen. Vielleicht solltet Ihr wirklich erst die Muskeln Eures Verstandes stärken, ehe Ihr mit uns ins Feld zieht. Wir werden gebildete Männer in unseren Reihen brauchen, vor allem wenn die Kämpfe beendet sind und die Verhandlungen beginnen. Dann benötigen wir die schärfsten Geister.»

Das überrascht mich – ich hätte erwartet, Henry werde darauf dringen, dass Harry unverzüglich in die Armee eintritt, und kein Argument dagegen gelten lassen. Doch etwas an seinen Worten deutet an, dass er mehr von sich selbst spricht als von Harry – dass er glaubt, seine Fähigkeiten könnten in der umsichtigen Gestaltung einer neuen Welt besser zum Tragen kommen als in der brutalen Zerstörung der alten. Ich mustere ihn durch den Mehlstaub in der Küche. Gewiss ist er im Feld tapfer und entschlossen. Aber vielleicht ist er kein geborener Soldat, nicht so, wie er Vater, Black Tom Fairfax und diesen John Lambert beschreibt? Das würde zu meinem Eindruck von ihm passen: Was mich an Henry beeindruckt, ist sein scharfer, klarer und entschiedener Verstand, nicht sein Körper, der kantig und ungelenk wirkt. So beweglich auch sein Geist sein mag, er hat eindeutig nicht Vaters physische Präsenz.

Ich richte meine Aufmerksamkeit wieder auf das Gespräch und bemerke, dass Harry sich über die Ermutigung des Älteren zu freuen scheint. Er bedankt sich mit ehrerbietigem Lächeln, dann trägt er den Brennholzkorb weiter in den Flur. Ich fände es schön, wenn die beiden Freunde würden. Harry braucht mehr Männer zum Vorbild, umso mehr, da er noch einen älteren Bruder verloren hat.

Wie durch ein Wunder ist dann doch alles bereit, als die Kutsche des Earl of Manchester vorfährt – alles bis auf den geschichteten Apfelkuchen, den Martha eben noch mit kandierten Apfelscheiben, Zuckerguss und Schlagsahne dekoriert. Die Speisen aus dem Wirtshaus The Bell werden gerade rechtzeitig in Warmhalteschüsseln geliefert, und Betty und ich müssen uns beeilen, unsere Gesichter von Mehlspuren zu befreien und uns gegenseitig in unsere besten Kleider zu schnüren. Als wir die Treppe wieder herunterkommen, macht Vater gerade den Earl mit unserer Familie bekannt. Mir bleibt kaum Zeit, den großen Mann richtig anzuschauen, da gehen wir auch schon zu Tisch. Die Bediensteten des Earls lassen sich auf der Bank im Hausflur nieder, und zwei Soldaten seiner persönlichen Leibgarde mit scharlachroten Wämsern beziehen an der Tür Posten. In der Stube angekommen, bin ich noch eine kleine Weile damit beschäftigt, Getränke einzuschenken und gemeinsam mit Martha die ersten Speisen aufzutragen.

Endlich kann ich mich setzen und den Earl eingehend mustern. Er ist ungefähr in Vaters Alter, mit einer langen Nase in einem langen Gesicht, das wie geschaffen scheint für eine schwermütige Miene. Doch binnen Augenblicken wird deutlich, dass unser hoher Besuch liebenswürdig und leutselig ist, beinahe sanft in seinen vornehmen Umgangsformen – keine Spur von dem strengen Krieger, den ich erwartet hatte. Der Earl ist überaus höflich, macht Mutter Komplimente zu unserem Haus und dem aufgetischten Festmahl, lächelt Betty und mir zu und bemüht sich, Dick und Harry in das Gespräch einzubeziehen. Betty ist ganz verzaubert. Ich sehe ihr an, wie faszinierend sie es findet, jemanden von solch hoher Geburt und mit so vornehmem Betragen in unserer ländlichen Stube zu erleben. Unter dem liebenswürdigen Blick des Earls scheint sie zum ersten Mal seit Vals Tod wieder aufzublühen, und ich bin beinahe erleichtert, als ich mich dabei ertappe, mich wie früher über sie zu ärgern.

Ich betrachte das prächtige grüne Wams des Earls mit der kostbaren Spitze, sehe, wie er den Kopf nach links und rechts neigt, als sei das Gespräch ein einstudierter Tanz, und beobachte, wie seine beringten Finger geziert das Besteck handhaben. Ich kann mir gut vorstellen, dass er als junger Mann der treue Gefährte des Königs war und mit ihm nach Spanien reiste, wo der damalige Prinz um die Hand der Infantin anhielt. Vater hat mir erzählt, bei seiner Krönung habe der Prinz den Earl zum Dank für seine Freundschaft zum Knight of the Bath geschlagen. Wie außerordentlich, dass gerade der Earl of Manchester ein so entschiedener Gegner des Königs geworden ist. Er gehörte zu den sechs Parlamentariern, die der König kurz vor dem Krieg als Verräter verhaften lassen wollte, als einziger Vertreter des House of Lords. Die übrigen fünf waren Angehörige des House of Commons. Nur ganz wenige andere Peers stellten sich auf die Seite des Parlaments, als der König zu Nottingham seine Standarte erhob und den Krieg erklärte. War es da ein Wunder, dass der Earl einen so hohen Rang als Befehlshaber bekam?

Mein Blick wandert von ihm zu Henry und Charles Fleetwood, der begeistert zu seinen Jagdgeschichten nickt, dann weiter zu Vater. Er wirkt im Vergleich zu seinem Kommandeur plötzlich ganz plump und bäurisch. Er ist stiller als gewöhnlich, isst sein Hühnchen und hört zu. Ich sehe Vater an, dass er nur darauf wartet, das Gespräch auf die Themen zu lenken, die ihm am Herzen liegen. Schließlich setzt er an: «Verehrter Lord, ich habe meine Familie bereits auf die Nachricht vorbereitet, dass wir bald wieder ins Feld ziehen werden. Es kann nicht Eure Absicht sein, dass wir unnötig lange hier verweilen, während dem König der Weg nach London offensteht. Wir müssen gen Westen marschieren und das, was von unseren Armeen noch übrig ist, unterstützen.»

Der Earl trinkt in Ruhe einen Schluck Wein. «Die Männer sind erschöpft, Cromwell, ihre Zahl nach Marston Moor drastisch verringert, und viele leiden an Krankheiten. Unsere Mittel sind beinahe aufgebraucht. Der Generalquartiermeister wird Euch das bestätigen.»

Er schaut Henry an, und ich glaube zu sehen, wie der seine Worte abwägt – er steckt in der Zwickmühle zwischen zwei Vorgesetzten.

«Das ist wahr, verehrter Lord, allerdings verlieren wir womöglich jeden Vorteil, wenn wir zu lange warten.»

Ich finde, das war eine gute Antwort: Er hat beiden recht gegeben, jedoch etwas mehr für Vaters Seite in die Waagschale geworfen.

«Ihr sprecht von Vorteil, Ireton», versetzt der Earl, «doch ich vermag nicht recht zu erkennen, welchen Vorteil wir erlangen könnten, indem wir die Grauen von Yorkshire wiederholen und noch mehr Männer verlieren. In der Rückschau erkenne ich, dass es leicht war, den Krieg zu beginnen, doch nun erscheint es mir schwerer abzusehen, wann er enden wird.»

«Wir wissen nicht *wann*, werter Lord», ergreift Vater wieder das Wort, «doch wir wissen *wie*: durch das Schwert.»

Charles Fleetwood gibt einen zustimmenden Laut von sich, doch als der Earl den Blick auf ihn richtet, schweigt er. Sein blasses Gesicht läuft rot an, und er hantiert verlegen mit seiner Serviette.

«Ich bin nicht so sicher, Cromwell.» Der Earl wendet sich wieder Vater zu. «Vielleicht wäre es für das Königreich besser, einen Friedensschluss im gegenseitigen Einvernehmen auszuhandeln.»

«Einvernehmen!», stößt Vater hervor, und der Earl versteift sich sichtlich. «Aber es steht zu viel auf dem Spiel», fährt Vater fort, ehe Mutter ihm einen beschwörenden Blick zuwirft. Ich kann den stummen Austausch zwischen den beiden förmlich hören.

«Ich weiß sehr gut, was auf dem Spiel steht», entgegnet der Earl. Er bleibt ruhig, doch sein Ton ist merklich kühler geworden. «Wenn wir hundertmal gegen den König kämpfen und ihn neunundneunzigmal schlagen, wird er immer noch König sein. Aber wenn er uns nur *ein einziges Mal* schlägt, wird es das letzte Mal sein. Dann werden wir alle gehängt, unser Besitz fällt an die Krone, und unsere Nachkommen verlieren sämtliche Ansprüche.»

Bei dieser Vorstellung überläuft mich ein kalter Schauder, und in meiner Angst suche ich Zuflucht bei den Sprüchen Salomos: *Des Königs Grimm ist ein Bote des Todes; aber ein weiser Mann wird ihn versöhnen.* Ich rechne damit, dass auf die schonungslosen Worte des Earls respektvolles Schweigen folgt, doch stattdessen platzt Vater heraus: «Wenn dem so ist, warum in Gottes Namen haben wir dann überhaupt zu den Waffen gegriffen?»

Er ist so aufgebracht, dass sein Stuhl beim Sprechen über den Boden scharrt, und alle scheinen gleichzeitig zu reagieren. Großmutter lässt den Löffel in ihre Schale fallen, Charles räuspert sich, und Betty schnappt nach Luft. Mein anfänglicher Schreck weicht glühendem Stolz, als ich in Vaters Worten die Frage wiedererkenne, die ich selbst vor ein paar Monaten gestellt habe. Doch es überrascht mich, ihn so hitzig argumentieren zu hören. Auch wenn er mitunter von Gefühlen übermannt wird, ist er doch für gewöhnlich der Schlichter in jedem Streit, und Henry hat bestätigt, dass er unter den Offizieren die gleiche Rolle spielt. In der darauffolgenden Stille schlägt mir das Herz heftig in der Brust, und ich fühle mich zwiegespalten: Die fügsame, häusliche Biddy ist erschrocken, dass das Gespräch die Grenzen der Höflichkeit überschritten hat, während die zornige, eifrige Bridget begeistert über Vaters treffende Worte ist. Natürlich hat er recht. Jetzt Schwäche zu zeigen, würde doch gewiss alles bereits Erreichte untergraben? Sind Olly und Val etwa dafür gestorben? Ich fange Henrys Blick auf und sehe meine Leidenschaft in ihm gespiegelt, auch wenn er seine Zunge hütet.

Mutter bricht das angespannte Schweigen. «Noch etwas Wein, werter Lord? Bridget, würdest du dem Earl nachschenken? Und Martha, du kannst jetzt die Nachspeisen auftragen.»

Leise erhebe ich mich und schleiche mit angehaltenem Atem um den Tisch herum. Während ich dem Earl nachschenke, bemerke ich, dass Betty sich wieder erholt hat und ihm über den Tisch hinweg ein strahlendes Lächeln schenkt. Ich spüre, dass sich die Schultern des Earls unter den vereinten Bemühungen von uns Frauen entspannen.

«Ihr wart schon immer ein vehementer Verfechter Eurer Sache, Cromwell.» Der Earl hebt sein neu gefülltes Glas in Vaters Richtung und wendet dabei den Kopf nach mir. «Wusstet Ihr, meine Liebe, dass Euer Vater und ich erstmals in einem Komitee der Commons miteinander zu tun hatten? Ich verteidigte meine Einfriedungen ehemals gemeinschaftlich genutzten Landes gegen ein paar aufsässige Pächter, und diese hatten Euren Vater zu ihrem Fürsprecher erkoren. Er hat es mir damals nicht leicht gemacht, ebenso wenig wie jetzt.»

Ich bemühe mich, seine Worte mit einem höflichen Lächeln aufzunehmen, ohne dass Vater den Eindruck gewinnt, ich stellte mich auf die Seite seines Verbündeten, der zugleich sein Widersacher ist.

Vater hat sein Temperament wieder gezügelt und nickt zustimmend. «Verzeiht mir, werter Lord, Ihr wisst ja, dass mir diese Angelegenheit besonders am Herzen liegt.»

Der Earl neigt daraufhin den Kopf und wendet sich Dick zu. «Und was ist mit Euren Söhnen, Cromwell? Sind sie ebenso kämpferisch wie ihr Vater?»

Dick errötet, Harry grinst, und der Earl lächelt.

«Habt ihr die Schule abgeschlossen, meine Jungen?»

«Ja, werter Lord», bringt Dick heraus.

«Welche Schule war das?»

«Felsted, Lord, in Essex!»

«Ah! Diese Schule kenne ich gut. Sie steht unter der Schirmherrschaft der Familie Rich, mit der ich verschwägert bin. Der Earl of Warwick schickt seinen Enkel Robert dorthin. Vortrefflich. Und wie soll es nun weitergehen? Zur Universität?»

«Ja, werter Lord», antwortet Harry rasch. «Wenn mein Vater es gestattet. Cambridge.»

«Sehr gut», erwidert der Earl. «Euer Vater und ich haben seinerzeit beide dort studiert. Wir waren sogar auf demselben College, nicht wahr, Cromwell? Allerdings nicht zur gleichen Zeit, soweit ich mich erinnere.»

Vater lächelt, doch ich nehme noch immer ein gewisses Unbehagen wahr. «Ich habe es auch so in Erinnerung, werter Lord. Ihr habt Euer Studium dort in dem Jahr aufgenommen, in dem ich abgegangen bin.»

Das mag stimmen, aber vielleicht sagt er es auch nur, um das Gesicht zu wahren. Ich bezweifle, dass der Earl sich viel mit Vater abgegeben hätte, wenn sie zur selben Zeit dort gewesen wären – die Erben von Earls freunden sich für gewöhnlich nicht mit den Söhnen des niederen Landadels an.

«Ah. Nun, Cambridge, das ist doch eine ausgezeichnete Idee, nicht wahr, Fleetwood, Ireton?», fährt der Earl fort, nun an die jüngeren Offiziere gewandt. «Ihr seid selbst Cambridge-Absolventen, nicht wahr?»

«Emmanuel College, Lord», antwortet Charles rasch mit erleichtertem Lächeln. «Wahrhaftig, das waren glückliche Tage.»

«Das gottgefälligste unter den Colleges, und deshalb hatte es zu meiner Zeit den stärksten Zulauf.» Der Earl nickt wohlwollend. «Mir scheint, inzwischen ist die halbe Welt mit Emmanuel-Absolventen bevölkert. Und Ihr, Ireton?»

«Oxford, Lord», erwidert Henry knapp.

«Ah, die andere Universität», bemerkt der Earl in bedauerndem Ton. «Welches College?»

«Trinity.»

«Hmm. Höchst betrüblich, da es nun so fest auf der Seite des Königs steht.»

Henry setzt ein höfliches Lächeln auf – das Lächeln eines Soldaten im Angesicht seines Kommandeurs, wie das von Vater –, äußert sich jedoch nicht weiter dazu.

Ich sehe schwierige Zeiten auf uns zukommen. Mit einer Entschuldigung verlasse ich den Raum, um nach dem Apfelkuchen zu schauen.

KAPITEL ACHT

«Cambridge, Harry? Jetzt?» Der Earl, inzwischen wieder gut gelaunt, ist eben erst gegangen, sein Weinglas noch warm von den eleganten Fingern, als Vater sich enttäuscht an Harry wendet. «Willst du dich denn nicht zur Armee melden? Und du auch nicht, Dick?»

Wir versammeln uns nach und nach wieder in der Stube. Ich betrachte verloren das Chaos auf dem Tisch, und eine plötzliche Müdigkeit überwältigt mich. Ich beschließe, mich noch ein paar Minuten zu den anderen zu setzen, während Martha und die Magd von nebenan mit dem Abwasch anfangen.

«Er wird nicht zur Armee gehen, Liebster», erklärt Mutter, ehe einer der Jungen etwas erwidern kann. «Keiner von beiden. Noch nicht, ich könnte es nicht ertragen.»

«Ich weiß, was du durchgemacht hast, meine Liebe», redet Vater ihr zärtlich zu, «aber hast du nicht gehört, was wir beim Essen gesagt haben? Jetzt ist die rechte Zeit, unsere Sache entschieden voranzutreiben, ganz besonders um Ollys willen.»

«Berufe dich nicht auf ihn», versetzt Mutter unwirsch. Ich wechsle einen erstaunten Blick mit Betty. Meine Schwester, stets die Versöhnliche, eilt zu ihr und nimmt ihre Hand, dann schaut sie Vater aus ihren schönen Augen traurig an.

«Bitte, Vater, wir könnten nicht noch einen weiteren Verlust verkraften, nicht nach Olly und Val.»

Vater seufzt und lässt sich in einen Lehnstuhl sinken. Betty ist zwar erst vierzehn, doch wenn sie ihn bittet, hat er ihr nichts entgegenzusetzen.

«Lord Manchester fand, Cambridge sei eine gute Idee …», wagt Harry vorzubringen, doch Vater fällt ihm schroff ins Wort.

«Lord Manchester ist nicht bestrebt, diesen Krieg zu gewinnen. Das habt ihr doch gewiss selbst herausgehört?»

«Ich habe es gehört, Vater», sage ich. «Er ist nicht so entschlossen wie du, Henry oder Charles, das ist deutlich geworden.»

Henry räuspert sich. Da wird mir erst bewusst, dass er und Charles noch im Raum sind, und ich erröte wegen meiner warmen Worte. Rasch setze ich eine kühle Miene auf.

«Vielleicht ist ein Kompromiss möglich?», mischt Henry sich mit ruhiger Stimme ein. «Harry könnte für einige Monate auf die Universität gehen, ehe er sich zur Armee meldet. Er könnte sich einen Vorgeschmack auf das Studium holen und wäre noch rechtzeitig zur Feldzugsaison im nächsten Sommer bei uns.»

Harry schaut Henry mit hündischer Dankbarkeit an, doch Henry hält den Blick auf Vater gerichtet. Der geht in der Stube auf und ab wie immer, wenn er angestrengt nachdenkt. Wir warten ab, bis er stehen bleibt und sein Urteil spricht:

«Also gut, Henry. Vielleicht ist das eine Lösung. Auch wenn ich es eilig habe, braucht für Harry nicht dasselbe zu gelten. Ich bin überzeugt, dass wir diesen Krieg noch mehrere Jahre austragen werden.»

Noch mehrere Jahre. Eine kalte Zukunft breitet sich vor mir aus, ein wiederkehrendes Muster aus Wochen und Monaten ohnmächtigen Wartens, während Vater, Henry und selbst mein kleiner Bruder Harry Gelegenheit haben, der Sache zu dienen. Mein Blick wandert zu den Geschirrstapeln auf dem Tisch, den Krümeln auf dem Boden, einer weinfleckigen Serviette. Früher fand ich Freude in meinen kleinen, alltäglichen Verrichtungen; darin, mich zu Hause nützlich zu machen. Doch das war, bevor die Welt auf den Kopf gestellt wurde. Es genügt nicht mehr. Jetzt will ich eine Möglichkeit finden, meinem Land nützlich zu sein.

Als der Herbst dem Winter weicht, spricht aus Vaters Briefen an uns immer mehr die wohlbekannte ohnmächtige Enttäuschung, wenn er von der schlechten Führerschaft des Earls berichtet: Vorteile bleiben ungenutzt, Belagerungen werden unzulänglich organisiert, Vorstöße halbherzig durchgeführt. Uns erreicht die beunruhigende Nachricht, der Earl of Essex, in Cornwall gestrandet und abgeschnitten, habe seine Truppen den Royalisten ausliefern müssen. Als die Armeen sich in ihre Winterquartiere zurückziehen, kehrt Vater nicht heim, sondern geht nach London. Er ist nunmehr überzeugt, dass Manchester, Essex und die anderen adligen Kommandeure dem Sieg des Parlaments mehr im Wege stehen als der König selbst.

Vater und Henry sind also die meiste Zeit fort, und Harry ist inzwischen nach Cambridge gegangen. Umso mehr freuen wir uns, als die Claypoles ihren abgebrochenen Besuch nachholen. Mutter ist nach wie vor überzeugt, dass John eine passende Partie für mich sein könnte; dabei fühlt er sich offensichtlich zu Betty hingezogen. Ich lasse Mutter ihre Pläne schmieden, denn das scheint sie in ihrer Trauer etwas aufzumuntern. Für mich hat John seinen anfänglichen Reiz verloren, seit er mir nach Ollys Tod so gar keinen Trost spendete. Ich hoffe, sein Besuch wird stattdessen Betty aufheitern und sie daran erinnern, dass noch eine Zukunft in dieser Welt auf sie wartet, auch wenn Val in die nächste hinübergegangen ist.

John kommt auf einer prächtigen braunen Stute angeritten, Badger trottet nebenher, und seine Mutter folgt in einer Kutsche. Wir Frauen sind an der Haustür versammelt, um unsere Gäste herzlich willkommen zu heißen. Doch wir kommen kaum dazu, John zu begrüßen, denn Dick entführt ihn sofort zum Stall, um ihm sein Pferd zu zeigen, das wir erst kürzlich von Vaters sauer verdientem Geld gekauft haben. Mary Claypole steigt aus der Kutsche und kommt zu uns ins Haus; sie zuckt nur die Achseln über das Verschwinden ihres Sohnes. Während der folgenden drei Tage genießt Betty zwar Johns Lächeln und seine besondere Zuwendung, doch sie muss ihn mit Dick teilen. Dieser wirkte in letzter Zeit etwas haltlos und ist nun sichtlich erleichtert, einen anderen jungen Mann zur Gesellschaft zu haben. Er nimmt John zur Jagd und zu Pferderennen mit, und sie bleiben stundenlang fort. Am zweiten Abend des Besuchs verschwinden die beiden Männer ins The Bell und kehren erst gegen zwei Uhr früh torkelnd heim. Ihr Gesang hallt durch die kopfsteingepflasterte Straße, während sie sich an der Tür zu schaffen machen und endlich lallend ins Haus wanken. Zum Glück ist außer mir niemand mehr wach. Ich sage Dick entschieden die Meinung, während ich die Haustür hinter den beiden verriegele.

Ich hätte gedacht, Betty würde das Interesse an John verlieren, da er sie so vernachlässigt, doch das Gegenteil ist der Fall. Als wir zeitig am nächsten Morgen das Frühstück vorbereiten und ich mich dabei über die nächtlichen Ausschweifungen der jungen Männer beklage, ergreift sie sofort für die beiden Partei.

«Männer sollten nicht zu Hause hocken, sondern sich mit ihren Kameraden im Freien betätigen, das tut ihnen gut», sagt sie in dem Versuch, welterfahren zu klingen. Ich frage mich, ob sie absichtlich so redet wie Mutter.

«Schon, aber jeden Tag?»

«Wenn es so rege junge Männer sind wie John Claypole.» Betty spricht seinen Namen lächelnd aus, streicht sich dabei instinktiv das Haar glatt und betrachtet prüfend ihr Spiegelbild in der Fensterscheibe. Ich kenne diesen Ausdruck.

«Und tut es ihnen etwa auch gut, sich abends zu betrinken und regelmäßig den halben Vormittag zu verschlafen?», setze ich meine Klagen fort, denn ich muss meinem Ärger einmal Luft machen. «Warte nur ab, sie werden noch Stunden im Bett bleiben, und dennoch wird Mutter darauf bestehen, dass wir den Speck für sie aufheben. Wie viel ist eigentlich von gestern früh noch übrig?»

Betty verschwindet in der Speisekammer und kehrt mit den kümmerlichen Speckresten zurück.

Ich seufze. «Dann also Eier für uns. Ich brate sie, du kannst inzwischen den Tisch decken.»

Betty nimmt Teller und Tassen, doch an der Küchentür dreht sie sich noch einmal zu mir um. «Sei nicht so streng mit Dickie, Biddy. Er ist nun einmal so, aber er hat doch ein gutes Herz.»

Ich schlage ein Ei auf und schnalze verärgert mit der

Zunge, als ein Stück Schale mit in die Schüssel fällt. Betty hat noch immer zwei ältere Brüder, zu denen sie aufblicken kann, denke ich, während ich nach einem Löffel suche, um die Schale herauszufischen. Dick und Harry werden all ihren Unzulänglichkeiten zum Trotz immer Eindruck auf ihre kleine Schwester machen, so wie Robin und Olly mir ein Vorbild waren. Ich schlage das nächste Ei zu kräftig auf, und der goldgelbe Dotter läuft über meine Finger, sodass ich meine Träne nicht abwischen kann. Sie fällt in die Schüssel.

Als die Claypoles am nächsten Tag wieder abreisen, bleiben zwei neue Einträge in unserem Haushaltsbuch zurück: ein Gewinn für Betty – sie holt Vals Brief unter ihrem Kissen hervor und verwahrt ihn stattdessen in der Bibel, die ungenutzt in ihrer Truhe liegt. Und ein Verlust für Dick, der eine Woche später Mutter und mir seine Wettschulden beichtet, die er gemacht hat, als er mit John beim Pferderennen war. Die Summe ist so hoch, dass Mutter an Vater schreiben und ihn um das Geld bitten muss. Er schickt es zusammen mit einer strengen Ermahnung an seinen neuen Erben.

Vaters Brief enthält auch Neuigkeiten über sein Ringen mit dem Earl of Manchester, das nunmehr im Parlament stattfindet: Vater trägt vor dem House of Commons seinen Bericht über die Zustände in der Armee vor, während Manchester im House of Lords darauf reagiert. Es folgt eine erbitterte Schlacht mit Worten, schreibt Vater, und auf jeder Seite bilden sich mächtige Bündnisse.

Dieser Konflikt scheint auf seine Weise ebenso weit von uns entfernt wie das militärische Geschehen, das wir ebenfalls verfolgen. In einer Zeitung sind Berichte über alle Reden abgedruckt, die im Parlament und vor dem gemeinsamen englisch-schottischen Komitee gehalten wurden, welches nunmehr den Krieg lenkt. Ich freue mich zu lesen, dass Henry mit seiner Aussage Vater unterstützt hat: Er hat bezeugt, dass der Earl den Krieg durch eine einvernehmliche Einigung gewinnen will, wie er bei uns am Esstisch selbst erklärt hat. Doch diese kleine Freude wird zunichte, als ich den Zeitungsbericht weiterlese: Da steht, der Earl habe Vater beschuldigt, Geld veruntreut zu haben, indem er uns jede Woche fünf Pfund schickte. Mutter ist verzweifelt, Betty zutiefst bestürzt, und Großmutter schnalzt mit der Zunge, während ich innerlich brodelnd am Kamin sitze. Von da an glühen meine erfrorenen Wangen jedes Mal vor Scham, wenn ich bei meinen Besorgungen Geld ausgebe oder in der Stadt unsere Rechnungen begleiche. Dass man meiner Familie Unredlichkeit vorwirft, uns beschuldigt, vom Krieg zu profitieren, trifft mich im Innersten, und ich täte alles, um unseren guten, ehrlichen Namen von dieser Schande reinzuwaschen. Jetzt bereue ich, dass ich für das Festmahl zum Besuch des Earls so geschuftet habe.

Henry Ireton ist wieder in Ely und kümmert sich als stellvertretender Gouverneur um die Belange der Stadt. Er scheint ebenso gereizter Stimmung wie ich, und als wir uns eines Morgens vor der Kathedrale zufällig über den Weg laufen, lüftet er nur den Hut und nickt mir steif zu. Seine abweisende Haltung kränkt mich, und ich beschließe, ihn bei unserer nächsten Begegnung ebenfalls kühl zu behandeln. Daher bitte ich ihn nur mit einer knappen Geste herein, als er ein paar Tage später frühmorgens vor unserer Tür steht, und mache mir nicht die Mühe, mich nach seinem Befinden zu erkundigen. Doch er scheint gar nicht zu bemerken, wie gekränkt ich bin, sondern platzt gleich mit Neuigkeiten heraus.

«Eine Einigung wurde erzielt», verkündet er, noch während er seine Handschuhe auszieht.

«Mit dem König?» Die Frage kommt von Betty, die gerade einen Korb Wäsche die Treppe herunterträgt. Ihre Augen blicken noch ganz verschlafen.

Henry schaut bei dieser Frage überrascht auf. «Zwischen Eurem Vater und dem Earl of Manchester», korrigiert er.

«Kommt doch herein, Henry.» Mutter tritt auf den Plan und entführt mir Henry, noch ehe ich zwei Worte mit ihm gewechselt habe. Sie und Betty führen ihn eifrig in die Stube, die Wäsche bleibt unbeachtet im Flur zurück. Verärgert drücke ich mich in der Tür herum und höre mit verschränkten Armen zu, während er erklärt, was geschehen ist.

«Das Parlament wird ein Gesetz verabschieden, nach dem ein Parlamentsmitglied nicht zugleich Offizier in der Armee sein kann.»

«Aber was ist mit Vater?» Meine Gedanken rasen. «Dann muss er ja sein Kommando niederlegen – das kann er doch nicht wollen.» Mit einem Schlag habe ich das Gefühl, meine einzige Verbindung zum Krieg zu verlieren. Wie wird unser Leben sein, wenn wir wieder am Rand des Geschehens stehen?

«Ja.» Henry wendet sich mir zu und streicht sich mit hageren Fingern über den schmalen Bart. «Aber wenigstens werden auch Manchester und Essex ihr Kommando verlieren, da sie im House of Lords sitzen. Es war die einzige Möglichkeit, ihnen die Kontrolle zu entziehen und die Kriegsanstrengungen zu retten. Und Euer Vater soll eine führende Rolle bei der Neuordnung der Armee übernehmen. Sie muss besser organisiert und ausgestattet werden.»

«Dann wird Vater also heimkehren.» Betty seufzt beglückt und lässt sich mit raschelnden Röcken in einen Lehnstuhl sinken.

«Gelobt sei der Herr.» Mutter faltet die Hände. «Martha? Etwas zum Frühstück für Deputy Ireton.»

«Danke, aber ich kann nicht lange bleiben», wehrt Henry rasch ab. «Ich habe heute noch viel zu tun. Oliver und ich müssen uns daranmachen, eine neue Armee auszuheben und auszubilden. Sie wird durch Steuern und ein Darlehen von der Stadt finanziert und hat das klare Ziel, diesen Krieg ein für alle Mal zu gewinnen. Die Männer sollen auch eine richtige Uniform bekommen: die ganze Armee in roten Röcken, nur die Ärmelaufschläge in unterschiedlichen Farben, um die Regimenter voneinander zu unterscheiden. Dabei werden wir Eure Hilfe benötigen.»

«Aber wartet …» Nun falle ich ihm ins Wort. Ich spüre, dass Mutter und Betty in Gedanken bereits bei der Näharbeit sind, doch mich interessiert vielmehr, wie es künftig mit unserer Sache vorangehen soll. «Wer übernimmt denn stattdessen das Kommando?»

«Black Tom Fairfax», antwortet Henry. Zwar lächelt er nicht, doch sein Ton klingt wohlgefällig. «Er ist eine vortreffliche Wahl: entschlossen, tapfer, ein brillanter Stratege im Feld. Die Männer lieben ihn, und da es ihm bislang gelungen ist, sich aus dieser Fehde herauszuhalten, sind beide Seiten mit ihm einverstanden.»

«Vater hält ihn auch für einen guten General, das

weiß ich», erwidere ich und denke an unsere Gespräche zurück. Dabei löse ich meine verschränkten Arme, falte stattdessen die Hände hinter dem Rücken und lehne mich an den Türrahmen.

«Ja, Euer Vater schätzt ihn sehr, und auf seine Menschenkenntnis ist Verlass.» Henry dreht seinen Hut in der Hand und wird ganz eifrig. «Zum ersten Mal beginne ich zu glauben, dass wir diesen Krieg gewinnen können. Jetzt muss ich aber wirklich weiter», fügt er hastig hinzu, als sei ihm seine Begeisterung peinlich.

«Möchtest du Henry nicht begleiten, Bridget?», schlägt Mutter rasch vor. «Wir müssen so viel rotes Tuch bestellen, wie verfügbar ist – du könntest beim Tuchhändler vorbeischauen, um ihm Bescheid zu geben.»

Das ist wieder einmal ein Vorwand, um mich mit Henry zusammenzubringen, und wie immer ärgere ich mich darüber. Doch ich lasse mir nichts anmerken, die Genugtuung gönne ich Mutter und Betty nicht. «Gut, ich hole nur rasch meine Tasche.»

Wir treten blinzelnd in den strahlenden Morgen hinaus. Der Reif auf den Pflastersteinen glitzert in der Morgensonne. Henry geht in gewohnt forschem Schritt los, dann scheint er sich zu besinnen und wird langsamer, damit ich mithalten kann. Es ist früh am Tag, die Straßenkehrer sind noch am Werk und arbeiten sich in Richtung der Kathedrale vor. Hausfrauen leeren den Unrat der Nacht auf die Straße, und der Gestank zieht durch die Luft. Männer treten aus ihren Häusern, um zur Arbeit zu gehen, die Hüte tief ins Gesicht gezogen, Brot und Käse in den Taschen. Händler öffnen ihre Läden und schieben die Tische mit Waren ans Licht.

Ich will Henry gerade nach den Plänen für die Neuordnung der Armee fragen, als er unvermittelt das Wort ergreift.

«Ich habe mit Euren Eltern über die Möglichkeit gesprochen, dass wir beide heiraten könnten, wenn der Krieg vorbei ist.»

Meine Gedanken überschlagen sich, und darüber versagen meine Füße den Dienst, sodass ich auf dem glatten Kopfsteinpflaster stolpere. Das kommt so plötzlich. Ich brauche einen Moment, um mich zu fassen, dann beeile ich mich, wieder mit Henry Schritt zu halten. War das wirklich ein Antrag? Macht man so etwa Heiratsanträge? Als ob man um einen Ballen Tuch feilscht? *Heiraten.* «Heiraten?», wiederhole ich mechanisch.

«Ja.»

«Wir beide einander.»

«Nun, darum geht es im Prinzip.»

«Ihr macht mir hiermit einen Heiratsantrag?», vergewissere ich mich, noch immer fassungslos.

Henry hält den Blick geradeaus gerichtet. Ich kann nicht glauben, dass er einfach weitergeht, während er über eine Angelegenheit von solcher Tragweite spricht. Hätten wir nicht stehen bleiben müssen? Hätte er nicht meine Hand nehmen sollen? Ich denke daran, wie Vals Hand Bettys Kinn umfasste; daran, wie John Claypole ihr verstohlen zulächelte. Und wir gehen hier durch die Stadt, mit den Straßenfegern dicht auf unseren Fersen, und das Schmutzwasser läuft zwischen den Pflastersteinen hindurch wie Bäche, die zum Great Ouse strömen.

«Ja», fährt Henry fort. Er scheint weder meine Entrüstung wahrzunehmen noch die unpassende Umgebung. «Ich habe den Wunsch zu heiraten, wenn der Krieg vorbei ist, und diese Möglichkeit scheint nunmehr in greifbarer

Nähe. Ich finde, Ihr und ich, wir passen gut zueinander, und Euer Vater, vor dem ich die allergrößte Hochachtung habe, wäre sehr erfreut über die Verbindung.» Seine Worte sind klar und logisch, sein Ton leidenschaftslos.

Ich warte darauf, dass er stehen bleibt, doch er beschleunigt stattdessen seinen Schritt, als könne er dem Gespräch davonlaufen.

Aber ich bleibe stehen. Ich kann nicht in diesem Tempo weitergehen, ich muss erst einmal meine Gedanken ordnen. Henry macht noch ein paar lange Schritte, dann bemerkt er, dass ich nicht mehr an seiner Seite bin. Er hält an, dreht sich auf dem Absatz um und schaut mich an. Kann es denn nicht ein einziges Mal um mich gehen, denke ich verzweifelt, während mein Atem sich beruhigt – nicht einmal bei meiner eigenen Heirat? Muss ich immer für andere nützlich sein, statt eigene Ziele zu verfolgen?

«Und ich nehme an, das ist für Euch der stärkste Grund?», bringe ich schließlich heraus. Bitterkeit steigt in mir auf, Bitterkeit darüber, dass Vaters Gefühle ihm anscheinend wichtiger sind als die meinen. «Ich werde Euch nicht heiraten, nur damit Ihr Euch bei meinem Vater beliebt machen könnt.»

Ich sehe, dass er bestürzt über meine Direktheit ist, dabei sollte er eigentlich inzwischen wissen, dass ich kein Blatt vor den Mund nehme. Mir ist klar, ich sollte mich zurücknehmen, meine Worte vorsichtiger wählen. Doch ich muss ihn irgendwie aus der Reserve locken, damit er endlich echte Gefühle zeigt.

«So denkt Ihr darüber?», entgegnet er.

«Nun, würdet Ihr mich denn heiraten wollen, wenn ich nicht die Tochter meines Vaters wäre?», frage ich herausfordernd.

Er legt den Kopf schief und denkt über meine Frage nach, dann blickt er mich fest an. «Das kann ich nicht ehrlich beantworten, und ich würde Euch niemals anlügen. Wenn Ihr nicht seine Tochter wäret, würde ich Euch nicht kennen, und Ihr wäret nicht die Frau, die Ihr seid. Ihr habt all seine besten Eigenschaften, gepaart mit Euren eigenen. So sehe ich es.»

Im Grunde gefällt mir, was er da über mich sagt, aber ich bin noch immer verwirrt über die Art und Weise, wie er dieses Gespräch führt. Zum ersten Mal in meinem Leben finde ich keine Worte und bin mir über meine Gefühle nicht im Klaren.

«Nun, ich habe Eure Antwort», sagt Henry schließlich, nimmt den Hut ab und verbeugt sich steif vor mir.

«Ich habe Euch doch noch gar keine Antwort gegeben», widerspreche ich, verärgert, dass er anscheinend im Begriff ist zu gehen.

«Ihr habt Eure Haltung zu dem Thema deutlich gemacht.»

«Ihr habt mir kaum Gelegenheit gegeben, über meine Haltung zu diesem Thema nachzudenken», versetze ich scharf, dann senke ich rasch die Stimme – einer der Straßenkehrer hat sich zu uns umgedreht, gebeugt über seinem Rechen stehend.

«Dann denkt darüber nach», sagt Henry, nun mit leicht gereiztem Unterton. «Aber hier und jetzt scheint es mir ein Nein zu sein.»

«Ich … Das ist ungerecht. Nun gut, dann ist es ein Nein, wenn Ihr denn in solcher Hast eine Antwort braucht.» Ich spüre ein Brennen in der Brust und schleudere ihm die Worte entgegen, während er bereits weitergeht. Beinahe hätte ich ihm unwillkürlich eine Warnung nachgerufen, da vor ihm auf der Straße Unrat liegt, doch ich presse die Lippen zusammen und schweige, und er pflügt mitten hindurch, ohne das Hindernis zu beachten.

«Guten Morgen, Bridget.» Unsere Nachbarin geht vorbei und schaut neugierig, doch ich nicke ihr nur flüchtig zu und verschwinde rasch im Laden des Tuchhändlers.

KAPITEL NEUN

Sommer 1645

«Liebst du ihn?», fragt Betty zum hundertsten Mal, als wir gemeinsam in der Stube sitzen. Sie näht gerade an einer der zahlreichen Armeeuniformen, während ich mich abmühe, einen Beileidsbrief an eine jüngst verwitwete Frau in der Stadt zu verfassen. Seufzend nehme ich die Namensliste zur Hand, die Vater mir geschickt hat – nur noch zwei trauernde Familien, an die ich heute schreiben muss.

«Nein.»

«Aber du magst ihn?»

«Ich bewundere ihn.»

Betty zieht die Nase kraus. «Das genügt nicht. Das heißt, andererseits …» Sie hält mitten im Nähen inne, einen nachdenklichen Ausdruck auf dem hübschen Gesicht. «Bewunderung ist mit Zuneigung verwandt, und aus Zuneigung kann Liebe entstehen.»

«Vielleicht …» Meine Gedanken wandern zu Henry, wie in letzter Zeit so oft. Seit unserer letzten Begegnung sind Monate vergangen. Er hat Abstand gehalten, solange er noch in Ely war, und nun ist er wieder mit Vater auf Feldzug. Ich kann nicht ahnen, was in ihm vorgeht. Er hat mich genötigt, ihm auf der Stelle eine Antwort zu geben, an einem frostigen Wintermorgen inmitten von Straßenkehrern, und ich habe Nein gesagt. Aber ich habe auch gesagt, ich bräuchte Zeit, über seinen Antrag nachzudenken. Steht sein Angebot noch?

Vater bejaht das und drängt mich, den Antrag seines Günstlings anzunehmen, während Mutter mit der Frage hadert und kämpft wie unsere Katze mit den losen Fäden am Teppich im Hausflur. Großmutter schnalzt mit der Zunge und ermahnt mich, nur ja keine alte Jungfer zu werden, woraufhin Tante Liz zutiefst gekränkt und unter Tränen den Raum verlässt. Harry schreibt aus Cambridge, er halte Henry für einen prachtvollen Mann, und Mall und Fanny beklagen sich, dass er nicht mehr zu Besuch kommt und ihnen kandierte Mandeln mitbringt. Jeder hat seine Meinung zu der Frage, und mir ist nicht für einen Augenblick Privatheit vergönnt. Selbst mein Bett gehört mir nicht allein. Betty, fasziniert von einer imaginären Romanze, fragt mich abends aus, was ich denke, und morgens, wovon ich geträumt habe. Ich komme mir vor, als sei ich in ein verwirrendes Durcheinander aus Einzelteilen zerfallen, so, wie die Männer in Vaters und Henrys New Model Army in erbitterte Kreuzritter verwandelt wurden.

«Wir verstehen uns in der Tat gut, und ich achte seinen Einsatz und seine Entschlossenheit im Dienste einer Sache, die mir am Herzen liegt. Das könnte für den Anfang genügen. Und ich will nicht als alte Jungfer enden wie Tante Liz, in Dicks oder Harrys Haus leben und ihren Kindern hinterherräumen.» Betty hat es wieder einmal geschafft, mir etwas zu dem Thema zu entlocken.

«Aber die Art, wie er dich gefragt hat», fährt sie leise und in missbilligendem Ton fort. Schon bereue ich wieder, mich ihr offenbart zu haben. «So unromantisch. Für mich käme das nicht infrage – aber für dich?»

Sie schaut mich wissend an, und ich muss einräumen, dass sie mit ihrer Andeutung nicht unrecht hat. Sie meint das gar nicht böse, auch wenn jemand anders es vielleicht so auffassen würde. Ja, in meinen mädchenhaften Augenblicken beneide ich sie um ihre Romanzen, aber habe ich mich jemals wirklich selbst nach einer gesehnt? Oder will ich stattdessen etwas Größeres? Eine Berufung? Ein gemeinsames Ziel, nach dem beide streben? Ehrlichkeit und gegenseitige Achtung. Könnte das stattdessen die Grundlage für eine gelungene Ehe sein?

Jeden Sonntag nehme ich mein Problem mit in die Kirche und lausche andächtig der großen Vielfalt an Laienpredigern, die heutzutage über ihre persönlichen Gotteserfahrungen sprechen. Manchmal ist auch die Frau da, und dann höre ich ihr wie gebannt zu, begeistert über den Klang einer weiblichen Stimme in dem hohen Kirchenschiff. Ich sehne mich danach, selbst einmal zu sprechen und vor Gott und meinen Nachbarn meine Gedanken zu offenbaren. Aber jedes Mal, wenn ich aufstehen und nach vorn gehen will, verlässt mich doch wieder der Mut. Nachher auf dem Heimweg bin ich dann zornig und enttäuscht über meine eigene Unzulänglichkeit.

Mit der Zeit wird mir klar, dass ich in der Kirche keine Erfüllung finden werde, ebenso wenig wie bei der endlosen Näharbeit an den neuen Uniformen. Also dehne ich meine Suche aus, wage mich weiter vor. Tante Liz betätigt sich neuerdings als Krankenpflegerin im hiesigen Feldlazarett, und eines Morgens überredet sie mich, sie zu begleiten. Gemeinsam gehen wir aus der Stadt und durch die Flutwiesen zu einer großen Scheune. Dort wurde ein behelfsmäßiges Lazarett eingerichtet, um die Verwundeten der Eastern Association zu behandeln, die auf Fuhrwerken von Westen herangekarrt werden. Ich rieche die Männer schon auf hundert Schritt Entfernung: den Gestank faulenden Fleisches und besudelter Wäsche. Ich halte mir ein Taschentuch vor die Nase, während wir zwischen den verstümmelten Soldaten hindurchgehen, die im Schatten von Segeltuchplanen auf Strohsäcken liegen. Das Bild, das sich mir in der Scheune bietet, ist von Waagerechten und Senkrechten bestimmt: Männerkörper liegen flach, während aufrechte Frauengestalten sich zwischen ihnen bewegen wie Schwäne zwischen den Seerosenblättern in den Fens. Auf den ersten Blick ist hier kein System zu erkennen. Zwei ältere Ärzte beraten sich in einer Ecke, während ein dritter, jüngerer Mann einen Verband fest um etwas wickelt, das wie ein halber Kopf aussieht und auf einem blutigen Kissen liegt. Ich erkenne ein paar andere Frauen aus der Stadt, die geschäftig Wunden säubern und verbinden oder Essen zubereiten. Ein kleiner Junge geht von einem Patienten zum nächsten und bietet ihnen Wasser an. Hin und wieder bleibt er stehen und gibt Zeichen, wenn er einen entdeckt, der unbemerkt von den Lebenden zu den Toten hinübergegangen ist.

Tante Liz reicht mir eine Schürze, und wir machen uns daran, Schalen mit Haferbrei an die Männer zu verteilen. Ein schmächtiger Jüngling ist zu schwach und fiebrig, um selbstständig zu essen, deshalb setze ich mich zu ihm und löffle winzige Happen in seinen trockenen Mund. Bei jedem Atemzug strenge ich mich an, nicht an Olly zu denken. Stattdessen lausche ich auf den Singsang des älteren Mannes, der neben dem Jüngling sitzt und in schmutzigen Händen eine winzige Taschenbibel hält. Alle ein oder zwei Minuten blättert er eine Seite um. Erst als ich ihm seine Schale mit Haferbrei geben will, wird mir klar, dass er blind ist und die Verse auswendig rezitiert.

Es dauert nicht lange, bis einer der älteren Ärzte mich an der Hand fasst und mich zu der Ecke der Scheune führt, die mit einem Sichtschutz aus schmutzigen Laken abgeteilt ist. Hier finden Operationen statt. «Wir müssen ihm den Arm abnehmen», sagt er und drückt mir einen feuchten Lappen und ein Stück Holz in die Hände. Ich starre wortlos auf den Mann, der vor uns liegt. Seine Augen blicken glasig – man hat ihm Mohnsaft gegeben. Sein Oberkörper ist nackt, Schweiß glänzt auf der Brust und hat sich im Bauchnabel gesammelt. Von dort aus verläuft eine Linie aus feinem, hellbraunem Haar bis zum Hosenbund. Er ist schön, denke ich, und der Gedanke verstört mich, da er in so krassem Widerspruch zur Situation steht. Der Körper dieses Mannes scheint so voller Leben, dass ich den plötzlichen Drang verspüre, meinen Kopf auf seine Brust zu legen und mit den Händen über seine muskulösen Arme zu streichen. Seine Arme. Voller Grauen betrachte ich die Metzgerwerkzeuge, die die Ärzte gerade bereitlegen.

«Komm, Biddy.» Tante Liz' ruhige Stimme bringt mich zur Besinnung. «Wir müssen helfen. Die Krankenpfleger drücken ihn hinunter, ich halte das Beißholz, du tupfst ihm mit dem Lappen die Stirn ab.»

«Ja, ja, natürlich», sage ich automatisch, innerlich entsetzt über die Vorstellung, dieses lebende Wesen zu verstümmeln. Ich trete an den Tisch und lege das warme, feuchte Tuch auf seine Stirn, wische sacht die dunklen, verklebten Haarsträhnen zur Seite. Ehe ich michs versehe, hat der Arzt schon begonnen zu schneiden. Ich beiße mir auf die Lippe, bis ich Blut schmecke, während der Mann zuckt und stöhnt und auf das Holz beißt. Ich möchte schreien, versuche verzweifelt, die Geräusche auszublenden. Das Schlimmste ist die Säge, die sich knirschend durch den Knochen frisst. Die Luft ist erfüllt vom widerlich süßen Geruch des warmen Blutes, das in den Eimer fließt. Ich kämpfe gegen die Übelkeit, die mir in die Kehle steigt, und beginne unwillkürlich das Vaterunser zu sprechen. Ich werde mich nicht übergeben. Ich werde diesen armen, schönen, verstümmelten Mann nicht im Stich lassen. Dann ist der Arm ab, wird mit dumpfem Laut auf einen Tisch geworfen, und der Mann hat das Bewusstsein verloren. Ich drücke ihm den Lappen auf die Stirn und bete.

Von da an gehe ich fast jeden Tag in das Lazarett. Doch eine Veränderung in mir, die bereits begonnen hatte, schreitet weiter voran. Früher dachte ich immer, unser Krieg sei glorreich, und sehnte mich danach, darin mitzukämpfen, zusammen mit Olly und Vater und nun auch Harry. Er hat Cambridge inzwischen verlassen und sich dem Regiment des kriegerischen, sehr auf sein Äußeres bedachten General Thomas Harrison angeschlossen. Als Harry nach Hause kam, um sich von uns zu verabschieden, habe ich mich an ihn geklammert und hätte ihn am liebsten gar nicht gehen lassen, doch zugleich habe ich ihn gedrängt loszuziehen. Wie stolz und freudig er seinen Dienst antrat, während in meinem Inneren blinde Angst und rasender Neid wüteten. Ich habe ihn zum Abschied geküsst und gegen den Arm geboxt, dann, sobald Harry sein Pferd gewendet und den Blick zum Horizont gerichtet hatte, habe ich um Olly geweint. Am Abend kramte ich Ollys Salbentiegel aus meiner Truhe hervor. Während ich ihn in den Händen hielt, fragte ich mich, ob ich Harry davon hätte erzählen sollen, damit er mir im Fall einer Verwundung die Waffe schickt. Aber warum sollte es immer so herum sein? Weshalb sollte Olly sterben und nun vielleicht auch Harry, ohne dass ich mit entblößter Brust den Kanonen und heranstürmenden Reitern entgegentrete? Bin nicht ich nun die Älteste? Die Nächste, die ihr Leben riskieren sollte?

Doch der Anblick der verstümmelten Körper im Lazarett befreit mich von meiner Naivität. Und ich akzeptiere vollends meine Grenzen, als ich erfahre, dass der Mann mit dem amputierten Arm zwei Tage später am Wundbrand gestorben ist – der schöne junge Mann, dessen Stirn ich gestreichelt habe, während er die Qual durchlitt, seinen Arm zu verlieren. Für mich steht fest: Wir müssen diesen bösen König besiegen, der mit seiner Tyrannei so viel Schmerz über sein Volk gebracht hat. Wir müssen dafür sorgen, dass mehr Stimmen bei den Mächtigen Gehör finden, müssen das Leben des gemeinen Volkes denen näherbringen, die mit ihren Entscheidungen unsere Geschicke bestimmen. Wir müssen den Ungerechtigkeiten, die so selbstverständlich und achtlos gegen uns begangen werden, ein Ende machen. Und vor allem müssen wir uns die Freiheit erkämpfen, unsere Religion so auszuüben, wie wir es wollen.

Es ist also unerlässlich, dass Menschen unserer Sache dienen, dass Männer für sie kämpfen. Aber für mich als schwache Frau ist in dieser Arena, in der es um körperliche Stärke geht, kein Platz. Natürlich kann ich meine Hände gebrauchen, um bei der Behandlung der Verwundeten zu helfen, um Kranke zu füttern und zu pflegen. Aber ist das nicht eigentlich dasselbe, was Mütter tagtäglich tun? Ich muss eine andere, weiter gehende Möglichkeit finden, der Sache zu dienen. Eine Möglichkeit, meinen Verstand und meine Leidenschaft einzusetzen. Wenn wir den Krieg gewinnen, dann werden in den Schlachten, die auf den Sieg folgen, Worte mehr zählen als Schwerter. Wie hat Henry noch gleich zu Harry gesagt? *Wir werden gebildete Männer in unseren Reihen brauchen, vor allem wenn die Kämpfe beendet sind und die Verhandlungen beginnen.* Und wenn Henry überlebt und seinen vortrefflichen Geist dieser Aufgabe widmet, könnte ich dann nicht meinen Verstand und Scharfsinn durch ihn zum Einsatz bringen?

Dieser Gedanke beschäftigt mich. Er wächst sich beinahe zu einer Besessenheit aus, genährt von den Nachrichten, die uns mit jedem Postsack erreichen. Henry wird zum Commissary-General befördert. Damit ist er der zweithöchste Befehlshaber der Kavallerie unserer New Model Army und hat fünf Regimenter unter sich. Auf einen Schlag ist er in den Kreis der obersten Armeeführer eingetreten, und seine Stimme hat in militärischen Angelegenheiten großes Gewicht – eine beeindruckende Leistung für einen niederen Landadligen aus Nottinghamshire ohne Kampferfahrung und ohne besonderen familiären Hintergrund. Und mein Vater hat dem Commander-in-Chief, Sir Thomas Fairfax, zu der Beförderung geraten. Vater hat einen befristeten Posten in der Armee bekommen, obwohl er nach wie vor Mitglied des Parlaments ist. Diese Gelegenheit hat er dazu genutzt, sich für den Mann einzusetzen, mit dem er mich gern verheiratet sähe. Zeigt die Vorsehung mir meinen Weg auf? *Herr, ebne vor mir deinen Weg.*

Doch ich kenne Seine Antwort. *Wie eng ist die Pforte und wie schmal der Weg, der zum Leben führt, und wenige sind's, die ihn finden!* Ich weiß es im Herzen, noch bevor wir die entsetzliche Neuigkeit von unseren Nachbarn hören, dass bei Naseby, etwa sechzig Meilen westlich von hier, eine blutige Schlacht geschlagen wurde. Eilends schicke ich Martha ins Wirtshaus, damit sie nachfragt, ob die Boten am Morgen Briefe oder Zeitungen mit Nachrichten gebracht haben, und sie kehrt mit der neuesten Zeitung zurück.

«Es war ein großartiger Sieg», verkündet sie strahlend, kaum dass sie atemlos zur Tür herein ist. Doch ich höre kaum, was sie sagt. Sogleich reiße ich ihr die Zeitung aus der Hand und überfliege die Seiten auf der Suche nach Henrys Namen, während Mutter aus der Stube ruft, ich solle ihr die Zeitung bringen. Nichts. Nichts. Und dann – ich schlucke, und mir stockt der Atem.

Sein Pferd wurde getroffen und ist mit ihm im Sattel gestürzt, genau wie bei Val.

Er wurde verletzt.

Er wurde gefangen genommen.

Ich drücke Martha die Zeitung wieder in die Arme. Blindlings und wortlos flüchte ich mich die Treppe hinauf in mein Zimmer. Der Vorwand, ich hätte Kopfschmerzen, befreit mich für den Rest des Tages von meinen Pflichten, und später stelle ich mich schlafend, um Bettys Fragen zu entgehen. Ich werde ihr nicht noch mehr Angriffsfläche bieten, mich zu necken, wenn ich mir kaum selbst über meine Gefühle im Klaren bin. Und so liege ich kalt und schweigend da. Ollys Salbentiegel fest in der Hand, denke ich voller Sorge an Henry, und mich plagt die Erinnerung daran, wie ich ihn aus Stolz abgewiesen habe. Wenn er tot ist, wird es mir dann leidtun, dass ich ihm keine Hoffnungen gemacht habe? Oder bin ich töricht, mir einzubilden, er würde auf dem Sterbebett überhaupt an mich denken, nachdem er mich so geschäftsmäßig behandelt hat? Welches Schicksal erwartet mich nach dem Krieg, wenn es keinen Henry Ireton mehr gibt, den ich heiraten könnte?

Am nächsten Tag kommt ein Brief von Vater. Ich muss die Fingernägel in meine Handflächen graben, um mich zurückzuhalten – am liebsten würde ich Mutter das Blatt entreißen, als sie zuerst stumm und dann langsam für uns andere laut liest. Endlich, nach einer scheinbaren Ewigkeit, kommt Henrys Name über ihre Lippen, und ich öffne allmählich meine schmerzenden Fäuste.

Henry ist schwer verwundet und wird längere Zeit nicht kämpfen können. Meine Brust fühlt sich eng an, ich habe Mühe, die guten Nachrichten von den schlechten zu trennen.

«Aber er ist nicht mehr in Gefangenschaft?»

«Nein, Liebes. Er hat sich selbst aus der Gewalt der Royalisten freigekämpft!» Mutter lässt den Brief sinken und beugt sich lächelnd zu mir vor.

«Und Oliver überhäuft ihn förmlich mit Lob für seinen erbitterten Widerstand!», stimmt Großmutter ein. Dabei schaut sie mich mit ihren scharfen Augen eindringlich an, und gleich darauf sind alle Blicke auf mich gerichtet.

«Wie mutig!», schwärmt Betty.

«Ja, ja», sage ich unwirsch und stehe auf. Ich will keine weiteren Lobeshymnen auf ihn hören und vor allem keine Fragen zu meinen verworrenen Gefühlen beantworten müssen. Henry ist in Sicherheit, aber wie lange noch?

Glücklicherweise wird die Familie bald wieder von meinen Herzensangelegenheiten abgelenkt, denn es gilt, Vorbereitungen für Bettys sechzehnten Geburtstag zu treffen. Wir planen ein Geburtstagspicknick in den Fens, und Mutter und ich haben Betty ein Paar spitzenbesetzte Handschuhe und ein dazu passendes Umschlagtuch gemacht. Beides ist in meiner Truhe versteckt.

Mein Verdacht, dass Betty und John Claypole in Kontakt stehen, scheint sich zu bestätigen, als Mutter einen Brief von Mary Claypole erhält. Diese fragt an, ob John in ein paar Wochen zu Besuch kommen könne. «Es ist doch gewiss kein Zufall, dass er gerade zu deinem Geburtstag herkommt?», forsche ich, doch Betty lächelt nur und zwinkert mir zu, während sie sich das Haar bürstet. Dick freut sich ebenso auf den Besuch wie Betty, allerdings rede ich vorher ein ernstes Wort mit ihm. Ich bestehe darauf, dass die beiden nicht wieder so über die Stränge schlagen wie beim letzten Mal. Dick ist ein leichtes Opfer, nun, da Harry und fast alle anderen jungen Männer aus der Gegend im Krieg sind. Aber ich denke, diesmal kann ich meinen jüngeren Bruder in Schach halten.

Dann ist Bettys Geburtstag, und John Claypole trifft ein. Schneidig und strahlend kommt er auf seiner braunen Stute angeritten, Badger läuft nebenher. Martha und ich haben Picknickkörbe gepackt, und wir Frauen nehmen je einen und machen uns auf den Weg. Fanny und Mall laufen voraus, während Mutter und Tante Liz die Nachhut bilden. Großmutter geht mit unsicheren Schritten zwischen ihnen und verscheucht mit einer Hand die Fliegen. Ich sehe John und Dick nach, als sie vorausreiten. Nicht zum ersten Mal wünsche ich mir, wir hätten noch ein Pferd, sodass ich den Sommerwind in meinem Haar spüren könnte und den kraftvollen Gang des Rosses unter mir. Ich beklage mich bei Betty, die neben mir geht.

«Ja, das wünschte ich auch», pflichtet sie mir bei, dann läuft sie den Männern nach. «John!»

Er schaut sich um, verzieht das rosige Gesicht zu einem Lächeln, und er und Dick halten ihre Pferde an.

«Wir Damen sind neidisch, dass ihr reiten könnt.»

«Tut mir leid, Betty», ruft Dick ihr zu. «Wir können ja umkehren und in der Stadt ein paar Pferde mieten.»

«Nicht nötig!» John beugt sich aus dem Sattel und bietet Betty seinen Arm.

«Das kannst du nicht tun!», protestiere ich rasch in der Hoffnung, dass nur sie mich hört. «Doch nicht mit ihm – und außerdem ist es ein Herrensattel.»

Doch Betty beachtet mich gar nicht. Entsetzt sehe ich mit an, wie sie ihre Röcke rafft. Dick sitzt ab und hilft ihr, vor John Claypole aufs Pferd zu steigen. Sie schaut sich lächelnd um, während er die Arme um ihre Taille legt und eine Haarsträhne wegpustet, die ihm ins Gesicht weht. Eine solche Intimität ist ganz und gar unschicklich. Ich schaue mich nach Mutter um und fordere sie mit einer Geste auf einzuschreiten, doch sie zuckt nur lächelnd die Achseln. Ich frage mich, ob sie in Betty noch immer das kleine Mädchen sieht; ob ihre mütterliche Sicht sie blind dafür macht, wie schnell Betty zur Frau heranreift.

«Willst du zu mir aufs Pferd, Biddy?», fragt Dick, doch ich schüttle den Kopf. Stattdessen gehe ich hinter Johns Ross her und stelle mir vor, was die zwei miteinander tuscheln. Dass sie sich leise unterhalten, erkenne ich an den kleinen Bewegungen ihrer Köpfe. Etwas geschieht zwischen den beiden auf diesem Ritt, das ist unverkennbar: Beim Picknick hat Betty vor Freude ganz rote Wangen, und sie wirft John verstohlene Blicke zu. Als sie mit Dick und den kleinen Mädchen davonlaufen, um Blindekuh zu spielen, wende ich mich der älteren Generation zu. In letzter Zeit finde ich mich immer häufiger in ihrer Gesellschaft – ich weiß selbst nicht recht, ob ich mich aus eigener Neigung zu ihnen geselle, oder ob die anderen mir dieses Los zuteilen.

«Die beiden kommen sich recht nahe», fange ich an und wische Krümel von meinem Rock.

«Vielleicht», erwidert Mutter unverbindlich.

«Sie könnte es weit schlechter treffen», bemerkt Tante Liz und beißt in einen Apfel. «Er stammt aus gutem Hause, ist Erbe eines respektablen Anwesens.»

«Schon, aber sie ist doch gerade erst sechzehn.»

«Das Leben kann kurz sein, Biddy, besonders am Anfang.» Nun hat Großmutter das Wort, und wir alle wenden uns ihr zu wie Jünger ihrem Meister. «Ich habe meinen ersten Mann erst mit zweiundzwanzig geheiratet, den armen William, und binnen achtzehn Monaten war er tot und mein kleines Mädchen auch. Und nun bin ich schon wieder seit fast dreißig Jahren Witwe. Das Leben kann sehr früh vorbei sein, oder es kann sehr lange währen, und wir können niemals vorher wissen, wie es kommen wird.»

«Das weiß nur Gott», wirft Mutter ein, und ich frage mich, ob sie an ihre toten Söhne denkt.

Ich verfalle in nachdenkliches Schweigen. Es ist ungewohnt, Großmutter von dem Mann sprechen zu hören, der vor meinem Großvater mit ihr das Bett teilte. Dass ihr erster Mann und ihr Kind starben, muss göttliche Vorsehung gewesen sein, sonst hätte es uns nicht gegeben. Welche Frau kann schon wissen, was die Zukunft bringt, wenn sie in die Ehe eintritt? Der Herr hat es deutlich gesagt:

Denn was weißt du, Frau, ob du den Mann retten wirst? Oder du, Mann, was weißt du, ob du die Frau retten wirst? Nur soll jeder so leben, wie der Herr es ihm zugemessen, wie Gott einen jeden berufen hat.

Wir brauchen uns nicht lange in Mutmaßungen zu ergehen. Am selben Abend nach dem Essen kommt John zu Mutter und mir in die Stube, wo wir gerade in unserem Haushaltsbuch rechnen.

«Könnte ich Euch beide sprechen?», fängt er an und fährt sich mit einer Hand durchs Haar. Ein leiser Schauder kriecht mir über den Rücken.

«Ich werde selbstverständlich an den Lieutenant-General schreiben, aber da er nicht hier ist …»

«Ja, John?» Mutter lächelt ihn ermutigend an, während ich ihm einen finsteren Blick zuwerfe.

«Ich möchte Betty heiraten. Das heißt, wir beide wollen heiraten. Oder –» Er wirkt nervös, und ich frage mich, ob er sich ein Glas Wein zu viel genehmigt hat, um sich Mut anzutrinken. «Ich möchte Euch um Erlaubnis bitten, Eurer Tochter den Hof zu machen.»

«Meine Güte.» Mutter spielt ihre Überraschung gut. «Nun, John, natürlich mögen wir alle Euch gern, und Betty ganz gewiss. Aber sie ist noch sehr jung.»

«Sechzehn», füge ich überflüssigerweise hinzu.

«Ich weiß. Aber was soll ich sagen? Wir lieben uns.» Er strahlt Mutter an, und ich spüre, wie sie unter seinem Lächeln dahinschmilzt. Sie hat bereits eine Schwäche für ihn, das entgeht mir nicht.

«Vielleicht in einem oder zwei Jahren …»

«Unter normalen Umständen würde ich nichts dagegen einwenden, Ma'am, aber ich ziehe bald ins Feld, und wer weiß, wo wir in einem oder zwei Jahren stehen – womöglich bin ich dann bereits tot!»

«Ein Grund mehr zu warten», höre ich mich sagen. Ich stelle mir Betty als Witwe vor, dann wandern meine Gedanken weiter zu Henry. «Nach dem Krieg –»

«Ha!», stößt John enttäuscht hervor, dann beherrscht er sich rasch wieder.

«Wir sagen nur, was mein Mann auch sagen würde, John», redet Mutter ihm begütigend zu. «Oliver – nun, ich kann mir nicht vorstellen, dass er sich früher als nötig von seiner Betty trennen mag.»

Wie wahr, denke ich. Dabei ist mir bewusst, wie bitter meine Gedanken sind: Vater kann es nicht erwarten, mich an Henry abzugeben, aber bei seiner geliebten Betty sähe die Sache gänzlich anders aus.

«Würdet Ihr denn wenigstens mit dem Lieutenant-General darüber sprechen?» John wechselt geschickt die Taktik. «Ein Wort für mich einlegen? Ich würde seine Tochter mit so viel Liebe und Hochachtung überschütten, wie er sich nur wünschen könnte. Ich bete sie an. Und später einmal wäre sie die Herrin von Northborough.»

Ich höre hilflos zu. Dabei versuche ich mir vorzustellen, wie Henry mit Vater über unsere Heirat redet, und ich male mir aus, er würde so leidenschaftlich von seiner Liebe sprechen. Doch das ist nur ein Hirngespinst. Während das hier eine Szene mit den verzauberten Liebenden im *Sommernachtstraum* sein könnte, dürfte das Gespräch zwischen Vater und Henry eher wie ein Dialog der Athener Handwerker geklungen haben.

«Ich werde an meinen Mann schreiben», verspricht Mutter lächelnd. «Und er wird sich mit Euren Eltern beraten wollen. Ich möchte nicht in seiner Abwesenheit für ihn sprechen, aber ich bin überzeugt, dass es nur eine Frage der Zeit ist, John. Andere Einwände gibt es gewiss nicht.»

«Du erträgst die Vorstellung nicht, dass ich glücklich bin, wenn du es nicht bist!»

John hat Mutters Antwort einigermaßen ruhig und vernünftig aufgenommen, Betty hingegen kennt keine Zurückhaltung. Wir haben die Überdecke über unsere Köpfe gezogen, und sie zischt mich an, während Frances und Mary sich in ihren Betten auf der anderen Seite des Zimmers regen. «Soll ich etwa erst warten, bis du verheiratet bist? So, wie die Dinge stehen, werde ich wohl schon eine alte Jungfer wie Tante Liz sein, ehe du dich dazu herablässt, vor den Altar zu treten.»

«Betty, hör mir zu, bitte.» Ich muss die freundlichen, versöhnlichen Dinge loswerden, die ich zu ihr sagen will, bevor sie mich weiter reizt und ich zornig werde. «Ich habe doch nur dein Wohl im Sinn. Wenn er nun fällt ...»

«Glaubst du, daran hätte ich noch nicht gedacht? Ich habe schon Val verloren, ich will nicht noch einen Mann, den ich liebe, verlieren, wenn die Möglichkeit besteht, dass wir wenigstens etwas Zeit miteinander haben könnten.»

«Aber –»

«Nein, ich werde dir nicht zuhören, warum sollte ich? Ich hätte wissen müssen, dass du nicht zu mir hältst, sondern dich auf die Seite von Mutter und Vater stellst. Du hast dich doch immer danach gesehnt, die Älteste zu sein, schon bevor die Jungs gestorben sind. Dein einziges Lebensziel ist, unseren Eltern zu gefallen und uns andere zu ersticken – wenn du beides auf einen Schlag erreichen kannst, umso besser. Sieh dich doch nur an, wie streng du mit Dick ins Gericht gehst, und Harry hast du nicht unterstützt, als er nach Cambridge gehen wollte.»

Sie geht zu weit. Ich atme scharf ein. «Das ist ungerecht. Ich will nur das Beste für dich. Für euch alle. Jemand muss ja die Verantwortung übernehmen und mithelfen, damit Mutter zurechtkommt und die Dinge in Vaters Sinne geregelt werden, während er im Krieg ist. Das Leben ist kein Spiel, auch wenn du das anscheinend glaubst.»

«Und du willst Henry nicht, also darf ich John nicht haben. Oder wolltest du ihn vielleicht für dich?»

«Nein! Und Henry hat mit dieser Sache nichts zu tun!», fahre ich sie an. Dann höre ich Mall nach uns rufen und senke die Stimme. «Ich will dich nicht davon abhalten, vor mir zu heiraten. Hältst du mich denn für so kleinlich und missgünstig? Aber du bist fünfzehn!»

«Sechzehn!»

«Seit heute!»

«Ha!» Sie schäumt vor Wut. Ich habe sie noch nie so zornig erlebt – Betty ist sonst immer der reinste Sonnenschein. Selbst als sie nach Vals Verlust ganz verzweifelt war, und nach Ollys und Robins Tod, hat sie nicht gewütet wie ich, sondern geweint. Zorn ist ihrem Wesen fremd. Wenigstens dachte ich das.

«Nun, du kannst mich nicht daran hindern», fährt sie fort. Dabei schafft sie es selbst im Liegen, wieder ihre erhabene Haltung einzunehmen. «Keiner von euch kann mich daran hindern. Ich habe John versprochen, wenn er von der Feldzugsaison lebend zurückkehrt, kann er mich haben, ob wir getraut sind oder nicht.»

«Betty!» Nun werde ich zornig. «Du hast kein Recht, so etwas zu versprechen! Würdest du etwa eine so schwere Sünde begehen?»

Sie zuckt nur die Achseln. Ich versuche es noch einmal. «Du würdest gegen Vater rebellieren? Ihm das Herz brechen?» Ich weiß, dass das der richtige Ansatz ist – Vater ist Bettys Schwachpunkt, wohingegen Gott für sie keine zentrale Bedeutung hat. Ich merke, wie sie unsicher wird, auch wenn sie vor Entrüstung bebt und ihre schmale Brust unter dem Nachthemd schwer arbeitet.

«Ich kann ihn überzeugen», behauptet sie schließlich und presst entschlossen die Lippen zusammen. «Ich weiß, wie ich mit Vater reden muss, um meinen Willen durchzusetzen.»

Daran zweifle ich nicht, allerdings werde ich sie nicht noch bestärken, indem ich das eingestehe. Betty dreht sich herum und zeigt mir die kalte Schulter – das Gespräch ist beendet. Und wie immer, wenn wir gestritten haben, ist sie binnen Minuten eingeschlafen. Ich hingegen liege wach, starre an die Decke und versuche, meine Seele zu ergründen.

Nachdem Bettys Geburtstag ein denkwürdiger Sturm aus Gelächter und Tränen war, vergeht der meine wie eine Dürre in der Wüste. Wo sie die «Schwelle zum Frausein» überschritten hat, habe ich mit einundzwanzig das, was für eine Frau als Blüte gilt, bereits um fünf Jahre überschritten. Ich habe jetzt das Alter erreicht, in dem ich großjährig würde, wäre ich als Mann geboren und damit in der Welt von größerem Wert. Betty scheint mir inzwischen verziehen zu haben, dass ich ihrer Meinung nach nicht zu ihr gehalten habe; sie grollt niemals lange. Sie verwöhnt mich mit einem Zitronenkuchen, und meine kleinen Schwestern machen auf ihre schüchterne Art Aufhebens um mich. Vater schreibt hastig von seinem Feldzug im West Country. Doch ich empfange keine Besucher, keine gut aussehenden Verehrer. Und kein Wort von Henry.

Dann beginnt die Erntezeit, und das saftige Grün der Fens verbrennt zu Gold. Ich schwinge den Dreschflegel, ziehe mich in die tröstliche Eintönigkeit meiner Aufgaben zurück. Ich helfe im Lazarett, stille Blutungen, tupfe Schweiß ab, spende Trost. Ich führe das Haushaltsbuch, entlohne die Diener, bestelle Leinen und Tuch, Fleisch und Wein. Ich schreibe an trauernde Familien und besuche verweinte Witwen. Ich gehe zur Kirche, ich bete. Ich nähe, ich decke den Tisch, ich putze, ich koche, ich räume auf. *Sie steht vor Tage auf und gibt Speise ihrem Hause, und dem Gesinde, was ihm zukommt*. Verben, es sind immer die Verben, die mich durchhalten lassen. Aber mit jeder Woche wächst in mir das Gefühl, nun, da Henry gegangen ist, sei meine größte Chance im Leben an mir vorbeigerauscht wie die Flüsse um Ely, die vom Herbstregen angeschwollen sind. Vater und Henry sind nun schon so lange fort, und uns Frauen bleibt wieder einmal nur die Rolle von Beobachterinnen. Wir stürzen uns auf jedes Informationsbröckchen, das uns durch Briefe und Zeitungen erreicht, durch Gerede auf dem Marktplatz und unter Nachbarn. Ich erfahre von Henrys Aufstieg, als sei er ein Fremder: ein angesehener Mann, eine Berühmtheit. Er hat sich von seinen Verletzungen erholt und zieht wieder mit der Armee. Mit seiner Unterstützung erobert Fairfax Bristol von Prinz Ruprecht, und gerüchteweise ist zu vernehmen, der schmollende, undankbare König habe ihn aufgrund seiner Niederlage entlassen. Dann wird Henry Mitglied des Parlaments, tritt in den kleinen, erlesenen Kreis derer ein, die wie Vater sowohl ein militärisches Kommando als auch einen Sitz im Parlament innehaben dürfen, trotz der anderslautenden Vereinbarung nach dem Streit mit dem Earl of Manchester. Henry scheint seine politischen Fähigkeiten auszubauen. Sein juristisches Können ist zunehmend gefragt, wenn Bedingungen für eine Kapitulation formuliert und Friedensvereinbarungen ausgehandelt werden müssen, da die großen Städte Englands eine nach der anderen an unsere Armee fallen.

Dann kommt der letzte Schlag: Vater schreibt mit einiger Erleichterung, dass unser Freund aus Chippenham, Colonel Francis Russell, die Verteidigung Elys übernimmt, da Vater und Henry im Zentrum der Kriegsanstrengungen unentbehrlich geworden sind. Henry wird also nicht so bald zurückkehren. Ich fühle mich wieder einmal an den Rand gespült, gestrandet.

Ich habe es versäumt, mit der Flut zu schwimmen.

KAPITEL ZEHN

Frühjahr 1646

Während ich die Vorsehung zu meiner Herrin gemacht habe, will Betty nichts von ihr wissen. Sie geht ihren eigenen Weg. Irgendwie – wie, ist mir ein Rätsel – bekommt Betty wieder einmal ihren Willen. John überlebt die Kämpfe des Winters, zeichnet sich in der Schlacht von Newark sogar besonders aus und kehrt dann heim, um sich seine Braut zu holen. Mutter zögert noch und versucht, die beiden zu vertrösten. Vater schreibt, es sei zu früh, und ich höre die innere Not in jeder Zeile seiner Briefe: Ihm graut davor, dass seine liebste Tochter in seiner Abwesenheit das Elternhaus verlässt. Betty umschmeichelt ihn mit sanften Worten und in Tinte gefassten Zärtlichkeiten. Indessen geht sie schon Hand in Hand mit John durch die Stadt und bestellt Seidenstoffe und Spitze für ihre Brautausstattung. Inzwischen ist die Verlobung allgemein bekannt. Die Trauung kann nicht länger aufgeschoben werden, auch wenn Vater den Heiratsvertrag noch nicht unterzeichnet hat und nicht zur Hochzeit heimkommen kann.

Und so ist Betty – das sechste Kind von neun – die Erste unter uns Geschwistern, die vor den Altar tritt, mit elfenbeinfarbenem Seidenatlas, Spitze und Fuchsfell angetan, das Haar glänzend, die Augen feucht im golden fleckigen

Licht der Kathedrale. Ich schnüre sie in ihr Kleid, während die Glocken uns in den Ohren klingen, und ihr Glück erdrückt mich schier. Sosehr ich sie auch liebe und ihr alles Gute wünsche, so schwer fällt es mir doch, sie gehen zu lassen. Mein Hochzeitstag – falls er jemals kommen sollte, woran ich allmählich zweifle – wird nicht derselbe sein, wenn sie nicht morgens mit mir aus unserem gemeinsamen Bett aufsteht, mir die Locken dreht und mich als Braut zurechtmacht. Ihre melodische Stimme wird mich nicht erheitern und necken, ihr wunderschönes Bild wird nicht neben meinem schlichteren im Spiegel erscheinen. Nein. Sie wird für immer die glückliche Braut sein und ich die traurige Dienerin. Das scheinen die Rollen zu sein, für die uns die Vorsehung bestimmt hat.

Wir trinken auf das Paar, und meine Wangen sind ganz verkrampft vom vielen Lächeln. Ich bin mir der mitleidigen Blicke unserer Freunde und Nachbarn bewusst und will nicht, dass irgendjemand denkt, ich sei nicht überglücklich. Wir essen, ich lächle noch mehr, und dann ist Betty fort. Sie sitzt in der Kutsche nach Northborough, in Johns Arme geschmiegt, mit Badger zu ihren Füßen. Ich schaue ihnen nach, bis sie außer Sicht sind. Das Letzte, was ich sehe, ist Bettys Tuch, das im Fahrtwind flattert, dann verschwinden sie um die Straßenecke.

Danach, als alles vorbei ist, verliere ich mich im Aufräumen und Saubermachen. Ich arbeite, bis alle anderen zu Bett gegangen sind und der letzte Zinnteller poliert ist. Meine Finger sind wund, doch ich bemerke es kaum, während ich auf allen vieren über den Küchenboden krieche und Kuchenkrümel aus den Binsen klaube. Irgendwann döse ich vor Übermüdung vor dem Feuer ein, schrecke auf und sehe ein, dass ich das Schlafengehen nicht länger hinauszögern kann. Schwerfällig schleppe ich mich hinauf in mein großes, leeres Bett. Aller Müdigkeit zum Trotz kann ich nicht einschlafen, ohne Bettys Wärme neben mir zu spüren. Und so liege ich bis zum Morgen frierend und unruhig da und versuche, nicht an die Hitze ihres Brautbettes zu denken.

Das Haus schrumpft immer mehr, fällt in sich zusammen wie die verwelkten Narzissen, die draußen die Mauern säumen. Ohne Betty, Vater und Harry – stets die hellsten Sterne an unserem Firmament – und ohne Olly, meinen besten Freund und Verbündeten, bin ich gänzlich verloren. Mary und Frances, nunmehr neun und sieben Jahre alt, sind mürrisch, da Betty sie nicht mehr verhätschelt. Dick bläst Trübsal und gibt sich dem Müßiggang hin. Großmutter muss wieder einmal das Bett hüten, und Tante Liz pflegt sie. So bleiben mir nur Mutter, Martha und die Hausarbeit.

Die Monate vergehen in gnadenloser Eintönigkeit, bis eines Nachmittags Harry ins Haus stürzt, mit strahlendem Gesicht und wunden Füßen. «Endlich daheim!»

«Harry!» Wir scharen uns um ihn wie ausgehungerte Tiere.

«Ich habe Urlaub, aber nur für eine Nacht oder zwei.» Er drückt mir seine Tasche mit der Wäsche in die Hände und einen Kuss auf die Wange, dann fällt er Mutter um den Hals. Dick stolpert in den Hausflur und klopft Harry auf den Rücken, ehe er wieder verschwindet, um nach seinem Pferd zu sehen. Seit der alte Matthew uns verlassen hat, ist Dick für den Stall verantwortlich, und das scheint die einzige Arbeit zu sein, zu der er taugt.

«Erst etwas zu trinken oder vorher ein Bad?», fragt Mutter fürsorglich.

«Oder Neuigkeiten?», füge ich hoffnungsvoll hinzu.

Harry grinst. «Etwas zu trinken *im* Bad, dann Essen und Neuigkeiten.»

Später, als wir am Tisch in der Stube versammelt sind, fließt der nunmehr wohlriechende Harry schier über vor Neuigkeiten von der Front. «Der Krieg wird binnen Wochen beendet sein. Nur Oxford ist noch in der Hand der Royalisten, und nach Colonel Thomas Rainsboroughs Angriff hat der König die Stadt verlassen. Er hat sich nachts in Verkleidung still und heimlich davongemacht. Als er angehalten und befragt wurde, nannte er sich Harry – ist es zu fassen! Er hat sich den Schotten ergeben. Nun haben General Fairfax und unsere anderen Kommandeure einen Ring um Oxford geschlossen und alle Versorgungslinien abgeschnitten. Die Stadt steht unter Belagerung, sie wird nicht lange durchhalten. Ich selbst muss mich morgen oder spätestens am Freitag auf den Weg dorthin machen.»

Der Krieg wird binnen Wochen beendet sein. Ich bin sprachlos, mein Kopf ist leer, und mir schwindelt. Ich blicke in die Runde der verbliebenen Frauen meiner Familie und warte auf ihre Reaktionen.

«Wunderbar!», ruft Tante Liz aus und verschwindet dann in Richtung Küche, um noch einen Krug Ale zu holen.

«Gelobt sei Gott», lässt Mutter sich vernehmen.

«Was gibt es als Nachspeise?» Fanny klopft mit dem Löffel auf den Tisch.

«Dann bist du noch vor Montag wieder fort?» Das kommt wieder von Mutter. «Ich frage nur, weil der Dienstag Marthas freier Tag ist. Aber Biddy kommt auch für einen Tag allein zurecht, nicht wahr?» Sie schaut mich erwartungsvoll an. «Wir können morgen Abend das restliche Hühnchen essen, und wenn du dann am Nachmittag zum Metzger gehst …»

Ich starre meine Familie ungläubig an – ist das etwa ihre ganze Reaktion auf diese gewichtigen Neuigkeiten? Wie kann Mutter in einem Moment wie diesem daran denken, was es wann zu essen geben soll? *Der Krieg wird binnen Wochen beendet sein.* «Nimm mich mit!», rufe ich plötzlich – die Worte platzen aus mir heraus, die Stimme ist nicht die meine.

«Was?» Harry, der gerade mit seinem Messer hantiert, hält mitten in der Bewegung inne und schaut mich mit großen Augen an.

«Nimm mich mit nach Oxford. Ich muss fort von hier. Ich muss den Krieg selbst sehen, ehe er zu Ende ist. Ich muss einen Anteil daran haben – bitte.»

Harry lacht verunsichert, während Mutter mich nur anstarrt. «Bist du von Sinnen?», stößt er endlich hervor. «Bis nach Oxford sind es hundert Meilen, und die Hälfte der Straßen ist von der Armee gesperrt. Du bräuchtest einen Passierschein oder dergleichen, um durchzukommen.»

Ich schere mich nicht um etwaige Hindernisse bei der Durchführung. Mein einziger Gedanke ist, dass ich es nicht ertragen könnte, zurückzubleiben und mich damit zu beschäftigen, wie wir aus einem Hühnchen noch eine Mahlzeit mehr machen können. Ich sehe vor mir, wie Olly widerstrebend mit Vater davonritt, erinnere mich an das letzte Mal, als Harry loszog, um zu kämpfen. Vor meinem geistigen Auge wirft Betty mir aus ihrer Kutsche einen Luftkuss zu, ehe sie sich selig in Johns Arme schmiegt. Sie alle sind fortgegangen. Und Henry – Henry ist in Oxford.

Ich muss auf Harrys Einwände antworten. «Nicht, wenn ich mit dir gehe. Wenn ich mit dir zusammen unterwegs bin und beweisen kann, dass ich Lieutenant-General Cromwells Tochter bin.»

«Mutter, bitte …» Harry wendet sich ratlos an sie.

«Biddy, das kann nicht dein Ernst sein.» Mutter beugt sich zu mir herüber, die Hand mit dem Ring ausgestreckt, während sie mit dem Zeigefinger der anderen innen an den Perlen ihrer Kette entlangstreicht. «Du kannst wirklich nicht einfach quer durchs Land reisen, eine unverheiratete Frau mitten im Krieg. Wo würdest du übernachten?»

«Wir könnten in Herbergen am Weg einkehren, und wenn wir dort sind, mache ich Vater ausfindig.» Ich schaue herausfordernd von einem zum anderen. Sie werden mich nicht aufhalten. Ich werde der Vorsehung im Feld begegnen. *Des Menschen Herz erdenkt sich seinen Weg; aber der Herr allein lenkt seinen Schritt.* Weshalb sollte das nicht für Frauen ebenso gelten wie für Männer? «Harry – entweder du nimmst mich mit, oder ich nehme mir morgen früh Dicks Pferd und reite ohne Beschützer los. Es liegt bei dir.»

Harry nimmt mich mit. Mutter wollte uns eigentlich begleiten, aber das habe ich nicht zugelassen, denn die Mädchen brauchen sie dringender als ich. Außerdem ist Großmutter krank, da können wir von Tante Liz nicht erwarten, dass sie allein zurechtkommt. Ich nehme also meine Kraft zusammen, sage meiner Mutter zum ersten Mal überhaupt Lebewohl und mache mich mit meinem kleinen Bruder auf den Weg. Wir werden zunächst gemeinsam nach Cambridge reiten. Von dort schicken wir

Dicks Pferd zurück, und ich fahre mit der öffentlichen Kutsche weiter, während Harry reitet. Das letzte Stück der Reise kann ich dann auf einem gemieteten Pferd zurücklegen.

Als ich im blassen Schein der Morgensonne Ely reitend verlasse, fühle ich mich so lebendig und frei wie noch nie in meinem Leben. Ich schaue kein einziges Mal zurück.

Wir reiten drei Tage, bis wir die Straße nach Oxford erreichen. In diesen drei Tagen vertreibt Harry sich die Zeit mit munterem Geplauder, ich hingegen denke darüber nach, was ich sagen und tun will, wenn wir bei Vater und Henry ankommen. So weit hatte ich noch nicht vorausgedacht, als ich darauf bestand, mit Harry zu gehen. Aber aller Zweifel und alle Sorge werden dadurch wettgemacht, dass ich endlich die Spuren des Krieges mit eigenen Augen sehe, so schmerzlich der Anblick auch sein mag. Die Verwüstung ist ebenso grauenhaft, wie die Aussicht auf den Sieg begeisternd ist. Jeden Tag kommen wir an Städten vorbei, deren Mauern in Trümmern liegen. Dichter Rauch hängt in der Luft. Wir reiten durch Dörfer und an Gehöften vorbei, wo die Ernte auf den Feldern verfault, da es an Männern fehlt, um sie einzufahren. Krüppel und Bettler säumen den Weg, an Straßensperren streiten Flüchtlinge mit verbissen dreinblickenden Soldaten, und wegen der zahlreichen Schlaglöcher kommen wir nur langsam voran. An einem Militärposten stehen wir wartend in der Schlange, als ein vornehm gekleidetes Paar aus seiner Kutsche geholt, durchsucht und verhaftet wird. Bataillone müder Soldaten marschieren an uns vorbei, singend unter ihren Bannern mit Bibelversen, und ihre Prediger rufen laut halleluja.

Ich bin noch nie weiter gereist als bis nach Cambridge

und staune über das, was ich sehe. In meiner Vorstellung war England immer ein Flickenteppich aus Feldern, Bächen und Hügeln, durchsetzt von Höfen, Dörfern und Städtchen. Nun ist das Land wie ein Kettenhemd: All die Bataillone und Regimenter, Belagerungstruppen, Wachtürme und Burgen sind durch Nachschublinien miteinander verbunden, und auf den Straßen, die das Land durchziehen, sind Sperren errichtet. Jeder Fluss ist eine Grenze, jede noch intakte Brücke eine Festung, jede Stadt ein Bollwerk. Jeder Mann, jede Frau und jedes Kind wurde in diesen Krieg hineingezogen, in dem es keinen Feind gibt. Was ich zu sehen bekomme, wühlt mich auf und fasziniert mich, aber vor allem öffnet es mir die Augen für ein Leben außerhalb der muffigen Enge unseres Fachwerkhauses in Ely. Ich weiß jetzt, was ich schon immer ahnte: Ich brauche ein aktives Leben, das mich aus dem Haus und in die Welt hinausführt.

Endlich, als der Abend des dritten Tages dämmert und Harry Anweisungen von einem Wachposten erhalten hat, nähern wir uns Sir Thomas Fairfax' Hauptquartier, von dem aus er die Belagerung führt. Es befindet sich auf dem befestigten Landsitz Holton Park gleich westlich von Oxford. Ich kann die Nähe des Krieges beinahe fühlen, der Wind trägt fernen Kanonendonner heran, und ein beißender Geruch nach Schießpulver liegt in der Luft. Ich bin steif und erschöpft – die Chiltern Hills waren eine Strapaze für meine Beine, die an das Flachland von East Anglia gewöhnt sind. Dennoch bin ich geradezu taumelig vor Begeisterung über das, was ich zu tun im Begriff bin. Wachen lassen uns zum Tor herein. Wir übergeben unsere Pferde einem Soldaten und treten an zwei weiteren Wachen vorbei durch das steinerne Portal in eine herrschaftliche Eingangshalle. Vor uns führt eine riesige geschwungene Treppe aus Eichenholz zu einer Galerie hinauf, in der Porträts hängen. Edle Wandteppiche schmücken den Raum, und Kerzen in silbernen Leuchtern tauchen ihn in sanftes Licht. Es ist das vornehmste Haus, das ich je betreten habe, und ich könnte mir fast einbilden, wir befänden uns im Frieden, wären da nicht der Hauptmann und sein Schreiber an einem Tisch mitten in der Halle, die Musketen und Stiefel in der Ecke und der schale Geruch nach vergossenem Ale, Pulver und Tabak.

Harry tritt forschen Schrittes vor, grüßt den Hauptmann und übergibt seine Papiere.

«Cromwell, hm?»

«Ja. Und dies ist meine Schwester. Sie möchte Lieutenant-General Cromwell sprechen, und ich soll mich bei General Harrison melden.»

«Ihr findet sie dort drin in einer Besprechung.» Der Hauptmann deutet mit seiner Schreibfeder in Richtung einer Tür zur Linken, dann setzt er sein Gespräch mit dem Schreiber fort.

Ehe ich michs recht versehe, hat Harry bereits an die Tür geklopft, und wir betreten einen riesigen Empfangssaal. Vor uns sehen wir eine Schar niederrangiger Offiziere. Manche stehen in Grüppchen beisammen und unterhalten sich flüsternd, andere sitzen auf Stuhl- und Sofakanten, teilen sich Platten mit Brot und Schinken und spielen leise Karten. Ein paar werfen uns neugierige Blicke zu, doch die meisten beachten uns gar nicht. Stattdessen schauen sie immer wieder zu der Szene, die sich hinter ihnen am anderen Ende des Raumes abspielt. Dort sehe ich Vater am Kamin stehen. Onkel Desborough ist bei ihm, außerdem vier jüngere Offiziere, unter denen ich Charles Fleetwood erkenne. Der Mann rechts von ihm hat sorgfältig frisierte Locken und trägt einen Mantel aus edelstem dunkelgrünem Brokat.

«Das ist mein Kommandeur, General Thomas Harrison», flüstert Harry mir zu. «Du findest in der ganzen Armee keinen gottgefälligeren Mann und auch keinen, der besser gekleidet wäre. Preacher Peacock, Pfauenprediger, so nennen wir ihn im Regiment.» Harry lächelt voller Zuneigung, dann deutet er auf einen auffallenden, schlanken Mann mit sehr aufrechter Haltung, der etwas von einem Windhund hat. «Colonel John Lambert, ein aufsteigender Stern, Vater schätzt ihn sehr. Und der andere mit dem prächtigen Schnauzbart ist Colonel Thomas Rainsborough, der Held von Woodstock. Dort haben sich die letzten Kämpfe zugetragen, die am Ende den König zur Flucht veranlassten.»

Er wirft mir einen Seitenblick zu, als erwarte er eine Antwort, doch ich weiß nichts zu sagen. Ich kann nur auf Henry starren, und mein Herz schlägt heftig. Er sitzt mit dem Rücken zu mir, den dunklen Kopf über ein Papier gebeugt, und schreibt, während ein gut aussehender Mann mit auffallend dunkler Haut, breitem Rücken und schwarzem Bart hinter ihm auf und ab geht und diktiert.

«Black Tom», flüstert Harry wieder. «Der große Mann persönlich! Wir sollten warten, bis er fertig ist.»

Doch ich höre nicht auf ihn, sondern dränge mich eilig zwischen den Offizieren hindurch. Ich brauche jetzt auf der Stelle Gewissheit, wie meine Zukunft aussehen wird.

«Biddy!», zischt Harry, und ich höre, wie er mir rasch folgt, während ich mir weiter meinen Weg bahne.

Sir Thomas Fairfax bemerkt mich zuerst und hält mitten im Satz inne. Er steht da, eine Hand auf Henrys Schreibtisch gestützt, zieht die buschigen Augenbrauen hoch und schaut mir entgegen. «Nun, wen haben wir denn da?», fragt er freundlich. Henry dreht sich um und starrt mich an, die Zeit scheint stillzustehen, und ich sehe ganz langsam einen Tropfen Tinte von seiner Feder in seinen Schoß fallen.

«Bridget!» Vaters Stimme dröhnt durch den Raum. «Gütiger Gott! Kommst du meinetwegen?»

All die Männer warten, reglos wie in einem lebenden Bild. Meine Gedanken werden klar, und ein einziger Satz nimmt in mir Gestalt an.

«Nein, Vater. Ich komme wegen Henry.»

Es kommt mir vor, als verginge viel Zeit, ehe alles wieder in Bewegung gerät. «Henry? Henry Ireton?», wiederholt Vater entgeistert. Dann bemerkt er seinen Sohn hinter mir und ruft aus: «Harry, mein Junge!» Er kommt mit langen Schritten auf uns zu und begrüßt uns beide. Die anderen folgen Vaters Beispiel und scharen sich um uns, während Black Tom Henry etwas ins Ohr flüstert und sich von seinem Schreibtisch entfernt. Ich beobachte Henry durch die Schar breitschultriger Männer hindurch, die mich umgibt. Er legt seine Feder ab und erhebt sich langsam von seinem Stuhl. Als er steht, bemerke ich sein wirres Haar, die Tinte an seinen Fingern und die Flecken auf seinen Hosen. Er arbeitet zu viel, denke ich, von einer Sorge erfasst, die mich selbst überrascht. Dieser innige Drang, ihn zu beschützen, stärkt mich in meinem Entschluss.

Dann kommt er auf mich zu, und seine dunklen Augen strahlen. «Mistress Cromwell» – er verbeugt sich ungeschickt –, «Ihr wünscht mich zu sprechen?»

Ich nicke knapp, dann ziehe ich mich von den anderen in eine Ecke des Raumes zurück. Henry wirft einen nervösen Blick zu Vater, dann zu Fairfax, ehe er mir zögernd und sichtlich verwirrt folgt. Als wir außer Hörweite sind, drehe ich mich zu ihm um. Mein Gesicht glüht unter den Blicken der Generäle und Offiziere, die uns fasziniert beobachten und leise Bemerkungen austauschen. Dann verschwimmen die Ränder meines Gesichtsfeldes, und ich versenke mich stattdessen in Henrys vertraute Züge. Ich hole tief Luft.

«Henry, ich bin gekommen, um Euren Heiratsantrag anzunehmen, sofern er noch gilt. Ich war unzufrieden damit, wie wir auseinandergegangen sind, und da Ihr nicht nach Ely zurückgekehrt seid und es wahrscheinlich auch nicht tun werdet, komme ich nun zu Euch.»

Er starrt mich mit offenem Mund an. Ich glaube, ich erlebe gerade zum ersten Mal, dass ihm die Worte fehlen, er vielleicht nicht einmal einen klaren Gedanken fassen kann. Sein Gesichtsausdruck, sonst so geistreich und stets unter Kontrolle, wirkt gänzlich ratlos. Ich kann nicht erahnen, was in ihm vorgeht, und eine kalte Angst beschleicht mich. Komme ich zu spät? Ich presche vor, breche das Schweigen.

«Gilt Euer Antrag noch?», frage ich. «Möchtet Ihr mich noch immer heiraten? Ihr sagtet, ich könne darüber nachdenken.» Mir ist bewusst, wie verzweifelt ich klinge, doch es kümmert mich nicht. Was habe ich zu verlieren, das ich nicht bereits verloren habe? Was erwartet mich sonst? Und so warte ich auf seine Reaktion. Das Blut rauscht durch meine Adern, während ich warte und beobachte, bis endlich Henrys erste Gedanken sich in seinem Gesicht abzeichnen: Er ist bestürzt, aber vielleicht auch beeindruckt; er ist es nicht gewohnt, überrumpelt zu werden. Er plant gern vorausschauend, ist anderen immer einen Schritt voraus, richtet den Blick auf die Zukunft. So kenne ich ihn. Nun schüttelt er ein wenig verwirrt den Kopf, dann verzieht ein breites Lächeln sein spitzes Gesicht.

«Bridget, meine Liebe.»

Mehr braucht er gar nicht zu sagen. Er nimmt meine Hände in seine, und es ist geschehen.

Ich bin in Sicherheit. Meine Zukunft ist gewiss.

Während ich hauptsächlich Erleichterung empfinde und Henry, so denke ich, Befriedigung, äußert Vater die innigste Freude. «Ach, meine Lieben, meine Liebsten», sagt er unter Tränen, ergreift unsere Hände und hebt das Gesicht nach oben, wie um Gottes Segen zu hören.

Die anderen Männer scharen sich um uns, schütteln Henry die Hand und küssen mich auf die Wange, während Vater uns hastig bekannt macht. Der eifrige Charles Fleetwood bekundet seine Freude darüber, mich wiederzusehen, und ich umgekehrt ebenfalls. Meine Geistesgegenwart kehrt gerade rechtzeitig zurück, als Vater mich hinüber zu der dunklen Gestalt des Oberkommandierenden, Sir Thomas Fairfax, führt.

«Meine liebe Mistress Cromwell» – er zwinkert mir zu und küsst meine Hand – «und künftige Mistress Ireton. Mir scheint, der Herr muss wahrhaft freundlich auf unsere Sache blicken, dass er Euch zwei Seelen zusammengeführt hat, nun, da wir uns gerade dem Ende unseres Krieges nähern.»

«Das hoffe ich, Sir», erwidere ich. «Niemand betet inbrünstiger für den Sieg unserer Sache als ich. Es ist mir eine große Ehre, Eure Bekanntschaft zu machen.»

Er verbeugt sich galant. «Dann seid Ihr in unserem Kreise herzlich willkommen.»

In unserem Kreise. Die Worte schmecken köstlich auf meiner Zunge, und mich durchströmt ein ungewohnt warmes Gefühl der Zugehörigkeit. Der Spülstein der Küche in Ely scheint plötzlich noch viel weiter als hundert Meilen entfernt.

«Aber wo habe ich nur meine Manieren gelassen?», fährt Fairfax höflich fort. «Ihr habt eine weite Reise hinter Euch und müsst erschöpft sein. Ich führe Euch zu meiner Frau, sie wird sich um Eure Bequemlichkeit kümmern.»

«Lady Fairfax ist hier, Sir?» Zu meiner Überraschung durchströmt mich eine Welle der Erleichterung. Zwar habe ich mich lange nach der Gesellschaft tatkräftiger Männer gesehnt, wie sie hier versammelt sind. Aber in diesem Moment, da die anfängliche Begeisterung nachlässt, wäre mir die beruhigende Gegenwart einer anderen Frau sehr willkommen.

«Gewiss doch. Meine verehrte Gattin weicht nur selten von meiner Seite. Sie führt hier ebenso das Kommando wie ich! Lamberts reizende Frau ist ebenfalls anwesend und noch ein paar andere Damen. Kommt, ich mache Euch mit ihnen bekannt.»

Fairfax bietet mir seinen Arm, und ich nehme ihn nur zu gern. Ehe er mich hinausführt, werfe ich noch einen raschen Blick zu Henry. Der Hauptmann und sein Schreiber nehmen vor ihrem obersten Befehlshaber rasch Haltung an, und Fairfax führt mich die Treppe hinauf. Im Wohnzimmer im Obergeschoss bietet sich mir eine bemerkenswert ähnliche Szene wie unten. Zuerst fällt mein Blick auf eine prächtig gekleidete Frau mit dunklen Locken. Sie ist hübsch, obgleich mir scheint, sie hat die Mitte zwanzig schon überschritten. Sie ist von hoher Geburt, das erkenne ich sofort an der Art, wie sie mit eleganten Schritten in spitzen Hausschuhen auf und ab geht. Auch sie diktiert einen Brief, und zwar einer jungen Frau, die an einem Sekretär sitzt. Ich nehme an, dass sie Sir Thomas Fairfax' Frau sein muss. Meine Annahme wird bestätigt, als sie eine schlanke Hand hebt und er daraufhin geduldig wartet, bis sie den Satz beendet hat.

«Mein Liebster», begrüßt sie ihn endlich. Dann bemerkt sie mich. «Wen hast du mir denn da mitgebracht?»

«Mistress Bridget Cromwell, meine Liebe. Olivers Tochter und seit einigen Augenblicken die Verlobte unseres Commissary-General Henry Ireton!»

«Oh, mein liebes Mädchen!» Lady Fairfax schreitet auf mich zu, wobei ihr rosa Gewand leise raschelt. Sie nimmt meine rauen Hände in ihre weichen, weißen und küsst mich auf beide Wangen. Ich nehme den Duft ihres Parfüms wahr. «Meinen Glückwunsch. Welch freudige Nachricht.» Schon hat sie mich von ihrem Mann fort in ihr weibliches Reich hineingezogen und stellt mich ihren Gefährtinnen vor. Der Lord General entfernt sich mit einer ehrerbietigen Verbeugung. Die beiden anderen Frauen, die auf dem Sofa sitzen, lassen ihre Näharbeiten in den Schoß sinken und lächeln mich an.

«Mistress Frances Lambert, die Gemahlin unseres galanten Colonel John Lambert, der wie mein Mann aus Yorkshire stammt.» Lady Anne deutet auf eine jüngere Frau mit strahlenden Augen und goldblonden Locken, die vielleicht ein oder zwei Jahre älter als ich sein mag. Sie neigt den Kopf und mustert mich aufmerksam. «Und Mistress Catherine Harrison, die erst kürzlich unseren prachtvollen General Thomas Harrison geheiratet hat.» Die jüngste Frau nickt mir zum Gruß schüchtern zu. Mein Blick fällt auf ihren Bauch, der ein wenig gerundet scheint, und ich spüre, wie ich erröte. Auf dem Teppich zu unseren Füßen liegt ein strampelnder Säugling, und dahinter steht ein Kindermädchen bereit. Doch Lady Anne stellt die beiden nicht vor, ebenso wenig wie das Mädchen, dem sie eben diktiert hat. In diesem Raum herrscht eine ebenso klare Hierarchie wie unten, denke ich und wappne mich innerlich für die Herausforderung.

Es ist eine vertraute weibliche Szenerie, vergleichbar mit meinem bisherigen Leben, doch zugleich in erschütternder Weise anders. Diese Frauen haben Anteil am politischen Geschehen und einen höheren Status als die Mitglieder meiner Familie. Mit einem Schlag werde ich mir meiner schmutzigen Reitstiefel bewusst und des Stallgeruchs, der in meinen Röcken hängt. Lady Anne als erfahrene Gastgeberin scheint meine Gedanken augenblicklich zu erraten. «Ihr müsst erschöpft sein, meine Liebe», sagt sie, schreitet zu einem Beistelltischchen und läutet eine Handglocke. «Wir wollen unverzüglich ein Zimmer für Euch herrichten, und wenn Ihr Euch frisch gemacht habt, können wir das Gespräch fortsetzen. Ah, Mistress Bateson.» Eine Haushälterin tritt ein. «Könntet Ihr Lady Whorwood bitten, kurz zu uns zu kommen, sofern sie nicht anderweitig beschäftigt ist?» Nachdem die Haushälterin wieder gegangen ist, führt Lady Anne mich zu einem Sessel. Ich lasse mich vorsichtig ganz vorn auf der Kante nieder, stelle meine Reisetasche ab und falte die Hände im Schoß.

«Lady Whorwood, Euer Ladyschaft?», frage ich, denn der Name sagt mir nichts.

«Dies ist ihr Haus.» Frances Lambert beugt sich zu mir herüber, ehe Lady Anne etwas erwidern kann. «Die Armee hat es als Hauptquartier beschlagnahmt. Lady Whorwood ist zwar Royalistin, aber wir möchten doch höflich bleiben, nicht wahr, Anne? Simple Dinge, wie sie um ihr Einverständnis zu bitten, wenn wir einen neuen Gast aufnehmen – auch wenn sie dies schwerlich ablehnen könnte.»

Anne. Ich bemerke, wie vertraulich sie Lady Fairfax anredet, und frage mich, wie lange Anne Fairfax und Frances Lambert wohl schon befreundet sind. Lässt das darauf schließen, dass Colonel Lambert künftig bevorzugt behandelt wird?

«So ist es», bestätigt Lady Anne. «Wir Damen müssen alle miteinander auskommen, wenn wir nach diesem Krieg jemals wieder zivilisiert zusammenleben wollen. Die Männer in ihrem Blutdurst vergessen das viel zu oft, wobei mein Gemahl natürlich ein leuchtendes Gegenbeispiel ist. Gestern, als er von der zunehmenden Nahrungsknappheit in Oxford hörte, schickte er dem Sohn des Königs, dem Duke of York, zwei Kaninchenböcke, Hammelfleisch, Kalb und Lamm, Kapaune und Butter als Geschenk in die Stadt.»

Was für ein wunderliches Ding ein Bürgerkrieg doch ist, denke ich, während ich sie so von Güte und Höflichkeit reden höre. Erst vor wenigen Wochen hat einer unserer Männer auf Prinz Ruprecht geschossen, als der einen Streifzug mit einem kleinen Reitertrupp unternahm. Der Prinz wurde schwer am Arm verletzt. Und nun schickt unser Oberbefehlshaber dem belagerten Cousin des Prinzen einen Geschenkkorb, damit der etwas Gutes zu essen hat. Es ist Krieg, aber oft wird er geradezu mit Anstand geführt. Beide Seiten sind gleichermaßen darauf bedacht, all dem Blutvergießen zum Trotz etwas, das ihnen kostbar ist, zu bewahren. Oder wenigstens verhält es sich bei den Edelleuten so, die über jede Kluft hinweg stets eine Möglichkeit finden, miteinander in Kontakt zu treten. Ob die gemeinen Soldaten es gutheißen würden, dass ihr Kommandeur dem Feind ein Essenspaket schickt?

Ich nicke verständig, suche jedoch vergeblich nach Worten für eine höfliche Erwiderung. Plötzlich sehne ich mich danach, Betty mit ihrer liebenswürdigen Art hier bei mir zu haben. Dies ist die edle Gesellschaft, der sie immer so gern angehören wollte: eine Welt, in der gute Umgangsformen so tief verwurzelt sind, dass selbst die schlimmste Gewalt Artigkeit und Liebenswürdigkeit nicht auszurotten vermag. Wo Höflichkeit selbst einen Bürgerkrieg überdauert. Wenn ich in dieser neuen Welt einen Platz finden will, muss ich mich darauf besinnen, was sie an meiner Stelle sagen und tun würde. Ich muss versuchen, mich äußerlich ihrem Vorbild anzupassen, während ich innerlich an meinen politischen Überzeugungen festhalte.

Fasziniert beobachte ich diesen höfischen Tanz, als gleich darauf Lady Whorwood den Raum betritt. Sie ist eine stämmige Frau mittleren Alters und trägt ein Kleid aus violetter Seide. Hinter ihr geht eine ernst dreinblickende junge Frau mit rotem Haar. Lady Whorwood bleibt ein paar Schritte vor Lady Fairfax stehen, und die beiden knicksen voreinander, während Frances Lambert und Catherine Harrison auf dem Sofa eine aufrechtere Haltung einnehmen.

«Lady Fairfax.»

«Lady Whorwood.»

Es ist beinahe, als träfen sie sich zum Duell.

«Danke, dass Ihr so rasch gekommen seid», beginnt Anne Fairfax. «Wir müssen noch einmal um Eure Gastfreundschaft bitten – meine junge Freundin hier, Lieutenant-General Cromwells Tochter, benötigt ein Zimmer.

Und darüber hinaus möchte ich fragen, ob Ihr wohl gestatten würdet, dass sie und Commissary-General Ireton hier heiraten, sobald ich die nötigen Vorbereitungen getroffen habe.»

Bald, es wird bald sein. Vielleicht schon binnen Tagen? Das Blut rauscht laut in meinen Ohren; jetzt gibt es kein Zurück mehr.

«Selbstverständlich, Euer Ladyschaft.» Lady Whorwood hält das Kinn erhoben, und ihr Ton ist glatt wie Seidenatlas. Ich frage mich, wie schwer es für sie zu ertragen ist, dass ihre Feinde sich so in ihrem Haus breitmachen. «Meine Schwiegertochter Jane wird sich um die Unterbringung der jungen Dame kümmern und bei den Vorbereitungen behilflich sein.» Sie neigt leicht den Kopf in Richtung der jüngeren Frau, die hinter ihr steht. «Das grüne Zimmer im zweiten Stockwerk, Jane. Kommt, Mistress Cromwell, Jane zeigt Euch den Weg.»

«Danke, Euer Ladyschaft», sage ich und stehe rasch auf, um Jane zu folgen. Sie ist schon beinahe wieder zur Tür hinaus.

«Wir sehen uns bei Tisch, meine Liebe», ruft Lady Anne mir nach. «Um acht Uhr. Dann könnt Ihr uns auch die Geschichte Eurer Verlobung erzählen!»

Die nächsten paar Tage sind die glücklichsten und zugleich seltsamsten, die ich je erlebt habe. Ich werde aus meinem früheren Leben in das neue gespült wie ein Ruderboot in der Strömung. Es dauert mehrere Tage, bis es mir nicht mehr in den Fingern juckt, die gewohnten Arbeiten zu verrichten, die ich nun nicht mehr zu tun brauche. Hier gibt es Bedienstete, die uns die Mahlzeiten zubereiten, und Soldaten, die Botengänge erledigen. Zum ersten Mal überhaupt gehört meine Zeit wirklich mir. Nachdem ich mich eingerichtet habe, verbringe ich die Vormittage in meinem Zimmer und lese, nähe oder schreibe nach Hause, während die verheirateten Damen mit ihren Männern beschäftigt sind. Nachmittags besprechen wir Frauen miteinander die jüngsten Entwicklungen in den Friedensverhandlungen um Oxford und widmen uns den Vorbereitungen für meine Hochzeit. Und am Abend – meiner liebsten Tageszeit – kommen wir bei Tisch mit den Herren zusammen, wo die Gespräche so rege und geistreich sind, wie ich es mir nur wünschen könnte.

Hier, im herrschaftlichen Speisesaal zu Holton, vermischen sich die Welten der Männer und Frauen zu einem herrlichen Muster aus silbernem Atlas und eiserner Rüstung. Hier entspannen sich die Armeeführer und tragen ihren Gattinnen ihre Probleme vor, und diese schätzen und erwägen sie so kundig und aufmerksam wie Mutter und Betty die Stoffe beim Tuchhändler. Hier wird jeder Satz der Friedensvereinbarung, die Henry und John Lambert gemeinsam entwerfen, genau überlegt. Indessen gehen unsere Unterhändler und die des Königs hin und her, während Oxford am Horizont wartet und unter der Belagerung ächzt. Die Männer sind zuversichtlich, dass ein Frieden zustande kommen wird. Allerdings ist auch weitere Gewalt nicht auszuschließen. General Fairfax signalisiert deutlich, dass er bereit ist, die Stadt nötigenfalls im Sturm zu erobern. Doch Henry versichert mir, dass der Kommandeur nicht ernsthaft geneigt ist, seinen Worten Taten folgen zu lassen:

«Er hat nicht den Wunsch, die schönste Stadt Englands zu beschädigen», flüstert er mir eines Abends beim Essen zu. «Ich für meinen Teil weiß gar nicht, ob ich es über mich bringen würde. Immerhin ist es meine Universitätsstadt.»

Ich bin erfreut über seine Ehrlichkeit und Empfindsamkeit, allerdings verwirren meine Gefühle für ihn mich noch immer. Es hilft mir, sie beiseitezuschieben und mich stattdessen auf unsere Heirat zu konzentrieren: ein durch und durch ehrliches Geschäft. Er bekommt eine passende Frau und Gehilfin, ich im Gegenzug Einfluss und Eigenständigkeit. Wenn ich erst verheiratet bin, kann ich ebenso wie Lady Anne die Generäle bei ihren Beratungen besuchen und meine Ansichten zu ihrer jüngsten Strategie äußern. Schon bald werden Henry und ich so die Köpfe zusammenstecken, wie ich es bei Frances und John Lambert beobachte, wenn sie über einen Brief oder eine jüngst eingetroffene Nachricht reden. Dann werde auch ich eine Rolle spielen. Dann werde ich eine Stimme haben.

In der Zwischenzeit nimmt Lady Anne – oder die Generalin, wie sie liebevoll genannt wird – mich unter ihre Fittiche wie eine Amselmutter und beschützt mich vor all dem Neuen, das mich sonst völlig überfordern würde. Sie nimmt die Vorbereitungen zu meiner Hochzeit persönlich in die Hand. Ich mag vor ihr nicht zugeben, wie wenig mich der äußere Ablauf des Tages interessiert. Deshalb nicke ich und lächle, als sie entscheidet, dass ihr Kaplan die Trauung vollziehen soll, als sie die Speisenfolge für unser Hochzeitsmahl plant, sich Gedanken über meine Kleidung macht und sich den Kopf darüber zerbricht, wie sie ein angemessenes Brautkleid für mich auftreiben kann. Stundenlang diskutieren sie, Frances Lambert und Catherine Harrison über diese Frage. Sie schauen ihre Kleiderschränke durch und überlegen, ob dieses oder jenes Kleid entsprechend geändert werden könnte. Sogar die royalistische Lady Whorwood wird zurate gezogen, was mir überaus peinlich ist. Am Ende kommt mein Hochzeitskleid aus einer gänzlich unverhofften Quelle: Jane Whorwood – die auf Geheiß ihrer Schwiegermutter bei den Hochzeitsvorbereitungen hilft – bietet an, ihr eigenes Brautkleid für mich zu ändern. Ich protestiere, das könne ich doch nicht annehmen, während ich insgeheim Zweifel habe, ob ich es über mich bringe, das Hochzeitskleid einer royalistischen Braut zu tragen. Doch sie besteht darauf, und zwar mit diesen liebenswürdigen, wenn auch rätselhaften Worten:

«Ich werde es am Saum kürzen und das Mieder einen Fingerbreit enger machen, dann müsste es Euch gut passen. Außerdem wird es mir eine Freude sein, es einer anderen Braut zu schenken und ihr mehr Glück in der Ehe zu wünschen, als ich hatte.»

«Mehr Glück, als Ihr hattet, Mistress Whorwood?», wiederhole ich und schaue von der grauen und elfenbeinfarbenen Spitze auf, um forschend ihr Gesicht zu betrachten. Dabei bemerke ich zum ersten Mal ihre pockennarbige Haut und die Schatten um die Augen.

«Ich sage nur so viel: Mein Mann war nicht gut zu mir. Dass er fortging, bedeutete für mich zwar einige Härten, und ich muss seither hier bei seiner Mutter leben, aber in gewisser Weise war es auch ein Segen.»

«Das tut mir leid.» Ich lasse mich auf die Bettkante sinken und denke mit plötzlicher Beklommenheit an meine Hochzeit. Zum tausendsten Mal frage ich mich, was für eine Ehe mir wohl bevorsteht, wenn Henry und ich endlich und unwiderruflich aneinander gebunden sind. Die Ehe meiner Eltern war immer so glücklich und stark, aller weltlichen Unbill zum Trotz, dass ich mir kaum vorzustellen vermag, wie eine unglückliche Verbindung aussehen könnte. Haben sie mich unzureichend auf das hier vorbereitet? Was für eine Ehefrau werde ich sein? Und was für ein Ehemann wird Henry sein? Ihm liegt kaum etwas anderes am Herzen als seine Arbeit, und er vernachlässigt seine eigenen Bedürfnisse geradezu sträflich. Außerdem kann er unberechenbar sein. «Keine von uns kann wissen, was die Vorsehung für sie bereithält, wenn sie sich an einen Mann bindet», bringe ich schließlich heraus.

Jane Whorwood verzieht ihr rundes Gesicht zu einem überraschenden Lächeln. Dabei werden die Sommersprossen um ihre Nase deutlicher sichtbar und lenken ein wenig von ihren Pockennarben ab. «Ich verlasse mich nicht mehr auf die Vorsehung, nicht nach dem, was ich erlebt habe. Ich werde mein Schicksal selbst in die Hand nehmen.»

«Aber wie?», frage ich, bestürzt über die Vorstellung, so weit vom vorgezeichneten Weg abzuweichen. Doch gleich darauf wird mir bewusst, dass auch ich keineswegs schicksalsergeben handelte, als ich hierher nach Oxford kam. «Nachdem Euer Mann Euch im Stich gelassen hat, bleibt Euch doch kaum etwas anderes übrig, als hier bei seiner Mutter und Euren Kindern zu bleiben? Und nun seid Ihr auch noch auf die Gnade von General Fairfax angewiesen.»

«Ich werde einen Weg finden», entgegnet sie. Dann drückt sie mir das Kleid in die Hände und verlässt das Zimmer.

Es wird eine seltsame Hochzeit in Kriegszeiten – aus meiner Familie werden nur Vater und Harry anwesend sein, aus Henrys Familie überhaupt niemand. Aber ich mache meinen Frieden damit, und Henry ist versöhnt, sobald sein bester Freund Colonel Francis Thornhaugh eintrifft, um als Trauzeuge an seiner Seite zu sein. Francis Thornhaughs Gegenwart wirkt auch auf mich tröstlich, denn er verankert meinen Mann in seiner Vergangenheit. Er erzählt mir in anrührender Weise von ihren Eskapaden als Schuljungen in Attenborough und von dem Tag, da sie sich gemeinsam der Parlamentsarmee anschlossen – Seite an Seite stellten sie in ihrer Heimat eine Reitertruppe auf. Ich beobachte fasziniert, wie die beiden miteinander umgehen. Francis nennt Henry «Hal», wie Shakespeare den jungen König Henry V., und berührt ihn so oft, dass es geradezu besitzergreifend wirkt: Bei einem Witz stößt er ihm den Ellenbogen in die Seite, zu einer Neckerei zaust er ihm das dunkle Haar, zwischendurch fasst er ihn immer wieder freundschaftlich am Arm. Und Henry seinerseits wendet sich Francis zu, als spiegele er dessen Zuneigung. Er errötet und findet kaum Worte, so sehr genießt er die Gegenwart seines Freundes. Francis ist fröhlich, offenherzig und spottet gern. Anfangs wundere ich mich darüber, dass ausgerechnet jemand wie er mit meinem gewissenhaften, zurückhaltenden, ernsten Verlobten befreundet ist. Doch bald wird mir klar, dass ihre Verbindung ebenso eng ist wie Familienbande. Und wie in der Beziehung zwischen mir und Betty sind auch zwischen diesen beiden gerade die Unterschiede das, was sie so fest verbindet. Zu sehen, wie milde Henry in der Gesellschaft seines Freundes wird, und mehr über seine Familie und seine Jugend zu erfahren, bestärkt mich noch einmal in meiner Wahl, als ich zum letzten Mal als unverheiratete Frau zu Bett gehe.

Mein Hochzeitstag bricht strahlend sommerlich an, und ich bin früh auf den Beinen, um ihn zu begrüßen. Zuallererst bete ich lange und innig und versuche zu ergründen, was Gott mir bestimmt hat. Bin ich einzig aus eigenem Antrieb hier? Wer hat die Würfel geworfen, wie Dick es tut, wenn er im Wirtshaus spielt? Habe ich mein Schicksal selbst in die Hand genommen, wie Jane Whorwood es zu tun beabsichtigt? Oder war mir das hier schon von jeher von Gott bestimmt? Ich dachte eigentlich Ersteres; aber an diesem Morgen, als ich die Stimme Gottes im leisen Wind des Sommermorgens flüstern höre, erkenne ich meine Torheit und befehle mich wieder Seiner Führung an.

Er ist bei mir, als Lady Anne und Jane mich ankleiden und zurechtmachen. Während sie an mir herumhantieren, wünsche ich mit plötzlicher Sehnsucht, Mutter und Betty wären hier, um diese Aufgabe zu übernehmen. Er ist auch an meiner Seite, als Vater mich in der winzigen Kapelle auf dem Gelände von Holton zum Altar führt und Janes grau-weißes Kleid sich wie Taubenfedern um meine Füße bauscht. Und Er schaut zu, als Henry Ireton und ich vor Seinem Angesicht unsere Ehegelübde ablegen. Ich hoffe und bete, auch Olly möge es sehen, und ich bin froh, dass ich mein Versprechen ihm gegenüber gehalten habe. Als wir in den Sonnenschein hinaustreten, meine Gedanken ganz bei meinem Mann und mein Herz von Gott erfüllt, spüre ich eine Wärme, die ich seit vielen Jahren nicht empfunden habe – das muss Glück sein.

ZWEITER TEIL

Ein Jahr später
London

KAPITEL ELF

Frühjahr 1647

«Sie ist außer Gefahr? Das Kind auch?»

Ich rieche Lady Fairfax' teures Parfüm, als ich ihre seidigen Wangen küsse. Orangenblüten und Vanille, denke ich, und darunter eine holzige Note. Ambra? «Ja, beide sind wohlauf, dem Herrn sei Dank.»

«Wunderbar. Gut gemacht, Bridget. Ich statte meinen Besuch immer gern am fünften Tag nach einer Geburt ab. Bis dahin wissen wir für gewöhnlich, wo wir stehen – ob es zum Taufbecken geht oder zum Friedhof.»

Bei diesen Worten schnappe ich unwillkürlich nach Luft, auch wenn es natürlich stimmt, was sie sagt – ich habe selbst miterlebt, wie mein kleiner Bruder James an seinem vierten Tag den letzten zittrigen Atemzug tat. Der Tag, an dem Gott die Sonne, den Mond und die Sterne schuf. «Möchtet Ihr das Neugeborene sehen?»

«Aber gewiss! Ich muss den Erben doch mit eigenen Augen sehen. Schauen, ob er nach seinem Großvater kommt.»

Natürlich hat Betty das erste Enkelkind zur Welt gebracht. Natürlich ist es ein Junge. Und natürlich hat sie ihn nach Vater benannt. Allerdings hatte ich damit gerechnet, dass sie ihm den Namen Oliver geben würde, nicht

Cromwell – das klingt so streng und scheint so gar nicht zu dem winzigen, runzeligen Säugling zu passen, der an der Brust meiner Schwester liegt wie ein kleiner Frosch. Cromwell Claypole – das ist beinahe ein Zungenbrecher. Während ich Lady Fairfax die Treppe hinauf zu Bettys Zimmer führe, spüre ich eine Regung in meinem Bauch. Ich werde zweifellos ein Mädchen zur Welt bringen, wenn es zur Erntezeit auch bei mir so weit ist.

«Das ist ein hübsches Haus», verkündet Lady Fairfax, als wir den oberen Treppenabsatz erreichen und kurz vor dem Sprossenfenster anhalten, um einen Blick in die Gärten zu werfen. An den Rosskastanien sind gerade die ersten Kerzen zu sehen. Als sie sich zur Galerie umdreht, schaut sie sich prüfend um, nimmt mit erfahrenem Blick die Deckenhöhe wahr, die Wandleisten und allerlei andere Qualitätsmerkmale, die ich gar nicht einschätzen könnte. «Der Makler Eures Vaters hat gut daran getan, ihm eines dieser neuen Häuser an der Drury Lane zu vermitteln», fährt sie beifällig fort. «Hier auf halbem Weg zwischen Westminster und der City of London ist die Luft um einiges reiner und frischer. Allerdings muss man sich mit dem beständigen Baulärm abfinden. Ist denn Platz genug für Euch alle?»

«Reichlich, danke.» Ich denke an unser Haus in Ely zurück, wo wir vier Mädchen uns ein Schlafzimmer teilten. «Allerdings ist nur selten die ganze Familie hier versammelt», fahre ich fort, während wir uns Bettys Tür nähern. «Meine Tante hat es vorgezogen, bei Freunden in Ely zu bleiben, als wir nach London umzogen, und John und Elizabeth sind ebenso oft in Northborough wie bei uns. Aber das Kind wollte sie hier zur Welt bringen, damit Mutter und ich bei ihr sein können und die besten Hebammen und Ärzte Londons verfügbar sind.»

«Ihr und Henry werdet sicher auch bald ein eigenes Haus beziehen wollen.» Anne tarnt ihre Frage als Feststellung, ein Trick von ihr, den ich ebenso gut kenne, wie sie meine Gefühle zu kennen scheint. Soldatenfrauen werden im Salon so schnell miteinander vertraut wie ihre Männer im Feld. Und wir haben einen Großteil des vergangenen Jahres miteinander verbracht.

«Wir werden zu gegebener Zeit unseren eigenen Hausstand gründen», erwidere ich mit mehr Überzeugung, als ich empfinde. Als wir nach London kamen, hätte ich mir schon gewünscht, dass wir getrennt von meiner Familie wohnen. Aber Henry, der täglich mit Vater zusammenarbeitet, fand es so praktischer und wirtschaftlicher. Ich vermute, er genießt es, wieder in einer großen Familie zu leben. Diesen Eindruck hatte ich schon voriges Jahr, als er mich zu einem kurzen Besuch auf seinem Familiensitz in Attenborough mitnahm, um mich seiner Mutter und seinen Geschwistern vorzustellen – der Antrittsbesuch der neuen Braut. Zu meiner Überraschung erlebte ich dort, wie sich der förmliche, stets getriebene Soldat in einen milden, nachsichtigen Familienmenschen verwandelte, beinahe wie Vater. Ein ältester Sohn, der seine Stärke daraus zieht, dass andere von ihm abhängig sind, der sich für seine jüngeren Geschwister einsetzt und der der Stolz seiner respekteinflößenden, verwitweten Mutter ist. Ihn in seiner angestammten Umgebung zu erleben, hat mir geholfen, sein Wesen besser zu verstehen. Selbst hier in London setzt er sich unentwegt für seine Familie ein: Er kümmert sich um Rechtsdokumente und Briefe, die seine Mutter ihm schickt, und unterstützt seinen Bruder John dabei, sich in London als Tuchhändler niederzulassen, einen Sitz im Rat der Stadt zu erlangen und Mitglied der Tuchmachergilde zu werden. Während ich die warme, aber erstickende Decke des Lebens im großen Familienkreis gern abwerfen würde, sehnt Henry sich im Gegenteil nach Zugehörigkeit. Und das kann ich ihm wohl kaum vorwerfen. Er hat mich unter anderem geheiratet, um Vater näherzukommen – und ich ihn, um mehr ins Zentrum des Geschehens zu rücken. Es war ein Handel wie jeder andere, das müssen wir beide respektieren.

Diese geschäftsmäßigen Gedanken über die Ehe sind mit einem Schlag vergessen, als wir Bettys Wöchnerinnenstube betreten und eine Szene wie ein Marienbild vorfinden: Die ruhende Betty als die Jungfrau mit dem winzigen, in Tüchern gewickelten Cromwell in den Armen. Um sie herum die zeitlosen Figuren, die ihnen huldigen: Die Amme steht bereit, während Mutter gerade einen Trunk für Betty anmischt, und John beobachtet die Szene von der Fensternische aus wie ein neuzeitlicher Joseph, allerdings mit einem zufriedenen Lächeln, wie man es beim Ziehvater unseres Erlösers wohl nicht gesehen hat.

«Lady Fairfax.» Mutter begrüßt unsere Besucherin herzlich, allerdings mit der leichten Unterwürfigkeit, die wir alle der Generalin entgegenbringen.

«Mistress Cromwell, Mistress Claypole. Es freut mich zu sehen, dass Ihr wohlauf seid, meine Liebe.» Anne Fairfax lässt sich lächelnd in einem Lehnstuhl an Bettys Lager nieder. «Und noch erfreuter bin ich über die rosige Gesichtsfarbe Eurer Amme. Ich rate ja immer dazu, die Mädchen mit den rosigsten Wangen auszuwählen.»

«Danke, Euer Ladyschaft. Mein Mann hat sie für uns ausgesucht.»

«Gewiss», erwidert Anne mit dem Anflug eines Lächelns, und ich frage mich, ob ihr die gleichen unreinen

Gedanken gekommen sind wie mir: dass John sich gewiss beeilt hat, weil er will, dass seine Frau so bald wie möglich wieder das Bett mit ihm teilt. Wie wird Henry zu alldem stehen, wenn meine Zeit gekommen ist? Ich denke an unsere Hochzeitsnacht zurück und daran, wie ungeschickt wir mit Ellenbogen und Knien aneinanderstießen, als Henry sich mir zum ersten Mal näherte; wie ich vor Nervosität nur stocksteif dalag. Ich erinnere mich, wie Henrys Barthaare auf meiner Haut kitzelten, ehe sein Mund den meinen berührte. Ich sehe die Schweißtropfen auf seiner Brust im Schein des Binsenlichts glitzern wie jene auf dem Körper des armen toten Soldaten, dem wir den Arm abnehmen mussten. Ich fühle wieder, wie ich beim reißenden Schmerz die Fingernägel in meine Handflächen grub. Wie seltsam es sich zuerst anfühlte, das Schlafzimmer mit ihm zu teilen: nachts seinen schweren Atem zu hören, zu sehen, wie er beim Zähneputzen in die Schüssel spuckte, das Geräusch seines Urinstrahls zu hören, wenn er morgens den Nachttopf benutzte. Es dauerte Wochen, bis ich mich vor ihm an- und auskleiden konnte, ohne vor Scham zu vergehen. Und noch viel schlimmer war es, als ich ihm zum ersten Mal erklären musste, dass wir nicht beieinander liegen sollten, weil ich meinen Monatsfluss hatte. Jetzt ist es besser. Wir haben uns eingewöhnt. Aber wie werden wir mit der tödlichen Intimität des Kindbetts zurechtkommen?

Lady Fairfax beginnt, über Frauenangelegenheiten zu plaudern. Dabei verfällt sie in die geheime Sprache der Mütter, die ich noch nicht richtig beherrsche, auch wenn ich schon damit vertraut bin: Es geht ums Stillen, um Ausfluss und Nähte. Ich werde unruhig und bin erleichtert, als Betty müde wird und wir wieder nach unten ins

Wohnzimmer gehen. Dort habe ich meine Befehlshaberin für mich.

«Was gibt es Neues von der Armee?», frage ich sie, sobald unsere Magd Wein und kandierte Kirschen gebracht hat und ich Mary und Frances weggeschickt habe. «Ihr wart beim General im Hauptquartier?»

«Ja, das ist richtig. Aber nun bin ich auch froh, ein paar Tage in London zu verbringen. Saffron Walden ist ein trostloses Städtchen – ich sage das ganz offen, auch wenn es in Eurer Heimatregion liegt.»

Es fällt mir nicht schwer, ihre spöttische Bemerkung lächelnd hinzunehmen, denn sie trifft mich nicht. Weshalb ist es immer so wichtig, woher jemand stammt? Für Vater sind die lehmigen Landstriche westlich des Great Ouse und das Marschland der Fens östlich davon das Paradies. Wenn Charles Fleetwood bemerkt, dass Henry abgelenkt ist, kann er sein Interesse jederzeit wieder auf sich ziehen, einfach indem er ihre gemeinsame Heimat Nottinghamshire erwähnt. *Woher stammst du?*, fragen Männer einander bei ihrer ersten Begegnung, und die Antwort lautet niemals England.

«Aber sind die Männer denn so verzweifelt, wie es in den Zeitungen dargestellt wird?», frage ich weiter. «Hört Euch das an.» Ich greife nach dem *Perfect Diurnal*, das erst an diesem Morgen zugestellt wurde, und lese vor: «‹Das Parlament hat den Anspruch der Soldaten zurückgewiesen, Gesuche um Straffreiheit für ihre Taten während des Krieges vorzubringen. Das könnte dazu führen, dass Tausende inhaftiert werden, oder Schlimmeres.› Und hier steht ein Bericht über einen Soldaten, der wegen Totschlags verurteilt wurde, weil er auf dem Schlachtfeld getötet hatte – er wurde an der Hand gebrandmarkt.»

«Das ist wohl wahr», bestätigt die Generalin, und in ihre Augen tritt wieder das kriegerische Funkeln. «Ein Mann aus Colonel Rossiters Regiment. Mein Gemahl war erbost über den Fall, konnte jedoch nichts dagegen tun. Er sagt, die Soldzahlungen für seine Männer seien um Monate im Rückstand. Die Soldaten fürchten inzwischen schon, das Parlament werde eher die Armee auflösen, als ihnen das Geld und die Sicherheit vor Verfolgung zu gewähren, derer sie so dringend bedürfen.»

Ich schnalze mit der Zunge, mein Glas in der Hand. «Es ist eine Schande. Gute Männer haben ihre Familien und ihre Arbeit im Stich gelassen und auf dem Schlachtfeld geblutet, um Frieden und Sicherheit für das Parlament und das Königreich zu erstreiten, und nun werden sie so undankbar und schändlich behandelt.»

Anne lächelt ein wenig nachsichtig, und ich erröte unter ihrem festen Blick. Doch ich schäme mich nicht dafür, dass ich in dieser Sache ebenso leidenschaftlich empfinde wie mein Mann. «Ihr versteht mit Worten umzugehen, Bridget», sagt sie sanft und schmeichelnd. «Gewiss schätzt Henry Eure Hilfe bei der Arbeit an seinen Schriftentwürfen.»

«Er zieht mich mitunter zurate, wenn auch weniger oft, als es mir lieb wäre», erwidere ich. Mir ist durchaus bewusst, dass die Generalin mich wieder einmal aushorchen will, doch mein dringender Wunsch, dass mein Mann auf mich vertrauen möge, löst mir die Zunge.

«Nun, Ihr seid ja noch jungvermählt. Wenn Ihr erst einmal so lange verheiratet seid wie wir, wird er gewiss kaum noch einen Gedanken zu Papier bringen, ohne zuvor Eure Meinung einzuholen.»

«Und bis dahin?» Ich kann meine Ungeduld nicht verhehlen, und darüber vernachlässige ich den Londoner Schliff an meiner Aussprache, sodass der Akzent meiner Heimat Huntingdonshire wieder zutage tritt. Da regt sich das Kind in meinem Bauch, und mir kommt der Gedanke, dass ich meine Zeit bald nicht mehr einzig Henry und seiner Arbeit widmen kann. Ich muss beweisen, wie nützlich ich ihm sein kann, bevor ich als junge Mutter in der weißen, gedämpften Welt von Milch und Leintüchern verloren gehe.

«Bis dahin», erwidert Lady Fairfax und verfällt in einen mütterlichen Ton, «solltet Ihr stets diejenige sein, die ihm seine Briefe bringt. Macht Euch um seinen Schreibtisch herum zu schaffen, während er sie öffnet, damit er seine Gedanken in Eurem Beisein laut ausspricht. Und wenn er an seinen Schriftsätzen arbeitet, seid wenn möglich in der Nähe – wenn es sein muss, setzt Euch still mit einer Näharbeit ins Zimmer. Viele Männer probieren ihre Formulierungen vor dem Niederschreiben erst aus, und wenn Ihr dann zur Stelle seid … Ach, und die Tinte – lernt, sie so anzumischen, wie er sie gern hat. Und eignet Euch auch sein System an, Unterlagen abzulegen.»

Ich nicke und lege innerlich auch ihren Rat sorgsam ab.

«Aber jetzt», fährt sie nach einem Schluck Wein fort, «nachdem ich Euch die Neuigkeiten über die Armee mitgeteilt habe, müsst Ihr Euch revanchieren.»

«Ihr meint, mit Neuigkeiten aus dem Parlament?» Ich brauche einen Moment, um meine Gedanken zu ordnen, dann beginne ich meinen Bericht. «Henry hat erzählt, es sei zutiefst gespalten – der Geist der Einigkeit, der uns geholfen hat, den Krieg zu gewinnen, ist dahin. Nun, da das herrschende englisch-schottische Komitee aufgelöst wird, drängt der abscheuliche Denzil Holles als Anführer der presbyterianischen Mehrheit im Parlament auf einen rückgratlosen Friedensschluss mit dem König. Die schottische Armee wird ausgezahlt und heimgeschickt, und die Hälfte unserer Regimenter wird nach Irland verlegt, um dort die Rebellion niederzuschlagen.»

«Zweifellos sieht Holles darin eine Möglichkeit, die Armee praktisch aufzulösen und unseren Einfluss massiv zu schwächen. Und zugleich will er sich der Verpflichtung entziehen, den Männern ihren ausstehenden Sold zu zahlen und ihnen Straffreiheit zu gewähren.»

«So ist es.» Es ist ein schmerzliches Thema für mich. Henry ist einer der wenigen Männer, die noch gleichzeitig Soldaten und Parlamentsmitglieder sind, und so hat er sich bemüht, die Interessen der Soldaten im Parlament zu vertreten. Dafür zahlt er einen hohen Preis: Er gerät zunehmend ins Kreuzfeuer zwischen den Parlamentariern und der Armee. «Wisst Ihr, was die anderen Abgeordneten vor nicht einmal achtundvierzig Stunden getan haben?», frage ich Lady Fairfax und stelle mein leeres Glas auf das Tablett. «Sie haben Henry und mehrere andere Offiziere zu Staatsfeinden erklärt. Staatsfeinde, nur weil sie sich für die Belange ihrer Männer einsetzen!»

Ich sehe wieder Henrys Gesicht vor mir, als er mir davon erzählte. Es war spät am Abend, als er aus Westminster zurückkehrte, und im Schein des Nachtlichts war es, als stünde sein Gesicht in Flammen. Nichts, was ich sagte, konnte ihn besänftigen. Nichts, was ich ihm anbot, konnte ihn verlocken. Er wollte weder essen noch zu Bett gehen, sondern vergrub sich hinter seinem Schreibtisch, während ich mich barfuß hinter ihm herumdrückte – ich wollte mich nicht einfach dem Schlaf hingeben, doch ich konnte auch nichts ausrichten. Dass Henry zum Verräter erklärt wurde! Er, der seine Pflicht gegenüber England so gewissenhaft erfüllt, der stets nur darauf bedacht ist, die Interessen seiner Männer zu schützen, der sich so leidenschaftlich seiner Arbeit widmet, dass er seine körperlichen Bedürfnisse vernachlässigt. Als er endlich ins Bett kam, weinte er – es war das erste Mal, dass ich ihn Tränen vergießen sah. Es waren stumme Tränen, und ich dankte Gott dafür, dass ich für Henry wach geblieben war. Ich hielt tröstend seinen Kopf mit den dunklen Locken, und diese Minuten waren mir kostbarer als jede eheliche Umarmung.

Meine Worte lassen auch die Generalin nicht ungerührt. Kopfschüttelnd stellt sie ihr Weinglas auf den Tisch, um nicht in ihrer Erregung etwas zu vergießen. «Staatsfeinde», wiederholt sie. «Kaum zu glauben. Da muss doch irgendein furchtbares Missverständnis vorliegen.»

«Vielleicht.» Als Rangniedere kann ich ihrer harmloseren Auslegung nicht widersprechen. Insgeheim glaube ich allerdings, die täglich tiefer werdende Kluft zwischen der Armee und dem Parlament ist eher auf bösen Willen als auf Missverständnisse zurückzuführen. Henry denkt das jedenfalls, sosehr Vater sich auch bemüht, eine weniger besorgniserregende Erklärung zu finden.

Da höre ich die Haustür zuschlagen, das Geräusch hallt von den Delfter Kacheln im Flur wider. «Das werden wohl Vater und Henry sein, die aus dem Parlament zurückkehren. Sie können Euch gewiss mehr erzählen.»

Doch als die Tür zum Wohnzimmer schwungvoll geöffnet wird, erscheint weder die stämmige Silhouette meines Vaters noch Henrys schmale Gestalt. Stattdessen steht mein Bruder Richard in der Tür, atemlos und mit gerötetem Gesicht. Er lässt seine Tasche mit Dokumenten auf den Boden fallen.

«Dick!», begrüße ich ihn überrascht. «Weshalb die Eile?»

«Schlimme Neuigkeiten, Biddy», stößt er keuchend hervor, dann nickt er Lady Fairfax hastig zu. «Ich komme eben aus der Stadt. Dein Mann und Denzil Holles sollen über den Fluss gegangen sein, um sich zu duellieren, es ist in aller Munde.»

«Was?» Ich springe auf, und meine Gedanken flattern wie ein Starenschwarm. «Ein Duell?»

Die nächste Stunde kriecht Minute um Minute dahin, gleichgültig wie eine Kellerassel. Dick weiß nur so viel wie die anderen angehenden Rechtsanwälte von Lincoln's Inn, und John Claypole, den wir unverzüglich nach Westminster geschickt haben, um Erkundigungen einzuholen, ist noch nicht zurück. Lady Fairfax besteht darauf, mit uns zu warten, bis es Neuigkeiten gibt. Mutter kommt aus Bettys Wöchnerinnenstube ebenfalls zu uns. Ihr Finger streicht wieder und wieder innen an ihrer Perlenkette entlang – nun, da Vater besser verdient, trägt sie eine zweireihige. Unter meinem Korsett regt sich das Ungeborene. Als ich das Leben in meinem Leib spüre, steigen die schrecklichsten Vorstellungen in mir auf: ein Leben ohne Henry, im Fegefeuer einer Witwenschaft ohne Stand und mit einem Kind, das von mir abhängig ist. Doch da ist noch etwas Schlimmeres: Ich würde Henry niemals wiedersehen, nie mehr seine gewählte Ausdrucksweise hören, seine klangvolle Stimme – eine überraschend tiefe, samtige Stimme für einen so schmächtigen, fuchsgesichtigen Mann. Ich würde nie wieder beobachten, wie seine Feder über dem Papier innehält, während er ein Wort oder eine Phrase im

Kopf ausprobiert, nie mehr im Dunkeln seine Hand an meiner Wange spüren.

Als ein Geräusch an der Haustür ertönt, fahre ich herum, und all die wilden, verworrenen Gedanken fallen aus meinem Bewusstsein wie Hagelkörner. Ich höre Männerstimmen, dann wird die Tür geöffnet.

«Henry!»

Er ist hier, er ist am Leben. Schon bin ich auf den Beinen, laufe zu ihm und falle ihm um den Hals wie ein törichtes Mädchen.

«Aber, aber», sagt er beruhigend, überrascht über meinen ungewohnten Auftritt. «Ich bin wohlauf, wir haben nicht gekämpft.»

«Was ist geschehen?» Lady Fairfax geht quer durch das Zimmer auf Vater, John und Charles Fleetwood zu, die gerade ihre Hüte abnehmen.

«Holles und Henry hatten vor dem Parlamentsgebäude ein kleines Wortgefecht, Euer Ladyschaft», erklärt Vater mit ungewohnt schroffer Stimme. «Ihr könnt Euch wohl denken, worüber.»

«Dieser feixende Laffe sagte, das Gesuch der Soldaten sei aufrührerisch, und beschuldigte mich, ich hätte die Männer gezwungen, es zu unterzeichnen.» Henry speit die Worte förmlich aus. «Er nannte mich einen Verräter und Feigling und sagte, er wolle das mit Pistolen beweisen.»

«Und was hast du erwidert?» Ich schüttle bestürzt den Kopf. «Du hast dich doch nicht etwa darauf eingelassen, gegen ihn zu kämpfen?»

«Er hat Holles gesagt, er solle zum Teufel gehen!» Vater stößt ein hohles Lachen aus – die Anspannungen des Tages sind ihm deutlich anzumerken. Außerdem hat er sich noch immer nicht ganz von der Krankheit erholt, mit der er den ganzen Februar darniederlag. Als er in die hohlen Hände bläst, um sie zu wärmen, muss er husten. «Holles mag stur wie ein Maulesel sein, aber wenn einer es in diesem Punkt mit ihm aufnehmen kann, so ist es Henry.»

«Ich habe ihm erklärt, ich könne es nicht mit meinem Gewissen vereinbaren, mich zu duellieren», fährt Henry nun in ruhigerem Ton fort. «Aber ich sei kein Feigling und würde mit ihm an einen Ort seiner Wahl geben, damit er auf mich schießen könne, so er es wünsche.»

Mutter schnappt nach Luft, und Lady Fairfax schlägt die Hände zusammen. «Bravo, Sir! Wie mutig von Euch.»

«Wie töricht», widerspreche ich und ernte einen strafenden Blick von Mutter, da ich nicht zu meinem Mann halte wie eine brave Ehefrau. «Komm, setz dich doch.» Ich versuche, meine Worte mit einer fürsorglichen Geste wettzumachen, und führe Henry zu einem Lehnstuhl. «Wie ging es dann weiter?»

Er lässt sich in dem gepolsterten Sitzmöbel nieder. Charles Fleetwood sieht, wie erschöpft er ist, und übernimmt es, den Rest zu berichten. «Sie waren eben im Begriff, in ein Boot zu steigen, um nach Southwark überzusetzen, als der Speaker und eine Abordnung des House of Commons sie aufhielten. Sie erklärten, sie würden nicht zulassen, dass Angehörige des Parlaments mit Pistolen aufeinander losgehen.» Charles wirft einen Blick zu Vater, wie um sich seiner Zustimmung zu vergewissern.

«Und so gehst du ehrenhaft aus der Angelegenheit hervor, mein Sohn», schließt Vater und legt Henry stolz eine Hand auf die Schulter. «Es war eine Freude, Holles derart gemaßregelt zu sehen, noch dazu von denen, die er so verehrt. Dieser Mann hat für mich und die Meinen nichts übrig, und das nun schon seit vielen Jahren.»

Inmitten dieses Aufruhrs bringen Martha und eine neue Magd unauffällig Tabletts mit dem Abendessen herein, und ich löse mich von meinem Mann, um ihm einen Teller zurechtzumachen. Als ich zu Henry zurückkehre, lächelt er über Vaters Lob, doch sein Blick wird glasig, während er den Teller von mir entgegennimmt. Er hält ihn einen Moment reglos in der Luft und stellt ihn dann unberührt auf seinem Schoß ab, wobei eine kalte Kartoffel zu Boden kullert. Ich hebe sie auf und puste ein Staubkorn fort. Indessen kommt Bewegung in die Männer, sie machen sich hungrig über das Essen her. Mutter will Lady Fairfax zu Tisch geleiten.

«Nein, nein, danke, ich werde nicht bleiben», wehrt Anne rasch ab. «Nun, da ich gesehen habe, wie der Mann der Stunde wohlbehalten zu seiner Frau zurückgekehrt ist.» Sie schwebt zu mir herüber und küsst mich zum Abschied, und schon ist sie in einer einzigen eleganten Bewegung zur Tür hinaus. Das Dienstmädchen eilt ihr nach, um ihr ihre Garderobe zu reichen.

Mein Blick wandert wieder zu Henry, der jetzt sehr blass ist. «Mein Liebster, ich glaube, du solltest hinauf ins Bett gehen. Du siehst wirklich mitgenommen aus.»

Meine Worte reißen meinen Mann aus seinen Gedanken, doch er winkt nur ab, stellt seinen vollen Teller auf einen Beistelltisch und erhebt sich. «Nein, ich kann jetzt nicht. Ich muss an unserer Verteidigungsschrift arbeiten. Holles hat den Konflikt verschärft – jetzt geht es um unsere Ehre, und wir müssen denen, die uns beschuldigen, rasch etwas entgegnen. Aber meine Gedanken sind noch nicht ausgereift. Wo ist meine Tasche?» Er schaut sich um.

Unter normalen Umständen würde ich ihn in seiner Arbeitswut unterstützen; ich weiß, es ist ihm ein Gräuel, eine Aufgabe unerledigt zu lassen. Er kann dann nicht einfach schlafen gehen, sonst quält ihn der Gedanke an einen nicht geschriebenen Brief oder ein ungelesenes Dokument so lange, bis er wieder aus dem Bett springt und sich mit einem Binsenlicht auf die Suche nach einer Kerze, Feder und Papier macht. Aber nicht heute Abend.

«Ich muss darauf bestehen, Henry. Der Entwurf kann gewiss bis morgen warten. Oder du könntest mir vom Bett aus deine Gedanken diktieren. Ich habe dein Notizbuch. Komm, ich nehme den Teller mit deinem Abendessen mit.»

Henry will widersprechen, doch da ertönt Vaters energische Stimme von der anderen Seite des Raumes. «Du solltest Biddy der Gebieterischen Folge leisten, mein Sohn, wenn du weißt, was gut für dich ist. Sie hat recht, der Entwurf läuft dir nicht davon, und falls es heute Abend noch etwas zu regeln gibt, können Charles und ich das übernehmen.»

Ausnahmsweise einmal bin ich dankbar für Vaters milden Spott, denn sein strenger Ton scheint Henry zur Besinnung zu bringen: Er wendet sich ohne ein weiteres Wort zur Tür. Rasch nehme ich seinen Teller und folge ihm, schiebe meinen Arm unter seinen Ellenbogen, während wir die breiten, flachen Stufen hinaufsteigen. *Es ist nicht gut, dass der Mensch allein sei,* sprach der Herr; *ich will ihm eine Gehilfin machen, die um ihn sei.* Ich werde ihm heute Abend diese Gehilfin sein: ihm Wasser holen und seine Pantoffeln bringen, ihm Wein einschenken, aufschreiben, was er mir diktiert. Und ich werde es gern tun.

KAPITEL ZWÖLF

Die Geburt eines Kindes verändert einen Haushalt. Und es scheint, als ob das erste Kind einer neuen Generation die größten Veränderungen bewirkt. Der kleine Cromwell ist noch nicht größer als ein Kaninchen, und dies ist ein großes Stadthaus; dennoch herrscht er über uns alle, und Betty ist sein beflissener Lord Chancellor. Zu jeder Stunde des Tages ergehen aus den Räumen der Claypoles Anweisungen und Aufträge zu Botengängen, schweben durch den Flur und die Treppe hinunter wie Löwenzahnsamen und fallen ungebeten auf den einen oder anderen von uns: Betty braucht Pfefferminzöl, und es gelüstet sie nach kandierten Pflaumen. Der kleine Cromwell braucht wieder einmal frische Leintücher, sodass Martha das Feuer anfachen muss, um die Wäsche zu machen. Dick muss den Arzt aus der Stadt herbeiholen, damit der einen Knoten in der geschwollenen Brust der Amme untersucht.

Dick fügt sich gutmütig in seine neuen Pflichten, das muss ich ihm lassen. Mutter richtet sich bereitwillig in ihrer Rolle als oberste Zofe ein, und Vater lässt sich freudig das Halfter anlegen – er scheint ganz begeistert, einmal Zuflucht vor den Staatsangelegenheiten nehmen zu können und sich als Großvater zu betätigen. Indessen bemühe ich mich nach Kräften, Henry gegen den schnöden Alltag eines Lebens abzuschirmen, das sich nach dem Rhythmus eines Säuglings richtet – solange mir das noch möglich ist. Wann immer ich mich unbemerkt aus Bettys Sphäre davonstehlen kann, ziehe ich mich mit meinem Mann in unser Schlafzimmer zurück.

Betty steht die Mutterschaft gut. Sie ist wie neugeboren, mit einer üppigeren Schönheit als zuvor und einer sanften Schlafzimmerstimme. Sie wirkt erhaben. Nicht überheblich – dazu ist sie viel zu großherzig –, aber irgendwie, als sei sie durch ihre Leistung gewachsen. Ich habe das Gefühl, dass sich das natürliche Gleichgewicht von älterer und jüngerer Schwester erneut verschoben hat, so wie damals, als ich sie und Val zu nächtlicher Stunde beim Küssen ertappte.

An diese Szene muss ich wieder denken, als ich Betty prächtig zurechtgemacht die Treppe herabsteigen sehe, um zum ersten Mal seit der Geburt wieder mit uns zu Abend zu essen. Vater macht ihr zu Ehren einen erlesenen Rheinwein auf, und wir sind eine fröhliche Tischgesellschaft. Die Stimmung ist gut, und alle haben den Mund voll, als es an der Tür klopft. Der Hausdiener führt einen finster dreinblickenden Soldaten herein, der offenbar einen weiten Weg hinter sich hat. An seinem Krebsschwanzhelm und dem gelbbraunen Rock erkenne ich, dass er ein Kavallerist ist, noch bevor mich der Geruch nach Pferdeschweiß und klammem Heu erreicht, den er mit in den Raum bringt.

«Soldat», grüßt Vater ihn, «Ihr bringt wohl eine Botschaft aus dem Hauptquartier? Wenn man meine Antwort erwartet, lasst mir die Nachricht hier und nehmt einstweilen in der hinteren Stube Platz. Die Magd wird Euch Ale, Brot und Käse bringen.»

Der Soldat zögert mit seiner Antwort und tritt von

einem Fuß auf den anderen. «Es handelt sich um einen Brief, General, verfasst von mir und anderen gewählten Vertretern des achten Reiterregiments.» Er tritt forschen Schrittes vor und hält Vater das Papier hin.

«Vertreter?» Vater schaut zu Henry, während er das Schreiben entgegennimmt.

«Aufwiegler», erwidert Henry, und sein Blick verdüstert sich. «Euer Name?»

«Sexby, Sir, vom Reiterregiment des Lord General.»

Vater gibt den ungeöffneten Brief an Henry weiter, der das Siegel bricht und zu lesen beginnt. «Nun, Soldat Sexby.» Vater lächelt und greift zum Messer, um sich etwas von dem Schinken abzuschneiden. «Wenn Ihr selbst ein Anliegen an mich habt, so nehmt Euch doch einen Stuhl und setzt Euch zu mir an den Tisch. Gewiss seid Ihr müde vom Ritt.»

Sexby neigt den Kopf, rührt sich jedoch nicht von der Stelle. «Ich ziehe es vor zu stehen, Sir, wenn es Euch nichts ausmacht.»

Ich bewundere seine Zurückhaltung. Aber vielleicht hält er es auch für sicherer, wenigstens äußerlich den Rangunterschied zu wahren, um die Gefahr abzumildern, die vom radikalen Inhalt seiner geschriebenen Worte ausgeht.

«Auch recht. Dann erklärt mir doch in groben Zügen den Inhalt des Briefes, während Commissary-General Ireton ihn im Detail liest.»

Soldat Sexby schaut kurz zu Mutter und mir, ehe sein Blick begierig an Betty hängen bleibt. Er mag wohl um die dreißig Jahre alt sein und hat das Gebaren eines Kaufmanns. Ein fähiger Mann, das spüre ich, allerdings hat er einen unsteten Blick und gewiss eine scharfe Zunge.

«Beachtet die Frauen gar nicht», sagt Vater brüsk. «Ihr

könnt im Beisein meiner Familie frei sprechen. Außerdem bin ich nicht geneigt, mein Abendessen zu unterbrechen.»

«Wie Ihr wünscht.» Sexby strafft die Schultern. «Der Brief trägt Euch, General Fairfax und General Skippon die Klagen der Armee vor: dass unsere Soldzahlungen im Rückstand sind und uns keine Sicherheit vor Strafverfolgung gewährt wird. Ferner unseren Protest dagegen, dass wir zum Dienst in Irland gezwungen oder ohne angemessenen Schutz entlassen werden. Wir ersuchen Euch, uns Eure Unterstützung zuzusichern, damit unsere Forderungen erfüllt werden.»

«Eure Forderungen!» Henry blickt von seiner Lektüre auf. «Ihr und die Männer habt mein Mitgefühl, Sexby, aber Ihr könnt Euch nicht derart über alle Rangunterschiede hinwegsetzen.»

«So sehen wir es nicht, Sir», schießt Sexby zurück. «Wir haben uns ein Mitspracherecht in diesen Angelegenheiten verdient. Immerhin haben wir in den Schlachten Leib und Leben riskiert. Ja, und fernab vom Schlachtfeld auch Kopf und Kragen, denn in den Augen einiger sind wir Rebellen. Wir sind keine Söldner, die sich von jedem kaufen lassen, sondern Männer, die aus freiem Entschluss alles riskiert haben für eine Sache, an die sie glaubten.»

Seine Worte sprechen mich an. Fordert er nicht lediglich ein Mitspracherecht in Angelegenheiten, die ihn rechtmäßig angehen? Ein Impuls, der mir nur allzu vertraut ist. Ich schaue zu Vater, doch der hat sich auf seinem Stuhl zurückgelehnt und beobachtet, wie sich die Szene entwickelt. Stattdessen unterbricht Charles Fleetwood meine Gedanken:

«Wir kennen Euren Wert, Soldat. Und Eure Hingabe.»

«Ja, ja.» Henry schüttelt den Kopf und wirft den Brief

auf seinen Teller, während Charles das Blut ins Gesicht schießt. Ich greife unauffällig hinüber, um das Papier vor dem Fleischsaft zu retten, und überfliege die Seite. Indessen fährt Henry fort, laut seine Gedanken zu ordnen:

«Je mehr die Soldaten sagen, was sie denken, umso weniger hört das Parlament zu. Im gleichen Maß, in dem Ihr Euch immer weiter aus dem Fenster lehnt, verlieren wir bei den anderen Parlamentariern an Ansehen. Sie befürchten, das Land könne in Anarchie abgleiten, und geben uns die Schuld daran. Wegen Eurer Männer hätte ich mich beinahe duelliert.» Er ist aufgestanden und läuft um den reglos dastehenden Sexby herum wie ein Schäferhund um ein Mutterschaf.

Doch Sexby zeigt sich eher als Bock.

«Das mag so sein, Sir», entgegnet er schlagfertig. «Aber wenn Ihr mir meine offenen Worte verzeihen wollt: Die Männer fühlen sich dennoch verraten. Sie befürchten, dass die Presbyterianer im Parlament ihre Interessen opfern, um einen faulen Kompromiss mit dem König zu schließen. Die Männer haben Angst, dass man sie am Strick baumeln lässt, um den Frieden zu erkaufen. Ihr müsst Euch auf ihre Seite stellen, wenn Ihr eine Rebellion verhindern wollt.»

Diese letzten Worte lassen mich aufblicken. *Rebellion?* Ist es wirklich so weit gekommen, dass unsere eigenen Soldaten gegen uns, ihre Befehlshaber, rebellieren würden, so wie wir – aus der Sicht des Königs – gegen ihn in die Rebellion gegangen sind? Ich schaue zu Betty hinüber. Ihr Gesicht, noch rundlich von der Schwangerschaft, sieht vor Schreck ganz verkniffen aus.

«Ist das eine Drohung, Sexby?», faucht Charles, und ich sehe die Anspannung in seinem sehnigen Körper. Vorhin hat er noch Mitgefühl mit dem Soldaten bekundet, doch das ist rasch verflogen, und er scheint nun ebenso erbost wie Henry.

«Frieden, Frieden.» Vater hebt seine großen Hände und schaut seine beiden Stellvertreter zur Rechten und zur Linken an. Beide verstummen, allerdings geht Henry weiter auf und ab. «Wir dürfen nicht untereinander streiten», redet Vater beschwichtigend auf sie ein. «Wir sind aufeinander angewiesen. Was die Armee untergräbt, schwächt auch ihre Offiziere.»

«Aber was die Offiziere untergräbt, schwächt auch die Armee», fällt Henry ihm ins Wort, tritt neben Vaters Stuhl und legt eine Hand auf die Lehne. «Oliver, wir müssen uns von dem Vorwurf befreien, dass wir hinter diesen Aufrührern stehen – ich habe mit dieser Petition nichts zu tun.»

Ich kann mich nicht mehr zurückhalten. «Auf dich darf unter keinen Umständen der Verdacht fallen, an der Angelegenheit beteiligt zu sein, Henry», werfe ich ein. «Aber wäre es nicht am besten, wenn man dies sicherstellte, ohne dabei dem Anliegen zu schaden, das dieser Mann eben vorgetragen hat?» Mein Mann und mein Vater richten gleichzeitig ihre Blicke auf mich. Ich spüre, dass ich den richtigen Moment gewählt habe, um das Wort zu ergreifen und eine Brücke zwischen ihnen zu bauen.

«So soll es geschehen, Biddy», pflichtet Vater mir bei, und seine Stimme ist wie Balsam. «Das Parlament will uns schwächen, indem es einen Keil zwischen uns treibt.»

«Divide et impera», sagt Henry leise und verschränkt die Arme.

«Sie wären nicht die Ersten.» Vater lächelt ihm zu. «Wie weit ist der Entwurf zu unserer Verteidigungsschrift gediehen?»

«Es geht voran», antwortet Henry in ungewohnt mürrischem Ton.

«Nun, dann schlage ich vor, sofern der Lord General einverstanden ist, bringen wir diesen Brief und unsere Verteidigungsschrift zusammen im Parlament ein. Auf diese Weise vermeiden wir es, das Anliegen der Männer ausdrücklich zu unterstützen, und das Haus muss dennoch erkennen, dass zwischen uns kein Blatt Papier passt. Stellt Euch das zufrieden, Soldat Sexby?»

Sexby überlegt kurz. «Jawohl, General», sagt er dann, und mit einem letzten raschen Blick zu mir verlässt er den Raum.

Ich schaue ihm nach und frage mich, ob er glaubt, in mir eine Verbündete gefunden zu haben. Als die Tür sich hinter ihm schließt, entspannen sich alle am Tisch spürbar. Mutter – die während des ganzen Gesprächs mit gütiger Miene geschwiegen hat – beugt sich vor, um allen Wein nachzuschenken, während Betty auf ihrem Stuhl herumrutscht und ein wenig das Gesicht verzieht – sie hat ja gerade erst das Wochenbett verlassen.

Vater schaut Henry aufmerksam an und wartet darauf, dass dieser ihm Vorwürfe macht. Diese kommen prompt.

«Du hast zu sehr nachgegeben, Oliver. Wenn der Eindruck entsteht, wir stünden in dieser Angelegenheit auf der Seite der Aufrührer, schwächen wir unseren Einfluss.»

«Nein. Das sehe ich anders.» Vater steht auf und beginnt, um den Tisch herumzugehen. Dabei fallen Krümel von seiner Kleidung auf den Teppich. «Wir müssen den Männern ein gewisses Maß an Unterstützung gewähren, solange sie sich anständig verhalten. Lambert denkt so, Harrison ebenfalls, und ihre Ansichten haben für mich großes Gewicht. Außerdem erkaufen wir uns Zeit, wenn wir jetzt zu ihnen halten. Das Parlament braucht uns Offiziere, um die Armee zu beherrschen; ohne uns als Mittler verliert es jeglichen Einfluss auf sie. Ich habe hier etwas, das diesen Umstand belegt.» Vater greift in seine Tasche und zieht einen Brief heraus, wobei wiederum einige Krümel fliegen und auf seinem Bein landen. «Dieses Schreiben stammt vom Speaker des House of Commons. Darin werden Henry, Charles und ich zu Kommissaren des Parlaments ernannt, damit wir mit der Armee verhandeln und die Ruhe wiederherstellen.»

Ich atme scharf ein und stelle mir die Szene bildlich vor. *Und sie gingen zu Josua ins Lager nach Gilgal und sprachen zu ihm und zu den Männern Israels: Wir kommen aus fernen Landen; so schließt nun einen Bund mit uns.* Vater, Henry und Charles sollen es mit der Armee aufnehmen. Kann das gelingen?

«Wir werden also morgen dem Parlament die Anliegen der Armee vortragen», reißt Vaters Stimme mich aus meinen Gedanken, «und damit die Männer beschwichtigen. Dann reiten wir nach Saffron Walden und befrieden wiederum das Parlament, indem wir seine Anliegen den Soldaten nahebringen.»

«Ausgezeichnet.» Charles nickt energisch.

«Dann muss ich mich gleich an die Arbeit machen», erklärt Henry und strebt zur Tür, in Gedanken schon wieder bei seinen Schriften.

«Ich komme mit und helfe dir», sage ich rasch.

«Nicht nötig, Biddy», gibt er achtlos über die Schulter zurück.

«Gut gemacht, Vater.» Betty lächelt ihn bewundernd an, während ich auf meinen Stuhl zurücksinke. «Du hältst beide Seiten am Verhandlungstisch und sicherst den Frieden. Dann wird diese grässliche Angelegenheit geklärt, und wir alle können wieder ein normales Leben führen.»

«Oder aber, was wahrscheinlicher ist, er gerät zwischen die Fronten», kontere ich erbost und stapele die Teller aufeinander. Bettys Trägheit und Einfalt machen mich wütend, sodass ich mich zu hitzigen Worten hinreißen lasse. «Es wird nie den hübschen, ordentlichen Abschluss geben, nach dem du dich sehnst, Betty. Wir können nicht zu den früheren Zuständen zurückkehren, sondern nur vorwärtsgehen, neuen, anderen Verhältnissen entgegen. Wofür sonst hätten wir so gelitten? Die Soldaten wollen, dass ihr Beitrag anerkannt wird – sie wollen über ihr Leben mitbestimmen dürfen. Und das kann ich sehr gut nachempfinden.»

Falls Betty über unseren Disput verärgert ist, so zeigt sie es nicht. Kaum dass Henry für ein paar Wochen nach Saffron Walden aufgebrochen ist, quartiert sie sich in meinem Zimmer ein, flüchtet vor ihrem schreienden Säugling und ihrem schnarchenden Mann in die behagliche Geselligkeit unserer Kindheit. Wie immer folge ich unwillkürlich ihrem Beispiel und verfalle wieder in Gewohnheiten aus unserem früheren Leben.

«Wie ist es denn so mit Henry?», erkundigt sich Betty, die Augen groß und strahlend wie der Mond zur Erntezeit, als sie zu mir ins Bett schlüpft.

«Wie ist was?» Ich stelle mich einfältig.

«Das Eheleben!» Sie schmiegt sich enger an mich, während ich mich versteife.

«Ach, sei still.» Ich blase meine Kerze aus und hoffe, damit das Gespräch zu beenden.

«Du brauchst nicht mehr zu flüstern, die Mädchen haben jetzt ihr eigenes Zimmer.»

«Und ich auch», entgegne ich mit Nachdruck und stupse sie an, um sie aus meinem Bett zu vertreiben.

«Nun, dann werde ich dir eben von John erzählen», sagt sie und schiebt ihre Hand unter die Bettdecke, um mich zu kitzeln. «Er redet im Schlaf.»

«Nein!», entfährt es mir unwillkürlich. «Worüber?»

«Ach, nichts Besonderes – meist sind es Kommandos an Badger. Anscheinend gehen die beiden nachts zusammen auf die Jagd. Und noch etwas: Seine Füße sind immer rot und wund. Sobald wir beide allein sind, zieht er seine Stiefel und Strümpfe aus und geht barfuß. Aber meinst du, er räumt je hinter sich auf?» Betty stößt einen theatralischen Seufzer aus.

Ich schmunzele bei der Vorstellung, wie John seine Kleidungsstücke überall herumliegen lässt und Betty deswegen mit der Zunge schnalzt wie ich früher wegen ihrer Nachlässigkeit. «Henry schläft wie ein Aal in der Korbreuse.»

«Wirklich? Noch schlimmer als ich?»

Darüber muss ich kichern. Die Vertraulichkeit, mit der meine Schwester mich ins Gespräch gezogen hat, ist beinahe schmerzlich. Wie ich diese Bekenntnisse im Dunkeln vermisse. Ich folge der Spur aus Brotkrumen, mit der sie mich aus mir herauslockt. «Viel schlimmer. Er zappelt die ganze Nacht herum.»

«Schläft er durch, oder unterbricht er seinen Schlaf zur Zeit des Wachwechsels?»

«Er wird wach. Er steht dann gern auf, um etwas zu arbeiten.» Das war eine der größten Umstellungen für mich: diese kostbare Stunde zwischen dem ersten und dem zweiten Schlaf nicht mehr für mich zu haben, für stille Besinnung und Gebet, sondern sie mit einem ruhelosen Henry teilen zu müssen. Betty schlief früher immer selig durch.

«Zu dieser Stunde arbeiten?» Betty stützt sich erstaunt auf den Ellenbogen. «John hat da etwas ganz anderes im Sinn …»

«Es erstaunt mich, dass es ihm gelingt, dich dazu wach zu bekommen.»

«Manchmal. Er kann sehr … überzeugend sein.» Ich spüre ihr zufriedenes Lächeln. «Und Henry?» Ich höre, wie sie die Worte wählt, als klaubte sie Kiesel aus einem Flussbett. «Er vergnügt sich doch gewiss gern mit dir? Ich sehe ja den Beweis dafür; dein Bauch wird immer runder.»

Mein Mund ist vor Verlegenheit ganz trocken. Wie soll ich über diesen intimsten Bereich meines Lebens sprechen, selbst mit Betty? Gerade mit Betty, der Verkörperung all dessen, was Männer begehren. «Ja, schon, aber er ist oft abgelenkt. Er hat andere Dinge im Kopf, und das ist ja auch gut so», füge ich hastig hinzu. «Er muss sich ja um so vieles kümmern. Schließlich ist seine Arbeit von großer Bedeutung, und er ist nicht wie John, er gibt sich nicht gedankenlos fleischlichen Gelüsten hin.»

«Du überraschst mich nicht. John lebt in seinem Körper, Henry hingegen in seinem Geist. Aber das dürfte dir doch ganz recht sein, Liebes, nicht wahr? Du lebst ja auch im Geist.»

Ich schweige nachdenklich. Eine Verbindung von zwei Geistern – können sie nicht ebenso glücklich in ihrer Ehe sein wie zwei Körper? Wie gut meine kleine Schwester mich versteht. Und dennoch … Wenn ich dafür sorge, dass unsere Geister sich noch näher kommen, könnte das vielleicht zu größerer Intimität führen? Aber was ist das eigentlich für eine Intimität, nach der ich mich sehne? Mir ist es ganz recht, unseren Umgang miteinander geschäftsmäßig zu halten, sogar im Schlafzimmer. Allerdings wünschte ich, Henry würde mich mehr ins Vertrauen ziehen, sich mehr auf mich verlassen. Ich beschließe, die Zeit der Trennung zu nutzen, um nachzudenken. Ich muss etwas von Wert finden, das ich Henry bei seiner Rückkehr präsentieren kann.

Betty streckt die Hand nach mir aus und streicht mir eine Haarsträhne aus dem Gesicht. Bei dieser freundlichen Geste läuft mir unversehens eine Träne aus dem Augenwinkel. Wenn ich ein Verstand bin, so ist Betty ein Herz. Vielleicht ist das der Grund, weshalb wir uns so leidenschaftlich streiten und so innig lieben.

«Du bist dünner geworden. Dabei warst du nur drei Wochen fort.»

Henrys spitzes Gesicht erscheint wieder über seinen hervorstehenden Schlüsselbeinen, als er das fleckige Unterhemd auszieht und es mir gibt.

«Und ich bezweifle, dass du in der ganzen Zeit überhaupt deine Wäsche gewechselt hast.»

Er zieht in einer liebenswürdigen Geste die Schultern hoch. «Was soll ich sagen, Biddy? Ich komme nicht so gut zurecht, wenn du nicht für mich sorgst. Ich vergesse die kleinen Dinge einfach.»

«Das sehe ich.» Ich lächle ihn an, doch insgeheim mache ich mir Sorgen. Sosehr ich mir auch wünsche, Henry auf geistiger Ebene eine gleichgestellte Partnerin zu sein – vor allem braucht er mich doch in der traditionellen Rolle als Ehefrau, die sich um seine materiellen Bedürfnisse kümmert. Sonst vernachlässigt er sich.

Völlig erschöpft von dem Ritt, lässt Henry sich auf einen Stuhl am offenen Fenster sinken und genießt mit geschlossenen Augen den sanften Luftzug. Es ist so heiß, dass er eigentlich gar kein Hemd anzuziehen bräuchte, aber ich suche ihm trotzdem ein frisches heraus, lege es aufs Bett und streiche eine Falte am Ärmelaufschlag glatt.

«Hast du denn bei der Armee etwas erreicht?», erkundige ich mich, während ich mir an seinem Gepäck zu schaffen mache und nach Wäsche suche.

«Kaum. Die Aufrührer haben ein paar mächtige Fürsprecher unter meinen Offizierskollegen gewonnen. Colonel Thomas Rainsborough, der ranghöchste ihrer Unterstützer, hat über ihre Not geweint und gewütet, während der Pfauenprediger sich mächtig aufspielte und düstere Prophezeiungen von sich gab. Und John Lambert, der eigentlich nicht viel von Harrison hält, unterstützt ihn in dieser Sache dennoch. Er hat uns seine besten Theorien entgegengeschleudert, als würde er ein Tintenfass an die Wand werfen. Und die niederrangigen Offiziere und die Aufrührer himmeln ihre Fürsprecher an, während sie uns als engstirnige Handlanger verachten.»

«Und der Lord General?»

«Fairfax hält sich vornehm heraus. Er schwebt über uns wie eine gütige Gottheit. Unantastbar.»

«Das wird der Generalin gefallen. Dann ist die Situation also festgefahren?»

«Es scheint so. Und nun ist im Parlament die Rede davon, die Armee gewaltsam aufzulösen, ohne uns irgendwelche Rechte zu garantieren. Allmählich frage ich mich, ob das Parlament und die Armee einander je wieder trauen werden. Sie kämpfen nicht mehr gegen den König, sondern bekämpfen sich gegenseitig.»

Ich höre auf, in seinen Sachen zu wühlen, und wende mich ihm zu. Dies ist eine günstige Gelegenheit, ihm meine Gedanken mitzuteilen: Mein Mann ist in zugänglicher, mitteilsamer Stimmung, zu müde, um sich nicht in die Karten schauen zu lassen, zu erschöpft, als dass irgendwelche Arbeit ihn von mir ablenken könnte. Behutsam, als wollte ich mich einem schreckhaften Hasen nähern, lege ich die Wäsche ab und lasse mich auf dem Schemel zu seinen Füßen nieder.

«Henry, ich habe über diesen Konflikt zwischen dem Parlament und der Armee nachgedacht.»

«Ja?»

«Mir scheint, du und Vater, ihr seid zwischen beiden gefangen wie der umgedrehte Eierbecher in einer Pastete – wenn man ihn nur einen Fingerbreit in die eine oder andere Richtung bewegt, fällt der Teigdeckel ein.»

Henry zieht spöttisch eine Augenbraue hoch. «Eine Pastete.»

«Ich weiß, aber hör mich bitte an. Du stehst da und versuchst zu verhindern, dass die Pastete zusammenfällt – du hältst den Deckel wie Atlas die Weltkugel.»

«Sprich nur weiter.»

«Aber was ist das Wichtigste, damit eine Pastete richtig gerät? Weder die Teighülle noch die Füllung, auch nicht der Eierbecher …»

Henry breitet mit belustigter Miene die Hände aus – er weiß es nicht.

«Der Ofen. Wenn er zu heiß ist, verbrennt die Pastete. Ist er nicht heiß genug, verliert der Teigmantel seine Stabilität.»

«Und der Ofen in dieser Küchenmetapher ist …?»

«Der König natürlich!» Ich lache wider Willen – mir ist nur allzu bewusst, wie beschränkt meine Erfahrung ist, dass ich auf Beispiele aus dem Haushalt zurückgreifen muss, um meine politischen Überlegungen zu erläutern. «Er braucht nichts weiter zu tun, als zuzuschauen und abzuwarten, während seine Feinde sich gegenseitig zerfleischen. Dann kann er sich über die Kadaver hermachen.»

«Du meinst sicher, über die missratene Pastete?»

Ich versetze ihm einen leichten Knuff. «Hör mir zu. Wer zuerst eine Einigung mit dem König erzielt, wird den Sieg davontragen.»

«Ja. Aber wir kommen nicht an ihn heran. Das Parlament hat ihn den Schotten als Gefangenen abgekauft.»

«Zweifellos für dreißig Silberlinge.»

«So ist es. Und sie lassen uns nicht an ihn heran, während sie mit ihm um eine Einigung feilschen. Neuerdings gibt es Gerüchte, Holles und seine presbyterianische Fraktion im Parlament wollten ihn gar in ihre Gewalt bringen. Dann würden sie ihn der schottischen Armee zurückgeben, ihn mit vereinten Kräften gewaltsam wieder auf den Thron bringen und England die presbyterianische Kirche aufzwingen. Die Armee würde vernichtet werden, und jede Hoffnung auf religiöse Freiheiten wäre zunichte.»

Meine Gedanken eilen den seinen voraus. «Die Armee muss das verhindern. Geht zum König und bringt ihn in Sicherheit, damit sie ihn nicht gefangen nehmen können.»

Daraufhin beugt Henry sich vor, die Ellenbogen auf den Knien, das Kinn auf beide Fäuste gestützt. Ich warte, während er überlegt. Es ist ein kühner Plan, aber wer wäre kühner als mein Mann, wenn es um die Sache geht? Wenn er derjenige ist, der Vater den Gedanken nahebringt, könnte das die beiden noch enger zusammenschmieden. Und wenn ich diejenige bin, die das bewirken kann …

Henry schweigt noch immer. Das kann nur heißen, dass er meine Idee ernst nimmt.

«Du könntest den Plan meinem Vater unterbreiten», fahre ich leise fort. «Er wird von der Einfachheit beeindruckt sein.»

«Er wird vor der Kühnheit zurückscheuen. Er greift ungern auf Gewalt zurück, solange es noch die Möglichkeit gibt zu verhandeln.»

«Ich weiß. Aber wenn du ihm den Gedanken geschickt nahebringst …»

Henry legt den Kopf schief und fordert mich mit Blicken auf, ihn an meinen Einsichten teilhaben zu lassen.

«Die zwanzig Jahre unter dem Dach meines Vaters haben mich einiges gelehrt. Er ist für zwei Arten von Ideen zugänglich: für solche, die mit seinem Verständnis der menschlichen Natur im Einklang sind, und für solche, die der Vorsehung den Weg bereiten. Verbinde diese beiden Ansätze miteinander, dann wirst du ihn überzeugen.»

«Tatsächlich, so kann es gelingen!» Henry wird plötzlich ganz lebhaft. Er steht auf und geht barfuß über den Teppich um das Bett herum. «Wir wissen, dass die Männer des Parlaments gegen uns arbeiten, während der König sie zum Narren hält. Aber ich wette, der König wird an den Verhandlungstisch kommen, wenn wir auf der anderen Seite sitzen. Er weiß, dass er uns nichts vormachen kann, und er wird sehen wollen, welchen Gewinn er aus einer Einigung mit der Armee ziehen könnte. Das ist vielleicht die einzige Möglichkeit, den Frieden herbeizuführen, den Gott für uns bestimmt hat – denn das hat Er gezeigt, indem Er uns in diesem Krieg zum Sieg führte.»

Henry strahlt mich an, begeistert wie ein Schuljunge, der einen schwierigen Text verstanden hat. Dann hält er plötzlich inne, und sein Lächeln erstirbt. «Fairfax wird es nicht zulassen.»

Ich gehe rasch auf ihn zu und lege beruhigend die Hände an seine bloße Brust. «Dann sorgt dafür, dass er es nicht erfährt. Organisiert es von hier aus. Wählt einen Offizier, der die Sache diskret in die Hand nimmt.»

Henry streicht mit den Händen über meine, während sein Verstand arbeitet. «Ich werde mir einen Aufrührer suchen. Die braucht man nicht mehr lange davon zu überzeugen, dass das Parlament gegen sie arbeitet. Sie scharren ohnehin schon mit den Hufen und wollen, dass wir die Angelegenheit endlich selbst in die Hand nehmen.»

«Dann nehmt sie in die Hand.»

Henry schaut mich lange an, dann nimmt er meine Hände und küsst sacht beide Handflächen. Seine Lippen fühlen sich an wie Schmetterlinge. Ich halte den Atem an. Lächelnd fängt er an, mich zu entkleiden.

Es ist vollbracht. Nacht für Nacht kommen Offiziere im Schutz der Dunkelheit in unser Haus. Ihre Pferde werden leise in den Stall gebracht, die Haustür wird geöffnet, ohne dass sie zu klopfen brauchen, damit unsere Nachbarn nicht geweckt werden. Wieder einmal, wie damals in Ely, ist das Haus mit den Gerüchen von Pfeifentabak, Leder und dem Schweiß von Männern und Pferden erfüllt. Mutter und ich servieren Bier und Brot, während Vater brütet. Um ihn herum drängen junge Männer darauf zu handeln – allen voran Henry und John Lambert –, und bald gibt Vater nach. Der Befehl wird erteilt, die Würfel sind gefallen.

Es ist ein gewaltiges Risiko. Vater weiß das und packt bereits seine Tasche, als um Mitternacht ein Laufbursche die Nachricht bringt, die Presbyterianer planten, ihn am nächsten Tag zu verhaften. Ein paar Stunden später reitet er los, noch ehe das erste Licht der Morgendämmerung den Himmel rosig färbt. Henry folgt am nächsten Tag und nimmt alles mit, was in Vaters Gepäck keinen Platz hatte: Reisepult und Papiere, sein zweites Paar Stiefel, den Arzneikasten und mich.

KAPITEL DREIZEHN

Sommer 1647

Ich bin begeistert, wieder bei der Armee zu sein. Zurück im Reich der Männer. Wo der Tagesablauf nicht durch die Schlafenszeiten von Säuglingen und den Rhythmus der Dienerschaft im Haushalt bestimmt wird, sondern durch Wachwechsel und Appelle. Wo die Luft schwer ist vom Geruch so vieler Leben: Urin und Haferschleim am Morgen, tagsüber Schießpulver und schweißdurchtränktes Leinen und abends die Aromen von tausend Kochtöpfen und Feuern. Wo Männer ihr Essen im Sattel hinunterschlingen und den Rücken ihrer Kameraden als Unterlage benutzen, um Papiere zu unterzeichnen. Wo Prediger und Hausierer von Zelt zu Lagerfeuer wandern und Fremde zu Brüdern werden. Wo Männer im Hier und Jetzt leben und von der Zukunft träumen.

Die Armee ist wie eine eigenständige Nation: Sie hat ihre eigene Sprache und ihre Sitten, ihre Witze und Mythen. Herrscher und Beherrschte, Käufer und Verkäufer, Köche und Zimmerleute, Ärzte und Priester. Und es gibt noch weitere Frauen im Tross: Ehefrauen und Töchter, Krankenpflegerinnen, Wäscherinnen und Huren. Man munkelt sogar, in den Reihen der Soldaten gebe es Frauen, die sich als Männer verkleidet hätten. Mädchen, die ihren

Ehemännern oder Liebsten gefolgt sind; Ausreißerinnen, Arme und Waisen. Ich denke oft an sie und an die jüngere Bridget, die in ihrem verzweifelten Drang, etwas zu bewirken, selbst mit diesem Gedanken gespielt hat. Und so schaue ich genau hin, wann immer ich einem jugendlich aussehenden Cornet oder einem mausgesichtigen Boten begegne, und achte auf verräterische Anzeichen dafür, dass er eine Frau sein könnte – Zeichen, die nur eine andere Frau bemerken würde.

Ich brauche nicht lange, um mein eigenes Frauenregiment zu finden. Zuerst begebe ich mich in den Kommandoraum, um der Generalin meine Aufwartung zu machen. Unser neues Quartier ist eine schäbige Herberge in der Nähe von Cambridge, aber Lady Fairfax gelingt es selbst in dieser bescheidenen Umgebung, eine herrschaftliche Atmosphäre zu schaffen. Nach der unbequemen Reise in den Norden bin ich froh, mich in ihren Räumen ausruhen zu können, denn ich trage inzwischen schwer an meinem Bauch.

«Es ist ein Junge», sagt sie unvermittelt, kaum dass wir uns begrüßt haben.

«Ich glaube, es ist ein Mädchen», hält Frances Lambert dagegen und legt den Kopf schief wie ein Huhn. «Es liegt tief.»

«Ich dachte, das heißt, dass es ein Junge wird.» Catherine Harrison blickt verwirrt drein.

«Unfug.» Lady Fairfax spricht ein Machtwort. «An der Form des Bauches kann man es nicht erkennen. Schaut auf ihr Haar und die Haut. Sie sieht ein wenig blass aus, das kommt gewiss von der Reise. Aber der Glanz ihres Haares lügt nicht. Ich sage Euch, Bridget, der General bekommt noch einen Enkelsohn.»

Ich lächle verlegen, während jemand mir ein Glas Dünnbier reicht.

«Und wie ihn das freuen wird – ein neuer Spross aus der Verbindung seines Stammbaums mit dem Eures Mannes», fährt sie hoheitsvoll fort. «Man hört ja neuerdings in einem fort nur von Cromwell hier und Ireton dort. ‹Cromwell und sein Sohn Ireton›, ‹Ireton und sein Vater Cromwell›. Die beiden gewinnen täglich an Format, sie wachsen miteinander wie Eiche und Efeu.»

Ihre Worte begeistern mich, auch wenn ich versuche, mir nichts anmerken zu lassen. *Er nimmt Kiefern und Eichen und wählt unter den Bäumen des Waldes. Er hatte Fichten gepflanzt, und der Regen ließ sie wachsen.* Wenn ich der Regen sein kann, denke ich, welche Höhen kann dieser Baum dann erreichen?

«Wie ist die Lage hier?», erkundige ich mich, um meine ehrgeizigen Gedanken zu überspielen.

«Wechselhaft», antwortet Frances. «Eine Armee, die nicht kämpft, ist ein rastloses, unbändiges Ding.»

«Das man in England nie zuvor gesehen hat», ergänze ich. In der Vergangenheit wurden Armeen ausgehoben, wenn man ihrer bedurfte – Grundherren riefen ihre Pächter und Leibeigenen zu den Waffen. Und sobald der Feldzug beendet war, wurde die Armee wieder aufgelöst. Oft wussten die Männer gar nicht, gegen wen sie kämpften und warum. Aber unsere Armee ist anders. Männer sind eingerückt, weil sie an die Sache glauben, und nun, da sie die Welt verändert haben, ist diese Armee mehr als nur die Summe ihrer Teile: eine eigenständige Institution, eine Berufsarmee mit Ansichten und Zielen. Und so steht sie geschlossen und wartet.

«Mein Mann Thomas glaubt, dass wir noch vor Ende

dieser Woche von hier abziehen werden», lässt Catherine uns in verschwörerischem Ton wissen.

«Wohin?»

«Nach London, sagt er. Um eine Konfrontation mit den Presbyterianern im Parlament herbeizuführen. Um dafür zu sorgen, dass sie ihrer Ämter enthoben werden …»

«Wir dürfen nichts überstürzen.» Anne legt ihr die beringte Hand auf den Arm, wie um sie zurückzuhalten. «Oberstes Ziel muss sein, eine Einigung mit dem König zu erzielen.»

«Er ist in der Nähe, nicht wahr?», erkundige ich mich.

«In seinem Palast in Newmarket, nicht weit von hier. Allerdings war die Art und Weise, wie er dorthin gelangt ist, wahrhaft schändlich.»

Mein Herz schlägt schneller, und ich trinke einen Schluck von meinem Ale, ehe ich erwidere: «Ihr meint, es war falsch, dass die Armee ihn in ihre Gewalt gebracht hat?»

«Die Armee hat ihn nicht in ihre Gewalt gebracht», versetzt Lady Fairfax scharf. «Ihn aus der Obhut des Parlaments zu entführen, war die Tat eines Einzelnen und geschah nicht auf Befehl meines Mannes.»

Die anderen Frauen zucken zusammen, ich jedoch lasse mich nicht einschüchtern. «Dann hat der Lord General es nicht gebilligt?», frage ich, obwohl ich die Antwort kenne.

«Ganz gewiss nicht! Als er erfuhr, was geschehen war, ritt er Seiner Majestät entgegen und bot ihm an, ihn zurück zu eskortieren. Doch der König lehnte das ab. Er sagte, er wolle sein Glück nun bei der Armee versuchen. Mein Gemahl war sehr erstaunt.»

Es ist ganz so, wie Henry gesagt hat: Fairfax wäre niemals damit einverstanden gewesen. Ich weiß, ich sollte das Gespräch nun auf ein anderes Thema lenken. Doch ich kann der Versuchung nicht widerstehen, den Plan zu verteidigen. Er stammt ja in Wahrheit von mir, auch wenn die Generalin das natürlich nicht ahnen kann.

«Aber wie auch immer die Tat ausgeführt wurde – das Ergebnis ist doch zweifellos positiv?», wage ich mich vor. «Jetzt können wir direkt mit dem König verhandeln, und wie es scheint, ist er offen für Diskussionen.»

«Und so wird ein dauerhafter Frieden wahrscheinlicher», ergänzt Frances Lambert in die spannungsgeladene Stille hinein. Es erstaunt mich, dass sie sich auf meine Seite und damit gegen die Generalin stellt. Catherine Harrison starrt uns beide mit großen Augen verblüfft an.

Dann richten alle Blicke sich wieder auf Lady Fairfax. Sie schweigt ein wenig und setzt dann ein gelassenes Lächeln auf, ganz die große Dame. «Natürlich sind Eure Männer jetzt gute Freunde und zugleich Rivalen.» Sie schaut Frances an, dann mich. «Lambert und Ireton – wie man hört, ist der eine so schlau und listenreich wie der andere. Und dann natürlich der temperamentvolle General Harrison» – sie macht eine Geste in Frances' Richtung –, «der bei den Männern an Beliebtheit gewinnt. Junges Blut, begierig nach Ruhm und Ehre.»

«Alle unsere Männer verehren den Lord General», beteuert Catherine rasch.

«Gewiss, gewiss.»

«Wie geht es ihm denn?», erkundige ich mich, denn nach meinem kleinen Sieg muss ich mich zum Ausgleich wieder ehrerbietig zeigen. «Henry hat erwähnt, dass er krank war.» Interessanterweise hat Fairfax sich wegen Krankheit zurückgezogen, nachdem seine Autorität durch die Entführung des Königs infrage gestellt wurde. War er wirklich so krank, wie er behauptete?

«Er befindet sich auf dem Wege der Besserung», versichert Anne lächelnd. «Er war übermäßig erschöpft und litt an einem Bronchialkatarrh. Aber bald wird er wieder im Sattel sitzen. Und nun» – sie erhebt sich, und wir Übrigen stehen ebenfalls auf –, «wenn die Damen mich entschuldigen würden, werde ich jetzt nach ihm sehen.»

Lady Fairfax verlässt die Szene erhobenen Hauptes. Ich schaue Catherine und Frances an und kann mich des Gefühls nicht erwehren, dass sie uns das Schlachtfeld überlassen hat. Früher wäre ich der Generalin gefolgt, hätte ebenfalls den Raum verlassen. Doch nun bin ich kühner geworden, auch wenn mich die wachsende Distanz zwischen uns ein wenig traurig macht. Ich lasse mich wieder auf dem Sofa nieder und übernehme das Kommando: «Wollen wir nicht noch einen Krug Ale und etwas Gebäck bringen lassen?»

Als ich zuletzt bei der Armee lebte, als junge Braut und unter der Obhut der Generalin, fühlte ich mich unbeschwert und leichtfüßig. Diesmal ist es anders. Nun spüre ich die Last des Kindes in meinem Bauch, wenn ich durch das Lager gehe und die Treppe in der Herberge hinaufsteige. Es ist eine beständige Erinnerung an mein Geschlecht und die Beschwerlichkeiten, die wir erdulden müssen. Damals war dies eine glückliche Armee, der die Vorsehung soeben einen Sieg geschenkt hatte. Jetzt werden die Brüche zwischen uns deutlich: Ich spüre das Unbehagen unter den Soldaten und Offizieren, eine nervöse Anspannung wie heiße, knisternde Luft vor einem Sommergewitter.

Der General und die Generalin halten Abstand, Henry ist entflammbar wie Reisig, und auch Vater ist von der Energie getrieben, die ihn stets in Krisenzeiten erfüllt und tief in ihm brennt wie ein zugedecktes Kohlenfeuer. Ich glaube, er ist sogar ein wenig verliebt.

«Der König war überraschend gütig», sagt er, als wir in Henrys und meinem Zimmer in der Herberge ein bescheidenes Abendessen einnehmen. «Zurückhaltend im Gebaren wie in seiner Rede und bereit, sich anzuhören, was ich zu sagen hatte. Ganz anders, als ich ihn mir vorgestellt habe.»

«Er wünscht eine Einigung», bemerkt Henry, den Blick in sein Glas gerichtet.

«Ebenso wie wir», erinnert Vater ihn. «Warte nur, bis du ihn morgen triffst, Henry – er wird auch dich bezaubern.»

«Das glaube ich nicht», werfe ich lachend ein. Ich stapele unsere benutzten Teller aufeinander, damit das Mädchen sie wieder hinunter in die Küche bringt, und wische mir die Hände ab. «Henry lässt sich nicht bezaubern, sonst hätte er sich um Betty bemüht und nicht um mich.»

Zu meiner Freude lächeln beide Männer über diese Bemerkung. Keiner beleidigt mich durch einen Versuch, die Tatsachen abzustreiten.

«Du sprichst ein wahres Wort gelassen aus. Das konntest du schon immer, Biddy», räumt Vater mit unverhohlenem Stolz ein. «Henry wusste gleich, was er an dir haben würde. Und du leistest ihm mit deiner Fürsorge und deinem Rat gute Dienste.»

Ich glühe vor Stolz. «Danke, Vater, das hoffe ich. Aber ich glaube, ich weiß, wozu Betty raten würde, wenn sie jetzt hier an meiner Stelle wäre.»

Vater schaut mich eifrig an, schon die bloße Erwähnung ihres Namens macht ihm Freude. Henry tritt ans Fenster, um den abendlichen Lufthauch zu genießen.

«Sie würde dir zureden, dich gründlich zu rasieren und den Kragen zu wechseln, bevor du dem König das nächste Mal begegnest. Und Mutter auch.»

Darauf lacht Vater schallend. «Haha! Er erwartet einen provinziellen ‹Roundhead›, also sollte ich mich entsprechend meiner Rolle verhalten!» Noch immer lachend, neigt er den Kopf vor mir wie ein Kind vor seiner Mutter. Er liebt es, zu schauspielern und die Rollen umzukehren: tut, als nähme er Anweisungen von den kleinen Mädchen entgegen, oder redet Dick und Henry mit «Sir» und «Master» an. So schüttelt er für eine Weile seine Sorgen ab und taucht in unsere sanftere Welt ein.

Ich hole ihm Wasser und lege Seife und Rasiermesser bereit. «Soll ich es tun, Vater, so wie früher? Komm hier auf das Sofa, damit du den Kopf zurücklegen kannst.»

Er überlässt sich meiner Fürsorge.

«Ich habe den König mit seinen Kindern gesehen», sagt er nach einiger Zeit. Dabei bewegt er die Lippen vorsichtig, da ich gerade mit der scharfen Klinge die vertrauten Konturen seines Kinns bearbeite. «Er ist vor ihnen niedergekniet, um sie auf die Wangen zu küssen, und sie haben sich an ihn geklammert. Es fällt schwer, einen Mann nicht zu mögen, der seine Kinder so liebt.»

Es ist ein seltsam menschliches Bild, schwer überein zu bringen mit dem kalten Mann auf unseren Münzen, der sich für den Stellvertreter Gottes auf Erden hält. Er ist auch nur ein Mensch, denke ich, während ich um die Warze an Vaters Kinn herum schabe. Ein Mann aus Fleisch und Blut mit einem Herzen, das schlägt wie das jedes anderen Menschen. «Dann sollte ihm daran gelegen sein, in ihrem Interesse zu handeln», erwidere ich. «Er sollte sich um einen Friedensschluss bemühen, um seinen Thron zu behalten und ihre Zukunft zu sichern. Appelliere an diese Seite von ihm. Sprich zu ihm von Vater zu Vater.»

«Das werde ich, Biddy. Er war uns dankbar, dass wir ihm erlaubt haben, sie zu sehen, und auch dafür, dass wir seine Geistlichen zu ihm gelassen haben. Er findet, wir sind gnädigere Kerkermeister als die gedungenen Wachen des Parlaments. Und ich wette, in schottischer Gefangenschaft wurde er noch strenger gehalten. Wir haben die Grundlagen für konstruktive Gespräche gelegt. Die Vorschläge des Parlaments lehnt er nach wie vor ab, Gott sei es gedankt. Er will England nicht den frömmlerischen Presbyterianern überlassen – wenigstens in diesem Punkt sind wir uns einig. Aber die Zeit drängt – die Agitatoren und die radikalen Offiziere wie Harrison und Rainsborough wollen, dass wir die Verhandlungen mit dem König aufgeben und auf London marschieren.»

«Ich werde anfangen, unsere Bedingungen auszuarbeiten, sobald ich mit dem Dokument für den neuen Armeerat fertig bin», sagt Henry. Er kommt zu uns zurück und nimmt neben Vater Platz, der mit dem Kopf im Nacken dasitzt. Henry ist so nah, dass ihm Tröpfchen von Seifenwasser auf den Arm spritzen, als ich mein Werk fortsetze.

«Es handelt sich um eine allgemeine Darlegung unserer Position?», vergewissere ich mich.

«Ja. Wir können nicht immerfort nur unsere Klagen vortragen. Wir müssen den Blick auf die Zukunft richten und Vorschläge machen, wie die Nation regiert werden sollte. Es wird ein Grundlagentext, in dem wir erörtern, wie unserer Ansicht nach die Basis für eine dauerhafte politische Einigung aussehen sollte. Ich bin fast fertig, ich kann dir den Entwurf vorlesen.»

Es ist ein radikaler Gedanke: dass diese Armee – überhaupt eine Armee, die eigentlich nur dazu aufgestellt wurde, einen Krieg zu gewinnen – ein politisches Manifest veröffentlichen sollte. Aber unsere ist eben auch eine ganz neue Art von Armee, denke ich wieder einmal. Eine, in der einfache Soldaten ein persönliches Interesse an der Sache haben, für die sie kämpfen.

Ich wische die Klinge an dem Tuch ab, sehe auf dem Leinen Vaters kurze Haarstoppeln im Seifenschaum wie Ameisen in Butter. «Und wenn der Rat zustimmt, wird das als Grundlage dienen, um die konkreten Bedingungen auszuarbeiten, die wir dann dem König unterbreiten?»

«Ganz genau.»

«Dein Gemahl ist ein kluger Mann», lässt Vater sich mit geschlossenen Augen vernehmen. «Und ein guter Partner für mich. Er erträumt die Ideen, und ich verkaufe sie.»

Und ich stehe zwischen euch beiden, denke ich. Ich sorge für Henry und unterstütze ihn dabei, dich für seine Ideen zu gewinnen. Henrys scharfer Verstand, meine Fürsorge und Einsicht und Vaters Diplomatie: Damit werden wir die nötigen Veränderungen bewirken.

Henry fördert ein paar verknitterte Papiere aus seinem Reisepult zutage und liest den Entwurf vor. Vater und ich lauschen schweigend, das leise, gleichmäßige Schaben der Rasierklinge auf Vaters Haut untermalt Henrys klangvolle Stimme. Doch ein paar Passagen in seinem Entwurf sind so schön, dass ich nicht anders kann, als ihn mit beifälligen Bemerkungen zu unterbrechen:

«Das ist wundervoll! Lies die Stelle noch einmal.»

«Welche?»

«Wie viel es der Armee bedeutet, die Freiheiten und den Frieden für das Königreich definitiv festzuschreiben. Die Ruhe unter den Weinreben ...»

«Ach ja. *‹Nichts liegt uns mehr am Herzen und ist unserem Geiste kostbarer als dies, und alles, was wir gegenwärtig genießen (sei es das Leben, der Lebensunterhalt oder Familienbande), erachten wir als billigen Preis für die Erlangung eines solchen Segens: dass wir und alle frei geborenen Menschen dieser Nation in Ruhe unter unseren Weinreben sitzen können, unter der glorreichen Herrschaft von Recht und Gerechtigkeit und im Vollbesitz jener fundamentalen Rechte und Freiheiten, ohne welche uns wenig Hoffnung bliebe, unter Berücksichtigung des Menschlichen etwelche Annehmlichkeit des Lebens oder auch nur das Leben selbst zu genießen, es sei denn durch die Gnade Weniger, die rein durch Willkür und Macht herrschen.›*»

«Ganz richtig und wohl gesprochen.»

Henry errötet ein wenig über mein Lob und liest weiter. Eine Minute später kann ich mich erneut nicht zurückhalten und unterbreche ihn wieder:

«Das gefällt mir: *‹Wir waren keine gedungene Armee im Dienste einer beliebigen Staatsmacht, sondern wurden durch die diversen Erklärungen des Parlaments einberufen und zusammengeschmiedet zur Verteidigung unserer eigenen billigen Rechte sowie derer des Volkes ...›* Sehr gut. Aber wie wäre es mit ‹Wir waren keine *bloße Söldnerarmee* im Dienste und so weiter›?»

«Oh ja!» Henry greift zur Feder und notiert die neue Formulierung.

«Ausgezeichnet», murmelt Vater, auch wenn ich merke, dass Henrys politische Dichtung geradezu einschläfernd auf ihn wirkt.

Leise lege ich meine Gerätschaften ab und gehe von Vater zu Henry, um mich an seine andere Seite zu setzen. «Fahre fort.»

Er dreht sich ein wenig zu mir herum und liest weiter. Ich bemühe mich, ihn nicht noch einmal zu unterbrechen, und höre zu, wie er von der Präambel zur Aufzählung konkreter Forderungen der Armee übergeht: Schutz vor Verfolgung für die ausgemusterten Soldaten; festgelegte Sitzungszeiten für das Parlament, das nicht ohne seine eigene Zustimmung durch den König aufgelöst werden darf; eine Reform des Wahlsystems im Sinne einer breiteren Repräsentation; das Recht für alle Bürger, Eingaben in eigener Sache zu machen; schnellere Gerichtsprozesse für Gefangene; ein genereller Straferlass für Royalisten mit wenigen ausdrücklichen Ausnahmen; und breite Toleranz unterschiedlicher Formen der Religionsausübung. Ich schwelge selig in der Vorstellung einer gerechten Gesellschaft, die Henry vor meinen Augen entwirft.

Als er geendet hat, legt er die Papiere beiseite und dreht den Hals, dass die Wirbel knacken. «Wenn der Armeerat dieser Erklärung zustimmt», sagt er nach einer kurzen Pause zu mir, «klagen wir die presbyterianischen Parlamentsmitglieder als Verräter an, weil sie heimlich gemeinsame Sache mit den Schotten gemacht haben, und säubern das Parlament. Und sofern dann der König unsere Bedingungen annimmt, setzen wir ihn wieder auf den Thron.»

Gerührt greife ich nach Henrys Hand, streiche mit dem Daumen über die Tintenflecken und Schwielen, die das viele Schreiben an seinen Fingern hinterlassen hat. «Wunderbar, mein Liebster. Und ich kann dir helfen, auf dieser Grundlage die Vorschläge für den König auszuarbeiten. Wenn du aus diesem Dokument die Punkte heraussuchst, die du aufnehmen willst, und sie mir laut vorträgst, kann ich sie in der Reihenfolge notieren, in der sie in den Vereinbarungsentwurf eingehen sollen. Wir können gleich anfangen.»

Henry lächelt dankbar. Die Schatten um seinen Augen werden tiefer, da allmählich der Abend dämmert. «Wenn wir heute noch eine Rohfassung fertigstellen, kann ich sie morgen Lambert zum Überarbeiten geben – er wird auch den einen und anderen Federstrich beitragen wollen.»

Ich beuge mich hinüber und küsse seine blasse Wange.

«Was du hier tust, ist wahrhaftig das Werk Gottes», sage ich leise.

«Was *wir* tun.» Er erwidert den Kuss, und mir geht das Herz auf.

Lächelnd drehe ich mich um. «Meinst du nicht auch, Vater?»

Doch er ist eingeschlafen.

KAPITEL VIERZEHN

Ich starre in die Feuerstelle – die Glut ist bereits für die Nacht zugedeckt, doch sie scheint noch durch die Ritzen. «Du wirst es wieder anfachen müssen», teile ich dem aufgeschreckten Dienstmädchen mit. Mir fehlt die Zeit, Mitleid darüber zu empfinden, dass ich ihr eine schlaflose Nacht bereite. «Wir brechen auf, sobald es hell wird, und wir brauchen gebackene Kartoffeln, Brot und Fleischpasteten für die Reise. Es wird eine Stunde oder zwei dauern, die Öfen anzuheizen, aber wenn du jetzt gleich anfängst, reicht die Zeit noch. Zuerst kannst du Bier und Wasser abfüllen. Ich habe unsere Flaschen mitgebracht, hier.»

Ich gebe sie dem Dienstmädchen, das die Wangen aufbläst und sich ratlos an den Küchenjungen wendet. Wäre es mein Haus, dann würde ich den beiden helfen, aber wir sind hier zahlende Gäste in einer Herberge. Außerdem muss ich Briefe schreiben, packen, und mit etwas Glück kann ich dann noch ein wenig schlafen. Wenigstens wird es mit der Übung immer leichter, den Aufbruch vorzubereiten, denke ich, während ich die knarrende Stiege zu meinem Zimmer hinaufgehe: Ich könnte all das schon im Schlaf tun.

Die Armee verweilt nie lange an einem Ort. Vater und Henry rufen zu Geduld auf, während sie sich verzweifelt um eine Einigung mit dem König bemühen. Doch die Armee zieht unentwegt von einem Standort zum anderen wie ein Löwe auf der Jagd: nach Saint Albans, nach Reading, nach Uxbridge, nach Bedford. Die Kundschafter und die Männer des Quartiermeisters eilen voraus, um für Verpflegung zu sorgen und um Unterkunft zu ersuchen. Der müde, schwerfällige Tross, zu dem auch wir Frauen gehören, schleppt sich hinterher. Und stets mit einer Beute im Blick: London. Aber was werden wir vorfinden, wenn wir dort ankommen?, frage ich mich, während ich wieder einmal unsere Sachen packe. Jeden Tag bringen Hausierer und Boten Nachrichten von Aufständen in der Hauptstadt, wo Menschenaufläufe aus zornigen Lehrlingen und ausgemusterten Soldaten um das Parlament wüten. Die presbyterianischen Parlamentsmitglieder stacheln die Menge noch auf, während die Independents – unsere Verbündeten – auf unsere Hilfe hoffen. Wir sind nur mehr einen Tagesmarsch entfernt. Während Henry den König hofiert, liege ich nachts allein wach. Ich denke an meine Familie, die sich in der Drury Lane duckt wie Federwild, das auf die Treiber und Jagdhunde lauscht. Die Stadt ist ein Pulverfass, das nur auf einen Funken wartet. Wenn es entzündet wird, könnte es uns alle vernichten.

Ich schiebe diese Befürchtungen von mir, während ich an einem Sonntagmorgen in einer offenen, windigen Heidelandschaft stehe und dem Gottesdienst der Armee lausche. Wenn ich die Augen schließe, die Seele entblößt, fühle ich mich in die Ebenen um Huntingdon zurückversetzt, wo ich geboren wurde. Der Himmel über mir ist so viel weiter als in London, wölbt sich in jede Richtung endlos über uns, sodass ich mir winzig wie eine Ameise vorkomme. Dieses Gefühl habe ich schon immer geliebt: die Nähe zu Gott, wenn mir bewusst wird, dass ich ein einzelner kleiner Kieselstein in Seiner Schöpfung bin.

Der Wind übertönt fast die temperamentvolle Stimme des Predigers Hugh Peter, der mit seinem kornischen Dialekt den Männern die Sonntagspredigt wie Salven entgegenschleudert. *«Und haben wir nicht einen gerechten Krieg gekämpft, einen Krieg für unsere Freiheiten und für Gott selbst? Sind wir nicht Gottes Volk, das sich hier am heutigen Tage versammelt? Wer ist es, der unsere Armee auflösen will, ehe unsere Aufgabe erfüllt ist? Wir lassen uns nicht beiseiteschieben. Jesus Christus selbst steht neben jedem einzelnen Mann hier, spricht zu euch, wenn ihr verzagt, hebt euch auf, wenn ihr fallt …»* Ich muss an John Lilburne denken, den hitzigen Pamphleteschreiber und Anführer der Levellers – einer neuen, von London ausgehenden Bewegung, die nach politischem Wandel strebt, um mehr Rechte für das Volk zu sichern. Er nennt Peter den «Wandergesellen der Armee». Ich selbst konnte mich überzeugen, dass er ein praktisch denkender Mensch ist, in gewisser Weise ein Jedermann. Für Vater ist Hugh Peter der ideale Prediger. Kein Gelehrter, der sich über theologische Spitzfindigkeiten auslässt. Einer, der Gott klar vor Augen hat, aber im Schlamm mitten unter den Männern lebt.

Von seinen leidenschaftlichen Worten durchdrungen, überblicke ich die versammelte Kirche der Armee. Es ist ein eindrucksvoller Anblick, so viele Hunderte und Aberhunderte breiter Rücken und federbesetzter Hüte, die Spieße und Musketen aufrecht in den Händen, friedlich hier vor Jesus Christus angetreten. Gewöhnliche Männer – bevor sie dem Ruf des Parlaments zu den Waffen folgten, waren sie Arbeiter, Bauern und Lehrlinge, Kaufleute und Gastwirte, Fleischer, Tuchhändler und Krämer. Zimmerleute, Schuster, Böttcher und Schutzleute. Nun sprechen sie leise Gebete wie ein Mann und erheben die

Stimmen zum Psalmengesang, die Arme um die Schultern der Nebenmänner gelegt. Wenn das hier nicht Gottes Volk ist, denke ich, dann weiß ich nicht, wer. Gewiss nicht die royalistischen Truppen – von denen sind die meisten nur stumpf dem Ruf ihres Grundherrn gefolgt, der wiederum dem König dient. So viel Dienst, so viel Knechtschaft. So wenig Raum für den einzelnen Menschen und seine Überzeugungen. Auch die Männer der New Model Army dienen einem Herrn, aber es ist *der* Herr, und sie tun es aus freien Stücken, aus Liebe.

Da sehe ich sie von fern kommen: kleine schwarze und braune Umrisse wie Käfer, die über den Horizont kriechen. Kutschen. Viele Kutschen. Ich stoße Catherine Harrison leicht an, die zwischen mir und ihrem Mann steht, und sie schaut von ihrem Gebetbuch auf. Frances Lambert an meiner anderen Seite ist ebenfalls aufmerksam geworden, und neben ihr tuscheln der General und die Generalin hinter vorgehaltener Hand.

«Was meint Ihr, wer das ist?», frage ich die Harrisons. Der Pfauenprediger späht mit zusammengekniffenen Augen, dann zuckt er die Achseln; der Wind spielt mit den prächtigen Federn an seinem Hut. Verstohlen zupft er seinen Mantel zurecht und wischt sich ein Schmutzfleckchen vom Ärmel, während er den Neuankömmlingen entgegenblickt. Hugh Peter fährt fort zu predigen, doch als die Kutschen sich uns nähern, wird er leiser und verstummt. Reihe um Reihe wenden die Soldaten die Köpfe. Fairfax kommandiert ein paar Männer ab, um die Menge zurückzudrängen, damit die Kutschen freie Fahrt bis zu den hochrangigen Offizieren und uns Damen haben. Nach einer weiteren Minute hält das erste Gespann schwer schnaubend vor dem General. Augenblicklich wird die Tür aufgestoßen, die Insassen drängen heraus wie Jungfrauen in Not und stürzen Fairfax beinahe in die Arme.

«Mein Herr Speaker», sagt der General erstaunt und begrüßt einen aufgebrachten Mann mittleren Alters in schwarzem Mantel. Das muss William Lenthall sein, der Speaker des House of Commons. Der Mann, dessen Namen jeder kennt, seit er damals in den turbulenten Monaten vor Ausbruch des Krieges den Versuch des Königs vereitelte, seine bedeutendsten Widersacher im Parlament zu verhaften. Hinter ihm sehe ich eine andere, vertrautere Gestalt: den eleganten Earl of Manchester, Vaters einstigen Gegenspieler, den wir einmal in Ely bewirtet haben. Ich schaue an den beiden vorbei und sehe Dutzende andere Männer in sichtlicher Erregung aus den anderen Kutschen steigen: fünfzig, vielleicht sechzig an der Zahl, gut gekleidet, wenn auch verknittert von der Reise, beladen mit Bündeln von Papieren und Reisetaschen.

«Wir ersuchen um Zuflucht, General.» Speaker Lenthall verbeugt sich und beginnt ohne Umschweife mit seiner Erklärung. «Meine Parlamentskollegen und ich. Die Zustände in Westminster sind unerträglich geworden. Der Pöbel hat mich auf meinem Stuhl festgehalten und mich gezwungen, seinen Anweisungen zu folgen. Ich konnte mein Amt nicht länger ausüben, und so war das Parlament mit einem Schlag praktisch entmachtet. Ich werde nicht zurückkehren, ehe das Haus von dieser presbyterianischen Tyrannei befreit wurde, und möglicherweise ist es an der Armee, das zu tun.»

«Herr im Himmel!», platzt General Thomas Harrison neben mir heraus, ehe Fairfax etwas erwidern kann. Er wendet sich eindringlich an seinen Kommandeur. «Sir, nun müssen wir doch offensichtlich auf London marschieren. Wir verweilen schon allzu lange hier und warten darauf, dass es dem König beliebt, eine Entscheidung zu treffen, dabei ist dem Mann nicht zu trauen.»

«Er hat uns schroff behandelt, als ich ihn gestern aufsuchte, und ich habe die Unterredung unter Protest abgebrochen», fügt der aufsteigende Stern, der radikale Colonel Rainsborough, hinzu. Er hat sich einen Weg durch die Menge gebahnt und steht nun Schulter an Schulter mit Harrison. «Ich sage Euch, mit ihm werden wir keine Einigung erzielen.»

Bei diesen Worten überkommt mich Sorge: Ich hatte keine Ahnung, dass das Gespräch so schlecht verlaufen und er vorzeitig zurückgekehrt war. Als ich zuletzt mit Vater und Henry sprach, setzten sie noch großes Vertrauen in den König. Alle reagieren auf Rainsboroughs Einmischung: Fairfax lässt das Kinn auf die Brust sinken, Speaker Lenthall und Manchester weichen hastig einen Schritt zurück angesichts der kraftvollen Erscheinung dieser beiden jungen Offiziere, die gemeinsam die ganze Macht der Armee zu repräsentieren scheinen. Während ich sie in angespannter Bewunderung beobachte, geht die Generalin zornig auf sie los.

«Selbstverständlich müssen wir mit dem König verhandeln», erklärt sie scharf und wirft sich majestätisch in Pose. «Er ist unser Monarch, mag er auch auf Abwege geraten sein. Ist es nicht so, mein Gemahl?» Damit hat sie ihrem Mann den Weg bereitet, und Fairfax zögert nicht, das Wort zu ergreifen.

«So ist es, meine Liebe. Seine Majestät muss Teil jeder Einigung sein, um unser aller Sicherheit willen.»

Manchester nickt nachdrücklich, während Lenthall sich mit dünnen Fingern nervös den Spitzbart streicht.

Hinter ihnen tuscheln die anderen Parlamentsmitglieder, manche nicken zustimmend, andere schütteln die Köpfe.

Von Lady Fairfax' Kühnheit ermutigt, höre ich mich sagen: «Mein Mann und mein Vater sind der Ansicht, dass wir dem König vertrauen können, meine Herren; dass sie Fortschritte machen – beide sind jetzt gerade bei ihm und guter Hoffnung, dass er ihre Bedingungen annehmen wird –, mit denen der Armeerat einverstanden ist.» Während ich das sage, bete ich innerlich zu Gott, ich möge recht behalten. Vater und Henry setzen alles daran, eine Einigung mit dem König zu erzielen, und solange sie fort sind, muss ich für sie sprechen.

«Der Armeerat», wiederholt der Oberkommandeur, dann macht er plötzlich einen Schritt nach vorn, als hätten meine Worte ihn zum Handeln getrieben wie einen aufgeschreckten Wolf. «Gewiss, Mistress Ireton», sagt er entschieden. «Und der Rat muss diese Angelegenheit weiter diskutieren. Kommt, meine Herren» – er macht eine auffordernde Geste in Richtung der Parlamentsmitglieder –, «Ihr seid gewiss müde von der Reise. Wir werden Quartiere für Euch suchen. Meine Liebe, vielleicht könntest du dich mit den anderen Damen darum kümmern?»

Das Letzte sagt er über die Schulter zu seiner Frau, während die Männer sich gemeinsam in Bewegung setzen. Wir Ehefrauen müssen uns also mit der Unterbringung befassen und warten, bis uns jemand mitteilt, was geschieht, denke ich und wende mich enttäuscht Catherine zu. Doch plötzlich lässt ein lauter Ruf alle innehalten, gleich darauf reiten Vater, Henry und die Männer, die sie zu den Verhandlungen begleitet haben, in unsere Mitte.

«Mein Herr Speaker!», ruft Vater William Lenthall voller Herzlichkeit zu. «Was führt Euch zu uns?» Er lenkt sein Pferd neben den Pulk der Würdenträger, sodass seine Stiefel auf Höhe ihrer Gesichter sind, und schwingt sich schwerfällig von Blackjack. Henry hinter ihm sitzt eleganter ab und wirft mir dabei einen angespannten Blick zu. Seine Stirn ist tief gefurcht, die Hände in den Reithandschuhen zu Fäusten geballt – offenbar bringt er schlechte Nachrichten.

«Wir hatten keine andere Wahl, als die Hauptstadt zu verlassen, General», erwidert der Speaker. «Wir mussten uns vor dem Pöbel in Sicherheit bringen und ersuchen um den Schutz der Armee.»

«Gütiger Himmel!»

«Wie sind die Gespräche mit dem König verlaufen?», will Fairfax von Vater wissen, ehe der sich weiter zum überraschenden Erscheinen des halben Parlaments hier bei uns äußern kann. Aus dem Augenwinkel sehe ich, wie Manchester ein wenig das Gesicht verzieht, und ich frage mich, ob Vaters Aufstieg ihm noch immer ein Dorn im Auge ist.

Vater strafft die Schultern und überlegt kurz, ehe er antwortet. «Unser heutiges Treffen war eine herbe Enttäuschung – es schmerzt mich, Euch das mitteilen zu müssen. Der König … Ich denke nicht, dass er uns vertraut, noch nicht … Er scheint nicht glauben zu können, dass unsere Forderungen keine persönlichen Ehren für uns einschließen. Ich habe versucht, ihm zu erklären, dass wir lediglich ein ruhiges Leben als seine freien Untertanen führen wollen. Doch er hat nur verständnislos den Kopf geschüttelt und sich an seine Berater gewandt, als wolle er sagen: ‹Seht doch nur, wie soll ich mit solchen Männern verhandeln?›»

«Ihr seid allzu nachsichtig, General», fällt Henry ihm

mit düsterem Blick ins Wort. «‹Ihr könnt das nicht ohne mich bewerkstelligen!›, hat er zu uns gesagt. ‹Ihr werdet ins Verderben stürzen, wenn ich Euch nicht unterstütze.›»

Vereinzelte Pfiffe ertönen, mehrere Männer schnappen hörbar nach Luft.

«Was habe ich gesagt?», bellt Rainsborough triumphierend, und die meerwassergrünen und schwarzen Bänder an seinem Hut schlenkern heftig hin und her.

Henry deutet ein entschuldigendes Lächeln an, dann setzt er seinen zornigen Bericht fort. «Der König nahm erheblichen Anstoß an unserer Forderung nach einem stärkeren Staatsrat, der seine Macht im Zaum halten soll. Er lächelte, als wir von freien Wahlen sprachen, und lachte, als wir für die Parlamentsmitglieder das Recht forderten, den Lords und dem König nötigenfalls zu widersprechen. Für unser Verlangen nach Religionsfreiheit hatte er nichts als Hohn übrig, und als wir erklärten, er dürfe für weitere zehn Jahre nicht über die Armee herrschen, schrie er uns an.»

Ich höre den Bericht meines Mannes in wachsendem Entsetzen. All die Vorschläge und Forderungen, die wir so mühevoll ausgearbeitet haben – über jeder Klausel haben wir gebrütet, von einem Entwurf zum nächsten wieder und wieder an den Formulierungen gefeilt. Mein Blick gleitet an Henry vorbei zu der schlanken Gestalt John Lamberts, der beinahe so gequält dreinschaut wie mein Mann. Es ist ein bitterer Rückschlag für uns alle, die wir zur einen oder anderen Zeit die Feder geführt haben.

«Wahr gesprochen.» Vater streckt beruhigend die Hand nach Henry aus, und ich schaue angespannt von einem zum anderen.

«Das ist doch gewiss nur seine Ausgangsposition?»,

dröhnt Fairfax, sichtlich erschüttert über die Nachricht. Er schaut sich Zustimmung heischend um. Ich mag den General, und es bereitet mir kein Vergnügen, ihn so ratlos zu sehen.

«So muss es sein», schließt der Earl of Manchester sich an und schwingt den goldverzierten Gehstock, um seinen Worten Nachdruck zu verleihen.

Alle Blicke richten sich auf Vater. «Ich weiß es nicht», gesteht dieser schließlich. «Ich möchte glauben, dass wir ihn noch umstimmen können. Wir müssen es versuchen. Doch einstweilen –»

«Einstweilen müssen wir doch gewiss nach London reiten?» Der Pfauenprediger drängt sich nach vorn zu Fairfax, dicht gefolgt von Rainsborough. Black Tom ist so umzingelt, dass ich ihn kaum noch sehen kann. «Unverzüglich, Herr?» Sie richten ihre Worte an den Oberkommandeur, doch dabei werfen sie verstohlene Blicke zu Vater.

Harrisons und Rainsboroughs breite Rücken versperren mir die Sicht, sodass ich das Gesicht des Lord General nicht sehen kann, doch als die Sekunden verstreichen, weiß ich, dass er intensiv nachdenkt. Ich schaue stattdessen die Generalin an, die ein Kopfschütteln andeutet, den Blick fest auf ihren Mann gerichtet. Doch zwischen ihr und ihm sind Vater, Henry, Harrison und Rainsborough, und Lenthall und Manchester stehen dabei und schauen zu. Der Pulk um den Oberkommandeur zieht sich dichter zusammen, wenn auch fast unmerklich – vielleicht nimmt es niemand außer mir wahr.

Noch ein Moment verstreicht. Und noch einer. Dann erteilt er den wohl unausweichlichen Befehl:

«Wir marschieren auf London.»

Es beginnt wie ein gewöhnlicher Marsch, endet jedoch in einem Triumphzug, der eines Caesar würdig wäre. Einige Männer sind sich der Parallele bewusst und pflücken Lorbeerzweige, um sie sich an die Hüte zu stecken, während sie die letzten Meilen über offenes Gelände bis zur Stadt zurücklegen. Wir haben keine Sklaven, keine erbeuteten Kostbarkeiten wie die Römer, aber wir haben einen nicht minder wertvollen Schatz: Der Speaker persönlich und sechzig Parlamentsmitglieder winken aus ihren Kutschen und fordern lautstark ein «freies Parlament». Unsere Prediger lassen ihre Banner mit Bibelversen über den Köpfen der Soldaten Gottes wehen, und die New Model Army selbst – achtzehntausend Mann stark – ist eine neue und wundersame Maschinerie, wie man sie in England, ja in der ganzen Christenheit noch nie gesehen hat.

Der Herr ist unser Kaiser. Seine Vorsehung ist unsere Götterwelt. Und die Themse ist unser Rubikon.

Vater weiß, dass der Einmarsch unserer siegreichen Armee nach London ein glorreicher Anblick sein wird, und so schickt er Mutter eine Nachricht, sie solle uns aus der Stadt entgegenkommen. Auch wenn er es nicht ausspricht, ist mir bewusst, wie wichtig es ihm ist, dass sie gemeinsam mit Lady Fairfax in der edlen, samtgepolsterten Kutsche Einzug hält; dass seine Gattin mit allen Ehren im Wagen der Generalin empfangen wird. Black Tom ist nach wie vor unser Oberkommandeur und wird von allen respektiert, doch Vater ist nunmehr das Herz der Armee. Und die jüngere Generation folgt ihm auf dem Fuße – dass Frances Lambert, Catherine Harrison und ich in der Kutsche gleich hinter der von Lady Fairfax reisen, ist ein deutliches Zeichen.

Wir legen gemächlich Meile um Meile zurück, wie ein

langer Fluss sich durch sein Bett windet. Im schaukelnden, rumpelnden Wagen fühle ich mich schon bald steif, mein schwerer Bauch drückt mir auf die Blase, und die Augusthitze macht mir zu schaffen. Wir sind hungrig, und so kaufen wir Brot, Käse und Erdbeeren von den fliegenden Händlern, die neben der Kutsche hergehen und uns die Speisen durchs Fenster hereinreichen. Es ist eine lange, unbequeme Reise, doch ich beklage mich nicht.

Die Stadt legt sich vor uns nieder wie das Lamm vor dem Wolf. Southwark öffnet seine Tore; der Bürgermeister und die Ratsherren empfangen uns im Hyde Park; der Rat der Einwohner bei Charing Cross; jubelnde Menschenmengen säumen den Weg. Als unsere Kutsche am Rand von Westminster zum Stehen kommt, reitet ein Soldat von der Spitze des Zuges zu uns und teilt uns durch das Fenster mit, der Speaker säße wieder auf seinem Stuhl und das Parlament sei neu eröffnet worden. Es soll einen öffentlichen Feiertag geben, und die Armee erhält ihren Sold. Ich höre die Männer jubeln.

Erleichtert und erschöpft kommen Mutter und ich endlich in der Drury Lane an. Als ich aus der Kutsche auf die staubige Straße hinaustrete und zu den Sprossenfenstern aufblicke, erinnere ich mich an das Gespräch, das ich am Morgen mit Henry führte, ehe wir uns trennten.

«Es ist an der Zeit, dass wir uns ein eigenes Haus suchen, Henry.» Diesmal war es keine Frage, sondern eine Feststellung. «Ich kann nicht wieder in das Haus meiner Eltern zurückkehren. Betty mag sich nicht daran stören, aber für mich ist es nichts. Ich muss Herrin in meinen eigenen vier Wänden sein, bevor das Kind zur Welt kommt. Versprich es mir.»

Und er hat es versprochen.

KAPITEL FÜNFZEHN

Herbst 1647

Wir versuchen es abermals: Die Friedensverhandlungen gehen in die zweite Runde. Der Beginn war vielversprechend. In einer großen Geste neuerlichen guten Willens hat der König die Armeeführer mit ihren Ehefrauen zu sich nach Hampton Court eingeladen, wo er nun dauerhaft wohnt. Offiziell steht er unter Bewachung durch Vaters Cousin Colonel Edward Whalley und seine Männer, doch in Wahrheit residiert er wieder in allem königlichen Prunk. Zwar steht es ihm nicht frei, das Gelände zu verlassen, aber immerhin führt er ein herrschaftliches Leben in einem seiner Paläste. Seine jüngsten Kinder, engsten Berater und persönlichen Geistlichen sind bei ihm, Abgesandte der Presbyterianer warten auf eine Audienz, und Dutzende livrierte Diener stehen bereit, um ihm jeden kleinen Wunsch zu erfüllen. Die Rechnungen des Hofes gehen an das Parlament.

Ich hatte mir vorgenommen, mich bei meiner ersten Begegnung mit der Monarchie mit ihrer Erhabenheit nicht beeindrucken zu lassen. Dennoch bin ich schon von der ungeheuren Größe und dem Prunk des Palastes überwältigt. Wir nähern uns mit einem Boot auf der Themse und sehen die gewaltigen Mauern hoch über uns aufragen, rötlich braun wie getrocknetes Blut, darauf ein Wald von Kaminen wie die Spieße eines Infanterieregiments. An einem überdachten Landungssteg steigen wir aus dem Boot, dann folgen wir einem Schotterweg zu einer breiten Auffahrt, die uns durch ein riesiges Tor in den ersten von zahlreichen Höfen führt. Mutter muss innehalten, um einen Stein aus ihrem Schuh zu entfernen. Glücklicherweise findet sich eine schattige Türnische, wo sie das auf meinen Arm gestützt unauffällig erledigen kann. Ich selbst bin froh, mit meinem schweren Bauch einen Augenblick ausruhen zu können.

Vater und Henry sind hier offenbar wohlbekannt: Nachdem der Stein entfernt ist, wir wieder zu Atem gekommen sind und rasch unser von der Bootsfahrt zerzaustes Haar gerichtet haben, gehen wir an den Wachen vorbei, ohne dass uns jemand aufhält. Wir steigen die Marmortreppe hinauf und gehen durch ein wahres Labyrinth mit Wandteppichen ausgekleideter Korridore. Wohin ich auch schaue, gibt es etwas zu bestaunen: Statuen und kleine Figuren, prächtige Uhren und Spiegel, Gefäße aus Silber und Glas auf golden gestrichenen Tischen.

«Wozu braucht ein einzelner Mensch solche Reichtümer?», frage ich Henry, der nur die Achseln zuckt.

Die Wände jedes einzelnen Raumes sind in leuchtenden Farben gestrichen und mit Gemälden in vergoldeten Rahmen behängt: Bildnisse von Monarchen neben Jagdszenen, der gekreuzigte Jesus neben Nymphen und Göttinnen mit rosigen Gesichtern und gerundeten Leibern, die mich zu verhöhnen scheinen. Auf einer Galerie kommen wir an einer Reihe riesiger Gemälde auf Leinwand vorbei, die den Triumph Caesars darstellen, und ich fühle mich an den langen, heißen Tag vor ein paar Wochen zurückversetzt, an dem unsere Armee in London Einzug hielt. Wird auch uns eines Tages jemand malen?

Vater verweilt mehrere Minuten vor diesen Bildern, geht auf und ab und schüttelt in andächtigem Staunen den Kopf. «Sind sie nicht herrlich?», fragt er, ohne sich zu uns umzudrehen.

Doch ich vermag nichts zu erwidern. Die prächtigen Farben blenden mich und machen mich sprachlos. Das Wort Gottes verschwindet aus meinem Geist, verdrängt von dem heidnischen Bild.

Wir gehen weiter. Staunend durchquere ich einen goldverzierten Raum nach dem anderen, bis wir in einen prächtigen Saal treten. Henry flüstert mir zu, dass es sich um den Audienzsaal handelt. Farbenfroh gekleidete Gestalten laufen darin umher – offenbar kreisen bereits wieder Höflinge um den König wie Planeten um die Sonne. Wie kann ein Mann, der so lebt, sich selbst für normal halten oder andere als gleichwertig betrachten? Ich drücke Henrys Arm. Wieder einmal staune ich über seine und Vaters Kühnheit, dass sie es auf sich genommen haben, mit ihm von Mann zu Mann zu verhandeln. Was hat Henry mir doch gleich erzählt, was er zum König sagte, als der sich zuerst weigerte zu verhandeln? «Herr, Ihr beabsichtigt, als Schlichter zwischen dem Parlament und uns aufzutreten, während wir eine Schlichtung zwischen Eurer Majestät und dem Parlament anstreben.» Henry ließ sich bei jener ersten Begegnung nicht einschüchtern, und ich muss mir ein Beispiel an ihm nehmen.

Dann steht er vor mir. In Person. Vater seines Volkes, ein fleischgewordener Gott. Dieser Mann, um den der Krieg ausgefochten wurde. Der Mann, dessentwegen Olly gestorben ist.

Von kleinem Wuchs, aber dennoch eine prachtvolle Erscheinung, hält der König seinen Kopf erhoben, als trüge er beständig eine Krone. Mir ist fast, als sähe ich sie auf seinen sorgfältig frisierten Locken glänzen, als er mich mit dem Blick streift. Ich brenne in seiner Hitze, mein Schritt wird unsicher. Auf der Suche nach einem festen Punkt, an den ich mich halten kann, richte ich den Blick auf die Stelle, an der die Krone wäre, während ich zitternd weiter auf ihn zugehe.

Höflinge in leuchtend bunten Gewändern tummeln sich um den König wie Schmetterlinge um einen Lavendelstrauch. Dann flattert eine rosig geschminkte Gestalt in mein Blickfeld. Ich kenne das Gesicht, kann es jedoch nicht auf Anhieb einordnen, bis es mir plötzlich wieder einfällt: Jane Whorwood. Aber kann diese strahlende Gestalt wirklich die traurige, misshandelte Schwiegertochter von Lady Whorwood sein, die mir seinerzeit in Holton Park ihr Brautkleid lieh? Was tut sie hier an diesem vorgetäuschten Hof? Sie bemerkt mich ebenfalls und deutet einen Knicks an. Ich brenne darauf, ihre Geschichte zu erfahren, und will eben in ihre Richtung gehen, als der vertrauteste Höfling des Königs, Sir John Ashburnham, auf uns zukommt. Er bietet Mutter und mir je einen Arm und geleitet uns zu unserem Treffen mit dem Monarchen. Rasch schiebe ich die Gedanken an Jane von mir. Vater und Henry folgen einen Schritt hinter uns. Als wir uns dem König nähern, neigt er sich anmutig in unsere Richtung wie eine der klassischen Statuen, an denen wir auf dem Gelände vorbeigekommen sind.

«Meine Damen. Welch eine Freude, die Gemahlinnen der galanten Herren General Cromwell und Commissary-General Ireton kennenzulernen», schnurrt er mit melodischer Stimme und einem leichten schottischen Akzent. Im ersten Moment fasse ich seine Worte ironisch auf, doch er meint es völlig ernst – als seien sie seine Generäle und hätten nicht gegen ihn gekämpft.

«Euer Majestät.» Mutter knickst, und ich folge ihrem Beispiel, den Blick auf meine Schnallenschuhe gesenkt. «Es ist uns eine große Ehre, von Euch empfangen zu werden, Sire», fährt Mutter beflissen fort – Vater muss sie instruiert haben.

König Charles neigt zustimmend den Kopf. «Ich muss mich dafür entschuldigen, das ich Eure Männer so oft von Euch ferngehalten habe, um diese komplizierte Angelegenheit mit ihnen zu erörtern», fährt der Monarch milde fort. Dabei macht er eine vage Geste mit seiner beringten Hand, wie um sich von den jüngsten Problemen zu distanzieren, und lacht leise auf. Sogleich läuft wie auf Kommando ein höfliches Kichern durch den Saal. Irgendwo in der Nähe klimpert ein Cembalo.

Ich muss mir auf die Lippe beißen, um ein hysterisches Lachen zu unterdrücken – am liebsten würde ich erwidern: *Ihr habt in der Tat allen Grund, Euch bei uns zu entschuldigen, aber nicht deshalb*. Ich kann mich eben noch beherrschen, doch vor Anstrengung verziehe ich das Gesicht zu einem verkrampften Grinsen.

Dem König scheint das zu gefallen, und er setzt mit breitem Lächeln seine generösen Betrachtungen fort. «Ich möchte Euch aber versichern, meine Damen, dass ich Eure Männer nicht mehr lange in Anspruch nehmen werde, denn ich habe mich beinahe entschieden, ihre Vorschläge anzunehmen und nicht jene des Parlaments.»

Daraufhin läuft ein Raunen durch den Saal. Hinter mir treten Vater und Henry vor Erleichterung unruhig von einem Fuß auf den anderen, während Colonel Whalley «Bravo» murmelt. Auf der anderen Seite des Saales schütteln die Vertreter des Parlaments die Köpfe und tuscheln miteinander.

Ich bin so erleichtert, dass ich meine Stimme wiederfinde: «Das ist in der Tat eine höchst erfreuliche Nachricht, Euer Majestät», sage ich und greife unwillkürlich an meinen gerundeten Leib, wie um dem Kind darin die beruhigende Neuigkeit zu übermitteln. Die Geste macht den König auf meinen Zustand aufmerksam, und ehe ich michs versehe, kommt er auf mich zu und legt eine Hand fest auf meinen Bauch. Ich zucke leicht zurück ob dieser außerordentlichen Freiheit, die er sich herausnimmt, doch er lächelt unbeirrt. Offenbar missdeutet er meine Reaktion und glaubt, ich sei verblüfft, welche Ehre er mir antut. Einen Moment lang blicke ich direkt in seine haselnussbraunen Augen und atme seinen warmen Atem. Sein Bart riecht nach Parfüm, und der Duft erregt mir leichten Schwindel.

«Ihr werdet gewiss froh sein, General Ireton, diese Angelegenheit abgeschlossen zu wissen, bevor Ihr Vater werdet», sagt König Charles und tätschelt besitzergreifend meinen Bauch, ehe er die Hand zurückzieht und einen prüfenden Blick auf die Spitze an seinem Ärmelaufschlag wirft.

Henry murmelt eine verlegene Antwort, doch ich bin noch so aufgewühlt, dass ich seine Worte gar nicht wahrnehme.

Es macht nichts, denn die Aufmerksamkeit des Königs beginnt bereits abzuschweifen. «Genießt den Tag, meine Damen», sagt er abschließend. «Mischt Euch unter die Leute, schaut Euch um. Cromwell, Ihr müsst sie nach Tisch herumführen und ihnen den Palast zeigen.»

Der König, den wir besiegt haben, ist nun wieder der gnädige Gastgeber und Oberbefehlshaber. Verwirrt ziehe ich mich von ihm zurück. Hat sich denn nichts geändert? Sind Olly und Val dafür gestorben? Nun, da ich ihm selbst begegnet bin, kann ich mich des Gefühls nicht erwehren, dass er irgendwie über den Grauen der jüngsten Vergangenheit schwebt. Ich stelle mir vor, wie er die Truppen wie Spielfiguren auf einem Brett herumschiebt, während meine Liebsten selbst auf dem Brett stehen, im Schlamm kämpfen und sterben.

Ich spreche nicht noch einmal mit dem König, doch ich beobachte ihn aus einigem Abstand, wider Willen fasziniert. Zunächst beim üppigen Festmahl, wo ich nur fünf Plätze von ihm entfernt zu Tisch gebeten und von denselben Platten bedient werde. Und später in den Gärten, in die alle hinausströmen, angeführt vom König. Er hat soeben die neue Tenniskleidung erhalten, die er in Auftrag gegeben hatte, und erklärt, er müsse sie unverzüglich auf dem Platz ausprobieren. Ich halte vergeblich nach Jane Whorwood Ausschau.

Während wir in den hinteren Zuschauerrängen am Tennisplatz stehen, tritt Sir John Ashburnham erneut an uns heran. Ich weiß, dass er für Vater und Henry einer der wichtigsten Vermittler in ihren Verhandlungen ist, deshalb stelle ich mich dichter neben die Männer, um mitzuhören, was er zu sagen hat. Es ist ein günstiger Moment für ein kleines vertrauliches Gespräch, während der König beschäftigt ist und alle anderen zuschauen, wie er auf dem Platz herumläuft.

«Hat er das ernst gemeint?» Henry kommt sofort zur Sache.

«Ich denke ja», antwortet Sir John leise, den Blick auf

den König gerichtet, der gerade einen Aufschlag annimmt. «Diese jüngste Version scheint ihn überzeugt zu haben.»

«Dank Euch», betont Vater. Da ich jede neue Entwurfsfassung selbst gesehen habe, weiß ich, dass Sir John insgeheim an dieser Version beteiligt war – er hat hier ein Wort geändert, dort eine Formulierung verbessert, damit der Wortlaut seinem schwierigen Herrn zusagt.

«Solange er nicht nur sein Spiel mit uns treibt», sagt Henry. In diesem Moment stößt der König einen triumphierenden Ruf aus, weil er einen erfolgreichen Volley gespielt hat. «Ihr wisst, wie wir von allen Seiten dafür geschmäht werden, dass wir noch immer mit ihm verhandeln. Unsere eigenen Soldaten nennen uns Verräter, und die Presse in London behauptet, wir hätten unsere Männer verkauft, um uns selbst die Erhebung in den Adelsstand zu sichern.»

Ich schnalze mit der Zunge. «Sie schreiben, der König werde Vater zum Earl of Essex ernennen», füge ich hinzu. «Sodass er den Titel wiederbekommt, den einst König Henry unserem Vorfahren Thomas Cromwell kurz vor seinem Sturz verlieh. Es ist so beleidigend.»

«Ich weiß, ich weiß», erwidert der Höfling beschwichtigend. «Anscheinend verstehen die Zeitungsschreiber ebenso wenig wie mein Herr, dass Ihr bei den Verhandlungen nicht auch Titel für Euch selbst herausschlagen wollt. Aber glaubt mir, Eure Bemühungen im Angesicht solcher Feindseligkeit von der eigenen Seite bleiben nicht unbemerkt. Der König hat die Rede zur Verteidigung der Monarchie gelesen, die Ihr kürzlich im Parlament gehalten habt, Cromwell. Ihm ist auch zu Ohren gekommen, dass Ihr an dem Beschluss des Armeerats beteiligt wart, Major White zu entlassen, weil er erklärt hatte, das Schwert sei nun die einzige Macht im Königreich. Mein Herr weiß, dass Ihr Euch für ihn weit aus dem Fenster lehnt.»

«Das wollen wir hoffen», versetzt Henry, ehe Vater etwas erwidern kann, und sein schmales Gesicht wirkt vor Anspannung ganz verhärmt.

Vater fasst ihn beruhigend am Arm. «Alles wird gut werden, mein Sohn, davon bin ich fest überzeugt.»

Applaus und laute Beifallsrufe unterbrechen unser Gespräch, und wir wenden uns wieder dem Spiel zu. Natürlich hat der König gewonnen.

Als wir aufbrechen, dämmert bereits der Abend. Die Luft ist nach diesem heißen Tag noch immer warm, sodass wir die Brise auf dem Fluss genießen. Da es zu spät ist, um nach London zurückzukehren, kommen Mutter und Vater mit zu uns in unser neues Zuhause. Wir haben ein kleines Haus in Kingston gemietet, von Hampton Court aus gleich hinter der Flussbiegung gelegen. Ich freue mich, meine Eltern unter meinem eigenen Dach zu beherbergen, Mutters anerkennende kleine Bemerkungen über meine Haushaltsführung zu hören und zu sehen, wie Vater in meinem Wohnzimmer seine Stiefel von den Füßen tritt, während Henry ihm etwas zu trinken einschenkt.

Kingston war eine gute Wahl: nah beim König, sodass der Weg zu den neuerlichen Verhandlungen mit ihm kurz ist, und zugleich nur ein paar Meilen flussaufwärts vom neuen Hauptquartier der Armee in Putney. Und, was für mich ganz entscheidend ist, nicht so nah bei meiner Familie in der Stadt. Sonst wäre mein Zuhause nur wie ein Trabant des ihren. Henrys Armeesold reicht gerade für die Miete, und ich verwende einen Teil meiner Mitgift darauf, einen Knecht und eine Magd zu bezahlen, damit wir Hilfe im Haus haben. Der Besitzer hat uns das Haus zum Glück möbliert vermietet, denn weder Henry noch ich besitzen viele Einrichtungsgegenstände. Auch jetzt ist Henry noch zurückhaltend, was die Anschaffung von Möbeln betrifft. Solange keine Friedensvereinbarung geschlossen ist und er aktiv in der Armee dient, muss er jederzeit darauf gefasst sein, an einen anderen Ort versetzt zu werden. Aber wenigstens kann ich mich an den kleinen Anschaffungen einer Jungvermählten erfreuen, die ihren ersten eigenen Haushalt einrichtet: Ich habe ein Haushaltsbuch und Rechnungsbücher, dazu eine Schreibfeder, eigene Tischwäsche für den Alltag und solche für besondere Anlässe, eine eigene Haushaltskasse und einen Schlüsselbund.

Wir schaffen den Einzug gerade noch rechtzeitig: Kaum dass wir zwei Wochen unter unserem eigenen Dach leben, werde ich eines Nachts von einem dumpfen, sich steigernden Schmerz geweckt und muss mir Pfefferminzöl und heißen Branntwein holen. Voller Grauen begreife ich, was das ist – nachdem ich schon bei mehreren Geburten geholfen habe, weiß ich, wie der gefürchtete Vorgang beginnt. Es könnte Tage dauern, und so versuche ich zu schlafen, solange ich noch kann. Wenn mir die Augen nicht zufallen wollen, rezitiere ich im Kopf Psalmen. Ich lausche den friedlichen Atemzügen meines Mannes, der nichts ahnend neben mir schläft, und hoffe tief in meinem Innersten, es möge niemals Tag werden. Ich fürchte mich davor, das Schlachtfeld der Wöchnerinnenstube zu betreten, in ein Bett zu steigen, aus dem ich womöglich nie wieder aufstehen werde.

Sobald Henry in der Morgendämmerung erwacht, verfällt er in rege Geschäftigkeit, wie ich es vorhergesehen habe. Er schickt die Magd nach einer Hebamme und den Knecht in die Stadt, um Mutter und Betty zu holen, dann kümmert er sich selbst um das heiße Wasser und die Leintücher. Indessen steigern sich die Wehen schneller als erwartet, rauben mir den Atem und senden stechende Schmerzen durch meinen Rücken, bis es sich jedes Mal anfühlt, als würde mein Rückgrat mit einem Degen durchbohrt. Angst überwältigt mich.

«Was, wenn Mutter und Betty nicht rechtzeitig kommen?», stoße ich keuchend hervor. Im nächsten Moment durchströmt mich Erleichterung – die Hebamme ist da.

Sie ist resolut und tatkräftig. Ich werde nach oben gebracht, bis auf die Unterwäsche entkleidet und untersucht. Ihre großen, kalten Hände tasten geschickt meinen Bauch ab. «Steißlage», teilt sie mir ohne Umschweife mit, und ich spüre einen Eisklumpen in der Magengrube. «Wir brauchen einen Arzt –»

Sie wendet sich an Henry, der völlig verloren dasteht. «Wir sind neu in der Stadt und haben noch keinen Arzt gefunden. Wisst Ihr einen in der Nähe?», fragt er.

«Nur einen, und der ist am anderen Flussufer bei einer anderen Geburt. Zwillinge.»

Ich schaue Henry verzweifelt an, beschwöre ihn innerlich, zu seinem fähigen, entschlossenen Selbst zurückzufinden. Er enttäuscht mich nicht.

«Im Hauptquartier der Armee in Putney finde ich sicher einen Arzt. Ich werde hinreiten, zu Pferde geht es schneller als mit dem Boot. Ich beeile mich, mein Liebling, versprochen.» Er greift nach seiner Tasche, drückt mir noch einen Kuss auf die Stirn und ist im nächsten Moment zur Tür hinaus.

Er bleibt eine Ewigkeit fort. Mir ist, als hätte ich irgendwann das Bewusstsein verloren, denn als er endlich wieder da ist, verschwimmt sein Gesicht mit anderen: Ein Mann mit weißem Bart beugt sich über mich, und ich fühle fremde Hände an meinem Bauch. Dann ist da das Gesicht der Magd, die heißes Wasser bringt. Und dann tönt das Klimpern von Arzneiflaschen in meinem Kopf.

Doch schließlich durchdringt eine vertraute Stimme den Nebel: «Er ist mein Leibarzt, meine Liebe, der Beste. Habt keine Angst, alles wird gut.»

Ich rieche Orangenblüte, Vanille und Ambra. Die Generalin. In verzweifelter Dankbarkeit greife ich nach ihrer Hand, und sie drückt die meine fest. Erleichtert sinke ich in die Kissen zurück. Als ich später Bettys Stimme höre und die vertrauten kühlen Hände meiner Mutter an meinen Wangen fühle, weiß ich schon nicht mehr, wer ich bin oder wo.

Sie kommt in einem Schwall von Blut, und ihr erster Schrei durchdringt meine Seele. Ich fühle mich, als sei ich im selben Moment neu geboren worden.

Wir leben, wir beide. Der Schmerz macht mich verwirrt und jämmerlich hilflos, Flüssigkeiten dringen aus jeder Furche meines Körpers, meine Haut ist verschwitzt und klebrig, und in der Luft liegt ein ekelhaft süßlicher Geruch, von dem sich mir der Magen umdreht. Aber wir leben.

KAPITEL SECHZEHN

Meine Welt schrumpft zusammen. Die kleine Elizabeth und ich treiben in meinem Bett dahin wie die Überlebenden auf der Arche. Stundenlang schaue ich Liza an, suche in ihrem winzigen Gesicht nach den halb vergessenen Zügen meiner toten Brüder. Es mag Einbildung sein – Robin und Olly habe ich als Säuglinge natürlich nicht gekannt, und den kleinen James hatte ich nur zweimal im Arm, bevor er starb. Aber dennoch bin ich überzeugt, dass sie Ollys hohe Stirn hat und die gleichen Lippen wie Robin. Mit ihren weit auseinanderstehenden Augen und den Pausbäckchen kommt sie jedenfalls mehr nach den Cromwells als nach den Iretons.

Nichts aus unserer Umgebung dringt zu mir durch, ich existiere nur von einer Fütterung zur nächsten. Jedes Mal übergebe ich Liza nur widerwillig der Amme. Ich hatte den Wunsch geäußert, sie selbst zu stillen, aber in meinem geschwächten Zustand ließ ich mich von Mutter und Betty umstimmen, und ehe ich michs versah, hatte unsere Magd in der Stadt eine junge Frau aufgetrieben, die willens war, diese Aufgabe zu übernehmen.

«Seine Kinder selbst zu stillen, ist eine Marotte der Frömmler», schilt Betty mich. «Es ist doch viel besser, das einer anderen zu überlassen, damit du wieder zu Kräften kommst.»

Meine Brüste schwellen schmerzhaft an, werden hart, und in den ersten paar Tagen tritt Milch aus. Doch dann lässt die Schwellung nach, und der Drang, meine kleine Tochter anzulegen, vergeht.

Henry ist begeistert, und noch etwas – demütig, scheint mir. Es ist seltsam, ihn so zu erleben, ihn, der sonst immer so selbstsicher und vernünftig ist. Er scheint unser Kind mit Andacht zu betrachten und mich mit einer ungekannten Ehrfurcht. Ich bemerke, dass er öfter nach meiner Hand greift, mir einen flüchtigen Kuss auf die Stirn haucht. Und ich liebe ihn noch mehr, da Lizas Seele zum Teil aus mir und zum Teil aus ihm entstanden ist. Dabei vergesse ich nicht, dass unser Kind in Wahrheit Gott gehört und nur auf Widerruf bei uns ist, solange Er sie entbehren kann. Ich hoffe, ich bete, das möge für den Rest meines irdischen Lebens sein, doch es steht mir nicht zu, das von Ihm zu erbitten oder Seine Vorsehung infrage zu stellen.

Jene ersten schmerzhaften, aber friedvollen Tage währen nicht lange. Sobald ich wieder bei Sinnen bin, bricht ein Strom wohlmeinender, aber ermüdender Besucher über mich herein. Mutter natürlich, die sich in unserem Gästezimmer einquartiert hat, um uns zu unterstützen; Harry, sobald er Urlaub von der Armee bekommt; Dick, wenn das Studium der Gesetze ihn langweilt; und Vater, der auf seinem Weg zum König und zurück gelegentlich auf ein Glas und einen kleinen Plausch hereinschaut. Henrys jüngerer Bruder John kommt aus der Stadt zu Besuch und bringt aus seinem Tuchmachergeschäft Säuglingskleidung aus edlem weißem Leinen für Liza mit.

Der Besucher, über den mein Mann sich am meisten freut, ist sein Freund aus Kindertagen, Francis Thornhaugh. Er trifft eines verregneten Abends ein und bringt ein wunderschönes geschnitztes Holzpferd für Liza. Es ist nach dem Vorbild von Henrys Lieblingspferd bemalt – der Schecke, die ihn durch den ganzen Krieg getragen hat, bis sie bei Naseby getötet wurde.

«Prächtig!» Henry betrachtet das Spielzeug so liebevoll, dass mir scheint, er möchte es am liebsten gar nicht wieder aus der Hand geben.

«Das ist für das Kleine, nicht für dich, Hal!», ruft Francis lachend.

«Diese Ähnlichkeit mit Juno», schwärmt Henry. «Du solltest noch eins in Auftrag geben, das aussieht wie Trent.»

Francis lacht wieder, so scheint er auf die meisten Äußerungen zu reagieren. «Nein, sie ist eine hässliche alte Mähre. Juno hat sie immer weit in den Schatten gestellt, wenn wir zusammen geritten sind.»

«Aber sie hat ein tapferes Herz und scheut nie, wenn Schüsse fallen», kontert Henry entrüstet. «Für mich zählt Tapferkeit allemal mehr als Schönheit. Sie war das beste Pferd in der Truppe.»

Vor meinem geistigen Auge sehe ich die beiden Stiefel an Stiefel reiten, quer durch Nottinghamshire von einem Dorf zum nächsten, um ihre Truppe für den Krieg auszuheben. Ich beuge mich vor, als Francis zur Wiege hinübergeht und Liza herausnimmt. Halb rechne ich damit, dass sie bei der Berührung dieses großen, lauten Fremden anfangen wird zu weinen, doch stattdessen liegt sie still und zufrieden in seinen Armen. Francis grinst Henry an, stolz auf seinen Erfolg, und Henry zieht eine dunkle Augenbraue hoch.

«Anfängerglück», sagt er.

«Naturtalent», entgegnet Francis. «Und vergiss nicht, ich hatte nicht so viele jüngere Brüder und Schwestern wie du, an denen ich hätte üben können.»

«Von wegen!», protestiert Henry. «Du hast ebenso viel Zeit mit ihnen verbracht wie ich. Du hast so oft an unserem Tisch gesessen, dass Mutter sogar schon für dich mit gedeckt hat, wenn du gar nicht da warst!»

Sie tauchen wieder einmal in Kindheitserinnerungen ein, und ich lehne mich glücklich zurück, dankbar für die Gesellschaft, solange ich nicht viel zu sagen brauche. Zur Zeit meiner Mutter war es noch Sitte, dass junge Mütter den «Muttersegen» empfingen – sie mussten nach der Geburt mehrere Wochen isoliert im Bett zubringen und durften sich erst nach einem Reinigungsritual in der Kirche wieder ihrer Gemeinde anschließen. Glücklicherweise protestierten tapfere Puritanerfrauen wie Henrys Mutter so entschieden gegen diesen Brauch, dass er im Aussterben begriffen ist. So kann ich selbst entscheiden, mit wem ich Kontakt habe und wann ich mich in der Lage fühle, mein Bett zu verlassen. Doch ich spüre in meinem Zimmer noch immer den Nachhall von etwas Heiligem: Der Raum scheint gleichsam zum Beichtstuhl geworden zu sein, als ob etwas am Anblick und der Gegenwart des Neugeborenen Pilger dazu verleitet, bei ihren Besuchen Erinnerungen an Vergangenes und Sorgen um die Zukunft zu offenbaren.

Ein paar Tage nach Francis' Besuch erzählt Dick mir, dass Vater Heiratsverhandlungen für ihn aufgenommen hat. Es handelt sich um ein gottgefälliges Mädchen aus Hampshire namens Dorothy. Sie ist vielleicht nicht die vornehmste Erbin, die Dick durch Vaters wachsenden Status bekommen könnte, aber er mag sie, und sie stammt aus einer anständigen Puritanerfamilie. Dick hat sich bislang zweimal mit ihr getroffen, beim zweiten Mal ist er mit ihr ausgeritten. Sie ist eine gute Reiterin, die Pferde liebt, sie treibt geistreiche Konversation und bietet ihm die Aussicht auf ein vergnügliches Landleben. Und so wirft Dick seine Gesetzbücher hin und erklärt sich für verliebt. Er bittet mich, Vater zuzureden, er solle die Verhandlungen nicht einstellen, auch wenn es den einen oder anderen kleinen Makel geben mag.

«Sie feilschen natürlich um Geld», berichtet er mir, während er auf meinem Bett sitzt und Henrys besten Madeira trinkt. «Vater sagt, er kann nicht allzu viel zahlen, sonst wäre für die Mitgift der Mädchen nichts mehr übrig. Aber ich wette, es gibt noch ein anderes Hindernis.»

«Welches denn?» Ich höre nur halb zu, doch es berührt mich, dass er sich mir anvertrauen möchte.

«Dolls Vater hat unserem Vermittler gegenüber eingestanden, dass er Bedenken wegen Vaters zweifelhafter Position hat – weil sein Ruf wie auf stürmischen Wogen bald in die Höhe schnellt, bald in die Tiefe sinkt. Meinst du, dass viele es so sehen? Wird Vater ihn überzeugen?»

Ich schaue meinen Bruder mit einer Zärtlichkeit an, die mich selbst überrascht. So unzuverlässig und dem Müßiggang und Vergnügen zugetan er auch sein mag, dieses Mädchen hat es ihm sichtlich angetan. «Vielleicht», sage ich und rücke Liza in meinen Armen zurecht. «In seinen Verhandlungen mit dem König versucht Vater, einen Mittelweg zu beschreiten, aber je länger das Ganze dauert, umso mehr bringt er beide Seiten gegen sich auf. Die Lage wird sich auf die eine oder andere Weise zuspitzen, und dann werden wir alle wissen, wo wir stehen.»

Während Dick zu mir kommt, um seine Liebe zu gestehen, besucht Betty mich, um ihre Neugier zu befriedigen. Diesmal bringt sie John und den kleinen Cromwell mit. Sie macht ein paar entzückte Bemerkungen über die erste Begegnung der Kinder, dann kommt sie rasch auf das Thema zu sprechen, dessentwegen sie eigentlich hier ist. «Wie war er? Das wollte ich dich schon längst fragen.» Mit einer Handbewegung scheucht sie John aus dem Zimmer. Er verdreht die Augen und geht, um sich nach etwas zu trinken umzuschauen. Dabei trägt er den speckigen Cromwell ungeschickt in den Armen wie ein Hündchen.

«Wer?»

«Wer!» Sie schnalzt mit der Zunge und versetzt mir einen spielerischen Klaps aufs Handgelenk. «Der König natürlich. War er überwältigend in seiner Pracht?»

Nun schnalze ich mit der Zunge. Allerdings kann ich mich eines heimlichen Vergnügens nicht erwehren, dass ich einen Besuch am Hof gemacht habe, sie hingegen nicht, obwohl es ihr doch so viel mehr bedeutet hätte. «Er war gut gekleidet», räume ich ein.

«Welche Farbe hatte sein Wams? Was für Spitze trug er?»

Kopfschüttelnd gehe ich auf ihre Fragen ein. «Blassblau, glaube ich. Und die Spitze war vielleicht französisch? Fließende Nadelspitze, sehr fein gearbeitet.»

Sie seufzt vor Wonne über die Beschreibung.

«Du solltest dich nicht so sehr von weltlichen Dingen beeindrucken lassen, Betty.»

«Jetzt klingst du wie Vater.» Sie schmollt.

«Er hat nun einmal recht. Die feinen Manieren und teuren Kleider eines Mannes zählen wenig im Vergleich zu seinem Charakter. Wenn der König unser Vertrauen missbraucht, will ich nichts mehr von ihm wissen, ganz gleich, was für Spitze er trägt.»

«Das meinst du doch nicht im Ernst?» Sie starrt mich an, die kornblumenblauen Augen entsetzt aufgerissen. «Und außerdem» – sie fasst sich wieder ein wenig – «liegt es nicht bei uns, ob wir etwas von ihm wissen wollen oder nicht. Er ist und bleibt unser König.»

«Vielleicht nicht», entgegne ich. Es ist das erste Mal, dass ich das überhaupt denke, geschweige denn laut ausspreche. «Nicht, wenn er es nicht verdient.» Hat die Geburt meines Kindes mir die Augen geöffnet und mir zu dieser Erkenntnis verholfen? Indem sie mir gezeigt hat, dass es möglich ist, etwas Neues und Vollkommenes zu erschaffen?

Betty schüttelt den Kopf, dass ihre Locken wippen. Ausnahmsweise einmal fehlen ihr die Worte, wenn auch nur für ein paar Sekunden. «Ohne den König werden wir weiterhin im Chaos leben. Du warst zu lange bei der Armee, Biddy, die einfachen Soldaten haben dich mit ihren radikalen Ansichten angesteckt. Was du da redest, ist Verrat!»

«Ein einfacher Rekrut, der zu seinem Wort steht, ist mir lieber als ein König, der es bricht», entgegne ich ein wenig herablassend. Allmählich werde ich wütend. Sieht sie denn nicht, dass ich müde bin und nichts weiter will, als Liza im Arm zu halten und meinen Kopf auf dem Kissen auszuruhen? Warum muss sie mich immerfort reizen?

«Solches Gerede kann nur zu weiterem Blutvergießen führen, und ich will nicht, dass mein John wieder aufs Schlachtfeld muss, nur um die übermäßige Eitelkeit der Armee zu befriedigen. Ich hoffe, du sagst dergleichen nicht zu Vater oder Henry.»

«Ich sage zu ihnen, was ich will, wenn sie mich um meine Meinung fragen.»

Sie springt auf und schreitet hoheitsvoll vor dem Erkerfenster auf und ab. Ich werde beim Zuschauen ein wenig benommen, und erst jetzt bemerke ich das Pochen in meinen Armen, die ganz taub geworden sind. «Würdest du mir die Kleine abnehmen? Sie ist eingeschlafen.»

Ich sehe, wie Betty versucht, weiterhin die Entrüstete zu spielen, doch ein Blick auf ihre rosige, in Tücher gewickelte Nichte und Namensvetterin lässt sie weich werden. Sie nimmt mir das Bündel aus den Armen, die vor Erleichterung schmerzen und ihre Last zugleich schon wieder vermissen. «Ich glaube, du solltest etwas schlafen. Vielleicht ist dein Kopf danach wieder klarer», sagt sie. Ich weiß, dass sie mich jetzt mit hochgezogener Augenbraue anschaut und auf eine letzte Erwiderung hofft, doch mir sind bereits die Augen zugefallen.

Der Schlaf ist ein flüchtiges Gut geworden. Schlüpfrig wie ein Fisch, den man schnell packen und festhalten muss, ehe er wieder entgleitet. Ein Aal in den Fens, der im Mondschein in einem Korb zappelt. Dabei kommt es mir zustatten, dass ich bereits daran gewöhnt bin, meine Nacht in zwei Schlafzeiten aufzuteilen. Selbstsüchtigerweise versuche ich, Liza in der Phase dazwischen zu wecken und trinken zu lassen. Selbst wenn sie noch tief schläft, bringe ich sie hinüber zu Margery, der Amme. Doch es gibt weiterhin keine Regelmäßigkeit darin, wann sie aufwacht oder wie lange sie trinkt, und so beginne ich jeden neuen Tag hohläugig und mit schmerzendem Kopf. Margery schlägt vor, ich solle Liza bei ihr lassen und durchschlafen. Aber obwohl ich meine Tochter nicht selbst stille, will ich sie doch in meiner Nähe haben.

Ich mache mir Sorgen um Henry, der ohnehin nie genug geschlafen hat. Nun muss er Tag für Tag nicht nur mit den Aufrührern in der Armee und mit dem König ringen, sondern auch gegen seine Müdigkeit ankämpfen. Selbst im Kokon meiner Kinderstube spüre ich, wie die Dinge ihm entgleiten, in alle Richtungen fliegen wie die Funken eines Feuerrades am Jahrestag der Pulververschwörung, den wir erst vor zwei Wochen begangen haben. Der im Frühling hart erarbeitete Konsens innerhalb der Armee ist wieder dahin, da der König immer neue Ausflüchte findet, das Parlament nach wie vor nicht auf die Klagen der Soldaten eingeht und die radikalen Levellers in London zunehmend an Einfluss gewinnen. Ihre Sichtweisen finden in den Reihen der Armee täglich mehr Anhänger. Offensichtlich haben sie die Hand im Spiel, als die Aufrührer ein eigenes, radikales Manifest verfassen – Henry schüttelt zornig den Kopf, als er es mir im Bett vorliest.

«Sie schlagen darin ein völlig neues Regierungssystem vor, da sie meinen, dass die Hoheitsgewalt beim Volk von England liegen sollte, nicht beim diskreditierten König oder dem Parlament. Ein *Agreement of the People*, eine Vereinbarung des Volkes, nach der jeder Bürger das Recht hat, über die Regierung abzustimmen. Aber wer soll denn dieser neuen Wählerschaft angehören? Gewiss nicht Bedienstete, Frauen oder Kinder, dafür aber unzählige militante Soldaten, die keine permanenten Interessen im Land haben, die aber dennoch ermächtigt werden sollen, ihre Parlamente nach Lust und Laune zu wählen und abzuwählen. Ohne Besitz kann es keine Unabhängigkeit geben und auch keine Konsequenzen daraus. Ich weiß, was dann kommt: Herrschaft durch das Schwert als die einzig mögliche Macht. Das ist es, worauf Harrison, Rainsborough und ihre Meute aus sind.»

«Ich fühle mit dir, Liebster», sage ich und lege die halb schlafende Liza in ihr Körbchen, um mir vor dem Zubettgehen das Haar zu bürsten. «Doch diese Spaltungen innerhalb der Armee nutzen in erster Linie dem König. Und du musst auch Verständnis für die Männer haben, denen von ihren politischen Herren so übel mitgespielt wurde. Sie warten noch immer auf ihren Sold und die Garantie der Straffreiheit für das, was sie im Krieg tun mussten. Du solltest gerecht sein und dir anhören, was die Soldaten zu sagen haben, auch wenn sie die Gedanken der Levellers übernommen haben. Versuche, eine gemeinsame Basis zu finden.»

«Das haben wir ja getan und tun es noch. Es wird eine Reihe von Debatten im General Council of Officers in Putney geben, wo Vertreter aller Regimenter zu Wort kommen sollen. Dein Vater führt den Vorsitz.»

«Nicht Fairfax?»

«Er ist anscheinend noch immer krank. Allerdings hege ich den Verdacht, dass er sich einfach aus alldem heraushalten will.»

«Ich frage mich, was wohl die Generalin davon hält», erwidere ich. Es war so gütig von Anne, zu mir zu kommen und ihren Arzt mitzubringen, als ich in den Wehen lag; ich bin überzeugt, sie hat mir das Leben gerettet. Auch wenn ich finde, dass sie dem König gegenüber zu nachsichtig ist, würde ich doch nicht wollen, dass sie übergangen oder nicht mit dem gebührenden Respekt behandelt wird. Ich beschließe, ihr zu schreiben und ihr eine Schachtel kandierte Pflaumen zu schicken, denn die liebt sie. «Lade sie doch hierher zum Essen ein», schlage ich einer plötzlichen Eingebung folgend vor.

«Die Fairfaxes?»

«Nein, die führenden Levellers in der Armee. Rainsborough. Und – wie heißt der andere Agitator, von dem du so oft sprichst? Sexby. Und du kannst auch Thomas Harrison dazu bitten, da ihr mit ihm alle gut auskommt.» Ich weiß, dass Henry sich oft ein Zimmer mit Harrison teilt, wenn sie mit der Armee einquartiert sind – vielleicht könnte er die Rolle des Vermittlers übernehmen. Und ich sollte auch Catherine einladen, sie könnte ebenfalls schlichtend wirken.

«Aber sie hier zu empfangen?» Henry ist noch nicht überzeugt.

«Erinnerst du dich, wie Vater damals vor der Umstrukturierung der Armee versuchte, sich mit dem Earl of Manchester zu versöhnen? Er hat ihn zum Abendessen eingeladen, um zu sehen, ob eine freundliche, familiäre Umgebung ihr Verhältnis verbessern könnte. Versuche doch dasselbe mit den Anführern der Levellers. Du könntest ihnen etwas auf den Zahn fühlen, die Lage ausloten, herausfinden, wie tief die Kluft zwischen euch wirklich ist, ehe die Debatten beginnen. Es wäre eine Geste des guten Willens, ein Zeichen, dass dir wirklich an einer Verständigung mit ihnen gelegen ist.»

Henry schaut mich nachdenklich an und zwirbelt die Spitze seines Bartes. «Das ist gar keine schlechte Idee. Einfach um zu zeigen, dass wir keinen Groll gegen sie hegen. Wir müssen die Armee wieder einen, komme, was wolle, sonst sind wir alle verloren.»

«Wir brauchen auch Vater hier.»

«Er wird niemals einwilligen. Er und Rainsborough liegen über Kreuz. Sie ertragen es kaum, sich gemeinsam in einem Raum aufzuhalten.»

Colonel Rainsborough muss ein sehr energischer Mann sein, denke ich. Es kommt selten vor, dass Vater sich so heftig mit jemandem überwirft. Für gewöhnlich ist er immer der Schlichter in der Runde – der Mann, der das Ale holt.

«Überlasse es ruhig mir, mit Vater zu sprechen», sage ich, dann lege ich die Haarbürste auf die Truhe und knie mich neben das Bett, um mein Nachtgebet zu sprechen. *Lieber Gott, lass nicht zu, dass deine wahren Diener sich entzweien. Lass uns dich und deinen Willen erkennen, und wir werden tun, was du befiehlst.* Ich öffne die Augen wieder, und sogleich richten meine Gedanken sich auf die praktischen Dinge. «Ob der Schlachter wohl noch etwas von dieser Hirschlende hat?»

Sie kommen. Mit sichtlichem Unbehagen und düsteren Mienen. Sie achten auf ihre Worte und wägen jedes der unseren genau ab. Aber sie kommen: der Pfauenprediger Harrison mit seiner Frau Catherine; der kriegerische Thomas Rainsborough, triumphierend über seine kürzliche Ernennung zum Vizeadmiral der Kriegsflotte, die er alle paar Minuten erwähnt; und Edward Sexby. Als ich Letzteren sehe, fällt mir wieder ein, dass wir uns schon einmal begegnet sind: Er war der streng dreinblickende Kavalleriesoldat, der in der Drury Lane Vater den Brief der Armee überbrachte, damals, als Betty nach dem Wochenbett zum ersten Mal wieder zu uns herunterkam.

Dies ist nun für mich der erste richtige gesellschaftliche Anlass nach meinem Wochenbett, und ich bin ein wenig nervös und seltsam sprachlos. Das Gespräch fließt schnell an mir vorbei wie ein angeschwollener Winterbach, der die Fens überflutet. Ich vergesse Liza für eine Weile und werde dann mit plötzlichem Erschrecken an sie erinnert, als ich warmes Blut zwischen meinen Beinen heraussickern fühle. Ich muss mich kurz entschuldigen und frische Binden holen. Während ich hastig die Unterwäsche wechsle, frage ich mich, wie viel länger ich diese gelegentlichen Blutungen noch ertragen muss. Wie lange wird es dauern, bis mein Körper sich wieder vertraut anfühlt wie früher?

Ich serviere das Wild, doch es ist kein Erfolg. Alle sind zu angespannt, um das Fleisch richtig zu genießen. Dennoch ist es wichtig, als großzügige Gastgeber aufzutreten. Die Nachspeise aus Korinthenpudding mit Branntweincreme findet wenigstens etwas Beifall in der Runde – Catherine macht mir ein Kompliment dazu, und Rainsborough gibt daraufhin ein wenig aus seiner Vergangenheit preis: «Vor dem Krieg habe ich mit Korinthen gehandelt», erklärt er mit bewundernswerter Offenheit, sichtlich stolz bei der Erinnerung an das rechtschaffene Gewerbe, in das er hineingeboren wurde. «Diese hier sind hervorragend, Mistress Ireton», fährt er fort. «Aber Ihr müsst mich wissen lassen, wenn es Euch gelüstet, einmal exotischere Früchte zu probieren. Ich verfüge noch immer über Kontakte im Hafen von Wapping. Diese Leute können Euch Datteln und Mangos beschaffen, sogar eine Banane, falls Ihr gern eine sehen möchtet.»

«Wie wunderbar!» Catherine Harrison klatscht entzückt in die Hände.

Ich lächle, erfreut, Rainsborough in so gute Laune versetzt zu haben. Auch wenn er eine entschieden andere

Meinung vertritt als mein Mann und mein Vater, fällt es mir doch schwer, ihn nicht zu mögen. Er ist so offen und furchtlos. «Das werde ich tun, Sir», erwidere ich. «Ich würde wirklich gern einmal eine Banane kosten. Ich bin ja in Huntingdonshire aufgewachsen und staune noch immer darüber, welche Vielfalt an Lebensmitteln man hier in dieser Stadt findet. Wir hatten natürlich einen schwunghaften Handel mit den Holländern und eine Fülle an Waren aus dem Norden, sogar aus Schottland. Aber hier in London gibt es Gewürze und Köstlichkeiten aus allen Teilen der Welt. Da Ihr ja selbst ein Londoner seid, freut es Euch gewiss, wieder zur See zu fahren, wenn Ihr Euren Posten bei der Kriegsflotte antretet.»

Rainsborough lächelt mir zu, dann richtet er den Blick auf Vater, und ein triumphierender Ausdruck stiehlt sich auf sein Gesicht. Henry hat mir erzählt, dass Vater zunächst versucht hat, seine Ernennung zu verhindern. Doch dann änderte er seine Meinung, da ihm klar wurde, dass Rainsborough auf diese Weise immerhin aus dem Weg ist und nicht mehr in der Politik um die Armee mitmischen kann. Nun neigt Vater den Kopf und hebt in steifer Höflichkeit sein Glas. Er ist heute Abend ungewöhnlich still. Ich, die ich ihn von klein auf kenne, nehme an ihm eine gewisse Verlegenheit wahr. Er scheint darunter zu leiden, dass seine gottgefälligen Kollegen glauben, er stünde auf der falschen Seite der Geschichte, weil er zu einer Einigung mit dem König bereit ist. Henry hingegen – vielleicht durch seine Rolle als Gastgeber ermutigt – empfindet keine solche Zurückhaltung und scheut ein schwieriges Fahrwasser nicht.

«Einige Eurer Vorschläge mögen durchaus ihre Berechtigung haben, und ich bewundere ihre Kühnheit. Aber ich werde keinen Plan unterstützen, der den König oder das Parlament vernichten würde», erklärt er ein paar Minuten später, nachdem sich unsere Plauderei über exotische Früchte erschöpft hat.

«Aber wenn ebendas nötig ist, um unsere Freiheiten zu sichern?», kontert Rainsborough, den klaren Blick fest auf Henry gerichtet. «Haben nicht auch die Ärmsten in unserem Land ein Leben, geradeso wie wir, und ein Anrecht auf Mitsprache über die Bedingungen dieses Lebens?»

Henry runzelt finster die Stirn, und Vater schweigt noch immer. Ich jedoch kann daran nichts Falsches finden und entschließe mich, das zu sagen. «Es ist ein mutiger Gedanke, Sir, dass auch das Leben des gemeinen Mannes von Bedeutung ist. Ich möchte noch einen Schritt weitergehen und ergänzen, dass auch das Leben einer jeden Frau gleichermaßen zählt.»

Rainsborough wendet sich wieder mir zu, und seine Augen glänzen. «Das ist ein vortrefflicher Gedanke, Mistress Ireton, und viele Ehefrauen unter den Levellers würden Euch beipflichten.»

Ich würde zu gern mehr erfahren, doch ausgerechnet in diesem Moment beschließt Vater, seine Gedanken darzulegen, als habe meine Einmischung die Grenzen dieser Debatte aufs Äußerste strapaziert:

«Aber all das ist so weit entfernt von dem, wessenthalben wir ursprünglich zu den Waffen gegriffen haben.» Er steht auf und geht auf und ab, wie er es gern tut, wenn er laut denkt. «Wir wollten zeigen, wo in Wahrheit die oberste Gewalt liegt. Das haben wir auf dem Schlachtfeld bewiesen, und nun müssen wir es grundgesetzlich festlegen. Was Ihr vorschlagt, macht den gesamten Gesellschaftsvertrag zunichte, unter dem wir seit tausend Jahren leben. Es führt dazu, dass unterschiedliche Fraktionen sich gegenseitig bekämpfen und jede Gruppe berechtigt ist, die Regierungsform zu erstreiten, die ihr gefällt. Eine Einigung mit dem König, den Lords und den Commons muss doch nun einmal die beste Lösung sein.»

«Das Wahlrecht sollte der besitzenden Klasse vorbehalten bleiben – Männern, die einen Anteil und somit ein persönliches Interesse am Königreich haben.» Henry schließt sich Vaters Argumentation an. «Euer Vorschlag läuft darauf hinaus, bürgerliche Rechte durch das Naturrecht zu ersetzen, und das einzig denkbare Ergebnis wäre Anarchie.»

«Anarchie!» Mit diesem einen entrüsteten Wort lässt Rainsborough seine höfliche Fassade fallen.

«Nicht Anarchie, sondern Gerechtigkeit.» Sexby setzt sich aufrechter hin. «Die Männer, die in diesem Krieg ihr Leben riskiert haben, sollten sich jetzt nicht anhören müssen, sie hätten im Königreich keine Rechte. Ich trete für eine Lösung ein, die für das einfache Volk vorteilhafter ist als jede Hinterzimmervereinbarung, die Ihr mit dem falschen König trefft.»

Es dreht sich immer wieder um den König und Vaters und Henrys Vertrauen in ihn. Mir scheint, das erkennt Vater in diesem Moment mit Bestürzung, denn er senkt den Blick auf seine Füße und reibt eine Stiefelspitze am Kaminvorleger, als habe er einen Fleck bemerkt.

Henry schiebt ungeduldig seinen Stuhl zurück, bleibt jedoch sitzen. «Wie oft müssen wir Euch noch sagen, dass wir keine geheime Vereinbarung mit dem König haben?»

Sexby legt den Kopf ein wenig schief, als wolle er das zugestehen, ohne jedoch direkt zu sagen, dass er es glaubt. Stattdessen wendet er sich erneut an Vater: «Ich gehöre

Eurem Regiment an, General – Ihr müsst wissen, dass die Männer in diesem Punkt eine sehr entschiedene Haltung vertreten. Charles Stuart wird sich erst zufriedengeben, wenn wir uns selbst zerfleischt haben.»

Blutige Bilder stehen mir vor Augen.

«Die Soldaten sehen in ihm einen Mann des Blutes, der ihnen Grauenhaftes angetan hat und für seine Verbrechen vor Gericht gestellt werden muss. Und könnt Ihr es ihnen etwa verdenken?», stößt Harrison heftig hervor. Dabei schwappt Rotwein aus seinem Glas, wie um seine Worte zu untermalen.

Ich sehe die rubinroten Tropfen fallen. *Ein Mann des Blutes.* Bei dieser Formulierung überläuft es mich eiskalt. Für seine Verbrechen vor Gericht gestellt – der König? Ich denke an den stolzen Monarchen zurück und wie er mit einer wegwerfenden kleinen Geste die Verantwortung für den Krieg von sich schob.

Henry wird sehr ruhig, und seine Augen werden schmal. «Solche Reden dulde ich nicht in meinem Haus, Thomas, auch nicht von einem Freund.»

Catherine und ich wechseln nervöse Blicke, während Harrison zornig das Gesicht verzieht. Das hier verläuft ganz und gar nicht so wie geplant.

«Dann wünsche ich Euch jetzt einen guten Abend», verkündet der Pfauenprediger hoheitsvoll. Er erhebt sich und bietet seiner Frau den Arm.

«Wir schließen uns an.» Rainsborough steht ebenfalls auf und macht eine kleine Verbeugung in meine Richtung. «Ich danke Euch beiden für einen … aufschlussreichen Abend.»

«Bis Putney», fügt Sexby hinzu und legt seine Serviette hin. Das ist alles, was er zum Abschied sagt.

KAPITEL SIEBZEHN

Winter 1647–1648

Henry tut mir gerade ein gebratenes Ei auf, und der Toast auf dem Feuer hinter ihm beginnt sich zu bräunen, als der Bote eintrifft. Heute ist mein Mann für das Abendessen zuständig, da Margery und die Magd außer Haus sind und ich eine Ewigkeit brauche, um Liza schlafen zu legen. Also hat er das Einzige gekocht, was er kann: das Essen, mit dem er sich als Student immer beholfen hat. Als ich dem atemlosen Reiter die Tür öffne, strömt kalte Luft ins Haus, die von den Feuerwerken zum Jahrestag der Pulververschwörung noch nach Rauch riecht. Meine Kerze flackert im Luftzug, und heißes Wachs tropft auf meine Hand. Ich wische es hastig ab. Mit einem Kopfnicken bedeute ich dem Boten der Armee einzutreten, während der Knecht sein Pferd durch die Abenddämmerung nach hinten in unseren Stall führt.

«Der König ist aus Hampton Court geflohen?» Henry starrt den Soldaten mit offenem Mund an. Der Mann wärmt sich in unserem Wohnzimmer den Rücken am Feuer, über dem noch die restlichen Eier in der Pfanne brutzeln.

Der Bote trägt in abgehackten Sätzen seinen Bericht vor: Der König bekam es mit der Angst zu tun angesichts der

Berichte über die zornigen Debatten der Armee – einer dieser Berichte erreichte ihn in einem Brief von Vater. König Charles fürchtete einen Anschlag, da er sich nur ein paar Meilen flussabwärts von Putney befand. Deshalb brach er sein Ehrenwort und floh verkleidet in die Nacht hinaus, begleitet von Sir John Ashburnham und einem weiteren Höfling. Man nimmt an, dass sie an die Südküste wollten.

Ich huste von dem Rauch und vor Schreck. Kopfschüttelnd reibe ich mir die Verbrennung an meiner Hand. Es ist eine Katastrophe, ein Verrat ungeheuren Ausmaßes. Als wir wieder allein sind, wütet und rast Henry, wie ich es nie zuvor erlebt habe. Sonst bewahrt er immer einen so kühlen Kopf.

«Das ist das Ende», sagt er immer wieder, schleudert die Worte in das Feuer, vor dem er auf und ab geht. «Jetzt ist alles zunichte, wofür ich bis zur Erschöpfung gearbeitet habe. Ich kann nie wieder mit diesem König verhandeln. Kein vernünftiger Mensch könnte das. Wie oft habe ich mich für diesen Mann der Armee gegenüber in Gefahr gebracht. Ich habe jede Unze meines Rufs aufs Spiel gesetzt. Habe den Männern unermüdlich versichert, dass man ihm ganz gewiss trauen könne. Ich werde zum Gespött.» Seine Stimme verrät deutlich, wie tief er in seinem Stolz verletzt ist, und ich spüre, wie auch in mir glühender Zorn aufsteigt.

Am nächsten Tag kommt Betty zu Besuch. Ihr untrügliches Gespür für Drama führt sie zum denkbar ungünstigsten Zeitpunkt an meine Tür. Und so ist sie zugegen, als Vater eintrifft – er strömt ins Haus wie eine kühlende Flut, um Henrys noch immer lodernden Zorn zu löschen.

«Vielleicht wird doch noch alles gut», sagt er, worauf Henry nur verächtlich schnaubt. «Immerhin stärkt das unsere Position gegenüber den Levellers, und zugleich ist der König auf diese Weise vor jeglicher Bedrohung von ihrer Seite sicher. Jetzt müssen die Streitigkeiten und Debatten zwischen uns ein Ende haben. Außerdem legen die jüngsten Berichte nahe, dass der König auf der Isle of Wight festgehalten werden soll, unter der Aufsicht des Gouverneurs, meines Vetters Robert Hammond. Wenn das stimmt, dann ist er dort in sicherem Gewahrsam, weit entfernt vom Parlament und den Schotten.»

Ich schaue Vater aufmerksam an. Er klingt, als käme ihm dieser Plan allzu gelegen. In mir regt sich ein Verdacht. «Du hattest doch nicht etwa die Hand im Spiel, Vater?», frage ich ihn, und mein Herz schlägt heftig – es fühlt sich an, als täte sich zwischen uns eine Kluft auf. «Wir wissen, dass du vorgestern Abend an den König geschrieben hast, um ihn vor der wachsenden Wut der Levellers zu warnen. Hast du ihn zur Flucht angestiftet?»

Ich höre, wie Betty ob meiner Respektlosigkeit nach Luft schnappt. In meiner Familie wird sehr offen miteinander gesprochen, doch mir ist bewusst, dass ich mit meiner Frage wirklich sehr weit gegangen bin. Wir mögen schon früher nicht immer einer Meinung gewesen sein, aber niemand von uns hat je Vaters Integrität infrage gestellt. Ich werfe einen verstohlenen Blick zu Henry und sehe in seinen kohlschwarzen Augen den gleichen Argwohn aufscheinen. Das bestärkt mich. Ich muss ihn und unsere Sache über meine Gefühle für meinen Vater stellen.

«Kinder, Kinder.» Vater hebt gutmütig die Hände. «Ihr traut mir allzu große Arglist und auch zu großen Einfluss zu. Selbstverständlich habe ich mit der Flucht des Königs nichts zu tun, ich versuche lediglich, darin etwas Positives für uns zu sehen.»

«Dann ist zwischen dir und dem König nicht alles verloren?» Betty nippt geziert an ihrem gesüßten Apfelwein, doch ich spüre die Panik hinter ihrer glatten Fassade. «Ihr könntet euch immer noch versöhnen und verhindern, dass wir tiefer in Unruhen und Missregierung versinken?»

«Sicher nicht!» Henry wendet sich heftig an seinen Schwiegervater, der unter seinem zornigen Blick ein wenig zu schrumpfen scheint. Ich habe nie zuvor erlebt, wie Henry gegenüber Vater die Beherrschung verlor, und ich finde es ebenso aufregend wie beängstigend.

«Wir haben ihm jede erdenkliche Möglichkeit geboten, Frieden zu schließen», wütet mein Mann weiter, «und er hat alles ausgeschlagen. Wir haben uns für ihn in den Schmutz gelegt, und so vergilt er es uns nun?»

Ich muss Henry beispringen und besinne mich rasch darauf, wie ich ihm einmal erklärt habe, wie man Vater gegenüber am besten argumentiert: mit der menschlichen Natur und der Vorsehung. «Es liegt in der Natur des Königs, mit der Situation zu spielen wie der Buchmacher beim Pferderennen», sage ich in dem Versuch, in einer Sprache zu ihm zu sprechen, die er versteht. Vater hat sich schon immer für Pferderennen begeistert, wenngleich das Wettgeschäft eher Dick interessiert hat als ihn. Und ich habe von ihm und meinen Brüdern genug aufgeschnappt, um selbst ein wenig davon zu verstehen. «Er setzt auf beide Seiten», fahre ich fort, «und beeinflusst dadurch die Quote mal in die eine, mal in die andere Richtung. Bald lobt er ein Pferd und seinen Reiter, dann sät er wieder Zweifel an ihnen, sodass am Ende der Buchmacher den Profit macht. Der König kann in seinen Verhandlungen mit euch niemals ganz aufrichtig sein, ebenso wenig wie gegenüber dem Parlament oder den Schotten. Immer hält er insgeheim nach einem besseren Geschäft Ausschau, denn er lebt in der Gewissheit, dass – wie er selbst gesagt hat – keiner von euch ohne ihn auskommen kann. Vielleicht ist sein jüngstes Manöver, diese Flucht, der von Gott bestimmte Moment, da er Farbe bekennen muss. Vielleicht ist hier die Vorsehung am Werk, die uns endlich die Stärke verleiht, uns entschieden gegen den König zu stellen?»

Vater schaut mich nachdenklich an, und mich erfüllt glühender Stolz, da ich mich mit ihm auf Augenhöhe fühle. Doch dann lenkt Betty ihn von mir fort in trügerischen Sonnenschein.

«Wenn der König sich vor einem Anschlag der Levellers fürchtete, dann ist diese Angst doch gewiss verständlich und seine Flucht ebenfalls.» Betty ergreift in rührender Weise für ihren Herrscher Partei und schaut Vater dabei mit großen Augen an – wie immer geht es ihr hauptsächlich um seine Aufmerksamkeit. «Wie könnte er angesichts solch militanter Eiferer keine Angst haben?»

Ich werfe ihr einen finsteren Blick zu, während Henry nur verächtlich schnaubt. «Wie praktisch für den König, dass das beste Mittel gegen diese Angst gerade seine heimliche Flucht ist. Nicht dass er etwa seine Befürchtungen Colonel Whalley hätte anvertrauen und ihn um zusätzlichen Schutz durch die Armee bitten können.» Sein Ton ist bitter, und ich verspüre den Drang, nach seiner Hand zu greifen.

«Vater?» Betty geht gar nicht auf Henry ein.

Wir alle drei wenden uns ihm zu, zwei finstere Gesichter und ein flehentliches.

Vater seufzt und fährt sich mit seinen kräftigen Fingern durchs Haar. Staub von der Reise rieselt auf seine Schultern. «Wir müssen einfach eine Einigung erzielen, die auch die Krone mit einschließt», sagt er schließlich und streichelt zärtlich mit einem Finger Bettys Wange. «Alles andere führt in die Anarchie. Ich werde diesem König noch eine Chance geben zu beweisen, dass er es aufrichtig meint, meine Lieben, denn daran glaube ich – das hoffe ich – noch immer.»

In mir ringen Zorn und Eifersucht miteinander, während ich finster die Schwester anschaue, die ich liebe wie sonst kaum einen Menschen. Wieso nimmt Betty sich eine Meinung zu den Angelegenheiten der Armee heraus, wenn sie sich anders als ich nie dazu herabgelassen hat, bei den Männern zu leben und zu arbeiten? Welchen Beitrag leistet denn ihr Mann zu den Friedensbemühungen, verglichen mit Henry? Sie hat aus heißer Leidenschaft geheiratet, ich hingegen aus kühlen Gewissenserwägungen und meinem Vater zuliebe. Sollte ich nicht einen gewissen Vorteil aus diesem Handel ziehen? Müsste Vater nicht auf mich mehr hören als auf sie?

Während ich Vater und Betty anschaue, spüre ich, wie sich die Kluft zwischen uns vergrößert. Dabei waren wir doch alle drei Cromwells, aus demselben ländlichen Holz geschnitzt. Doch nun ist Betty eine Claypole, sehnt sich nach Rückkehr zu dem bequemen, zivilisierten Leben, von dem Lady Fairfax einst sprach, wohingegen ich eine Ireton bin, die nach einer besseren Zukunft für alle strebt.

Und wer ist Vater nun?

In der Armee stehen die Zeichen auf Meuterei, und Zorn legt sich über unser Haus wie Abenddunst. Henry faucht mich an, und meine Erwiderungen fallen nicht freundlicher aus, denn die Müdigkeit vergiftet mir die Zunge.

Liza spürt die Spannungen zwischen uns und weint zu jeder Tages- und Nachtzeit nach mir, doch dann kommt sie in meinen verkrampften Armen nicht zur Ruhe. Henrys Stimmung verfinstert sich noch mehr, als uns die Nachricht erreicht, dass Vater und Kommandeur Fairfax die meuterischen Truppen zur Rede gestellt und einen der Rädelsführer erschossen haben – sie haben den Mann durch das Los bestimmt, um an ihm ein Exempel zu statuieren. Bei Tage wütet Henry über die chaotischen Zustände und gibt abwechselnd dem König und den Levellers die Schuld. Zur Nacht verfällt er in düstere Grübeleien und muss immerfort an den getöteten Mann denken. «Er war einer von uns», sagt er wieder und wieder kopfschüttelnd, als sei ihm noch immer unbegreiflich, wie es so weit kommen konnte. Das Jahr schreitet voran, die dunklen Winternächte werden zum Advent hin immer länger, und England sucht in der Finsternis vergeblich nach Orientierung.

Dann endlich lässt die Vorsehung ein Licht aufscheinen und zeigt uns den dornigen Pfad, der vor uns liegt. Ich habe nicht mit Henry gerechnet, da er eigentlich noch wenigstens eine Woche bei der Armee in ihrem neuen Hauptquartier zu Windsor bleiben sollte. Deshalb trage ich eins meiner Werktagskleider, habe das Haar zu einem Knoten gebunden, eine Schürze um die Taille und das Kind im Arm, als er und Vater eines Nachmittags unter Hufgeklapper in den Hof reiten. Sie haben ihre Offiziersuniformen abgelegt und sind wie einfache Soldaten gekleidet, sodass ich sie auf den ersten Blick gar nicht erkenne. Ich eile an die Haustür, um zu erfahren, was diese Fremden wollen, als Vater mir mit erhobenem Arm bedeutet zu schweigen. Ich ziehe mich in den Flur zurück und sage nichts, bis die beiden sicher im Haus sind und die schwere Tür geschlossen ist.

Fragend schaue ich Henry an, doch Vater ergreift zuerst das Wort, aufgeregt wie ein Schuljunge.

«Wir sind in Verkleidung gekommen.» Er grinst vor Begeisterung.

«Warum?» Ich wende mich an Henry.

«Durch eine Spionin unter den Wäscherinnen des Königs haben wir erfahren, dass er heimlich Briefe an die Königin hinausschmuggelt», sagt er, während er seinen Mantel auszieht und Vater den seinen abnimmt. «Darin offenbart er seine wahren Absichten bezüglich der Friedensvereinbarung.»

Allerlei Fragen schießen mir durch den Kopf. «Wie hat er das bewerkstelligt? Und was sind seine Absichten?»

«Seine Absichten werden wohl in seinem nächsten Brief deutlich werden», antwortet Vater, «aber das Wie wird dich überraschen. Offenbar ist sein Kurier, sein geheimer Handlanger, niemand anders als Jane Whorwood, die du in Holton kennengelernt hast.»

«Nein!» Das verschlägt mir schier den Atem. Die traurige, verlassene Jane Whorwood eine Spionin des Königs? Ich erinnere mich, wie sie sich in Hampton Court in einem rosa Kleid unter die Höflinge mischte und was sie zu mir sagte, als sie mir ihr Brautkleid überließ: *Ich werde mein Schicksal selbst in die Hand nehmen.* «Ich habe ihr Kleid zu meiner Hochzeit getragen!», stoße ich bestürzt hervor, dann sinke ich auf den nächsten Stuhl.

Vater lacht darüber, doch Henrys Miene bleibt düster.

«Und was hat es mit eurer Verkleidung auf sich?», frage ich, noch immer völlig verwirrt.

«Wir planen, den Überbringer der jüngsten Botschaft

am Wirtshaus in der Stadt abzufangen.» Die Worte sprudeln nur so aus Vater heraus, und er fasst mich verschwörerisch am Arm. «Unser Informant hat gesagt, derjenige werde heute Abend um zehn Uhr den Blue Boar in Holborn betreten. Er werde einen Sattel auf der Schulter tragen, und der Brief sei in den Sattel eingenäht. Wir wollen selbst zur Stelle sein, um ihn abzufangen.»

«Ihr?» Das Vorhaben erscheint mir absurd. «Aber in der Stadt wimmelt es von Soldaten. Man wird euch erkennen, erst recht euch beide zusammen.»

«Nein!» Vater ist jungenhaft zuversichtlich. «Wir bestellen ein paar Humpen und gebärden uns wie gewöhnliche Soldaten.»

«Aber was, wenn Mistress Whorwood selbst kommt? Sie kennt euch.»

«Das Risiko wird sie nicht eingehen. Sie schickt den Brief gewiss durch einen Kurier. Vielleicht einen unschuldigen Reisenden, der gar nichts davon weiß.»

Henry schaut ein wenig skeptisch drein, scheint aber dennoch entschlossen. Ich nehme an, er erhofft sich von dem Brief den endgültigen Beweis, um Vater davon zu überzeugen, dass der König ein doppeltes Spiel spielt. Deshalb will er persönlich sicherstellen, dass nichts schiefgeht.

«Wir warten hier ein paar Stunden», fährt Vater fort und lässt sich in einen Lehnstuhl in der vorderen Stube fallen, «dann reiten wir hinauf in die Stadt. Können wir euren Knecht mitnehmen, damit er Wache hält? Ist er vertrauenswürdig?»

«Sicher, er scheint ein ehrlicher Mann zu sein», antworte ich für Henry, der viel zu beschäftigt ist, um die Qualitäten unserer neuen Bediensteten wahrzunehmen.

Margery schaut zur Tür herein, und ich winke sie zu mir, damit sie Elizabeth übernimmt. «Könntest du die Magd bitten, etwas zu essen für den Herrn und für meinen Vater herzurichten? Ich kann ihr helfen.» Da ich nun die Hände frei habe, entledige ich mich meiner Schürze. Da kommt mir plötzlich ein Gedanke.

«Ich könnte euch begleiten.»

«Du?» Henry, der gerade auf dem Schreibpult in der Ecke nach seiner Post gekramt hat, dreht sich zu mir um.

«Das würde eure Verkleidung überzeugender machen.» Ich erwärme mich langsam für die Idee. «Ich bin heute ohnehin schlicht gekleidet, schau. Und wenn ich meine Halskette und die Ringe ablege und mir den Mantel unserer Magd leihe, könnte ich leicht als Bedienstete oder Ladenmädchen durchgehen. Wenn dann irgendjemand dich näher anschaut, mein Liebster, sieht er einen Soldaten, der mit seiner Liebsten und einem Freund etwas trinken geht.»

Es bedarf einiger Überredungskunst, die beiden von meinem Plan zu überzeugen. Vater macht sich Sorgen um meine Sicherheit, Henry um meine Gesundheit. Aber ich werde nicht umsonst Biddy die Gebieterische genannt, und nach einer halben Stunde geben die Männer nach. Wir beschließen, eine Kutsche zu mieten, sodass wir ein Versteck haben, in dem wir warten und später den Brief lesen können, sofern wir ihn in die Hände bekommen (auch wenn mir vor allem daran gelegen ist, so kurz nach der Entbindung nicht stundenlang im Sattel sitzen zu müssen). Ein paar Stunden später machen wir uns auf den Weg, satt und noch schlichter gekleidet als zuvor.

Es ist ein weiter Weg, und Vaters Klagen über den schlechten Zustand der Kutsche lassen ihn noch weiter erscheinen. Er sagt, das sei ein häufiges Problem bei den

Mietkutschen, und man könne es lösen, indem man eine Lizenzpflicht einführt und Bestimmungen erlässt. Ich bin erleichtert, als die Kutsche gegen halb neun Holborn erreicht. Nach einer Tirade über die losen Radkästen drückt Vater dem Kutscher ein paar Münzen in die Hand und weist ihn an, in einer Gasse ein paar Straßen vom Blue Boar entfernt zu warten – niemand soll sehen, dass wir in einem Luxus reisen, den ein gemeiner Soldat sich niemals leisten könnte. Die Hüte tief ins Gesicht gezogen, eilen wir im böigen Abendwind durch die dunkle Straße zum Gasthaus, dessen Fenster unter dem knarrenden Schild anheimelnd leuchten.

Unser Knecht bezieht draußen mit einer Pfeife Posten, während wir hineingehen und uns in die ruhigste Ecke setzen. Henry bestellt Dünnbier, und wir trinken in großen Schlucken. Wir sprechen leise, achten jedoch darauf, nicht verschwörerisch zu wirken und womöglich Argwohn zu erregen. Als wir uns ein wenig entspannt haben, spielen wir unsere Rollen immer besser. Vater lehnt sich lässig an die Wand, ich rücke auf der Bank näher an Henry heran und lege seinen Arm um meine Schultern. Doch mein Herz schlägt noch immer heftig. Ständig frage ich mich, ob Spione des Königs unter uns sind oder ob jemand die berühmten Männer erkannt hat, mit denen ich hier sitze. Ein paarmal schauen Leute neugierig in unsere Richtung, doch dann drücke ich Henry rasch einen Kuss auf die Wange, oder Vater lacht und stößt mit Henry an, und schon wenden sich die Leute wieder ab.

Die meiste Zeit halte ich die Lider gesenkt, um nicht den Blicken anderer zu begegnen. Doch hin und wieder kann ich nicht anders, als mich verstohlen in der gut besuchten Schankstube umzuschauen. Es ist so ungewohnt, hier in aller Öffentlichkeit zu sitzen. Wenn ich zuvor ein Gasthaus aufgesucht habe – um Speisen im The Bell zu kaufen, auf der Reise nach Oxford oder wenn ich mit der Armee einquartiert war –, habe ich für gewöhnlich entweder draußen gewartet, mich in meinem Zimmer aufgehalten oder mich wenigstens in das private Hinterzimmer zurückgezogen, das vornehmeren Gästen vorbehalten war. Eine Stunde hier beim gemeinen Volk zu verbringen, überwältigt schier meine Sinne. Ich habe Mühe, das Gespräch mit Henry und Vater aufrechtzuerhalten, während ich zugleich all das Leben um mich herum in mich aufnehme. Soldaten, Lehrlinge und Kaufleute trinken und drängeln sich, manche sitzen mit einer Frau auf dem Schoß, andere Frauen schlängeln sich zwischen den Tischen hindurch und bringen Getränke. Bier wird vergossen, an den Tischen wird gelacht, Flüche werden durch den Raum geschleudert. Draußen im Flur stürzt jemand, und ein Herr beklagt sich beim Wirt, man habe sein Pferd mit verdorbenem Hafer gefüttert.

Über all diesen Eindrücken vergesse ich beinahe meine Nervosität. Doch dann schlägt mir plötzlich das Herz bis zum Hals, als unser Knecht in der Tür erscheint und sich nach uns umschaut.

«Er ist hier», flüstert Vater. «Kommt schnell.»

Binnen weniger Augenblicke sind wir im Hof des Gasthauses. Der Boden ist mit feuchtem, stinkendem Stroh bedeckt, und die Luft ist so kalt, dass den schnaubenden Pferden Dampfwolken vor den Nüstern stehen. Ein junger Mann überquert den Hof mit einem Sattel auf der Schulter. Als Vater und Henry ihm entgegentreten und ihre Schwerter ziehen, fährt er erschrocken zurück, lässt den Sattel fallen und hebt die Hände.

«Wer seid Ihr? Was wollt Ihr?»

Ich sehe sein verstörtes Gesicht und frage mich, ob er der richtige Mann ist. Doch in diesem Moment schlägt die Kirchenglocke in der Nähe zehn, und sonst ist niemand hier, auf den die Beschreibung passen würde.

«Ist er allein?», fragt Henry in scharfem Ton unseren Knecht, der im Schatten des Torbogens steht, um dem Mann den Fluchtweg zu versperren.

Der Knecht nickt.

«Tu, was wir sagen, Mann, dann hast du von uns nichts zu befürchten», befiehlt Vater dem verängstigten Jüngling. «Wer bist du?»

«Nur ein Händler vom Solent, Sir. Ich handele mit Wein und Spirituosen vom Festland.»

«Was führt dich her?», setzt Henry die Befragung fort.

«Ich komme einmal im Monat herauf nach London, um Bestellungen anzunehmen. Weiter nichts. Stimmt etwas nicht?»

«Zeig uns den Sattel», verlangt Vater.

Der Mann zuckt verwirrt die Achseln. «Den Sattel? Wie Ihr wünscht. Ich möchte keinen Ärger, meine Herren.»

Auf einen Wink meines Mannes gehe ich über den Hof zu dem Sattel, der vor dem Mann auf dem Boden liegt. Henry bedeutet mir, die Nähte an einer Seite des Sattels zu untersuchen, während er die andere Seite übernimmt. Vater steht mit gezogenem Schwert da und schaut zu. Ich betaste die Nähte mit geübten Fingern, die unterscheiden können zwischen alten und neuen Stichen, solchen, die kürzlich aufgetrennt und wieder übernäht wurden, solchen, die einen praktischen Zweck erfüllen, und reinen Ziernähten. Ich kann fühlen, wenn nur ein kleines Stück einer Naht mit einem anderen Faden gearbeitet wurde, und so brauche ich nur eine Minute, um die verräterische Stelle zu finden. Kurz frage ich mich, ob das wohl Jane Whorwoods Werk ist; von derselben Frau genäht, die auch das Brautkleid für mich neu gesäumt hat.

«Hier.»

Henry dreht den Sattel um und trennt die Naht schnell mit seinem Schwert auf. Er schiebt die Finger hinein und zieht mit triumphierender Miene ein kleines, schmal gefaltetes Papier heraus. «Ha!»

Vaters gerötetes Gesicht verrät tiefe Bestürzung, als habe er nicht wirklich daran geglaubt, dass das hier geschehen würde. Als sei er überwältigt von der Tragweite dessen, was in diesem Augenblick Wirklichkeit geworden ist.

Der Weinhändler wird noch ängstlicher. «Davon wusste ich nichts. Ich habe keine Ahnung, was es mit diesem Papier auf sich hat!»

Henry macht einen Schritt auf ihn zu, und der Mann weicht zurück, die Augen entsetzt aufgerissen. Henry blickt ihm forschend ins Gesicht, dann macht er eine knappe Kopfbewegung in Richtung des Torbogens. Vater steckt sein Schwert ein, und der Mann macht sich davon. Er hat es so eilig, dass er in dem Stroh am Boden stolpert und beinahe stürzt.

«Das war kein geheimer Mittelsmann», stellt Henry fest, mehr zu sich selbst als an uns gerichtet. «Nur ein ahnungsloser Überbringer der Botschaft. Aber der eigentliche Empfänger ist gewiss nicht weit. Wir müssen von hier verschwinden.»

Wie auf ein Stichwort höre ich aus dem Gasthaus Stimmengewirr und sehe ein Gesicht am Fenster.

«Schnell!» Vater greift nach meiner Hand, Henry hebt

den Sattel auf, und wir eilen in die Nacht hinaus. Halb rechne ich damit, die Schritte von Verfolgern zu hören, doch es bleibt still, und wenig später sitzen wir wieder sicher in der Kutsche. Unser Knecht steigt neben dem Fahrer auf den Bock, und los geht die Fahrt.

«Der Brief.» Vater streckt auffordernd die Hand aus, und Henry übergibt ihm das Papier. Vater betrachtet es eingehend im gelben Schein der Kutschlaterne. Ich kann von meinem Platz aus erkennen, dass das Blatt in einer komplizierten Technik gefaltet ist, zweifellos um zu verhindern, dass ein Unbefugter es einfach öffnen, lesen und wieder zusammenfalten kann. Vater schiebt den Daumen in einen Schlitz und reißt die Faltung auf. Beim Lesen furcht sich seine Stirn.

Henry und ich sitzen in angespanntem Schweigen und warten, während die Kutsche dahinrumpelt. Endlich sagt Vater etwas, doch seine Stimme klingt fremd. Er spricht so leise, dass ich mich vorbeugen muss, um ihn zu verstehen. Alle Begeisterung über diese heroische Eskapade ist verflogen.

«Der König schreibt an die Königin», sagt er schlicht und knapp, ohne ein einziges überflüssiges Wort. «Er teilt ihr mit, dass wir von der Armee und die schottischen Presbyterianer miteinander um seine Aufmerksamkeit wetteifern.» Wieder schweigt Vater, und wir warten. Vorn wiehert eines der Pferde. «Er sagt, er glaubt, bald eine Einigung mit den Schotten zu erzielen.»

Es ist ein Donnerschlag in unserer Mitte. Zwar hatte ich den Glauben an den König schon weitgehend verloren, aber in seinen eigenen Worten von dem Verrat zu hören, mit eigenen Augen die geschwungene Schrift zu sehen, erschüttert mich bis ins Mark. Ich greife nach Henrys Hand und drücke sie. Er sagt nichts, doch ich weiß, er denkt dasselbe wie ich: Das bedeutet, dass er in einen zweiten Krieg ziehen muss.

Beklommen schauen wir zu Vater.

Das Gesicht des Generals ist ausdruckslos und ungewöhnlich blass, seine Stimme tonlos, nicht mehr als ein Flüstern. Lange Zeit regt er sich nicht, dann sehe ich, wie seine große Hand sich um das Papier schließt. Die Knöchel sind weiß. Hastig ziehe ich das Blatt zwischen seinen Fingern heraus, damit unser Beweisstück keinen Schaden nimmt. Mit zitternder Hand halte ich den Brief, und es fühlt sich an, als ob er meine Haut verbrennt, während Vaters leere Hand sich zur Faust schließt.

«Dieser Mann ist nicht länger mein König», sagt er, und ich spüre, wie die Erde bebt.

KAPITEL ACHTZEHN

Sommer 1648

Der Knabe ist so jung. Siebzehn? Ich blicke in seine blauen Augen, sehe sie bereits vom nahen Tod verschleiert, und versuche, mich zu entscheiden. Ich bin bei der letzten Frau des Tages angekommen, und sie hat nur Platz für einen einzigen Soldaten, doch auf dem Fuhrwerk liegen noch sechs verwundete Männer.

«Nehmt den Jungen», sagt einer von ihnen: ein Mann mittleren Alters mit Schusswunden an Schulter und Taille. Blut sickert in die behelfsmäßigen Verbände. «Wir anderen kommen schon zurecht.» Er muss nach jedem Wort Luft holen, so stark sind seine Schmerzen.

Ich schaue von einem zum anderen, schätze rasch ihre Überlebenschancen ein. Drei von ihnen haben nur Fleischwunden, die wir an Ort und Stelle versorgen können. Einer ist bereits gestorben und hängt halb über die Kante der Ladefläche. Damit bleiben noch der ältere Mann, der gesprochen hat, und der Junge. Ich würde den Platz nur zu gern dem Jungen geben, damit er ein weiches Bett und eine warmherzige Pflegerin hat, die ihn versorgt und ihn später heim zu seiner Mutter schickt. Doch es geht nicht. Er hat höchstens noch ein paar Stunden zu leben. Der Mann mit den Schussverletzungen hingegen könnte durchkommen, wenn seine Wunden gesäubert und täglich mit frischem Leinen und Kräutern versorgt werden. Vielleicht hat er Frau und Kinder, die auf ihn angewiesen sind.

«Nehmt ihn.» Ich zeige auf den älteren Mann, der heftig den Kopf schüttelt.

«Bitte!», stößt er beinahe schluchzend hervor. «Tom ist doch noch ein Kind. Er ist unser Cornet, trägt unsere Standarte in die Schlacht.»

Tom. Nicht Olly oder Val. «Es tut mir leid», sage ich und breite die Hände aus. Es bricht mir schier das Herz. «Er wird nicht überleben, Ihr hingegen habt eine Chance. Ihr müsst gehen. Ich lasse ihn in mein Zimmer hinaufbringen, das verspreche ich. Ich kümmere mich persönlich um ihn, mache ihm seine letzten Stunden so angenehm wie möglich.»

Die anderen verletzten Männer drängen ihren Freund zu gehen, und die Frau aus dem Ort macht eine einladende Geste. Doch er rührt sich noch immer nicht vom Fleck, mit einer Hand an die Kante des Fuhrwerks geklammert, die andere an das Gesicht des Jungen gelegt. Die Liebe zwischen Soldaten kennt nicht ihresgleichen, das weiß ich inzwischen. Ich rufe zwei Krankenträger herbei, damit sie den Jungen in mein Zimmer bringen. Erst nachdem sie ihn behutsam vom Fuhrwerk gehoben haben, steigt auch der ältere Mann unter Schmerzen ab. Er wischt sich die Tränen aus den Augen, während er zu seiner neuen Pflegerin schlurft.

Wir sind wieder im Krieg. Dieses Mal ist es ein aufreibender, brutaler Konflikt; die Kämpfe erstrecken sich vom Solent bis nach Schottland, von Wales bis Newcastle. Vater und John Lambert sind in den Norden gezogen, um gegen die untreuen Schotten ins Feld zu ziehen, die unsere Verbündeten waren und nun unsere Feinde sind: Sie marschieren auf Einladung des Königs in England ein. In der Zwischenzeit waren Henry und ich im Süden, um dort gegen die Royalisten zu kämpfen. In Kent fing es an, dann haben wir sie bis hinauf nach Essex zurückgedrängt, nun endlich nach Colchester, wohin sie sich zum letzten verzweifelten Gefecht zurückgezogen haben. All dem Grauen zum Trotz bin ich froh, hier zu sein. In Kingston konnte ich nicht bleiben, denn wir mussten unser Haus aufgeben, als Harry wieder ins Feld zog. Im Rückblick betrachtet ein Glücksfall, denn im Juli gab es in der Gegend um Kingston blutige Auseinandersetzungen, bei denen der jüngere Bruder des Duke of Buckingham getötet wurde. Ich hätte natürlich in den sicheren Schoß meiner Familie in der Drury Lane zurückkehren können, und alle haben mich gedrängt, ebendas zu tun, nicht zuletzt, da ich erneut schwanger bin. Doch ich wollte nicht noch einen Krieg hindurch von einem Brief zum nächsten leben und immer nur warten. Dafür habe ich Henry nicht geheiratet. Außerdem gibt es hier auch für mich etwas zu tun.

Nachdem ich auf längere Zeit in der Nähe von Colchester einquartiert wurde, habe ich endlich eine richtige Arbeit gefunden: Ich habe ein neues System entwickelt, das sowohl unseren Verwundeten hilft als auch der Bevölkerung vor Ort. Wir vermitteln verletzte Soldaten, die Pflege brauchen, gegen Bezahlung an einheimische Frauen. Die Generalin hat sich bei ihrem Mann dafür eingesetzt, dass ich ein Budget bekam. Etwas von dem Geld habe ich gleich darauf verwendet, Handzettel drucken und in der Gegend verteilen zu lassen. Die Region steht fest auf der Seite des Parlaments, und die Aussicht auf zwei Shillings pro Woche zuzüglich Unkosten tut ein Übriges, sodass Dutzende

Frauen sich melden. Nun bestimmt diese neue Tätigkeit meinen Tagesrhythmus.

Jeden Morgen, nachdem ich ein Frühstück für Henry besorgt und unsere Wäsche zu den Wäscherinnen der Armee geschickt habe, gehe ich in den Stallhof bei der Herberge der Poststation, die Fairfax als Hauptquartier nutzt und wo wir untergebracht sind. Hier nehme ich die Verwundeten in Augenschein, die auf Fuhrwerken gebracht werden, und hier werden sie auch vorläufig versorgt. Dazu habe ich eine Truppe aus dem zivilen Gefolge der Armee zusammengestellt: Der Gastwirt stellt Brot und Ale bereit, und die Frauen waschen und verbinden die Wunden. Am Nachmittag gehe ich dann mit der Liste des Tages ins Hinterzimmer der Herberge und weise die Verwundeten den Frauen zu, die sich auf meinen Aufruf hin gemeldet haben. Den Lohn für die erste Woche zahle ich im Voraus. Es ist eine heikle Aufgabe: Ich muss die beständigen Bitten der Frauen für ihre Freunde und Angehörigen in Colchester anhören, kann jedoch nicht darauf eingehen. Es gilt abzuwägen, wie viel ich jeder einzelnen zutraue und wie viel Platz ihr Haus bietet, und die unterschiedlich schwer verletzten Männer jeweils einer passenden Pflegerin zuzuteilen. Ich muss einschätzen, welche Frauen am besten geeignet sind, die Sterbenden aufzunehmen und ihnen zu einem gnädigeren Tod zu verhelfen. Bis zum Abend sind die meisten Verletzten ihren Pflegerinnen übergeben und auf Fuhrwerken abtransportiert worden. Dann ziehe ich mich in mein Zimmer zurück, so erschöpft, dass ich nur noch Liza im Arm halten und uns beide in den Schlaf singen kann. Die Zeiten, da ich abends wach blieb, um auf Henry zu warten, sind vorbei.

Die dramatischen Ereignisse bei Colchester beschäftigen die landesweite Presse. Kampfschriften für die eine oder andere Seite werden veröffentlicht, sodass die Grauen des Krieges und die Tapferkeit der Soldaten der Öffentlichkeit lebhaft vor Augen stehen. Diese Zeitungen erreichen auch uns hier vor Ort, und wir erkennen darin unseren eigenen Wahnsinn wie in einem gesplitterten Spiegel. Die Bevölkerung von Colchester verhungert. Bereits vor ein paar Wochen haben die Leute ihre Hunde und Katzen gegessen. Nun hören wir, dass sie sich nur noch von Seife und Kerzen ernähren. Die royalistische Armee, die innerhalb der Stadtmauern lagert, hat alles genommen, selbst das Stroh von den Dächern als Pferdefutter. Kinder sterben auf der Straße. Wenn ich mir vorstelle, meine Familie und unsere Nachbarn säßen so in Ely gefangen, kommen mir die Tränen. Ich denke an Oxford zurück, daran, dass General Fairfax seinerzeit einen Korb mit Delikatessen für den Duke of York in die Stadt schickte. Wie lange das zurückzuliegen scheint. Dieses neue Grauen des zweiten Bürgerkriegs übersteigt alles, was ich mir je hätte vorstellen können. Von Sitte und Anstand ist nichts mehr geblieben.

Alle Versorgungslinien aus dem Umland in die Stadt sind abgeschnitten. Die Schiffe des Parlaments blockieren den Hafen und die Mündung des Flusses Colne. Der Rat der Stadt richtet ein Hilfegesuch an unseren belagernden General Fairfax, doch der lehnt ab. Dass Colchester im ersten Krieg das Parlament unterstützte, macht diese Entscheidung umso schmerzhafter, sowohl für ihn als auch für uns alle hier, die wir Zeugen sind. Doch ich erkenne, dass er keine andere Wahl hat. Die Stadt ist zur letzten Bastion der südlichen Armee der Royalisten geworden, und die royalistischen Befehlshaber weigern sich zu kapitulieren, obwohl ihnen mehrmals Gelegenheit dazu gegeben wurde. Als Fairfax die Vororte der Stadt räumt und einen Trompeter schickt, um den Anführern der Royalisten die Bedingungen der Kapitulation mitzuteilen, drohen sie, den Mann zu hängen, sollte Fairfax ihn noch einmal senden.

Nach zehn aufreibenden Wochen in schwüler Sommerhitze scheinen beide Seiten, Belagerer und Belagerte, den Verstand zu verlieren: Die Royalisten schicken in ihrer Verzweiflung fünfhundert ausgehungerte Frauen aus der Stadt zu unseren Linien, damit sie um Befreiung flehen. Der ehemalige Vizeadmiral Rainsborough – jüngst zurückgekehrt, nachdem royalistische Meuterer ihn schmählich von seinem eigenen Flaggschiff vertrieben hatten und der Earl of Warwick wieder das Kommando übernahm – lässt daraufhin ein paar der Frauen zum Ergötzen seiner Soldaten entkleiden. Danach kann ich ihn nicht mehr anschauen, so gut mir auch früher seine erfrischende Offenheit und seine Reden von den Rechten der Besitzlosen gefielen. Auch Frauen sollten Rechte haben: das Recht, dass ihnen nicht die Kleider von den ausgemergelten Leibern gerissen werden; das Recht, nicht mitsamt ihren Kindern zu verhungern.

Nun betrachte ich den jungen Cornet Tom, wie er blass und beinahe leblos auf der Trage liegt, mit der die Krankenträger ihn in mein Zimmer bringen. Da höre ich Hufgeklapper und schaue mich um. Ein Bote kommt durch den Torbogen in den Stallhof geritten. Er springt vom Pferd auf den strohbedeckten Boden, und ich erkenne sofort, dass er höchst wichtige Neuigkeiten bringt. Kann dies das ersehnte Ende sein? Ich beobachte, wie die Wirkung seiner Nachricht sich in der Herberge verbreitet: Aus Fairfax' Kommandoraum in der vorderen Stube werden Rufe laut, kaum dass der Bote hineingegangen ist. Soldaten stürzen zum Seiteneingang heraus, um ihren Freunden Bescheid zu sagen. Ich mache mich eilends auf die Suche nach Henry und finde ihn zur Rechten von Black Tom. Der General selbst teilt mir die Neuigkeit mit:

«Euer Vater hat einen beeindruckenden Sieg errungen», verkündet er mit breitem Lächeln, und seine dunklen Augen glänzen wie nasser Torf, als er mir entgegengeht, um meine Hand zu nehmen. «Er hat den Schotten bei Preston eine vernichtende Niederlage beigebracht – es scheint, als seien sie endgültig geschlagen.»

«Die erste Schlacht, in der er allein das Kommando führte», fügt Henry hinzu, hörbar stolz auf die Leistungen seines Schwiegervaters. Ich habe mich oft gefragt, ob seine Liebe zu Vater zum Teil daher rührt, dass er seinen eigenen so früh verloren hat. Vielleicht füllt Vater eine Leerstelle in Henrys Leben aus: der ältere Mentor, das Vorbild und die Vertrauensperson, die ihm als Junge gefehlt haben.

«So ist es», bestätigt der General. «Lambert hat sich ebenfalls in der Schlacht hervorgetan. Gemeinsam haben sie die Schotten in die Flucht geschlagen.»

«Und ist mein Bruder Harry wohlauf?» Ich bringe die Frage kaum heraus. «Er ist bei meinem Vater.»

«Soweit ich weiß, ja.» Fairfax tätschelt meine Hand. «Ich habe von Eurem Vater selbst Nachrichten über die Schlacht erhalten, und er hätte es wohl erwähnt, wenn seinem eigenen Sohn etwas zugestoßen wäre.»

Erleichterung durchströmt mich, und ich muss mich an einer Stuhllehne festhalten – plötzlich wird mir bewusst, wie schwer ich schon an dem Kind in meinem Leib trage.

Vielleicht hat Gott nun genug meiner Brüder zu sich in Seine Herrlichkeit genommen. «Nun muss Colchester doch gewiss kapitulieren?», frage ich, sobald ich wieder imstande bin zu sprechen.

«Ja, dem Herrn sei Dank. Jetzt können wir diese verdammte Belagerung beenden.» Der General dreht sich zu Henry um. «Kommt, Ireton, es gilt, keine Zeit zu verlieren. Wir müssen die Nachricht unverzüglich in die Stadt schicken, damit diese sich schnellstmöglich ergibt. Allerdings wage ich nicht, einen Boten zu beauftragen, nachdem sie beim letzten Mal angedroht haben, ihn zu hängen.»

«Wir können Drachen steigen lassen», schlägt Henry vor, und sein Gesicht strahlt vor Eifer. «Wir drucken die Nachricht auf große Blätter, binden diese an die Drachenschnur und lassen sie über die Stadtmauern steigen. Auf diese Weise können die Befehlshaber die Kunde nicht vor dem Volk geheim halten, und dieses wird sie umso stärker zur Kapitulation drängen.»

«Genial! Und wir feuern in unseren Festungen in der Gegend Salutschüsse ab.» Fairfax ruft zwei junge Männer aus seinem Stab zu sich und trägt ihnen auf, den Plan umzusetzen. Indessen gehe ich auf mein Zimmer. Vielleicht ist der Krieg nun endlich vorbei, und wir können wieder mit den Friedensbemühungen beginnen.

Doch zuvor muss ich einem sterbenden Jungen beistehen. Für ihn kommt dieser Frieden zu spät.

Geschlagen und gebrochen, kapituliert Colchester binnen Stunden, nachdem unsere Drachen aufgestiegen sind. Die Kommandeure versuchen noch, Bedingungen auszuhandeln, doch Fairfax lässt nicht mit sich reden: Sie hatten ihre Gelegenheiten, nun diktiert er allein die Bedingungen der Kapitulation. Hier muss ein Exempel statuiert werden, um zu zeigen, dass dieser zweite blutige und unnötige Krieg ein für alle Mal beendet ist. Die nächsten Tage verlaufen chaotisch und äußerst unschön. Die Stadt leistet eine Strafzahlung – von 14000 auf 12000 Pfund heruntergehandelt –, um weiteren Plünderungen zu entgehen, und ich unterstütze Henry dabei, die Nothilfe für die Armen der Stadt und die Demobilisierung der einfachen royalistischen Soldaten zu organisieren. Da es sich um fast dreitausend Mann handelt, muss das Ganze in geordnete Bahnen gelenkt werden. Und so ziehen sich Warteschlangen ausgemergelter, erschöpfter Männer durch die Stadt. Vertreter der New Model Army fertigen zügig einen nach dem anderen ab, beschlagnahmen die Waffen, notieren die Namen, nehmen den Männern den Eid ab, nicht erneut gegen das Parlament zu kämpfen, und stellen ihnen dann Passierscheine in die Heimat aus. Henry läuft stundenlang geschäftig hinter den Tischen herum, beantwortet Fragen und erteilt Befehle.

Sobald der General uns die Erlaubnis erteilt, gehe ich mit ein paar anderen Ehefrauen, Zivilisten aus dem Tross und Krankenpflegern der Armee in die Stadt. Angesichts der Bilder, die sich mir dort bieten, weine und wüte ich. Colchester, einst eine wohlhabende Stadt mit florierendem Wollhandel, berühmt für ihre Fries- und Sergeweberei sowie die Austernfischerei, ist nun ein Vorgeschmack der Hölle. Die Stadtmauern bröckeln, lückenhaft wie ein faules Gebiss; von der Priorei vor der Stadt ist nur ein rauchender Trümmerhaufen geblieben. Und von drinnen höre ich einen tödlichen Chor aus Klagelauten, Stöhnen und Rufen, gelegentlich durchbrochen von einem lauten

Schrei oder dem Scheppern von Stahl. Hinter jeder Ecke bietet sich ein neues Bild der Verwüstung: Häuserruinen, eingestürzte Kirchtürme, die Steine der uralten Mauern häufen sich in den Straßen. Kinder, bis auf die Knochen abgemagert, klettern hustend durch Staub und Trümmer wie Ratten. Ich gehe durch enge, verrauchte Straßen, wo verhungerte und verkohlte Leichen auf Stufen und in Türnischen kauern. Fliegen tummeln sich auf dem verwesenden Fleisch. Royalistische Soldaten, die ihr Schicksal erwarten, ducken sich vor unseren Blicken, während zerlumpte Stadtbewohner mit großen Augen uns Hilfe suchend ihre knochigen Hände entgegenstrecken. Ein alter Mann drückt mir ein Bündel Knochen in einer Decke in die Arme, und ich erkenne, dass es ein jüngst verstorbener Säugling ist.

Mein Geist ist wie im freien Fall, und ich taste in der Dunkelheit nach Gott. Wie konnte Er zulassen, dass wir einander das antaten? Noch vor einem oder zwei Jahren hätte ich an die Sache gedacht, das große Ziel, das unserem Konflikt zugrunde liegt. Doch nun frage ich mich: Wer trägt die Schuld? Wer muss bezahlen? Und wie können wir verhindern, dass so etwas jemals wieder geschieht?

Während Gott diese Fragen im Himmel beantworten muss und Henry und ich täglich beten, Er möge Seinen Willen offenbaren, ist es an General Fairfax, die Antworten auf Erden zu finden. Das Schicksal der besiegten royalistischen Kommandeure liegt in der Waagschale. Den einfachen Soldaten hat Black Tom in seinen Kapitulationsbedingungen Straffreiheit unter Auflagen zugesichert, die Offiziere hingegen mussten sich seiner Gnade ausliefern. Die Konvention verlangt, dass das Parlament über die Bestrafung der Adligen unter ihnen entscheidet, die vier gemeinen Kommandeure jedoch werden vor Fairfax' Militärgericht gestellt. Einem gelingt die Flucht, ein anderer wird begnadigt, weil er Italiener ist. Damit bleiben noch zwei, über die Fairfax das Urteil sprechen muss: Sir Charles Lucas und Sir George Lisle.

«Es ist eine hässliche Angelegenheit», erklärt Henry mir eines Abends, als wir nach einem anstrengenden Tag zu Bett gehen. «Nach dem Kriegskodex haben Offiziere wie sie ihren Anspruch auf Pardon verwirkt, da sie eine unhaltbare Position weiter verteidigt und somit unnötiges Blutvergießen verursacht haben. Und sie sind doppelt schuldig, weil sie das Ehrenwort gebrochen haben, das sie am Ende des letzten Krieges gaben: dass sie die Waffen nicht wieder gegen das Parlament erheben würden. Sir Charles Lucas hat überdies Kriegsgefangene hingerichtet, was schon für sich genommen ein Kapitalverbrechen ist.»

«Dann erwartet sie die Todesstrafe?» Ich spreche die düsteren Worte flüsternd aus. Henry löscht seine Kerze. Im Dunkeln warte ich auf die Antwort. Dabei sehe ich vor mir, wie Henry jetzt den Kiefer anspannt und die Lippen zusammenpresst.

«Das ist schwer zu sagen, solche Fälle hat es kaum jemals zuvor gegeben», erwidert er schließlich. «Es ist eine Sache zu wissen, was gerecht ist, was das Gesetz vorgibt – aber eine gänzlich andere, das Recht anzuwenden. In der Schlacht einem Mann in den Kopf zu schießen, fällt weitaus leichter, als im grellen Sonnenschein dem Erschießungskommando den Befehl zu erteilen.»

«Aber die Entscheidung liegt beim Lord General?», vergewissere ich mich.

«Letztendlich ja. Doch er wird mich, Rainsborough

und die übrigen Mitglieder des General Council of Officers um Rat fragen. Die Anhörung ist morgen.»

«Schlafe darüber», rede ich ihm zu. «Schau, wie du morgen früh darüber denkst.»

Der Morgen kommt und mit ihm ein Brief für mich, der mit der Nachtpost eingetroffen ist. Ich erkenne Vaters Handschrift und zeige sie Henry. Eifrig öffne ich den Brief, noch ehe ich den letzten Bissen von meinem Frühstücksbrötchen hinuntergeschluckt habe. Beim Auseinanderfalten fällt ein kleineres Rechteck heraus und landet auf meinem prallen Bauch. Ich schaue verwirrt darauf hinab.

«Vielleicht ist es für mich», sagt Henry und nimmt es an sich, ehe ich Gelegenheit habe, Vaters Brief zu überfliegen. Da ich es nicht besser weiß, beginne ich zu lesen. Nach wenigen Zeilen krampft sich mir der Magen zusammen, und ich schaue bestürzt zu Henry auf. Im selben Moment verzieht er schmerzlich das Gesicht, und ich weiß, er hat die furchtbare Nachricht bereits gelesen.

Sein Freund Francis Thornhaugh ist tot. Er wurde nach der Schlacht von Preston bei einer Säuberungsaktion getötet.

Vater hat mir die Nachricht geschrieben und mich gebeten, sie Henry behutsam beizubringen, bevor ich ihm den separaten Brief mit Vaters Beileidsbekundungen gebe.

«Mein Liebster», sage ich hilflos, stehe wie betäubt auf und strecke die Hand nach Henry aus, als könnte ich ihm durch die Berührung etwas von seinem Schmerz abnehmen.

Statt einer Antwort stößt er nur einen Klagelaut aus.

Ich fahre zurück, denn der animalische Laut erinnert mich daran, wie Vater die Nachricht erhielt, dass mein ältester Bruder Rob in der Schule gestorben war. Ich schaue Henry an, Tränen verschleiern meine Sicht. Mein Mann braucht mir nicht zu sagen, was jetzt in ihm vorgeht. Dass Francis sein Freund aus Kindertagen war, der Waffenbruder, mit dem er vor sechs Jahren in den Krieg gezogen ist. Dass sie gemeinsam in ihrer Heimat eine Reitertruppe aufgestellt haben, Flugblätter in den Händen, Gebete auf den Lippen, Seite an Seite auf Juno und Trent. Ich denke daran, wie Francis Liza im Arm hielt und Henry wegen des Spielzeugpferdes neckte. Er war der einzige Mensch, in dessen Beisein Henry sich ganz und gar entspannte. Er war der Erste, der Henrys Kühle und sein strenges Gebaren durchschaute und das feurige Herz und den brillanten Geist hinter der Fassade sah, so wie ich.

Henry weint, auf seinem Stuhl kauernd, reibt sich das Gesicht mit den Fäusten wie ein Kind. «Dieser Krieg», schluchzt er. «Dieser König.»

Ich gehe rasch zu Lizas Bettchen und nehme das Spielzeugpferd heraus, das Juno nachempfunden ist. Zurück bei Henry, knie ich vor ihm nieder, drücke ihm das geschnitzte Pferd in die Hände und fasse seine Knie. Ich möchte ihm Trost spenden, wie er einst mir. «Gott wird ihn zu sich nehmen», sage ich, schließe die Augen und bete für den wunderbaren Francis Thornhaugh. Henry wird ein wenig ruhiger. «Gott wird ihn zu sich nehmen», sage ich noch einmal. Wieder und wieder spreche ich die Worte, während Henry beginnt, im Rhythmus meiner Stimme vor und zurück zu schaukeln, das kleine Pferd mit weißen Händen umklammert.

Als ich ein paar Stunden später dem Kriegsgericht in Colchester Castle beiwohne, schaue ich immerfort zu Henry. Er sitzt verloren und mit ausdrucksloser Miene da, als seien alles Leben und alle Hoffnung aus ihm gewichen. Ohne eine erkennbare Gefühlsregung stimmt er für die Todesstrafe, und als die Offiziere um Gnade ersuchen, zeigt er keine Spur von Trauer oder Mitleid.

Sir George Lisle und Sir Charles Lucas gehen tapfer ihrem Schicksal entgegen. Im Hof der Burg, unter den ernsten Blicken ihrer versammelten Freunde und Feinde, treten sie vor das Erschießungskommando. Ich entschließe mich, die Hinrichtung mit anzusehen, um die ganze Brutalität dieses Krieges mit eigenen Augen zu schauen. Dazu suche ich mir einen Platz zwischen einigen Stadtbewohnern, wo Henry mich nicht entdeckt. Stille senkt sich über uns wie Nebel, als der Augenblick des Todes kommt. Lucas stellt sich als Erster den Musketenschüssen und stirbt kriegerisch, indem er sich das Hemd an der Brust aufreißt und uns Rebellen nennt. Lisle stürzt hinzu, um seinen Freund im Fallen aufzufangen, und küsst ihn zärtlich. Ich schaue die beiden Männer an – der eine tot in den Armen des anderen liegend – und denke an den verwundeten Soldaten zurück, der vor ein paar Tagen auf dem Karren den sterbenden jungen Cornet hielt. Ich hatte geglaubt, die verzweifelte Liebe der Soldaten zu ihren Waffenbrüdern gebe es nur in unserer Armee, die in ihrer tapferen Rebellion geeint ist; hatte angenommen, dass unsere Feinde solche zarten Gefühle nicht kennen. Doch ich war im Irrtum. Mir steht plötzlich ein Gemälde vor Augen, das ich in Hampton Court gesehen habe: die Mutter Jesu, die nach der Kreuzigung ihren toten Sohn in den Armen hält. In diesem Moment weiß ich, dass ich Zeugin eines neuzeitlichen

Martyriums bin. Hier sterben zwei künftige Heilige, die in den häretischen royalistischen Kanon eingehen werden.

Lisle lässt den Körper seines Freundes behutsam auf den Boden sinken. Dann steht er auf, macht einen Schritt auf die Vollstrecker zu, bedeutet ihnen mit gekrümmtem Finger, näher zu kommen.

«Wir werden Euch schon treffen, Sir, seid unbesorgt», sagt der Befehlshaber, um ihm Einhalt zu gebieten. Seine Worte sind halb Drohung, halb Scherz.

Sir George Lisle verzieht höhnisch den Mund zu einem Grinsen, das fast schon von jenseits des Grabes zu kommen scheint. «Ich war dir näher als jetzt, mein Freund, als du mich verfehlt hast», sagt er mit einer Herablassung, die ihn jedes letzte Quäntchen Mut kosten muss. Dann entblößt auch er seine Brust und ruft den Tod herbei. Sein Ruf wird erhört. Ein Knall und eine Rauchwolke, dann ist er ausgelöscht wie eine Kerzenflamme.

KAPITEL NEUNZEHN

Wir haben den zweiten Krieg gewonnen, ebenso entschieden wie den ersten und noch gnadenloser. Doch die Wucht des Ereignisses treibt uns in alle Richtungen auseinander, wie glühende Funken stieben, wenn der Hammer auf das Hufeisen schlägt. Unser kapitulierendes Parlament ändert abermals seine Meinung und schickt eine Gesandtschaft zum zweifach geschlagenen König auf die Isle of Wight, um erneut Verhandlungen mit ihm aufzunehmen. Die Armee – blutig und siegreich aus der Hölle zurückgekehrt – reagiert mit einem Aufschrei, und in London gehen die Levellers auf die Straße. Überall im Land verabschieden Grafschaftsräte Petitionen mit der Forderung, die Verhandlungen einzustellen, solange das Verhalten des Königs nicht untersucht wurde. Und inmitten all dessen, im Auge des Sturms, sitzt General Fairfax. Der Sieg hat ihn bestärkt, aber er zögert dennoch wie eh und je, auf das politische Schlachtfeld zu marschieren. Natürlich wendet er sich an seine Offiziere um Rat.

«Da Vater noch immer im Norden unabkömmlich ist, musst du die Sache in die Hand nehmen», rede ich Henry eindringlich zu. «Wir dürfen nicht die gleichen Fehler machen wie nach dem letzten Krieg.»

«Das werden wir nicht. Diesmal nicht.» Henry schaut mich an, und ich erkenne in seinen Zügen eine neue Entschlossenheit, eine Klarheit und Zielstrebigkeit, die aus jeder Pore seiner Haut zu strahlen scheint. Nach Francis' Tod und dem Trauma von Colchester hat er einen Monat gebraucht, um sich wieder zu erholen. In dieser Zeit musste ich ihn an Körper, Geist und Seele gleichermaßen pflegen: Ich habe ihm Suppe gebracht, wenn ich wusste, dass er hungrig war; habe die Tinte angemischt und ihm die Feder in die Hand gedrückt, wenn seine Finger zuckten; und abends im Bett habe ich ihm trotz der Schwangerschaft meinen Körper hingegeben, wenn er Trost brauchte. Doch nun hat er sich wie der Phönix aus der Asche erhoben und sieht die göttliche Vorsehung klar vor sich: Das Parlament muss aufgelöst und neu gewählt, der König zur Rechenschaft gezogen werden, ehe wir eine neue Zukunft für England aufbauen können.

Wir erstellen einen Entwurf mit einigen Grundideen, den Henry als Vorlage benutzt, dann schreibt er Tag und Nacht Briefe. Immer wieder schickt er unseren neuen Diener aus, um Nachschub an Papier und Kerzen zu holen. Henry schreibt an Fairfax, an Colonel Hammond, der den König auf der Isle of Wight in Gewahrsam hält, an jedes Regiment und an die Räte sämtlicher Grafschaften. Auf sein Betreiben hin verweigert sein Regiment einen Befehl, durch den es auf verschiedene Standorte in Surrey, Sussex und Hampshire aufgeteilt worden wäre. Stattdessen wenden sich die Männer an Fairfax mit dem Ersuchen, der König solle zur Rechenschaft gezogen werden. Dies wird der wichtigste Feldzug unseres Lebens. Ich lasse Vorräte in unser neu gemietetes Haus auf dem Gelände von Windsor Castle liefern und sperre die Treppe ab, weil die kleine Elizabeth inzwischen krabbelt. Dabei habe ich das Gefühl, als richteten wir uns auf eine Belagerung anderer Art ein.

Der Lord General schreibt einen Brief, in dem er Henrys Vorschläge zurückweist. Daraufhin läuft Henry in unserem winzigen Haus auf und ab, dass seine Stiefel laut auf den Dielen poltern. «Ich muss mich anderswo nach Verbündeten umsehen», sagt er, und wir beide wissen, wen er meint. Ich bringe ihm Papier und Feder, doch er ist unruhig, setzt sich seufzend an sein Schreibpult, nur um im nächsten Moment wieder aufzustehen. So geht es den ganzen Tag, bis mit der Abendpost eine erschütternde Nachricht eintrifft.

Wieder einmal handelt es sich um eine Todesbotschaft, in Vaters schnörkeliger Handschrift geschrieben.

«Rainsborough wurde ermordet!»

«Was?» Ich lasse einen Stapel frisch getrocknete Wäsche fallen und eile zu Henrys Stuhl.

«In Doncaster. Er wurde auf offener Straße getötet. Dein Vater sagt, die Royalisten wollten ihn entführen, und die Sache ist aus dem Ruder gelaufen.»

Mir schwindelt vor Schreck und Bestürzung, als ich an den hitzigen jungen Colonel denke und mir vorstelle, wie er in einer Blutlache auf dem Pflaster liegt. Er war so lebhaft, so entschieden, wenn auch nicht immer auf unserer Seite, den Blick stets auf die Zukunft gerichtet – eine Zukunft, die es neu zu gestalten galt. Und nun wird er sie nicht mehr erleben.

«Aber weshalb hatten die Royalisten es ausgerechnet auf ihn abgesehen?»

«Dein Vater vermutet, aus Rache für seine Beteiligung in Colchester.»

Ich starre meinen Mann entsetzt an. «Dann bist du womöglich auch in Gefahr? Du hast ebenso wie Rainsborough dafür gestimmt, Lucas und Lisle hinzurichten. Und

Fairfax hat das Kommando erteilt! Wir brauchen Schutz – kannst du dafür sorgen, dass ein paar Wachen von der Garnison abgestellt werden?»

Henry macht eine ungeduldige, abwehrende Geste: ein leichtes Schulterzucken, ein angedeutetes Kopfschütteln. «Nicht nötig, solange wir hier auf dem ummauerten Gelände des Schlosses sind.»

Ich will widersprechen, erkenne jedoch, dass es zwecklos wäre – Henry ist mit seinen Gedanken bereits bei wichtigeren Dingen.

«Das ist ein harter Schlag für die Levellers», stellt er fest und lehnt sich niedergeschlagen auf seinem Stuhl zurück. «Er war ihr mächtigster Unterstützer innerhalb der Armee, ihr Vorkämpfer.»

«Ihr Held.» Ich sinke auf einen Schemel am Fenster und wende mich ab, um in den Hof hinauszuschauen. Teilnahmslos sehe ich zu, wie ein Wachmann in der hereinbrechenden Dämmerung herumgeht und die Fackeln ansteckt. Die gewaltigen Mauern des Schlosses ragen über uns auf. Als er die Lampe gegenüber anzündet, drängen sich darunter zwei bettelnde Veteranen und schauen auf die Einnahmen des Tages in ihren schmutzigen Händen. Schaudernd schließe ich den Vorhang, halb in der Erwartung, draußen auf dem Pflaster das Hufgeklapper des nahenden Meuchelmörders zu hören.

Als ich mich wieder umdrehe, schreibt Henry fieberhaft. Ich weiß, ohne hinzuschauen, an wen er seinen Brief richtet.

Es ist eine Einladung, und wir brauchen nur vier Tage auf den Besucher zu warten.

John Lilburne, der Anführer der Levellers, Verfasser glühender Kampfschriften, ehemaliger Offizier der New Model Army und einst Vaters Freund, trifft am Nachmittag ein. Er kommt zu spät zum Mittagessen und zu früh für das Abendessen, deshalb bewirte ich ihn mit Dünnbier, Brot und Apfelkuchen.

Henry – der nie ans Essen denkt, wenn ich ihm nicht einen Teller in die Hand drücke – ist froh, das Gespräch ohne die Ablenkung einer förmlichen Mahlzeit führen zu können. Er hat sich gedanklich intensiv auf dieses Zusammentreffen vorbereitet. «Weißt du, was man über ihn sagt?», hat er mich gefragt, während wir Lilburnes Ankunft erwarteten, ich mit Liza auf dem Arm. «Wenn die Welt menschenleer wäre bis auf John Lilburne, würde Lilburne mit John streiten und John mit Lilburne.»

«Dasselbe könnte ich auch von dir sagen», habe ich erwidert, ihm ermutigend zugelächelt und ihm Liza zu halten gegeben. «Du hast es mit Denzil Holles aufgenommen, dann mit dem armen Thomas Rainsborough. Du hast sogar mit dem König selbst verhandelt. Mit dem ‹ehrlichen› John Lilburne wirst du schon fertig.»

«Ich wurde durch Rainsboroughs Begräbnis aufgehalten», erklärt Lilburne gereizt ohne irgendeine Vorrede oder Entschuldigung, während er im Hausflur Hut und Mantel ablegt. «Ihr hättet es sehen sollen, Ireton.»

Das Fehlen der Anrede «Sir» überrascht mich. Doch dann erinnere ich mich, dass Lilburne selbst Lieutenant-Colonel war, ehe er 1645 aus Protest gegen unser Bündnis mit den Schotten sein Kommando niederlegte. Seine äußere Erscheinung steht im Widerspruch zu seinem selbstsicheren, gebieterischen Auftreten: Er ist ein kleiner, schmächtiger Mann, und als er mir seinen Hut reicht, sehe ich, wie dünn sein Arm ist – Zeugnis der Monate, die er unlängst im Gefängnis zugebracht hat.

«Dreitausend Trauernde sind durch die Straßen Londons gezogen», fährt unser Gast fort, und der Stolz in seiner Stimme überwiegt beinahe die Trauer. Er spricht mit Londoner Akzent, doch die Vokale verraten noch, dass er aus dem Norden stammt. «Und alle ihm zu Ehren mit meerwassergrünen Bändern, wie er sie zu tragen pflegte. Ich denke, das sollten wir als unser Zeichen einführen, um sein Andenken zu ehren.»

Augenblicklich sehe ich wieder vor mir, wie Rainsborough bei unserer ersten Begegnung in Holton Park schwungvoll seinen Hut mit den meerwassergrünen und schwarzen Bändern zog. Es war an dem Tag, als ich zu Henry kam, um seine Frau zu werden. «Wo wurde er beigesetzt?», erkundige ich mich, in Gedanken nun bei unserem Gespräch über seine Vergangenheit als Kaufmann in London.

«In Wapping, neben seinem Vater.»

Der Gedanke rührt mich: Am Ende ist der politische Abenteurer und Liebhaber der hohen See heimgekehrt, um zwischen den Kaufleuten und Weltreisenden zu liegen, die er so bewunderte, und die Gewürzdüfte aus dem Hafen wehen über ihren Gräbern. Ich hoffe, der Himmel hält Mangos, Datteln und Bananen für ihn bereit.

Ich reiße mich aus meinen Gedanken und biete Lilburne einen Sessel am Feuer in der Stube an. Henry rückt sich den anderen Sessel zurecht, und ich versorge die beiden mit Speise und Trank, ehe ich mich auf einen Stuhl zwischen ihnen setze.

Lilburne beäugt Henry scharf über den Rand seines Bierglases hinweg. Rainsboroughs Name hängt unbehaglich im Raum. In Gedanken dränge ich Henry, entschieden zur Sache zu kommen, und er enttäuscht mich nicht.

«Rainsborough hatte recht», beginnt er leise, aber mit Nachdruck. «Ich sage das ungern, denn wir haben in Putney erbittert gestritten. Aber er hat schon damals ein paar Wahrheiten über den König erkannt und über den radikalen Wandel, den wir brauchen – Dinge, die ich erst im Nachhinein begriffen habe.»

Nach Colchester, meint er. Nachdem Francis starb.

«Ihr nehmt Rainsborough also für Euch in Anspruch, nun, da er tot ist», entgegnet Lilburne rasch. «Ich frage mich, ob Ihr ihm wohl auch so bereitwillig zustimmen würdet, wenn er noch am Leben wäre.»

«Ihr seid ungerecht, Sir.» Ich kann nicht anders, als für Henry Partei zu ergreifen. «Mein Mann konnte nicht wissen, dass der König auf einen neuen Krieg aus war. Seitdem das klar ist, hat er sich einigen Denkweisen von Euch Levellers angeschlossen.»

«Aber gilt dasselbe auch für Euren *Vater*, Mistress Ireton?» Lilburne richtet den Blick auf mich und wechselt die Taktik, wendig wie eine Jolle. «Kommt es General Cromwell nicht ganz gelegen, dass Rainsborough – unser mächtigster Unterstützer in der Armee und der Erste, der gefordert hat, dem König den Prozess zu machen – so überraschend getötet wurde? Soweit ich weiß, kamen die Mörder aus Pontefract, wo Euer Vater stationiert ist …»

Ich springe entrüstet auf, während Henry einen Fluch ausstößt. Wie kann Lilburne nur denken, Vater sei an einer so schändlichen Tat beteiligt? Ich mag in letzter Zeit an ihm gezweifelt haben – zum Beispiel was eine Beteiligung an der Flucht des Königs aus Hampton Court betrifft –, aber Vater ist kein Mörder.

Lilburne breitet in einer beschwichtigenden Geste die Hände aus. «Ich möchte niemandem zu nahe treten, ich spreche nur aus, was ich sehe. Könnt Ihr mir einen Vorwurf machen, wenn ich zögere, den Euren zu vertrauen? Euer Vater hat voriges Jahr einen unserer Anführer erschießen lassen – habt Ihr das etwa vergessen? Die Armee, die Ihr so verehrt, will die Macht für sich selbst.»

Ich rechne damit, dass Henry auf diese schockierende Anschuldigung losstürzt wie ein Jagdhund auf einen Hasen. Doch stattdessen legt er mir eine Hand auf den Arm, um mich zurückzuhalten, und ich lasse mich auf meinen Stuhl zurücksinken. Ich schaue ihn an und lese in seinem Gesicht, wie der anfängliche Zorn ruhiger Entschlossenheit weicht. *Lilburne stellt uns auf die Probe,* sagt Henry mir ohne Worte. *Er hat den ersten Treffer gelandet, wie es seine Absicht war. Er musste zuerst seine Position markieren. Aber jetzt wird er zuhören.* Wie in stummer Erwiderung stellt Lilburne sein Glas auf den Tisch neben sich und faltet die Hände. Nun ist es an Henry, klarzustellen, wo er steht.

«Dem König muss der Prozess gemacht werden», setzt er an, «und Eure Argumente für eine neue schriftlich niedergelegte Verfassung haben mich überzeugt.»

«Erst die neue Verfassung, dann der Prozess», unterbricht Lilburne ihn. «Ich werde nicht dulden, dass das Parlament gesäubert oder der Kopf des Königs auf den Richtklotz gelegt wird, ehe die Rechte des Volkes garantiert sind. Wie sonst sollte verhindert werden, dass die Armee den frei gewordenen Platz einnimmt und die Macht für sich beansprucht?»

Henry neigt den Kopf, doch er stimmt weder zu, noch

gibt er überhaupt einen Kommentar ab. Stattdessen fährt er fort: «Der neuen Regierung wird die Übereinkunft zugrunde liegen, dass die wahre Hoheitsgewalt beim Volk liegt.»

In der Stille, die auf seine Worte folgt, lausche ich auf meinen Herzschlag. Es ist ein gewaltiges Zugeständnis – diese wenigen Worte zeigen, wie weit Henrys Denkweise sich im vergangenen Jahr von seinem früheren Standpunkt entfernt hat. Mich begeistert die Revolution, die diese einfache Idee verheißt: dass die Hoheitsgewalt nicht von oben aus den Wolken verliehen wird, von Gott an den König, sondern von unten durch die rechtschaffene Erde, durch das Volk an seine Vertretung, das Parlament. Eigentlich müsste Lilburne jetzt Freudensprünge machen, doch er zeigt keine Gefühlsregung. Die Augen schmal im Feuerschein, lauscht er auf jedes Wort, das Henry sagt.

«Wir brauchen ein neues Parlament», fährt Henry fort, «das in kurzen Abständen neu gewählt wird und gegenüber dem Volk Rechenschaft ablegen muss.»

«Dem gesamten Volk», unterbricht Lilburne ihn erneut. «Jedermann muss das Recht haben zu wählen.»

«Jeder *Mann*», wiederhole ich unwillkürlich.

Lilburne wendet sich mir zu und schaut mich mit neuem Interesse an. «Ihr solltet einmal meine Frau Elizabeth zu diesem Thema hören», sagt er, und ein liebevolles Lächeln huscht über sein Gesicht. «Die glühendste Vorkämpferin für Euer Geschlecht, der Ihr je begegnen werdet.»

Ich strahle ihn an und vergesse in meiner Begeisterung für einen Moment unsere heikle Aufgabe. «Wenn das so ist, würde ich sie wirklich gern kennenlernen.»

Daraufhin lächelt Lilburne breiter und neigt höflich

den Kopf. Ich werfe einen raschen Blick zu Henry und werde mit einem angedeuteten Nicken für meine Diplomatie belohnt. Dann schiebt er das Thema der Frauenrechte beiseite, um das Gespräch weiter voranzubringen.

«Der König muss gewählt werden.»

«Kein König», widerspricht Lilburne mit ausgestrecktem Finger, und seine Aufmerksamkeit ist nun wieder ganz auf Henry gerichtet. «Kein Monarch und auch kein House of Lords.»

Henry hebt abwehrend die Hand. «Hört erst meinen Vorschlag an. Wir haben einen gewählten König – je nach Ausgang des Prozesses entweder diesen oder einen anderen unserer Wahl –, und er besitzt weder das Vetorecht noch Macht über das Parlament.»

«Er wäre also eine bloße Galionsfigur?»

«Wenn man so will.»

«Wozu dann überhaupt ein König?»

Henry entfährt ein leiser Seufzer – seine Geduld ist bereits arg strapaziert. «Wenn wir zu schnell zu tiefe Einschnitte machen, werden wir auf dem Weg das Volk verlieren. Wir hatten von jeher Könige; die einfachen Leute sind mit diesem Konzept vertraut.»

Er hat natürlich recht.

Lilburne zuckt die Achseln, scheinbar über die Dummheit des Volkes, für dessen Rechte er eintritt, und nimmt sich ein Stück Apfelkuchen. Er beißt ab und spricht mit vollem Mund weiter. «Ihr beabsichtigt, das schriftlich niederzulegen?»

«Ich arbeite bereits an einem Manifest.»

«Wenn Ihr unsere Unterstützung wünscht, müsst Ihr uns daran mitarbeiten lassen. Es muss unserem *Agreement of the People* ein wenig angenähert werden.»

Ich schaue Henry an und rechne halb mit seiner Ablehnung; er hütet seine Feder eifersüchtig. Nur Vater, John Lambert und ich dürfen überhaupt in die Nähe seiner Entwürfe kommen. Er hat einmal zugelassen, dass der verräterische John Ashburnham, Mittelsmann des Königs, sich in seine Formulierungen einmischte, und das ging alles andere als gut aus.

«Ein Komitee», sagt Henry nach kurzem Nachdenken. «Levellers, Armeeoffiziere, Londoner Independents und Mitglieder des Parlaments.»

«Sechzehn Männer», fordert Lilburne.

«Wie Ihr wünscht.»

«Wenn wir ihnen heute Abend die Einladungen schicken, können wir uns morgen im Nag's Head in der Stadt treffen.»

«Einverstanden.»

Eine prekäre Einigung scheint in Sicht. Ich hole den Bierkrug und schenke den beiden Männern nach. Sie nehmen tiefe Züge und behalten einander dabei aufmerksam im Blick, als wolle jeder aufgrund der Größe der Schlucke die Verbindlichkeit des anderen einschätzen. Während ich sie beobachte, erwacht in mir eine zarte Hoffnung, flattert mit den Flügeln wie ein Vogelküken. Kann das hier wirklich gelingen? Wenn die Armeeführer und die Levellers zusammenarbeiten, könnten wir vielleicht aus den Trümmern etwas Neues erschaffen, das Bestand hat.

Lilburne stellt sein Glas ab, erhebt sich und macht Anstalten zu gehen. Ich lade ihn ein, noch mit uns zu Abend zu essen, ehe er losreitet, doch er winkt ab. Also hole ich ihm Hut und Mantel, während Henry durch die Hintertür nach dem Knecht ruft, damit er Lilburne sein Pferd bringt. Wir versammeln uns im engen Hausflur, und Lilburne dankt mir zum Abschied mit schroffen Worten für die Gastfreundschaft.

«Ich werde meine Frau zu Euch schicken, wenn Ihr das nächste Mal in London seid», sagt er plötzlich. «Wenn es Euch ernst damit war?»

«Gewiss», erwidere ich aufrichtig. «Es wäre mir eine große Freude, sie kennenzulernen.»

Lilburne richtet den Blick auf Henry. Nach kurzem Zögern streckt Henry ihm die Hand entgegen, und der Leveller nimmt sie mit festem Griff. John Lilburne tritt zur Tür hinaus, doch auf der Schwelle hält er noch einmal inne. Sein Gesicht ist in der hereinbrechenden Dämmerung von der Laterne beleuchtet.

«Ihr werdet Fairfax und den Council of Officers überzeugen müssen. Seht Ihr Euch dazu in der Lage?»

«Ich kann und werde es tun», erwidert Henry. Dabei drückt er meine Hand so fest, dass meine Fingerknöchel knacken.

Das wird zu Henrys gottgegebener Mission, und alles andere muss hinter dieser Aufgabe zurückstehen. Bei Tage arbeitet er an seiner *Remonstrance* und verhandelt jeden Entwurf mit dem Komitee der Levellers; abends schreibt er an Vater und Fairfax und betet zu Gott, Er möge ihn leiten. Als die *Remonstrance* endlich fertig ist, reitet er ins Hauptquartier der Armee in Saint Albans und legt sie dem Council of Officers vor. Sie lehnen sie prompt ab, doch Henry lässt sich nicht beirren. Er verteidigt die Schrift in tagelangen Debatten, und wenn er danach nicht zu erschöpft ist, um noch zur Feder zu greifen, schickt er mir mit der Abendpost Berichte über den neuesten Stand.

Ich unterstütze ihn, so gut ich kann: Ich schreibe an Vater und ersuche ihn um Unterstützung. Er sitzt noch immer bei Pontefract fest, denn die Belagerung der Royalisten in ihrer letzten Bastion findet kein Ende. Doch Vater schreibt zurück, er habe Fairfax gedrängt, einen letzten Appell an den König abzuwarten. Er hat die Hoffnung noch immer nicht aufgegeben, dass dieser die jüngsten Vorschläge des Parlaments annimmt. Vater setzt seine Hoffnung in seinen alten Freund und Verbündeten Sir Henry Vane und die Independents unter den Unterhändlern des Parlaments; diese setzen sich nach Kräften dafür ein, die im Krieg erkämpften Rechte zu sichern. Doch das ist naiv. Ich bin ebenso wie Henry davon überzeugt, dass seine alte Nemesis, der Parlamentarier Denzil Holles, und seine presbyterianische Kommission sich gegen Vane durchsetzen werden. Sie versuchen alles, um eine Einigung mit dem König zu erzielen. Es ist offenkundig, dass Vaters Denkweise sich nicht im selben Maß weiterentwickelt hat wie die von Henry und mir. Enttäuscht über sein Zaudern, knülle ich den Brief zusammen. Auch er muss doch nun endlich erkennen, welchen Weg Gott uns bestimmt hat?

Ich wende mich auch an Lady Fairfax, allerdings mache ich mir trotz unserer Freundschaft keine großen Hoffnungen, sie überzeugen zu können. Sie war von jeher eine heimliche Bewunderin des Königs. Es war immer ihr inniger Wunsch, dass er zu den Bedingungen des Parlaments wieder den Thron besteigt und unsere Gesellschaft zu ordentlichen, zivilisierten Verhältnissen zurückkehrt. Diese überwältigende Sehnsucht teilt sie mit Betty. Annes Antwort fällt knapp aus und besteht nur aus Plattitüden. Ich beschließe, es erneut zu versuchen, wenn wir uns das nächste Mal persönlich begegnen – hoffentlich habe ich dann mehr Erfolg. Abgesehen von diesen kümmerlichen Bemühungen kann ich im Augenblick nichts tun. Ich muss aus der Ferne zuschauen und abwarten, während Liza mir um die Beine krabbelt und das Kind in meinem Bauch heftig tritt.

Die Tage vergehen, und ich spüre, wie das Kind sich in die richtige Lage senkt. Ich weiß, nun steht die Geburt kurz bevor. Entschlossen, diesmal besser vorbereitet zu sein, sichere ich mir die Dienste einer Hebamme aus der Gegend und suche mir einen Arzt. Als die Wehen einsetzen, sende ich einen Boten zu ihnen, und unseren Knecht beauftrage ich, Mutter in der Drury Lane Bescheid zu sagen. Margery ist ebenfalls zur Hand, auch wenn sie sich hauptsächlich um Elizabeth kümmern muss, die gerade laufen lernt. Ich spüre, wie die vertraute Angst in mir aufsteigt, doch ich bin entschlossen, nicht nach Harry zu schicken.

Als Mutter eintrifft, ist sie entsetzt.

«Du musst ihn holen lassen! Warum hast du es nicht schon getan?» Aufgebracht befingert sie die Perlenschnur an ihrem Hals. «Du bekommst heute Nacht dein Kind, und wenn du bereits nach ihm geschickt hättest, hätte er bis morgen früh hier sein können. Was, wenn etwas schiefläuft? Und wir haben nicht einmal Betty hier, sie ist in Northborough. Lass mich einen Boten zu Henry entsenden.»

«Nein, Mutter, auf gar keinen Fall.» Ich halte inne, um tief zu atmen, in quälendem Schmerz über eine Stuhllehne gebeugt. «Der Zeitpunkt könnte gar nicht ungünstiger sein. Er steckt mitten in den Verhandlungen, um den Armeerat dazu zu bewegen, seiner *Remonstrance* zuzustimmen – da zählt jeder Tag. Ich will nicht dafür verantwortlich sein, dass er sich entscheiden muss.» Ich verschweige ihr, dass ein Teil von mir bezweifelt, dass er käme, selbst wenn ich ihn vor die Wahl stellte, und dass ich es lieber nicht darauf ankommen lassen will.

Mutter behält wie immer recht, und in der tiefschwarzen Novembernacht bricht das Kind blutig aus mir hervor, während ich schreie und den Mond anheule. Minuten zuvor küsse und umarme ich Liza in den letzten Momenten, in denen ich noch dazu in der Lage bin – wie schon beim ersten Mal habe ich Angst, die Geburt nicht zu überleben. Allerdings kommt diesmal die Befürchtung hinzu, dass ich mein kleines Mädchen mutterlos zurückzulassen muss. Doch ich überlebe, und auch das Kind lebt. Meine kleine Elizabeth hat eine Schwester. Ich bin froh darüber, nicht nur wegen Liza, sondern auch um Henrys willen, denn anderenfalls hätte er die Geburt seines ersten Sohnes verpasst.

Wie beim letzten Mal verlebe ich die ersten paar Tage in einem Dämmerzustand. Margery, die Elizabeth noch immer ein- oder zweimal am Tag stillt, hat Milch für das Neugeborene. Sobald klar ist, dass ihr Milchfluss sich genügend verstärkt, übernimmt sie die Kleine, sodass ich schlafen kann. Es kommt mir vor, als verschliefe ich ganze Tage. Liza liegt eingerollt neben mir – die Schreie, die sie aus meinem Zimmer gehört hat, haben sie so geängstigt, dass sie mir seither nicht mehr von der Seite weicht. So findet Henry uns vor. Als ich seine leise Stimme höre, bin ich augenblicklich wach.

«Henry!»

«Liebste.» Er tritt rasch ans Bett. «Warum hast du denn nicht nach mir geschickt?»

«Aber weshalb kommst du heim?» Ich schaue ihn verwirrt an. Er sieht unsäglich abgehärmt aus.

Daraufhin strahlt er mich an, und seine füchsischen Züge werden weicher. «Der Rat hat der *Remonstrance* zugestimmt, und die Armee kommt nach Windsor. Ich habe es geschafft, Liebling, ich habe es geschafft!»

Ich sinke erleichtert in mein Kissen zurück – es war also die richtige Entscheidung, ihn nicht zu benachrichtigen. «Du hast sie überzeugt?»

«Größtenteils.» Er nimmt meine Hand, und die schläfrige Liza rückt näher an ihn heran. «Aber letztendlich gab die Nachricht den Ausschlag, dass das House of Commons sich der Forderung des Königs beugen wollte, ‹in Ehren, Freiheit und Sicherheit› nach London kommen zu dürfen. Holles und seine Fraktion waren im Begriff, uns erneut auszumanövrieren. Nun haben wir die Kontrolle übernommen. Meine *Remonstrance* wurde vor zwei Tagen im Parlament eingebracht, und die Debatten darüber wurden aufgeschoben, bis das Ergebnis der Verhandlungen mit dem König feststeht. Sie haben mir geradewegs in die Hände gespielt – selbst Fairfax gesteht jetzt zu, dass die Auflösung des Parlaments erzwungen werden muss. Es tagt nun bereits seit acht Jahren in unveränderter Zusammensetzung und hält sich für unsterblich. Aber wir brauchen Neuwahlen. Wir werden binnen Tagen auf London marschieren, das garantiere ich. Es ist ärgerlich, dass dein Vater nicht hier ist, aber Fairfax hat ihn zurück in den Süden beordert.»

Ich seufze glücklich. In meiner Erschöpfung bin ich zu nichts anderem fähig, als Henry stolz anzulächeln.

«Doch genug von alldem.» Er lässt sich lachend neben mir auf das Bett fallen und küsst mich auf die Stirn, während Liza auf ihn klettert. «Wo ist meine neugeborene Tochter?»

Henry behält recht. Die Truppen kommen nach Windsor, doch das Parlament lehnt die *Remonstrance* binnen Tagen ab, und der General Council of Officers befiehlt der Armee, nach London einzumarschieren. Wir begleiten unsere Brüder. Zwar sollte ich eigentlich im Bett liegen und mich von der Geburt erholen, doch ich spüre, dass der Höhepunkt naht, und weigere mich zurückzubleiben. Also sitze ich von Kissen und Polstern gestützt und zum Schutz vor der Dezemberkälte in Decken gehüllt in einem rumpelnden Wagen. So legen wir die sechzig Meilen zum Haus meiner Eltern in der Drury Lane zurück. Liza schmiegt sich an mich, Margery sitzt mir mit der kleinen Jane im Arm gegenüber, und Henry reitet neben uns her. Ich betrachte lächelnd meine beiden Mädchen, von denen das eine nach meiner Mutter benannt ist, das andere nach Henrys. Dann schließe ich die Augen, um den Schmerz der Reise zu ertragen.

Binnen Minuten nach unserer Ankunft, noch während unser Gepäck abgeladen wird, ist Henry schon auf und davon zum Parlament. Er nimmt sich nicht einmal die Zeit, etwas zu essen oder sich umzukleiden. In den nächsten Tagen bekommen wir ihn kaum zu sehen, denn die hitzigen Debatten im Parlament dauern Tag und Nacht an, bis – zu unserem Erstaunen und Entsetzen – das Haus endlich beschließt, die Verhandlungen mit dem König fortzusetzen. Verzweifelt wenden die Parlamentarier, die dagegen gestimmt haben, sich an die Armeeoffiziere und fordern, mit Waffengewalt gegen das Parlament vorzugehen. Henry und der Pfauenprediger schlagen vor, das Parlament solle gezwungen werden, sich aufzulösen und neue Wahlen abzuhalten. Doch die Parlamentarier fürchten um ihre Sitze und bestehen stattdessen auf einer gezielten Säuberung, um ihre Widersacher aus dem Weg zu schaffen. Henry behagt der Plan nicht, aber er sieht keine Alternative.

In dieser Nacht finden wir beide nicht viel Schlaf, und noch bevor der Adventsmorgen dämmert, schaue ich im Licht heruntergebrannter Kerzenstummel zu, wie Henry sich ankleidet. Ernst und still macht er sich auf den Weg. Ich verabschiede ihn mit einem Kuss, als zöge er in den Krieg. Wir beide wissen, dass dies der Tag ist, der alles verändern wird. Vater ist noch nicht wieder in London, aber die Ereignisse lassen sich nicht länger hinauszögern. Auf Anweisung von Henry – wenn auch mit der allgemeinen Zustimmung von Fairfax und dem Council – stationiert Colonel Thomas Pride seine Männer vor dem Parlamentsgebäude und verwehrt Dutzenden Abgeordneten mit vorgehaltenen Musketen den Zutritt. Wer dagegen protestiert, wird verhaftet. Eine unheimliche Stille legt sich über London, da das Schicksal der Stadt und des ganzen Landes auf Messers Schneide steht. Binnen Stunden ist das Parlament auf einen Rumpf aus denjenigen Mitgliedern reduziert, die unsere Revolution unterstützen. Das verfassungsgemäße Gleichgewicht der Königreiche verschiebt sich wie dünne Eisplatten auf einem gefrorenen Fen. Wir sind ein Schiff, das in gefährliche, unkartierte Gewässer vordringt, und Henry steht am Steuer.

Als Henry schließlich in die Drury Lane zurückkehrt, kann er kaum noch sprechen, doch in seinen Augen lodert ein Feuer. Obwohl es schon nach Mitternacht ist, geht er geradewegs zu seinem Schreibpult in der Ecke unseres Ankleidezimmers, um weiterzuarbeiten. Als ich etwas später ein Tablett mit Abendessen bringe, ist er auf seinem Stuhl eingeschlafen. Sein Körper ist selbst im Schlummer noch steif und angespannt, eine Hand hält ein Blatt Papier, die andere seine Feder. Ich setze mich leise auf einen Stuhl in der Nähe, um seinen Schlaf zu bewachen. Vergebens, denn Minuten später ertönt ein lautes Poltern, dann kommen schwere Schritte die Treppe herauf, und die Tür fliegt auf. Henry schreckt hoch, und wir beide wenden uns der großen Gestalt zu, die im Kerzenschein in der Tür steht, ein müdes Lächeln auf den Lippen.

Vater betritt den Raum und schaut uns beide abwechselnd an.

«Was habe ich versäumt?»

KAPITEL ZWANZIG

Winter 1648–1649

Prediger Hugh Peter ist auf der Kanzel eingeschlafen. Er steht hoch über uns in der steinernen Loge, die unsere Gemeinde überragt wie ein Schiffsschnabel, das schlafende Gesicht friedlich zwischen den geschnitzten Engeln. Auf der Wendeltreppe zur Kanzel sind Soldaten in Stellung, zwei haben sich sogar zu ihm hineingezwängt. Ihre glatt rasierten Gesichter starren kriegerisch zu uns herab. Und dennoch steht Peter stumm und reglos und scheint zu schlafen.

Ich wechsle einen verwirrten Blick mit Henry, als plötzlich ein Ruf von der Kanzel ertönt.

«Ich wurde durch eine himmlische Stimme erweckt!», dröhnt Prediger Peter, und sein dünner Oberlippenbart bebt, während überall in der Kirche Leute nach Luft schnappen. «Die Stimme – eine Engelsstimme – sang ein gar lieblich klingendes Lied. Diese Armee, verkündete sie, diese ruhmreiche Armee wird den König und die Seinen zerschmettern wie Felsbrocken, die aus einem Berg gehauen werden. Wenn wir jetzt nicht handeln, wird dieser König, dieser Barabbas davonkommen, während ihr, meine Brüder, die Soldaten Christi, an seiner statt gekreuzigt werdet.»

Als Peters Herde in der bitterkalten Kirche seine Worte aufnimmt, läuft eine Mischung aus Jubel und Klagelauten durch die Reihen des Gestühls. Ich schaue mich um, fasziniert von der Wirkung, und spüre, wie sich durch die Macht seiner Prophezeiungen auch in mir etwas regt. Henry zu meiner Linken bleibt stumm, doch sein angespanntes Gesicht verrät mir, dass er Peters Befürchtungen und sein Gefühl der Dringlichkeit teilt, auch wenn die Gewalt seiner Sprache ihn beunruhigt. Vater zu meiner Rechten hingegen rutscht verärgert auf seinem Sitz herum und schüttelt den Kopf über die flammende Rede seines Freundes. Er klammert sich noch immer an die Hoffnung, seinen Monarchen zu retten, obwohl wir den Brief in dem Sattel entdeckt haben, der den Verrat des Königs beweist, trotz der Grauen des zweiten Krieges. Es ist, als sei er den ganzen Weg mit uns gegangen, nur um dann im letzten Moment ängstlich vor dem Abgrund zurückzuweichen. Henry hat eingestanden, dass er im Irrtum war, und sich dem Ruf der Levellers nach Wandel angeschlossen. Vater hingegen kann sich selbst jetzt nicht dazu überwinden. Ich wende mich von ihm ab und rücke näher an meinen Mann heran, ziehe meine behandschuhte Hand aus dem Muff, um nach der seinen zu greifen.

Ganz London ist von Raserei erfasst. Wie in Rom vor den Iden des März steigern sich Angst und Zorn bis zum Wahnsinn. Täglich werden Prophezeiungen gedruckt: Warnungen vor dem bevorstehenden Armageddon oder Verheißungen eines neuen Himmelreichs – auf den Tischen der Buchhändler im Kirchhof von St. Paul's liegen sie direkt nebeneinander. Gerüchte über die Korruption und Verderbtheit der Armeeführer wirbeln aus den Druckerpressen auf die vereisten Straßen: Mein Vater wolle die

Krone für sich, schreiben sie; der Pfauenprediger habe ein neues Wams und Hosen aus rotem Samt, bezahlt aus der geplünderten Kasse des Königs.

Auch wir Frauen bleiben von den gnadenlosen Verurteilungen nicht verschont. Meine Mutter und die Generalin werden in der Presse angegriffen: Die royalistische Zeitung *Mercurius Melancholicus* beschuldigt sie, ihre Ehemänner zu betrügen, Geld veruntreut zu haben und miteinander darum zu wetteifern, wer Königin wird. Beide leiden schmerzlich unter den Anfeindungen. Mutter hat größere Angst, als sie sich anmerken lässt, und geht nicht mehr aus dem Haus. Anne schreibt mir, sie habe im Traum den Kopf ihres Mannes auf einem Tablett gesehen. Erbost über diese Hetze, lasse ich mich überall in der Stadt blicken, erledige Botengänge und mache Besuche, bis ich eines Tages in einer engen Gasse hinter St. Paul's von einer Horde tollwütiger Lehrlinge angespuckt werde. Ich laufe in Richtung Cheapside davon, wo ich mich in eine Mietkutsche flüchte und nach Hause fahre. Eine Prophetin, Elizabeth Poole, hat grausige Visionen vom Tod des Königs und warnt die Männer, die nun in Whitehall an der Macht sind. Ihre lebhaften Schilderungen gespenstischer Szenen rauben Henry den Schlaf. Indessen muss ich Nacht für Nacht aufstehen, da ich immer wieder Blutungen habe – mein Körper erholt sich noch von der Geburt. Einmal, als ich auf der Suche nach frischen Binden bin, halte ich am Fenster inne und schaue in die mondhelle Nacht hinaus. Mir scheint, die ganze nunmehr verschneite Stadt schreit danach, in Blut gebadet zu werden.

Vater und Henry splittern unter dem Druck in unterschiedliche Richtungen. Henry hält Reden in der riesigen Versammlung aus Soldaten und zivilen Levellers, die jetzt in Whitehall unter dem Vorsitz von General Fairfax tagt. Sie müssen sich auf eine endgültige Fassung eines *Agreement of the People* einigen, einer Vereinbarung des Volkes. Henry konzentriert sich auf John Lilburne und ihre jeweiligen Zukunftsvisionen, die früher so verschieden waren, sich aber immer mehr annähern. Für ihn steht fest, dass man dem König den Prozess machen und an seiner statt eine neue Regierung einrichten muss. «Zweimal haben wir das Königreich erobert.» Wir sitzen beim Abendessen, als er diese Worte förmlich ausspeit. «Genug ist genug.» Doch er hat Vater noch nicht ganz von dieser Notwendigkeit überzeugt, denn der sucht indessen weiter nach Kompromissen: Die meisten der verhafteten Parlamentsmitglieder werden wieder freigelassen und erhalten ihre Sitze zurück. Zugleich arbeitet Vater in aller Stille zusammen mit dem House of Lords an einem letzten Angebot für den König, der sich nun in Windsor befindet: Würde Charles eine Rolle als Galionsfigur akzeptieren? Wenn nicht, würde er zugunsten eines seiner Söhne abdanken?

«Es wird scheitern», hält Henry Vater entgegen, als sie zur Geisterstunde vor dem Schlafengehen ihre Pfeifen stopfen. «Der König wird nicht einwilligen; hast du aus den vergangenen Jahren denn gar nichts gelernt?» Später im Schlafzimmer beklagt Henry sich bei mir über Vater: «Ich habe die Drecksarbeit für ihn erledigt, die Argumente geliefert, das Parlament selbst angegriffen, uns vorangebracht, und nun betritt er die Bühne und spielt den Schlichter.»

«Aber das ist doch gerade das Geheimnis eurer Partnerschaft, der Grund, weshalb ihr gemeinsam so viel erreichen könnt», rede ich ihm begütigend zu. Dabei hoffe ich im Stillen, das möge noch immer zutreffen, und wünsche mir, ich könnte die Unstimmigkeiten zwischen den beiden ausräumen.

Wieder einmal geht es in unserem Haus an der Drury Lane zu wie in einem Bienenstock. Es wird verhandelt und gefeilscht, und einmal sitzt sogar der dunkeläugige Höfling und Rechtsgelehrte Bulstrode Whitelocke, der Commissioner of the Great Seal, zum Abendessen an unserem Tisch. Nachdem er eine Weile liebenswürdig geplaudert hat, spricht er milde Worte von einer Schlichtung, mit der die erzürnte Armee besänftigt werden soll.

Betty kommt mit John aus Northborough, ebenfalls im Geiste des Friedens. Sie behauptet, sie wollten mit uns Weihnachten begehen, dabei haben die Presbyterianer im Parlament den Feiertag mittlerweile abgeschafft – ein kleines Zugeständnis an die Schotten. Für mich und meine Eltern bedeutet das Verbot keinen großen Verlust, denn wie andere Puritanerfamilien haben wir Weihnachten nie besonders gefeiert. Für uns ist der Feiertag inhaltsleer, eine Erfindung Roms. Doch Betty, Dick und Harry hängen an den alten Bräuchen: den Fleischpasteten und dem Plumpudding, den Girlanden aus Stechpalmen und Efeu und den Volksliedern. Mall und Fanny indessen beklagen sich, dass sie nie in den Genuss des Festes gekommen sind.

Bettys Erklärung, sie und John kämen wegen der Weihnachtszeit in die Drury Lane, mag plausibel erscheinen. Ich argwöhne allerdings, dass sie in Wahrheit Vater wegen des Königs unter Druck setzen will. Sie strebt danach, die tröstlichen Zauber der alten Welt zu bewahren – ebenso entschieden, wie ich darauf aus bin, eine klare, gerechte neue Ordnung zu schaffen. Wir erkennen instinktiv, wie gegensätzlich unsere Haltungen in dieser Frage sind, und eine neue Kühle schleicht sich in unsere Beziehung ein.

Wir hören auf, einander im Vorbeigehen einen Spitzenbesatz glatt zu streichen, ein Haar von der Kleidung zu zupfen oder einen Krümel fortzuwischen. Wir sitzen auch nicht mehr am späten Abend bei Kerzenschein beisammen, um uns flüsternd über den Tag auszutauschen, während die Diener Türen und Fensterläden verschließen und das Haus sich zur Nachtruhe begibt. Über die kleine Jane in ihrer geheiligten Unschuld gerät Betty ins Schwärmen, doch im Übrigen verwendet sie ihre Reize auf Vater. Sie erkundigt sich täglich bei ihm, wie die jüngsten Verhandlungen mit dem König vorangehen.

Auch am Weihnachtstag ändert sich ihre Haltung nicht. Es ist ein Werktag wie jeder andere, daher kommen alle erst gegen zehn Uhr abends zu einem späten Essen zusammen. Betty beansprucht den Platz neben Vater. Ich kann nicht anders, als sie ein wenig zu provozieren – einerseits vermisse ich ihre Gesellschaft, andererseits bin ich verärgert über ihre einfältigen Ansichten und ihre schmeichlerische Art gegenüber Vater.

«Ich hoffe, der König hatte heute entgegen dem Gesetz eine schöne Weihnachtsfeier», bemerke ich. «Wie ich hörte, hat er sich dafür eigens neue Kleidung schneidern lassen.»

«Wie reizend», kommentiert Betty lächelnd. «Aus welchem Stoff und in welcher Farbe wohl? Weißt du es, Vater?»

Vater kichert über Bettys gewohntes Interesse an eitlen Äußerlichkeiten. «Ich werde es dir gewiss erzählen, meine Liebe, sofern der Earl of Denbigh ihn heute besucht hat und sich die Mühe macht, in seinem Bericht darauf einzugehen. Ich rechne jeden Augenblick mit seinem Brief.»

Henry schüttelt den Kopf und schnalzt mit der Zunge.

«Glaubt mir, der König wird ihn gar nicht erst empfangen, oder wenn doch, wird er die ausgestreckte Hand zurückweisen.»

«Das mag sein», erwidert Vater milde. «Ich halte bis zuletzt an meiner Hoffnung fest, dass wir etwas von der Monarchie vor diesem König retten können.»

Betty legt Vater sanft eine Hand auf den Arm. «Es ist bewundernswert, wie du dich weiterhin um eine Einigung bemühst, Vater. Eine traditionelle Lösung wäre gewiss das Beste, um das Land zu heilen.»

Dick lächelt zustimmend über den Tisch hinweg – er denkt zweifellos an seine Sehnsucht, das einfache Landleben mit Dorothy. Harry hingegen runzelt leicht die Stirn und wirft einen Blick zu Henry, der auf seinen Teller starrt.

«Unfug», widerspreche ich Betty und trotze den Wolken, die ob meines Ausbruchs Vaters Gesicht verdüstern. «Wir alle haben zu viel durchgemacht, um noch einmal nach der Pfeife dieses Königs zu tanzen.»

«Wenn es nach dir ginge, würde unsere ganze Welt in Trümmer gelegt», entgegnet Betty mir, und ihr scharfer Ton überrascht mich. «Wir würden von Soldaten beherrscht, auf den Straßen und von den Kanzeln.»

«Wenn es nach mir ginge, würden wir unter einer neuen Verfassung gerecht regiert», schieße ich zurück. «Und die Männer, die für unsere Freiheiten gekämpft und ihr Leben eingesetzt haben, hätten Anteil an dieser neuen Zeit. Du warst nicht in Colchester, du verstehst das nicht. Ist Olly etwa gestorben, damit alles beim Alten bleibt?»

«Du bist diejenige, die nicht versteht!», ruft Betty aus, und plötzlich stehen ihr Tränen in den Augen. «Wie kannst du Olly so für dich beanspruchen? Was weißt du von Val? Ich kann dir sagen, weder er noch Olly sind in den Krieg gezogen, um unser Leben auf den Kopf zu stellen. Du berufst dich doch nur auf sie, um Vater auf deine Seite zu ziehen.»

John rutscht unbehaglich auf seinem Stuhl herum. Ich frage mich, ob es der Streit ist, der ihm zusetzt, oder die Tatsache, dass seine Frau so leidenschaftlich von dem jungen Mann spricht, den sie vor ihm geliebt hat.

«Das reicht», lässt Mutter sich energisch vernehmen. Bei dem Gedanken an Olly klingt auch ihre Stimme belegt. «Euer Vater hatte ohnehin einen anstrengenden Tag, ihr braucht nicht noch um ihn zu zanken wie die Marktweiber. Und denkt auch an die Mädchen.» Sie deutet auf Mary und Frances, die vom anderen Ende des Tisches mit großen Augen das Wortgefecht verfolgen.

Ich werfe einen Blick zu Vater und stelle fest, dass er nicht mehr unter uns weilt – seine Augen starren ins Leere, während seine Gedanken und sein Herz von Erinnerungen an seine toten Söhne erfüllt sind. Kurz überkommt mich der Impuls, zu ihm zu gehen und seine Hand zu nehmen, doch meine Loyalität gilt jetzt Henry.

Das unerwartete Erscheinen eines Boten unterbricht unsere Streitigkeiten. Mir schlägt das Herz bis zum Hals, während Vater, aus seinen Tagträumen gerissen, den Brief auseinanderfaltet und sich in die Lektüre versenkt.

«Du hattest recht», sagt er schließlich, und seine Stimme wird mit jedem Wort lauter. Dabei hält er den Blick gesenkt, sodass zunächst niemand weiß, wen er meint. Hatte ich recht? Oder Betty? Oder Henry?

Henry.

Vater richtet den Blick auf seinen Schwiegersohn, das breite Gesicht verzogen zu etwas zwischen einem Lächeln und einem Zähnefletschen. «Der König will nicht mit uns sprechen. Er hat Denbigh fortgeschickt.»

Henrys Gesichtsausdruck sagt deutlich, was er nicht ausspricht: *Habe ich es nicht gesagt*.

Vater sieht jedem von uns prüfend in die Augen, bis sein Blick schließlich an Betty hängen bleibt. Ich rechne damit, dass er das Wort an sie richten wird, doch nach kurzer Zeit wandert sein Blick weiter und ruht nun auf mir. Es ist eine Einladung, und ich nutze die Gelegenheit.

«Lass die Vergangenheit hinter dir, Vater», rede ich ihm eindringlich zu. «Überlasse den König seinem selbst gewählten Schicksal und höre auf die Vorsehung. Ziehe weiter ins Gelobte Land, kehre nicht zurück nach Ägypten.»

Er schweigt, und ich forsche in meiner Seele nach passenden Bezügen zur Bibel. «Denke an Gideon, wie er die Midianiter besiegte, ihren König tötete und anschließend die Krone ablehnte, um auf seinen Hof zurückzukehren. Er war schon immer dein Held, denke an ihn.»

Henry steht auf und geht um den Tisch herum zu Vater. Eine Hand auf dessen Schulter gelegt, greift er meinen Faden auf: «Voriges Jahr wussten wir nicht, dass er es mit den Verhandlungen nicht aufrichtig meinte. Aber nun wissen wir, dass er uns gegeneinander ausspielen wollte, um uns zu spalten. Er wollte, dass wir einen Teil der Bedingungen zurücknehmen. Und er spielte auf Zeit, bis er einen neuen Krieg beginnen konnte, um den Ausgang des ersten nichtig zu machen. Dieser Krieg war sein Verderben. *‹Und schändet das Land nicht, darin ihr wohnt; denn wer des Blutes schuldig ist, der schändet das Land, und das Land kann nicht entsühnt werden vom Blut, das darin vergossen wird, außer durch das Blut dessen, der es vergossen hat›*», zitiert er aus dem vierten Buch Mose.

Henrys Worte hängen schwer und blutig über uns allen. Ehrfürchtig erwarten wir Vaters Urteil, als sei er Salomo persönlich. Die Sekunden dehnen sich wie elastischer Teig. Dünn, dünner. Dann ein Riss.

Vater spricht.

«Der König hat voriges Jahr gesagt, wir könnten nicht ohne ihn auskommen.» Seine Worte klingen leise und schmerzlich, aber scharf wie Messer. «Damals konnten wir es vielleicht nicht. Aber jetzt, bei Gott, jetzt können wir es.»

«Nein, Vater, nein!» Betty klammert sich an seinen Arm, und Tränen laufen ihr über die Wangen.

Doch er wendet den Blick nicht von mir. Wieder einmal habe ich das Gefühl, dass die Erde unter mir erbebt, doch diesmal glaube ich, bete ich, dass es eine Veränderung zum Guten ist.

KAPITEL EINUNDZWANZIG

Jane zappelt schreiend in meinen Armen. Ihr verzerrtes Gesicht ist nass von Tränen und rot angelaufen, und ihre kleinen Finger greifen in die Luft. Hilflos schaukele ich sie und rede in beruhigendem Singsang auf sie ein, während ich mit einer Hand in meinen Taschen und neben dem Sofa nach einem Leinentuch suche, um ihr die laufende Nase abzuwischen. So bemerke ich die fremde Frau an der Tür zur Stube erst, als sie etwas sagt.

«Sie hat Koliken. Gebt ihr Zuckerwasser mit Kamille. Mein Jüngster, Tower, leidet auch sehr daran.»

«Tower?» Ich bin so verwundert über den Namen, dass ich nicht anders kann, als nachzufragen.

Die Frau verzieht das hagere Gesicht unter der hübschen, aber zerschlissenen Haube zu einem Lächeln. «Ich habe ihn zu Ehren meines Mannes so genannt. Er war dort zu Unrecht eingesperrt, als das Kind geboren wurde.» Ihre Redeweise ist ebenso schlicht wie ihre Kleidung, und endlich wird mir klar, um wen es sich handelt.

«Mistress Lilburne.» Ich knickse flüchtig und fordere sie mit einer Geste auf, Platz zu nehmen. Dann läute ich nach Margery, damit sie Jane übernimmt. Von meiner zappelnden Last befreit, lasse ich mich erleichtert neben meiner Besucherin auf das Sofa sinken, doch im nächsten Moment mache ich mir Sorgen, sie könnte mich für eine schlechte Mutter halten. Etwas an ihr verunsichert mich, und mein höherer gesellschaftlicher Stand macht mich plötzlich verlegen – mein rotes Seidenkleid erscheint mir neben ihrem Rock aus grobem braunem Tuch allzu vornehm und farbenprächtig. Ich biete ihr Dünnbier und Gebäck an, doch sie lehnt ab.

«Ich möchte Euch nicht lange aufhalten, gerade heute nicht, aber ich habe John versprochen herzukommen», erklärt Mistress Lilburne mit fester Stimme. Ich werfe einen Blick auf die Uhr – in zehn Minuten muss ich mich auf den Weg machen. «John hat erzählt, dass Ihr eine Freundin unserer Sache seid, deshalb wollte ich fragen, ob Ihr bei Eurem Mann ein gutes Wort einlegen könntet.»

«Ich weiß, dass Master Lilburne die Debatten in Whitehall aufgegeben hat.» Ihrem Beispiel folgend, komme ich ebenfalls ohne Umschweife auf den Punkt.

Sie seufzt, allerdings ist schwer auszumachen, ob über ihren Mann oder über die ganze Situation. «Er ist ein Sturkopf und ein Narr. Aber ein ehrlicher. Und er sieht, was sich hier anbahnt. Er beharrt darauf, dass vor allem anderen erst das Parlament aufgelöst und ein neues gewählt werden muss. Sonst werden die Parlamentarier sich verschwören, um ihre Macht abzusichern.»

«Mein Mann ist derselben Meinung», sage ich rasch.

«Ja, er schon, aber sonst niemand. Und er allein kann es nicht durchsetzen. Das Rumpfparlament wird endlos so weitermachen. Und wenn dieses neu eingesetzte Gericht, das über den König urteilen soll, ihn in den nächsten Wochen hinrichten lässt, wer soll das Parlament dann daran hindern, gemeinsame Sache mit der Armee zu machen und auf unbegrenzte Zeit die Herrschaft an sich zu reißen? Weshalb sonst haben Euer General Fairfax und so viele andere große und mächtige Männer, die zu Richtern über den König berufen werden sollten, London so hastig verlassen? Sie sehen, was bevorsteht, und wollen nichts damit zu tun haben.»

Ich erkenne schmerzlich die Wahrheit in ihren Worten. Doch in meinen Augen sind diese Männer Feiglinge: unwillig, ihre irdische Zukunft und ihre unsterbliche Seele zu riskieren, um zu tun, was getan werden muss. «Aber soweit ich weiß, wollte Euer Mann doch heute das neue *Agreement of the People* dem Parlament vorlegen», halte ich ihr entgegen. Ich will ihre düstere Sicht der Ereignisse nicht akzeptieren. «Wenn es angenommen wird –»

«Das wird es nicht. Das Parlament wird es zur ‹weiteren Beratung› beiseitelegen.» Ihre Betonung macht deutlich, dass sie die Worte ironisch meint. «Weshalb auch nicht? Dieses Parlament hat den Krieg geführt und gewonnen. Die verbliebenen Mitglieder wollen sich nicht alle zwei Jahre zur Wiederwahl durch eine breitere Wählerschaft stellen müssen, die Hälfte von ihnen würde dabei wohl ihre Sitze verlieren. Sie haben jetzt Macht, und die Armee will, dass sie sie offiziell behalten, als respektabler Deckmantel für die Tyrannei der Armee selbst.»

Ich bin über ihre klare und schonungslose Darstellung ebenso bestürzt wie über den Inhalt ihrer Worte. «Mein Mann, mein Vater und der General Council of Officers würden die Levellers jetzt nicht im Stich lassen», sage ich eindringlich. «Nicht, nachdem sie gemeinsam so viel erreicht haben. Sie wollen keine Tyrannei, in keiner Form.»

Sie schaut mich freundlich und geradezu nachsichtig an und schüttelt den Kopf. «Die Offiziere werden sich auf die Seite der Parlamentarier stellen – der Männer ihrer Klasse, ebenso wie sie konservativ bis ins Mark –, nicht auf die Seite meines John und seiner Londoner Lehrlinge. Ihr meint es zweifellos gut, Mistress, aber Ihr seid verblendet.»

Normalerweise würde ich über solche Kritik aufbrausen, doch bei Elizabeth Lilburne nehme ich irgendwie keinen Anstoß daran. Ich erkenne, dass ich hier ein höheres politisches Wesen vor mir habe: eine Frau, die ohne Ansehen ihres Geschlechts ihr Leben damit zubringt, Eingaben zu machen, zu protestieren und Kampfschriften zu verfassen. Ich bewundere sie viel zu sehr, als dass es mich kümmern würde, wie sie mit mir redet.

«Ihr seid wahrhaftig die Vertraute und Gehilfin Eures Mannes», bemerke ich.

«Und Ihr ebenfalls, wie mir scheint.»

Wir lächeln uns an, als bestünde zwischen uns ein tiefes Einverständnis und Mitgefühl.

«Ich werde tun, was ich kann», versichere ich ihr in einem plötzlichen Anfall von Zuversicht.

«Um mehr will ich Euch auch gar nicht bitten», erwidert sie und steht auf. «Ihr solltet Euch uns Frauen anschließen, wenn wir das nächste Mal demonstrieren – Ihr werdet es interessant finden. Und lasst mich wissen, wie das Kamillenwasser wirkt.»

Wir sind schon fast an der Tür, als diese sich öffnet und meine eleganten Freundinnen Catherine Harrison und Frances Lambert vor uns stehen. Den beiden folgt noch eine weitere, mir unbekannte Dame. Sie knicksen automatisch, ehe sie meine Besucherin näher in Augenschein nehmen. Ich will sie miteinander bekannt machen, doch Elizabeth Lilburne nickt nur und schlüpft hinaus.

«Wer war das?», erkundigt sich Frances Lambert, sobald die Tür geschlossen ist.

«Elizabeth Lilburne.»

«Himmel! ‹Königin Besse›, so nennt die Presse sie, geradeso, wie sie die werte Lady Fairfax ‹Königin Anne› nennen. Was meint Ihr, welche von beiden ist mehr auf die Krone aus? Oder hat Eure Mutter ein Auge darauf geworfen?»

«Unfug», versetze ich gereizt. «Sie ist eine vortreffliche Frau und eine selbstlose dazu.» Ich wische ihre Albernheit beiseite, woraufhin Frances den Kopf hebt und eine stolze Haltung einnimmt. Mir ist aufgefallen, dass sie ein neues Selbstbewusstsein an den Tag legt, seit John Lambert beim letzten Feldzug die Schotten hinweggefegt hat. Kürzlich hat er ein Herrenhaus in Wimbledon gekauft, und ich habe gehört, es sei ein Palast, der sich mit dem des Königs messen könne. Lambert und seine Frau erwarten zweifellos, unter der neuen Regierung für seine Taten reich belohnt zu werden.

«Bridget», lässt Catherine Harrison sich liebenswürdig vernehmen und kommt auf mich zu, um mich zu küssen. Dabei zieht sie ihre Begleiterin mit. Indessen rauscht Frances an uns vorbei, um sich den besten Platz auf dem Sofa zu sichern, wo sie an ihrem Kleid herumzupft und sich in Pose wirft wie eine Katze, die sich putzt. «Das ist Mistress Fleetwood.»

«Charles Fleetwoods Frau? Es ist mir eine Freude, Euch kennenzulernen.» Ich besinne mich hastig auf meine Umgangsformen. «Ich kenne Euren Mann gut, er ist ein tapferer und entschlossener Verfechter der Sache.»

«Mistress Ireton.» Die junge Frau knickst mit schüchternem Lächeln. Ihr breites Gesicht ist von blonden Locken umrahmt, nicht unähnlich denen ihres Gatten. «Mein Mann hat mir erzählt, dass Ihr ihn bei Eurer ersten

Begegnung für einen Eindringling hieltet und mit einem Holzscheit nach ihm schlugt. Oder war es ein Kerzenständer?» Sie stößt ein helles Kichern aus, und ich stimme unwillkürlich ein. Meine schlechte Laune ist verflogen.

«Ja, das habe ich wirklich getan, und er hat es mit bemerkenswerter Fassung getragen.»

Sie strahlt mit dem Stolz einer Jungvermählten. «Charles verehrt Euren Vater, und auch Euren Mann bewundert er sehr. Ich freue mich so, Eure Bekanntschaft zu machen.»

«Ich dachte doch, ich hätte Stimmen gehört.» Vaters zerzauster Kopf erscheint in der Tür. «Und was sehe ich da? Eine Versammlung von lauter vortrefflichen jungen Damen!» Er tritt beschwingten Schrittes ein. «Mistress Fleetwood, Mistress Harrison.» Er verbeugt sich nacheinander vor beiden, doch dann leuchten seine Augen auf, als er Frances Lambert bemerkt. «Frances! Meine Liebe.» Er durchquert den Raum, um ihre ausgestreckte Hand zu ergreifen. «Wie geht es meinem lieben Freund vom Schottlandfeldzug?»

«Sehr gut, General, danke der Nachfrage.» Frances setzt ein strahlendes Lächeln auf, und Vater tätschelt ihre Hand.

«Du musst wissen, Biddy, deine Freundin Frances hat uns auf unserem letzten Feldzug wunderbare Gesellschaft geleistet. Sie hat unsere Abende erhellt und uns am Grübeln gehindert. Ich war dem jungen Lambert unsäglich dankbar, dass er sie mitgebracht hat.» Er wendet sich wieder an Frances. «Es tut mir nur leid, dass er jetzt auf Eure Gesellschaft verzichtet, meine Liebe, da er in Pontefract aufräumt.»

Frances lächelt. «Die Angelegenheit hat sich so in die

Länge gezogen, General, dass er vorschlug, ich solle schon einmal nach London zurückkehren und den Umzug in unser neues Haus mit den Kindern beaufsichtigen.»

«Ah, das Herrenhaus in Wimbledon! Wie ich hörte, hat es einen großen Garten, das wird Lambert sehr gefallen. Ich freue mich schon darauf, es zu sehen», erwidert er lachend. «Ehrlich gesagt hätte ich John ganz gern hier, damit er uns beim Prozess unterstützt. Aber jemand muss den letzten Widerstand im Norden ausmerzen, und ich wüsste niemanden, der für diese Aufgabe besser geeignet wäre.»

Ich beobachte die beiden aufmerksam und bemerke diese spezielle muntere Vertraulichkeit, die Vater gern gegenüber hübschen und geistreichen jungen Frauen an den Tag legt. Ich dachte mir schon immer, dass das wohl etwas mit dem fast rein weiblichen Haushalt zu tun hat, in dem er aufgewachsen ist. Und vielleicht – hoffentlich – liegt darin auch ein leises Kompliment an seine geliebten Töchter, Betty und mich. Dann wandert mein Blick von meinem lächelnden Vater zu Frances, Catherine und Mistress Fleetwood, und mir wird bewusst, dass dies nun in seinen Augen die bedeutenden Frauen sind: die Gattinnen seiner vertrautesten Mitstreiter beim Militär, die Bettgefährtinnen der neuen aufsteigenden Sterne in der Armee. Die Zeiten des Generals und der Generalin sind vorbei.

Nach einer Weile verabschiedet Vater sich von Frances. «Wir müssen uns einmal auf eine Runde Pikett treffen und Neuigkeiten austauschen, meine Liebe, wenn diese ernste Sache erledigt ist. Aber nun muss ich wieder nach Westminster eilen, ich habe nur wegen dieser Papiere kurz hereingeschaut. Jean!» Er ruft nach seinem Diener, und der Franzose eilt ins Zimmer, um Vater Hut, Handschuhe und

Mantel zu reichen. Dabei hält er kurz inne, um seinem Herrn ein Haar von der Schulter zu zupfen.

«Wir kommen mit, Vater», sage ich rasch. «Ich habe eine Mietkutsche bestellt. Wenn du mit uns fährst, sparst du Zeit.»

Er stutzt. «Du willst beim Prozess gegen den König dabei sein, Biddy? Ich kann mir nicht vorstellen, dass deiner Mutter das recht wäre. Es wird eine düstere und äußerst unschöne Angelegenheit.»

«Wir sind fest entschlossen, General.» Frances geht auf mich zu und fasst mich freundschaftlich am Arm – unser Wortwechsel von vorhin scheint vergessen. «Dies war auch unser Krieg, und wir wollen das Ende selbst mit ansehen.»

Vater breitet seine großen Hände aus zum Zeichen, dass er sich geschlagen gibt, und verbeugt sich leicht vor uns. «Also gut, meine Lieben. Ich komme mit Euch. Aber lasst mich erst die Kutsche in Augenschein nehmen – bei diesen Mietkutschen weiß man nie, ob sie straßentauglich sind, und ich will nicht, dass meine Damen zu Schaden kommen.»

Der König wirkt so klein. Ohne den üblichen ihn umkreisenden Strudel aus Höflingen und Dienern, ohne die Hunde zu seinen Füßen und das Glas Wein in der Hand sitzt er da ganz allein. Jedes Beiwerks beraubt, das ihn als Monarchen auszeichnet. Nur ein Mensch. Eine einzelne Gestalt, verloren in der riesigen Weite der Westminster Hall. Und doch ist er unübersehbar. Auch ohne all die weltlichen Zeichen seines Königtums hat der König noch immer eine Aura um sich, eine Würde und Bedeutsamkeit.

Vielleicht liegt es an der Art, wie er alle Blicke auf sich zieht, alle Zuschauer in seinen Bann schlägt. Vielleicht liegt es an seiner Kleidung aus schwarzem Samt mit einem ebensolchen Mantel; ernst und feierlich wirkend, aber aus dem kostbarsten Material, das irgendeine der Hunderte Seelen in der großen Halle je gesehen hat. Der schimmernde Stern, das Wappen und das glänzende blaue Band des Hosenbandordens heben sich prächtig davon ab. Wie Betty sich an diesem Anblick laben würde, denke ich, mag er auch ein Gefangener sein, der vor Gericht steht.

Er sitzt an einem Ende der riesigen normannischen Halle seinen Richtern gegenüber, die in Reihen auf Bänken Platz genommen haben. Unter ihnen befinden sich auch Henry und Vater mit düsteren Mienen. In der ganzen Halle drängt sich lautstark das Volk auf riesigen Tribünen. Die Leute raunen und zeigen mit den Fingern, manche falten in freudiger Erwartung die Hände, andere schütteln die Fäuste. Wir sitzen in der obersten Reihe einer der öffentlichen Galerien. Wenn ich den Kopf in den Nacken lege, sehe ich die riesigen Banner vom Hammerbalkengewölbe der hundert Fuß hohen Decke hängen: die Farben des Königs, von unserer Armee in den Schlachten von Marston Moor, Naseby und Preston erbeutet. Gewaltige Bilder hängen dort wie unter dem Himmelsgewölbe. Ihre symbolische Kraft gleicht der von Buntglasfenstern in einer Kathedrale, sie erzählen eine ebenso mächtige Geschichte. Die ganze Halle atmet Vergangenheit, die Mauern sind getränkt vom Andenken an frühere Prozesse: Hier stand der Rebell William Wallace vor Gericht, der Verräter Guy Fawkes, und vor dem Krieg der Freund des Königs, der Earl of Strafford. Jeder dieser Prozesse endete mit einem Todesurteil. Doch die Geister der früheren Angeklagten können sich nicht mit dem jetzigen messen, dem König von Gottes Gnaden, der zur Rechenschaft gezogen wird wie ein gewöhnlicher Verbrecher. Wird es jemals wieder eine Szene geben, die an diese heranreicht?

Zuerst werden die Namen der Richter verlesen, die gesamte Liste einschließlich der nicht anwesenden. Ich richte mich auf der harten Bank ein und wünsche mir gerade, ich hätte ein Kissen mitgebracht, da wird der Name von General Fairfax verlesen. Plötzlich ruft eine Frauenstimme ein paar Reihen tiefer auf einer Tribüne: «Er ist klug genug, nicht hier zu sein!» Unruhe bricht in der ganzen Halle aus. Ich beuge mich vor, spähe angestrengt und erhasche einen Blick auf eine maskierte Frau inmitten des Gedränges. Die Maske kann mich nicht täuschen, ich würde die Frau jederzeit an der Form ihrer Schultern und der Haltung ihres Kopfes erkennen: die Generalin.

«Sie sagte, sie werde nicht kommen», flüstere ich Catherine zu. «Was denkt sie sich nur dabei?»

Nach der ersten Aufregung kehrt wieder Ruhe ein, und die Namen der übrigen Richter werden aufgerufen. Dann verliest der Vertreter der Anklage, ein unbekannter Rechtsgelehrter namens John Cook, die Anklageschrift. Es handelt sich um ein so kompliziertes juristisches Dokument, dass Henry und die übrigen Richter tagelang darüber gebrütet und geschwitzt haben; sie haben im Common Law vergeblich nach irgendeinem Mechanismus gesucht, kraft dessen sie den König anklagen können, der selbst die Quelle ebendieses Rechts ist.

«Tyrann, Verräter, Mörder, Urheber des zweiten Krieges …», ertönt Cooks Stimme in das gebannte Schweigen hinein, bis der König – durch seine Worte aus der Lethargie gerissen – sich vorbeugt, um ihm mit seinem Stock auf die Schulter zu klopfen. In diesem Moment löst sich der silberne Knauf vom Stock und kracht auf den Steinboden. Hunderte halten den Atem an, während der Knauf über die Fliesen kreiselt. Er rollt und rollt; die Zeit scheint sich endlos zu dehnen, bis er endlich liegen bleibt. Der König schaut sich um, als rechne er damit, dass jemand aus der Versammlung herbeieilt, um den Knauf für ihn aufzuheben. Bis zu diesem Moment war in seinem Leben immer jemand zur Stelle. Doch niemand regt sich. Ich beobachte fasziniert, wie der König dasitzt, während die Stille andauert. Endlich, als keiner von uns den Atem noch länger anzuhalten vermag, erhebt er sich und geht langsam hin, um den Knauf vom Boden aufzuheben. Er kehrt auf seinen Platz zurück und befestigt ihn mit kleinen, sorgfältigen Bewegungen wieder an seinem Stock, den Blick auf seine Finger gerichtet.

Cook erholt sich von dem Schreck und liest weiter. Als er geendet hat, beugt John Bradshaw, der Gerichtspräsident, sich vor und fragt den König, was er zu den Vorwürfen zu sagen habe, die im Namen des gesamten rechtschaffenen Volkes von England gegen ihn erhoben wurden.

«Nein!», platzt Lady Fairfax auf der Galerie erneut heraus. «Nicht ein Hundertstel der Leute steht dahinter! Oliver Cromwell ist ein Verräter.»

Ich schnappe entsetzt nach Luft und werfe einen Blick zu Vater, der mit versteinerter Miene dasitzt. Wie kann sie nur? Frances und Catherine rutschen rechts und links von mir unruhig auf der Bank herum, während ich meine erste Freundin und Mentorin mit offenem Mund anstarre; meine zweite Mutter. Mit diesem neuerlichen Ausbruch ist die Geduld der Gerichtsbeamten erschöpft, sie eilen zu Anne und versuchen, sie von ihrem Sitz zu zerren. Zuerst sträubt sie sich, dann gibt sie nach und steigt hocherhobenen Hauptes von der Tribüne. Dabei schüttelt sie die Hände ihrer Bewacher ab und fährt fort, das Gericht zu beschimpfen. Und so wird unsere Generalin vom Ort des Geschehens entfernt. Ich sehe ihren Abgang mit einer Mischung aus Entsetzen und Trauer, denn nach dem, was sie über meinen Vater gesagt hat, kann ich mir nicht vorstellen, wie wir einander je wieder als Freundinnen begegnen könnten. In meiner Verzweiflung richte ich meinen aufsteigenden Hass gegen den König. Er hat solche Zwietracht unter den Freunden gesät, die einst gegen ihn ins Feld zogen. Hat es denn kein Ende, müssen sein Stolz und sein Starrsinn immer noch mehr Opfer fordern?

Doch der König bewahrt seinen Stolz trotz allem. Unbeirrt bekräftigt er ein ums andere Mal seine Position. Welche rechtmäßige Instanz klagt ihn hier an? Wie kann er ein Plädoyer vortragen, wenn er die Legitimität dieses Gerichts nicht anerkennt? Wieder und wieder drängt Präsident Bradshaw ihn, sich zur Anklage zu äußern, damit der Prozess weitergehen kann. Doch er weigert sich. Am Ende bleibt Bradshaw nichts anderes übrig, als dennoch fortzufahren: Er fordert Cook auf, seine Argumente und Beweise darzulegen. Der König lehnt sich auf seinem Stuhl zurück und verfolgt schweigend, wie seine kühn gewordenen Untertanen die Fäden auftrennen, die sein Leben zusammenhalten.

Ich hasse ihn mit jeder Faser meines Seins, und dennoch kann ich mich einer gewissen Bewunderung für seine ruhige Beharrlichkeit nicht erwehren. Auch in den folgenden Tagen, als wir uns wieder und wieder versammeln, um das Drama des Prozesses mitzuverfolgen, bleibt er standhaft und unerschütterlich. Indessen denken und grübeln seine Ankläger hinter den Kulissen, sie planen und argumentieren, fasten und beten. Sie versammeln sich in Whitehall, mit Hüten und Mänteln geschützt vor der kalten Zugluft in den prunkvollen Sälen des alten Palastes, studieren bei Kerzenschein Dokumente und ergründen ihre Seelen, während sie sich gegenseitig weiter antreiben. Es ist ein neuerlicher Feldzug, auf allen Seiten setzen sich mächtige Feinde und ehemalige Freunde für das Leben des Königs ein. Ängstliche, angespannte Männer kommen zu jeder Tages- und Nachtzeit in unser Haus, und jede Post bringt eine Flut an Briefen. Einer ist sogar vom französischen König Ludwig. Ich sehe ihn auf Vaters Schreibtisch liegen: edles, seidenglattes, nach Parfüm duftendes Papier mit aufwendiger Prägung, beschrieben mit satter Tinte. Selbst Vaters Schlafzimmer ist nicht mehr heilig: Mutter hat tiefe Ränder unter den Augen, und Betty schleicht jeden Abend auf Zehen die Treppe hinauf und bringt ihm angewärmten Wein, eine gestopfte Pfeife und persönliche Bitten.

Doch nun, da Henry und Vater wieder einer Meinung und im Kampf für ihre Sache geeint sind, kann sie nichts mehr aufhalten. Henry ist nüchtern, streng und ernst, Vater von einem geradezu wahnhaften Eifer getrieben. Gemeinsam trotzen sie ihren Gegnern und geben ihren Verbündeten Kraft.

Nichts kann den König mehr retten.

Wir alle marschieren wie Schlafwandler der Hinrichtung unseres Monarchen entgegen. Das Urteil wird über ihn gesprochen, der Vollstreckungsbefehl mit zitternden Händen unterzeichnet: Henry ist der Neunte auf dem Pergament, Vater steht an dritter Stelle nach John Bradshaw und Lord Grey. Der König nimmt Abschied von seinen

Kindern, doch diesmal bleibt Vater unbewegt, da er von der göttlichen Absicht überzeugt ist. Wir gleiten aus der Realität tiefer in ungeahnte Träume. Und aus einem Traum schreckt Henry eines Nachts auf und ruft nach Feder und Papier; es ist die Morgendämmerung des Tages, an dem der König sterben soll.

«Der König ist tot, lang lebe der König!», murmelt er vor sich hin, während ich neben ihm noch im Halbschlaf nach dem Binsenlicht taste.

«Was?»

«Wenn wir ihn hinrichten, ehe wir die Monarchie als solche abgeschafft haben, kann nichts die Welt daran hindern, den Prince of Wales zum König zu erklären, sobald sein Vater tot ist.» Und so verabschiedet das House of Commons in den letzten Stunden des Königs, während er bei der Kommunion mit Wein und Brot seine Hinrichtung erwartet, ein Gesetz, durch das seine Dynastie ausgelöscht wird. Danach bleibt nur noch, auch sein Leben auszulöschen.

Ich gehe. Allein. Niemand will mich begleiten, doch das kümmert mich nicht. Ich muss mit eigenen Augen sehen, wie das Beil auf seinen Nacken fällt. Ich ziehe mich warm an und stecke mir eine Ofenkartoffel in den Muff, deren Duft sich in der frostigen Luft verbreitet. Solchermaßen gerüstet, warte ich in der Menge auf der Straße von Whitehall unterhalb des Banqueting House und bewege meine frierenden Zehen. Der König, würdevoll im Dämmerlicht seines nahenden Todes, tritt durch die Fenstertür aus dem Haus seines Vaters und auf das Schafott. Seine Lippen formen unhörbare Worte – er betet, und wie Jesus segnet er seine Mörder. Vor Kälte erstarrt, schweigend oder vor Grauen leise stöhnend sehen wir zu, wie der Himmel über unserer Welt einstürzt, der einzigen, die wir je gekannt haben.

Ich bete mit offenen Augen. Während das erhobene Beil in der bleichen Januarsonne kühl aufblitzt, spreche ich zu Gott, bitte ihn, nicht auf Charles Stuart in diesem Augenblick seines Todes zu schauen, sondern stattdessen an andere geheiligte Seelen zu denken. Ich spreche zu Ihm von den Verhungerten von Colchester und von Tom, dem jungen Cornet, erinnere Ihn an Francis Thornhaugh und Val, die in Gewalt, Blut und Qual gestorben sind. Ich bitte Ihn, auf Olly zu blicken, der nun nicht mehr fiebert, sondern im Sonnenschein der Fens lächelt.

Ich bete für eine neue Welt, während das Blut fließt.

KAPITEL ZWEIUNDZWANZIG

Frühjahr 1649

«Himmel, was weiß ich?» Vater starrt auf die glänzende Probemünze, die frisch wie die Haut eines Neugeborenen in seiner Hand liegt. «Henry, kümmere du dich darum, du hast doch zu allem eine Meinung. Der Rat will eine Empfehlung.»

Ich bemerke als Einzige den leichten Unwillen, mit dem Henry auf die Erwähnung unseres neuen Exekutivorgans reagiert. Das Parlament hat ihn schmählich übergangen, als die Mitglieder für den mächtigen Rat nominiert wurden – Henry argwöhnt, dass man ihn damit bestrafen will, weil er gemeinsam mit den Levellers auf die Auflösung des Parlaments gedrungen hat. Eine bittere Medizin für den Mann, der mehr als jeder andere dazu beigetragen hat, uns so weit zu bringen. Noch bitterer für den Mann, der die größten administrativen Fähigkeiten im ganzen neuen Commonwealth besitzt. Doch Henry nimmt es nicht persönlich. Er schiebt seine Enttäuschung beiseite und stürzt sich mit echter, unverhohlener Begeisterung in den Ozean an Arbeit, den die Gründung einer neuen Regierung mit sich bringt.

Jeden Tag nimmt er an mehreren der neuen Ausschüsse teil, die wie Pilze aus dem Boden schießen, um den Staat zu lenken und zu verwalten, seine Tasche vollgestopft mit Tagesordnungen und Protokollen. Er sitzt in dem Komitee, das mit den Vertretern Schottlands verhandelt; in dem, das eine Deklaration vorbereitet, in welcher der Prozess gegen den König erklärt und gerechtfertigt wird; in dem, das sich mit der öffentlichen Kritik am neuen Commonwealth und dem High Court of Justice beschäftigt. Ferner gehört er einem Komitee an, das eine Bestandsaufnahme des Kronlandes vornimmt und berät, wie künftig damit zu verfahren ist; einem für die Gerichte und Assisen; zur Abschaffung der Dekane und Domkapitel; zur Ernennung von Kommissaren für die Admiralität, um gegen die Praxis vorzugehen, Matrosen und Seesoldaten zum Dienst in der Flotte zu pressen, und das Kriegsrecht auf See außer Kraft zu setzen.

Je mehr Arbeit Henry sich auflädt, umso mehr Zeit findet er dafür – der Herr scheint es so eingerichtet zu haben, dass seine Tage mehr Stunden haben als die anderer Menschen. Und zu meiner Freude lässt er sich für einen Teil dieser Stunden von mir helfen. Jane schläft die meiste Zeit des Tages – dank Elizabeth Lilburnes Heilmittel hat sie sich von ihren Koliken erholt. Und so nutze ich jeden freien Moment, um mich in Henrys Welt zu vertiefen. Er wendet sich mit Problemen an mich, teilt seine Fragen mit mir, seine Zweifel. Er trägt mir Sachverhalte vor, um meine Ansichten dazu zu hören. Ich lese, höre zu, entwerfe Texte, ich denke, ich berate. Und mit jedem Tag fühle ich mich meinem Mann näher. Zwischen uns entstehen Bande der Zuneigung und des Vertrauens, die wachsen und sich verflechten wie Weidenzweige zu einem Korb. Endlich, endlich spüre ich, dass ich mich ihm bewiesen habe. Als habe der Tod des Königs uns von der alten

Welt befreit, sodass wir gemeinsam in die neue eintreten können.

Henry nimmt die Münze und betrachtet sie gründlich, dann beginnt er eine eingehende Diskussion mit dem Graveur, Master Simon, der neben ihn getreten ist. Ich beobachte meinen Mann liebevoll – er ist ebenso geschickt darin, Aufgaben an sich zu ziehen, wie Vater darin ist, Arbeit zu delegieren.

Ich schüttle verwundert den Kopf. «Neue Münzen, neue Siegel, neue Uniformen für die Besatzung der Staatsbarkasse, neue Namen für unsere Schiffe. Ein neuer Staatsrat, Ausschüsse für auswärtige Angelegenheiten, die Armee, die Kriegsflotte und Irland. So vieles wurde in so kurzer Zeit neu geschaffen.»

«Und so vieles zerstört», wirft Betty halblaut ein. Sie sitzt mit dem kleinen Cromwell auf dem Schoß, und er blättert gerade die Seite in Mutters Benimmbuch um, auf der Suche nach Bildern. «Die Monarchie, das House of Lords, der Kronrat, die Star Chamber, der Court of Wards …»

«Ich habe für die Lords gekämpft, das weißt du, Liebes», verteidigt Vater sich sogleich. «Ich wollte nicht, dass sie abgeschafft werden.» Er schaut Betty vorwurfsvoll an, und für einen Moment treffen sich ihre Blicke in wiedergefundenem Einverständnis.

«Ja, aber was ist uns geblieben?» Sie lässt sich nicht von ihren Klagen abbringen. «Ein Rumpf der Commons, und Neuwahlen sind nicht in Sicht, ebenso wenig wie eine schriftliche Verfassung, um dieses Rumpfparlament in seinen Befugnissen zu beschränken. Ein Staatsrat und Unterausschüsse, die das tägliche Regierungsgeschäft versehen, und die Armee sitzt ihnen dabei im Nacken.»

Ich schaue Betty überrascht an; ihr politisches Verständnis und Interesse wachsen mit jedem Tag. Ihre Worte erinnern mich an die einer anderen Elizabeth – Mistress Lilburne –, die mich in ebendiesem Raum warnte, dass es so kommen könnte. Bei dem Gedanken an sie staune ich über unsere verkehrte Welt, in der ehemals gegensätzliche Ansichten wie die dieser beiden Frauen sich auf einmal annähern. Aber natürlich ist eine Einigung für jene, die gegen die Regierung stehen, immer leichter als für die Regierenden. Als wir noch gegen den König kämpften, waren wir ein breiteres Bündnis als jetzt, da wir an seiner statt herrschen.

«Es ist etwas Wahres an dem, was Betty sagt», ergreife ich das Wort. Als sie mich mit einem überraschten Lächeln belohnt, spüre ich für einen Moment einen Anflug von Wärme – ein schwaches Echo der früheren Nähe zwischen uns, damals, als das Leben noch einfacher war und wir ebenfalls. «Es wäre gewiss besser, zuerst eine neue Verfassung zu verabschieden – dem Volk Lilburnes *Agreement of the People* zu präsentieren, um der neuen Regierung möglichst breite Unterstützung zu sichern.»

«Das hätte nicht funktioniert, Biddy», wendet Vater rasch ein. Er steht von seinem Stuhl auf und geht zu Betty hinüber, um den kleinen Cromwell unter dem Kinn zu krabbeln. «Man kann den Levellers geben, was man will, sie verlangen immer noch mehr. Und wer weiß, wie es ausgegangen wäre, wenn es in einer so instabilen Situation Neuwahlen gegeben hätte.»

Henry schaut von der Münze auf, und unsere Blicke treffen sich. «Mir ist nicht wohl dabei, Oliver», sagt er vorsichtig. «Sie waren unsere Verbündeten, als wir sie brauchten. Und nun behaupten sie, wir hätten sie verraten und seien schlimmere Tyrannen als der König. Das behagt mir nicht. ‹Englands neue Ketten›, so nennt Lilburne diese Regierung.»

«Er stiftet Meuterei», versetzt Vater kurz angebunden. «Tatsache ist, wir können es nicht allen recht machen. Für jedes Zugeständnis, das wir ihnen machen, würden wir von vielen anderen Seiten Kritik ernten. Wir müssen sichern, was zu sichern ist, und das Commonwealth so gut wir können stärken, bis alle Stürme der Opposition und Rebellion abgeflaut sind. Dann können wir nach Herzenslust experimentieren. Du weißt, dass ich nicht auf eine bestimmte *Form* der Regierung festgelegt bin; mir kommt es nur darauf an, dass sie gerecht ist und Gottes Werk tut. Hier –» Einer plötzlichen Idee folgend, ist er im Nu bei Henry und nimmt ihm die Münze aus der Hand. Dann kehrt er zu seinem Enkel zurück, die Münze in einer Faust versteckt. «Welche Hand?»

Mein kleiner Neffe lacht, schaut von links nach rechts und wieder zurück, dann klopft er auf die rechte Hand.

«Ahh!» Vater öffnet die Faust, und in seiner Handfläche liegt die Münze. «Kluger Junge. Sag deiner Mutter, sie soll das gut für dich aufbewahren. Als Erinnerungsstück sozusagen. Zum Gedenken an den Tag, an dem wir die Münze mit dem Bildnis des Königs der des Commonwealth weichen sahen. Ich schenke sie dir, und du kannst sie einmal an deine Enkel weitergeben. Du kannst ihnen erzählen, dass du dabei warst, als ein neues Zeitalter anbrach.»

Cromwell greift nach dem Schatz und steckt ihn sofort in den Mund.

Ich stürze hinzu, von Mutterinstinkt getrieben, aber Betty kommt mir zuvor und fischt die Münze aus seinem Mund, ehe Schaden entstanden ist. «Nicht in den Mund stecken! Was habe ich gesagt? In den Mund kommt nur Essen und Trinken.»

Cromwell grinst und schaut zu seinem Großvater auf, der seinen Blick kichernd erwidert.

Alles hat sich verändert und nichts. Ich blicke gleichermaßen hoffnungsvoll und ängstlich auf die Zukunft und bin völlig verwirrt. Ich weiß, ich spüre, dass wir vorwärtsgehen müssen, immer weiter vorwärts. Aber wohin? Rastlos und verunsichert unterziehe ich die Landkarte meines Lebens einer neuen Betrachtung, und ihre Konturen erscheinen mir vertraut und unbekannt zugleich. Zum ersten Mal seit vielen, vielen Monaten, vielleicht seit Jahren ist meine ganze Familie unter einem Dach versammelt, nur mit Ausnahme von Tante Liz. Da Vater und Henry jeden Tag in Whitehall arbeiten, sind Großmutter, Mutter, Betty und ich in Häuslichkeit vereint – Mary und Frances springen um uns herum, und die Enkelkinder tummeln sich auf dem Boden. Es fällt mir schwer, nicht immerzu an unser Leben in Ely vor und während dem ersten Krieg zurückzudenken, an damals, als wir alle noch in denselben engen Räumen lebten, als meine Tage von Hausarbeiten angefüllt waren, als ich noch nie über den Horizont der Fens hinausgekommen war und nicht in die Tiefen der menschlichen Seele geblickt hatte. Damals vor Oxford, vor Colchester, bevor ich sah, wie das Blut des Königs von einem Beil troff.

Mall freut sich von uns allen am meisten darüber, die ganze Familie um sich zu haben. Sie wandert durch die Zimmer und zählt uns an den Fingern ab, will immerzu wissen, wo jeder von uns ist. Fanny indessen ist noch altkluger. Mit ihren nunmehr zehn Jahren betrachtet sie sich neuerdings als Studentin der Politik, trägt auf Schritt und Tritt ein Buch mit sich herum und tut ihre jüngsten verworrenen Erkenntnisse jedem kund, der ihr zuhört. Sie ist der Liebling der Männer, oft sitzt sie bei Harry oder John Claypole auf dem Schoß oder streicht um Vater herum, während Mary mehr an Mutter und Betty hängt. Betty beabsichtigt anscheinend, noch wenigstens für einige Monate in der Drury Lane zu bleiben, ehe sie und John nach Northborough zurückkehren. Harry ist auf Urlaub von seinem Regiment, während Dick seine Zeit im Lincoln's Inn ableistet. Er kann es kaum erwarten, Dorothy zu heiraten und ein neues Leben als Landjunker zu beginnen.

Alte Muster treten wieder zutage, und neue bilden sich heraus. John hängt in der Luft, nachdem er seinen Posten in der Armee aufgegeben hat, und so vertreibt er sich die Zeit mit Dick beim Trinken und Glücksspiel in der Stadt. Mal macht er riesige Schulden bei einem Buchmacher, am nächsten Tag kommt er mit einem neuen Jagdpferd heim, das einen Platz im Stall braucht. Wenn Harry nichts Besseres zu tun hat, stiften die beiden ihn an, sie zu begleiten. Aber wenn Henry zu Hause ist, bleibt Harry und hängt förmlich an seinen Lippen. Henry erwidert seine Zuneigung und weiht ihn in die Feinheiten der Verwaltungs- und Regierungsgeschäfte ein, wann immer er ein paar Minuten erübrigen kann. Mit Dick und John hat Henry hingegen wenig zu tun – ihr leichtes, unbeschwertes Leben ist Welten von seinem entfernt, das von so viel Verantwortung belastet ist.

Wir Frauen schlüpfen indessen in unsere vertrauten Rollen. Mutter bespricht Haushaltsangelegenheiten mit mir; Mary und Frances schauen Betty jeden Morgen beim

Ankleiden zu und lernen die Geheimnisse ihrer natürlichen Schönheit; und ich bringe wieder einmal Großmutter ihre Essenstabletts und genieße das ruhige Beisammensein mit ihr im Kerzenschein, wenn wir gemeinsam für den nächsten Tag beten. Aber auch wenn unsere Rollen althergebracht und vertraut sind, hat sich unser Leben doch von Grund auf verändert, da wir nun in London sind und im Blickpunkt der Öffentlichkeit stehen. Betty und ich haben uns dadurch weiter voneinander entfernt. Früher pflegte sie ihr mageres Taschengeld für Bänder auf dem Markt von Ely auszugeben, jetzt führt sie Mary und Frances zur Royal Exchange aus, um ihnen eine Tasse süße Schokolade zu spendieren und Geld, das John nicht hat, für venezianische Gläser und französisches Parfüm auszugeben. Ihre Gesprächsthemen sind die neueste Mode, Romanzen und das Muster der Tapete, die Frances Lambert für das Gartenzimmer ihres herrschaftlichen Hauses in Wimbledon ausgewählt hat. Während Mutter nachsichtig auf Betty eingeht, ziehe ich mich stirnrunzelnd zu meinen Papieren und Gebeten zurück. Mitunter geraten wir aneinander: Ich sage Betty, dass sie verwöhnt und naiv ist, und sie wirft mir vor, ich hätte Vater gedrängt, den König zum Tode zu verurteilen. «Die Hebamme» nennt sie mich neuerdings, seit unserem letzten Streit, in dem sie mich beschuldigte, ich hätte bei der Geburt dieser «neuen und entsetzlichen Zukunft» mitgeholfen.

Es scheint, als hätten die Jahre, die wir inmitten von Kämpfen lebten, ihren Tribut gefordert. Als hätten wir unterschiedliche Lektionen daraus gelernt und unvereinbare Positionen in einer neuen Welt gefunden. Unser Groll verletzt so tief, gerade weil die Liebe und das Verständnis zwischen uns immer weiterleben werden. Wenn ich

Betty anschaue, sehe ich in ihr noch immer mein zweites Ich, kann ihre Stimmungen und ihre Gedanken lesen, sehe ihre Gefühle darin gespiegelt, wie sie sich kleidet und wie sie ihr Haar trägt. Aber wir plaudern nicht mehr wie früher bei der Hausarbeit. Wir haben jetzt Bedienstete. Und die Gespräche, die wir am späten Abend in unserem gemeinsamen Bett zu führen pflegten, führt jetzt jede mit ihrem Mann. Wir leben unter einem Dach und essen an einem Tisch, doch wir gehören nun getrennten Haushalten und Familien an. Wir sind in erster Linie Mütter und Ehefrauen und erst danach Töchter und Schwestern – dasselbe Fleisch in eine neue Form gepresst.

Eines Morgens werde ich mit noch einer anderen weiblichen Form konfrontiert: Mich erreicht eine hastig hingekritzelte Nachricht von Elizabeth Lilburne. Ich vergewissere mich, dass Margery sich um die Mädchen kümmert, werfe rasch meinen Mantel über und mache mich zu Fuß auf den Weg zu dem vorgeschlagenen Treffen. Betty würde niemals einen Fuß auf die Straßen Londons setzen, ohne einen Bediensteten als Begleiter mitzunehmen, denke ich, während ich über die Strand eile. Doch nachdem ich die Hölle in den Straßen von Colchester gesehen habe, kann mir nichts mehr Angst machen. Mistress Lilburne hat mich gebeten, sie in einem Gasthaus nahe Charing Cross zu treffen. Als ich die Tür aufstoße, rechne ich damit, in einem Meer männlicher Gesichter nach dem ihren suchen zu müssen. Doch stattdessen bietet sich mir ein überraschender Anblick: Der Gastraum ist voller Frauen. Viele sind in Rainsboroughs Farben gekleidet, Meerwassergrün, oder tragen meerwassergrüne Bänder im Haar. Einige halten Gläser mit Dünnbier in der Hand, andere haben Kinder im Arm, manche beugen sich gemeinsam über Tische, auf denen Papiere ausgebreitet liegen. Die Geräuschkulisse ist von hohen weiblichen Stimmen geprägt. Ich bleibe einen Moment still am Eingang stehen, und Erregung durchströmt mich – noch nie habe ich so viele Frauen an einem Ort versammelt gesehen.

«Mistress Ireton.» Elizabeth bahnt sich einen Weg durch die Menge zu mir. «Ich hatte gehofft, dass Ihr Euch uns anschließen würdet. Kommt, trinkt ein Glas.»

«Mistress Lilburne! Ich traue meinen Augen kaum.»

«Ha! Ihr meint die vielen Frauen? Wahrhaftig ein guter Anblick, ein Anblick, der Gott gefallen wird.»

Ich nicke lächelnd und hoffe insgeheim, dass der Herr wirklich erfreut ist und nicht etwa beleidigt, da so viele Evastöchter in die Welt der Männer eindringen. «Was ist der Anlass?»

«Mein John wurde erneut verhaftet und einige andere Anführer der Levellers ebenfalls.»

«Nein!» Meine Bestürzung ist echt, und ich bin sicher, sie sieht es. «Ich wusste, dass er mit der neuen Regierung unzufrieden war und zum Stachel in ihrem Fleisch wurde, aber ich hätte nie gedacht –»

«Nun, ich glücklicherweise schon», fällt sie mir ins Wort. Ihre Ungeduld bezieht sich nicht auf mich, sondern auf die Aufgabe, die es zu bewältigen gilt. «Ich habe es kommen sehen, und die Mädchen und ich haben bereits ein Gesuch um ihre Freilassung vorbereitet. Wir sind im Begriff, damit zum Parlament zu marschieren. Werdet Ihr uns begleiten?»

Ich zögere, hin- und hergerissen zwischen der Begeisterung, mich ihnen anzuschließen, und der Angst davor, was Vater oder Henry sagen würden, wenn sie mich sähen. Im Privaten ein wenig mit den Interessen der Levellers zu sympathisieren, ist eine Sache, öffentlich mit ihren Frauen durch die Straßen zu marschieren, eine gänzlich andere. Und was ist mit den schrecklichen Behauptungen, welche die Levellers in der Presse über unsere Armeeführer verbreiten?

Sie beobachtet mich, versucht zu ergründen, wo ich stehe. «Hier.» Sie nimmt eine Kopie der Petition von einem Tisch und reicht sie mir. «Lest selbst. Wenn Euch das nicht zum Handeln antreibt, dann geht heim zu Euren Kindern, ich werde es Euch nicht verübeln.»

Ich nehme das Blatt und schaue darauf. Ein Kind rennt an mir vorbei, von der anderen Seite kommt eine Frau, die ein Plakat trägt, und stößt mich im Vorbeigehen an der Schulter an. Ich schlängle mich durch das Gedränge und suche mir einen Platz an der Wand, wo ich in Ruhe lesen kann. Die Worte springen mir von der Seite entgegen und geradewegs in meine Seele. Im Wesentlichen bin ich mit dem Inhalt einverstanden – Forderungen nach der Freilassung Lilburnes und der anderen, nach Steuersenkungen, mehr Arbeit und gerechter Behandlung durch die Regierung. Bei der Kritik am Armeerat hingegen regt sich in mir entschiedener Widerspruch. Doch die Präambel entfacht ein Feuer in mir, das alle anderen Gedanken verzehrt – die Frauen fordern darin das Rederecht: *Da wir gewiss sind, nach dem Bilde Gottes geschaffen zu sein, da unser Interesse an Christus dem der Männer gleichgestellt ist und uns ein entsprechender Anteil an der Freiheit dieses Commonwealth gebührt …*

Wieder stößt mich jemand an, und als ich aufschaue, sehe ich, dass der Raum sich leert – die meerwassergrünen Jungfrauen schlüpfen auf die Straße hinaus wie Meerjungfrauen in die See. In der Menge entdecke ich Elizabeths Gesicht. «Ich komme mit!», rufe ich ihr zu. «Ich komme mit.»

Wir marschieren in der Frühlingssonne durch Whitehall zum Westminsterpalast, Arm in Arm und mit Lobliedern auf den Lippen. Kinder springen neben uns her, und Frauen winken aus Fenstern, während ihre Männer uns aus den Hauseingängen mit finsteren Mienen beobachten. Mein Herz schlägt heftig in der Brust, während wir vorwärts branden und endlich gegen die Türen des Parlamentsgebäudes prallen wie eine Woge, die sich an einem Felsen bricht. Der Saalmeister stellt sich uns in den Weg.

«Geht heim zu euren Männern!» Er wedelt mit den Armen, als wolle er einen Schwarm Fliegen verscheuchen. Ein Pulk aus Parlamentsmitgliedern schart sich um ihn, um Solidarität zu bekunden. «Geht, kümmert euch um den Abwasch!», ruft einer höhnisch, worauf eine Frau vor mir entgegnet: «Wir haben nichts mehr abzuwaschen.» Die Übrigen nicken und äußern ihre Zustimmung. «Wir geben Gratisrationen Getreide und Kohlen an die Armen aus», sagt ein mitfühlenderer Abgeordneter, doch sogleich übertönt ihn ein Kollege: «Es ist nicht üblich, dass Frauen Gesuche einbringen.»

«Dass Ihr dem König den Kopf abgeschlagen habt, war auch nicht üblich!», kontert Elizabeth Lilburne prompt. «Dennoch nehme ich an, Ihr werdet es rechtfertigen.» Das ruft einiges Gelächter hervor, und auch ich kichere, vor lauter Aufregung wie berauscht. Dabei werde ich die Hinrichtung des Königs bis zum letzten Atemzug gutheißen. «Lasst uns durch!», fordert Elizabeth lautstark, und wir drücken und schieben, bis der Saalmeister nachgibt und wir durch die Tür strömen, durch den Gang und in die Vorhalle des House of Commons.

Sofort erblicke ich Vaters vertrauten breiten Rücken und sein lockiges Haar. Er steht gerade bei einer Gruppe anderer Männer, in ein ernstes Gespräch vertieft. Ich ducke mich, verdecke mein Gesicht mit einer Hand, doch die Menge hinter mir drängt weiter und schiebt mich unaufhaltsam auf ihn zu. Im nächsten Moment haben die Frauen vor mir ihn erreicht und ziehen ihn am Mantel, sodass er zu ihnen herumfährt. Wütend halten sie ihm Kopien der Petition vors Gesicht, während sie im Chor die Namen von Lilburne und den anderen Gefangenen rufen. Vater hebt die Hände halb beschwichtigend, halb ungeduldig, und ich sehe, wie jemand ihm den Hut vom Kopf fegt.

«Was verlangt Ihr?», fragt er mit lauter Stimme und überschaut angespannt das Meer aus Gesichtern, bis ich durch den Spalt zwischen meinen Fingern sehe, dass sein Blick an mir hängen bleibt. Er starrt mich an, die Worte bleiben ihm im Halse stecken, dann runzelt er die Stirn und schüttelt den Kopf.

«Die Rechte und Freiheiten der Nation, die Ihr uns versprochen habt!», antwortet eine Frau auf seine Frage, und um mich herum erhebt sich ein Sprechchor: *«Agreement, Agreement!»* Die junge Frau neben mir zieht eine Kopie des *Agreement of the People* hervor, jener «Vereinbarung des Volkes», an der mein Mann und John Lilburne so hart gearbeitet haben, und schwenkt sie über ihrem Kopf wie ein Prediger seine Bibel. An ihrer Frisur flattern meerwassergrüne Bänder. Mein Geist ist leer und mein Herz voll. Ich reiße den Blick vom finsteren Gesicht meines Vaters los und schaue zu den von häufiger Lektüre verknitterten Seiten auf, die sie in der Hand hält. Während die Blätter durch die Luft geschwenkt werden, frage ich mich zum ersten Mal, ob diese Worte – ein jedes so sorgfältig gewählt und erwogen und nun endgültig schwarz auf weiß gedruckt – das sind, wofür wir die ganze Zeit gekämpft haben.

KAPITEL DREIUNDZWANZIG

«Weißt du, was ich heute Abend getan habe?», fragt Vater mich daheim an der Drury Lane. Er steht im Hausflur, die Miene traurig und verhärtet, die Augen – wenn er sich denn überwinden kann, mich anzuschauen – funkelnd vor Zorn.

Ich habe auf ihn gewartet, entschlossen, mich seiner Wut zu stellen. Nun trete ich vor, um ihm Hut und Mantel abzunehmen, wie ich es schon Hunderte Male zuvor getan habe. Hinter mir auf der Treppe höre ich Henrys vertraute Schritte, doch ich drehe mich nicht um, und er sagt kein Wort. Er weiß: Das hier ist eine Angelegenheit zwischen Vater und mir.

«Was?», frage ich, obwohl mir vor der Antwort graut.

«Eine Meuterei niedergeschlagen», teilt er mir sachlich mit. Er lässt sich auf der Bank im Flur nieder, um seine Reitstiefel auszuziehen und nach seinen Hausschuhen zu suchen – das tut er nur, wenn seine Füße vor Müdigkeit schmerzen. «Deine Freunde, die Levellers, haben in Bishopsgate die Waffen gegen ihre Offiziere erhoben. Ihre Soldzahlungen sind im Rückstand, und sie wollen nicht zum Dienst nach Irland geschickt werden, das weiß ich. Aber es gibt Pläne, möglichst viel vom Überfluss des Königs zu verkaufen, um Geld aufzubringen. Und wir dürfen die royalistische Bedrohung, die sich jenseits der Irischen

See zusammenballt, nicht ignorieren. Außerdem müssen die Männer begreifen, dass sie unter keinen Umständen Waffen gegen ihre Befehlshaber richten dürfen, sonst sind wir alle verloren.» Er schlägt bei jedem Wort mit seiner behandschuhten Faust auf die Bank, als wolle er es in Stein meißeln.

Ich muss offen mit ihm sprechen, das bin ich ihm schuldig. «Aber wenn ihre Anführer nicht wegen Aufwiegelei verhaftet worden wären, dann wären diese Männer nicht so zornig.» Ich beiße mir auf die Lippe.

«Sie wären nicht verhaftet worden, wenn sie uns nicht schwarz auf weiß als Tyrannen bezeichnet hätten!»

«Wenn das Parlament das *Agreement* in Betracht gezogen und sich einer Neuwahl durch das Volk gestellt hätte, würden sie euch nicht als Tyrannen ansehen. Früher hast du voller Wärme über sie gesprochen.»

«Sie müssen dem Parlament vertrauen.»

«Aber dieses Parlament zu kritisieren, gilt neuerdings als Verrat, so, wie es früher Verrat war, schlecht über den König zu sprechen!»

Henry stellt sich zwischen uns – er versucht sich einmal als Schlichter, was sonst immer Vaters Rolle ist. «Was wird nun aus den Meuterern?», fragt er ruhig, eine Hand auf meinen Arm gelegt. Seine praktischen Überlegungen beenden die Spirale, in die Vater und ich hineingeraten sind.

In diesem Moment kommt Mutter aus dem Esszimmer, da sie Vaters Stimme gehört hat.

Vater seufzt, als er sie sieht. Mit der Luft scheint er etwas von seinem Zorn auszustoßen, wie die Drachen ihr Feuer in alten Zeiten in Wales, der Heimat seiner Familie. «Fünfzehn wurden verhaftet. Fairfax will den Anführer erschießen lassen. Ich habe für Milde plädiert, aber er ist unerbittlich.»

«Der arme Mann!», ruft Mutter aus. Doch sogleich richten sich ihre Gedanken wieder auf Vater, so wie immer, und sie kniet neben ihm nieder und streichelt seine Hand.

Ich blicke auf die Zärtlichkeit zwischen den beiden, während mir noch vor Grauen der Mund offen steht. Ich sehe wieder John Lilburne vor mir, wie er mich in Windsor mit zorniger Stimme daran erinnerte, dass Vater im Jahr zuvor einen Leveller erschossen hatte: *Die Armee, die Ihr so verehrt, will die Macht für sich selbst.*

«Du kannst dich doch gewiss gegen ihn durchsetzen?», frage ich. Es wundert mich, dass der Lord General noch immer einen so hohen Stand hat, nachdem er dem Prozess gegen den König fernblieb und die Generalin sich dort so schockierend aufführte.

«Glaube mir, ich habe es versucht», erwidert Vater. «Nicht zuletzt, weil der Mann für seine Leute ein Märtyrer werden wird. Für deine Leute.» Er wirft mir einen düsteren Blick zu, und Mutter schaut mich verwirrt an.

«Wie Rainsborough», murmelt Henry und schüttelt seinen dunklen Kopf. Ich schaudere bei dem Gedanken.

Zwei Tage später wird der Soldat Robert Lockyer an der Wand der St. Paul's Cathedral erschossen. Damit ist sein Märtyrerstatus besiegelt, fest wie die Schatztruhen, die einst der Schlosser baute, welchem er seinen Namen verdankt. Zu seinem Begräbnis gehen Tausende auf die Straßen, auch die Leveller-Frauen, doch diesmal schließe ich mich ihnen nicht an. Schockwellen laufen durch die Armee, und als Reaktion meutern Regimenter in Salisbury, dann in Burford. Vater und Fairfax reiten nach Westen, um die Aufstände niederzuschlagen – ohne Henry, zu unser beider Erleichterung. Es gibt Kämpfe auf den gepflasterten Straßen Mittelenglands, und wieder einmal werden die Rädelsführer erschossen. Doch diesmal stehen die Druckerpressen der Levellers still, und keine meerwassergrüne Flut wogt durch London. Die Levellers sind eingeschüchtert, Vater ist zornig, und ich sehe nicht mehr das Licht der Vorsehung, das uns den Weg leuchtete.

In den kommenden Wochen erheben sich allerorten Feinde, die unser junges Commonwealth bedrohen. Ich ziehe mich in die Sicherheit meiner Familie zurück, um meine Wunden zu lecken, klammere mich an meine Liza und die kleine Jane und gehe Vater aus dem Weg. Unser Botschafter Isaac Dorislaus wird in Den Haag von Royalisten kaltblütig ermordet. Ganz Europa ist erschüttert. Die Schotten, die den Sohn des toten Königs zu König Charles II. erklärt haben, bedrohen unsere nördliche Grenze, während Prinz Ruprechts Flotte es vor der irischen Küste mit unserer unter dem Kommando des General-at-Sea Robert Blake aufnimmt. Es ist nur eine Frage der Zeit, bis rachsüchtige Royalisten von Irland oder Schottland aus einmarschieren. Indessen wird Vater in der Presse durch blutigen Schmutz gezogen, die Angriffe kommen von allen Seiten. Er habe es auf die Königswürde abgesehen, behauptet eine skurrile Zeitung mit dem Titel *A Coffin for King Charles; a Crown for Cromwell; a Pit for the People* – «Ein Sarg für König Charles; eine Krone für Cromwell; eine Grube für das Volk». Ein anderes Schmierenblatt unterstellt ihm eine Affäre mit Frances Lambert. In morbider Faszination lese ich heimlich den schmutzigen Artikel und lasse die Zeitung wieder aus dem Haus verschwinden, ehe Mutter sie zu sehen bekommt. Auch wenn wir in letzter Zeit einige Unstimmigkeiten hatten, verdient Vater doch gewiss nicht solchen abscheulichen Hass. Traurig und milde gestimmt, gehe ich wieder dazu über, ihm etwas zu trinken und seine Pfeife zu bringen – zumindest wenn ich Betty und Fanny zuvorkommen kann.

Uns bleibt nicht mehr viel gemeinsame Zeit. Angesichts der wachsenden Bedrohung aus Irland wird Vater dazu ausersehen, eine Expedition über das Meer anzuführen und zu verhindern, dass royalistische Invasionstruppen an unserer Küste landen. Und ich weiß, wohin auch immer Vater entsandt wird, folgt Henry ihm auf dem Fuße. Ich mache mich also darauf gefasst, meinen Vater und meinen Mann an einen dritten Bürgerkrieg zu verlieren.

«Lass mich mit dir gehen», bitte ich Henry, der geschäftig Vorbereitungen trifft. Er stopft seine Koffer so voll mit Büchern und Papieren, dass kein Platz für Wäsche oder Waschzeug bleibt. «Du wirst nicht gut auf dich achten», schelte ich ihn und mache mich daran, seine Sachen umzupacken. «Nicht, wenn ich nicht dafür sorge, dass du isst, schläfst und dich wäschst.»

Er hält kurz inne und lächelt mir zu – er weiß, dass ich recht habe. «Ich bleibe dennoch dabei», erwidert er und drückt mir einen Kuss auf die Wange. «Jane ist noch viel zu jung, um ihre Mutter entbehren zu können, und Elizabeth ist zu klein für eine Reise. Außerdem wäre es zu gefährlich für dich, einen Feldzug in einem fremden Land zu begleiten.»

«Ich würde schon zurechtkommen», rede ich auf ihn ein. «Ich bin an die Entbehrungen des Armeelebens gewöhnt. Und wenn du so entschieden dagegen bist, dass die Mädchen mitkommen, könnte ich sie hier bei Mutter und Großmutter lassen.» Dass ich erneut schwanger bin, verschweige ich ihm in der Hoffnung, ihn doch noch umzustimmen.

Vergebens. Er bleibt hart.

Henry wird erst in ein paar Wochen aufbrechen, doch Vater zieht schon früher los. Die Jungen sind beim Abschied sehr ernst, die Mädchen weinen, Mutter bewahrt wie stets die Fassung und schickt sich in das Unvermeidliche, und Betty bereitet sich mit John auf die Rückkehr nach Northborough vor, als hielte nichts sie mehr in der Drury Lane, wenn Vater fort ist. Ich vergieße keine Tränen, aber unter meiner Rüstung bin ich schier zerrissen von widerstreitenden Gefühlen. Enttäuschung über Vaters Unfähigkeit, die Dinge so zu sehen wie ich, mischt sich mit Angst um seine Sicherheit. Ich bin zornig darüber, dass er wieder einmal die Weltbühne betritt, während ich im Schatten stehen muss, und zugleich schmerzt es mich, dass wir uns nicht in der ungetrübten Freundschaft trennen, die sich zwischen uns entwickelt hatte und die mir so viel bedeutete. Aber natürlich spreche ich nichts von alldem aus. Bevor Vater aufbricht, kommen wir bei einem privaten Festessen ein letztes Mal alle zusammen. Dann verabschiedet das Parlament ihn öffentlich mit Gebeten und Pomp in einer Kutsche, die von sechs weißen Brabanterstuten gezogen wird. Als er vor unseren Augen aus unserem Familienkreis in die öffentliche Sphäre übergeht, rücken wir zurückgebliebenen Cromwells enger zusammen wie Perlen auf einer Schnur. Wir wissen nicht, ob und wann wir ihn wiedersehen werden, und dieser belastende Gedanke verbindet uns wie nichts anderes.

«Lilburne soll gegen eine Kaution freigelassen werden», teilt Henry mir mit, als er eines späten Abends aus dem Parlament zurückkehrt. Die Zeit für seine Abreise ist nun bald gekommen.

«Wirklich? Das freut mich zu hören.»

«Das dachte ich mir. Ich für meinen Teil weiß nicht recht, was ich davon halten soll. Er ist nicht mein Feind, aber mir scheint, ich bin zu seinem Feind geworden.»

«Dabei wart ihr einander für kurze Zeit so nah», sage ich und wünschte, ihre Zusammenarbeit wäre nicht durch den Druck politischer Notwendigkeiten beendet worden. «Weshalb wird er jetzt freigelassen?»

Ich will zum Kinderbettchen hinübergehen und Jane hochnehmen, als Henrys Antwort mich erstarren lässt.

«Seine Frau und seine Kinder liegen im Sterben.»

«Was?» Ich fahre herum, das Zimmer dreht sich um mich.

«Sie haben die Pocken, und soweit ich weiß, besteht kaum noch Hoffnung. Wir im Parlament fanden, er sollte bei ihnen sein dürfen.»

Ich denke an Elizabeth und ihre flammende Hoffnung, an den kleinen Tower und seine Koliken.

Henry errät, was in mir vorgeht. «Du wirst nicht in ihre Nähe gehen», sagt er streng. «Ich lasse nicht zu, dass du dich und meine Kinder ihretwegen in Gefahr bringst.»

Ich antworte nicht, sondern beschäftige mich stattdessen mit der Kleinen; ich will meinen Mann nicht belügen.

Am nächsten Tag gehe ich natürlich doch. Ich rekrutiere Dick für meinen Plan, verpflichte ihn zu Stillschweigen, und er bringt von einem seiner Saufkumpane die Adresse der Lilburnes in Erfahrung. Dick besteht darauf, mich persönlich zu begleiten. In einer Mietkutsche fahren wir quer durch London in ein armes, schmutziges Viertel östlich des Towers. Wir lassen die Kutsche eine Straße entfernt warten und nähern uns dem Haus zu Fuß. Es ist ein kleines Fachwerkgebäude, eingezwängt zwischen einer Druckerei und einer Pfandleihe, umwölkt vom Staub, den rumpelnde Fuhrwerke auf ihrem Weg zum Hafen aufwirbeln. Wir steigen vorsichtig über ein Rinnsal aus schmutzigem Abwasser hinweg und bleiben vor der Tür stehen. Ich wappne mich innerlich, ehe ich anklopfe.

Ich muss lange warten, doch endlich öffnet sich die Tür einen Fußbreit, und ich erkenne das verhärmte Gesicht von John Lilburne. «Ihr könnt nicht hereinkommen», sagt er knapp. Erst dann scheint er mich zu erkennen, er öffnet die Tür etwas weiter, und sein Gesicht nimmt einen wilden, boshaften Ausdruck an. «Das heißt, wenn ich es mir recht überlege, tretet doch ruhig ein, dann könnt Ihr die Pocken Eurem Mann und Eurem Vater mitbringen – sie sollten hier liegen, nicht meine Liz.»

Was er da sagt, ist abscheulich, doch ich spüre, dass er nicht recht bei Sinnen ist. Also drücke ich ihm zu seiner Überraschung den mitgebrachten Korb mit Essen, Arznei und sauberer Kleidung in die Arme. Indessen tritt Dick hinter mir unbehaglich von einem Fuß auf den anderen. «Kann ich sie wenigstens sehen?», frage ich.

Achselzuckend stößt Lilburne die Tür ganz auf. Ich schaue an ihm vorbei und erkenne undeutlich Elizabeths blonden Kopf in einem Bett in der hinteren Ecke des Raumes. Neben ihr steht die Wiege mit dem kleinen Tower, und auf zwei kleinen Pritschen liegt je ein Kind. Eine alte Frau beugt sich mit Lappen in den Händen über sie. Eines der Kinder schluchzt, doch Elizabeth regt sich nicht.

«Ist sie noch am Leben?», frage ich mit erstickter

Stimme, denn bei diesem Bild des Jammers ist meine Kehle wie zugeschnürt. «Und die Kinder?»

«Bis jetzt, ja. Aber wie lange noch? Manchmal kann ich kaum noch Lebenszeichen erkennen.»

«Hat ein Arzt nach ihnen gesehen? Kann ich irgendetwas tun?», frage ich weiter.

Doch Lilburne schließt die Tür bereits wieder. «Gott segne Euch», rufe ich durch den schmaler werdenden Spalt – ich kann nur hoffen, dass sie mich hört.

Danach erfahre ich nichts mehr von ihnen, bis Henry ein paar Tage später aufgebracht nach Hause kommt und mir noch auf der Türschwelle ein dickes Pamphlet in die Hände drückt. Ich starre darauf, lese mit wachsendem Entsetzen den Titel: *Eine Anklage wegen Hochverrats gegen Oliver Cromwell und seinen Schwiegersohn Henry Ireton.* Ich blicke fragend in Henrys finsteres Gesicht.

«Lilburne. Er hat uns als Tyrannen und Verräter denunziert. Die Regierung wird nichts darauf geben, aber dennoch …»

«Dennoch», wiederhole ich und starre wieder auf das abscheuliche Bündel Papier in meinen Händen. «Aber was –»

«Lies die Vorrede», fällt er mir ins Wort.

Ich senke den Blick erneut auf das grässliche Ding, blättere voller Abscheu das Titelblatt um und schaue auf die Rückseite. Da ist in winziger, verschmierter Schrift ein Brief von Lilburne an den Leser abgedruckt, und bereits nach wenigen Zeilen wird mir klar, was geschehen ist:

Da Gott in Seinem weisen Ratschluss es für passend erachtet hat, meinen Glauben und meine Duldsamkeit auf die Probe zu stellen, indem Er mir meine beiden

Söhne nahm, die den größten Teil meiner irdischen Freude in dieser Welt verkörperten, und meine Frau und Tochter an die Schwelle des Todes zu führen …

Mein Herz krampft sich zusammen, als ich mir vorstelle, wie der kleine Tower tot in seiner Wiege liegt. Ich denke an meine eigenen kostbaren Töchter und wie sehr Henry sie liebt. Während ich weiterlese, beginnt die Schrift vor meinen Augen zu verschwimmen:

… bin ich entschlossen, meine Feder und mein Leben künftig so verschwenderisch zu handhaben wie meine blutigen und tyrannischen Widersacher ihre Instrumente der Unterdrückung, Grausamkeit, Tyrannei und Blutgier …

Mit einem Aufschrei schleudere ich die Seiten von mir. Ich sehe, wie sie auseinanderflattern und auf der Straße im schmutzigen Rinnstein landen.

Henry macht einen Schritt auf mich zu und fasst mich am Arm, und ich klammere mich heftig an ihn und weine um uns alle.

Am nächsten Tag flehe ich Henry an, nicht nach Irland zu gehen. «London jetzt zu verlassen, nach diesem Vorfall!»

Doch er tätschelt nur meine Hand und ruft nach seinem Pferd. «Ich habe keine Wahl», seufzt er und schwingt sich in den Sattel. «Ich gehe, wohin man mich schickt. Und vielleicht kann ich dort etwas Gutes bewirken, wenn die Kämpfe vorüber sind.»

Er will eben sein Pferd mit den Fersen antreiben, als

ich hastig einen Schritt auf ihn zu mache, um ihm zu sagen, dass ich ein Kind erwarte. Sollte ihm etwas zustoßen, dann würde ich es mir nie verzeihen, es ihm verschwiegen zu haben. Ich umklammere seinen Stiefelschaft mit beiden Händen und zwinge mich zu lächeln, so schwer es mir auch fällt.

Er strahlt mich in aufrichtiger Freude an. «Ich hoffe, es wird noch ein Mädchen!», sagt er und beugt sich herab, um mich zärtlich auf die Wange zu küssen. «Meine tapfere, tapfere Biddy», flüstert er. «‹*Haus und Habe vererben die Eltern; aber eine verständige Ehefrau kommt vom Herrn.*› Von meinem Vater habe ich nichts geerbt, aber dich hat Gott mir gesandt.»

Dann ist er fort.

Ich schaue ihm nach, wie er über die Straße davonreitet. Dabei steigt eine böse Ahnung in mir auf, die immer stärker wird, während er aus meiner Sicht verschwindet. Wie viele Monate oder Jahre werden vergehen, ehe ich ihn wiedersehe? Was, wenn er in der Schlacht fällt? So mutig und stark er auch sein mag, er ist kein geborener Soldat. Ich dachte immer, ich sei zwar glücklich mit Henry, aber nicht innig verliebt. Doch als er davonreitet, ist mir, als würde mir das Herz aus der Brust gerissen, und ich erkenne endlich die Wahrheit.

DRITTER TEIL

Achtzehn Monate später
Irland

KAPITEL VIERUNDZWANZIG

Winter 1650–1651

Das Meer umgibt uns wogend grau und geheimnisvoll, so weit das Auge reicht, und überflutet alle meine Sinne. Die unergründlichen Tiefen sprechen etwas in mir an, da ich in den Fens geboren bin und das Wasser mein Element ist. Doch die zahllosen Fahrten über die sanften Flüsse von East Anglia in breiten Barkassen und flachen Stakkähnen haben mich schwerlich auf das hier vorbereitet: Ich fahre in einem Kriegsschiff über die Irische See. Bisher habe ich das Meer immer nur aus der Ferne gesehen, verschwommen am Horizont. Ich hatte keine Vorstellung davon, wie ungeheuer groß, wie lebendig es aus der Nähe sein würde, ganz zu schweigen von dem Gefühl, mich seiner Gnade auszuliefern.

Liza ist ständig übel, und so bringe ich den größten Teil der Überfahrt auf Deck zu. Ich halte ihr das Haar aus dem Gesicht, während sie im scharfen Wind auf einem Fass steht und sich über die hohe Bordwand des massigen Schiffsrumpfes erbricht. Dabei halte ich sie fest umklammert und blicke über die Wellen hinaus. Während wir einem neuen Land entgegenfahren, denke ich an all die Schätze in Gottes Schöpfung: *Da ist das Meer, das so groß und weit ist, da wimmelt's ohne Zahl, große und kleine*

Tiere. Dort ziehen Schiffe dahin; da ist der Leviathan, den du gemacht hast, damit zu spielen. Es wartet alles auf dich, dass du ihnen Speise gebest zu seiner Zeit. Und ich warte darauf, den Mann wiederzusehen, von dem ich seit fast anderthalb Jahren getrennt bin. Nun ist es nicht mehr weit; durch salzige Gischtwolken sehe ich schon die Klippen, weiß von Schnee wie Zuckerguss auf einem Kuchen.

Ich lande als Abenteurerin, auch wenn die Amtsträger und Soldaten, die uns mit Verbeugungen, Fanfaren und Salutschüssen auf dem Landungssteg begrüßen, mich wie eine Würdenträgerin behandeln. Dieser Empfang gilt zum Teil mir als Ehefrau des neuen Lord Deputy of Ireland, des zivilen und militärischen Herrschers im Land. Teils gilt er jedoch auch meinen Begleitern: Mit mir trifft Lieutenant-General Edmund Ludlow ein, einer der Richter des Königs, nunmehr Angehöriger des Staatsrats und künftig Henrys Stellvertreter. Er hat mehrere Hundert Soldaten als Verstärkung für die hiesigen Truppen mitgebracht. Außerdem haben wir noch drei Kommissare an Bord, die die Zustände in Irland untersuchen und dem Parlament Bericht erstatten sollen. Ich bin Ludlow schon früher begegnet und freue mich, ihn als kompetenten Begleiter zu haben. Doch er ist schroff in seinen Umgangsformen, und es fällt mir schwer, ihn zu mögen, sosehr ich ihn auch bewundere – ihn und all die anderen, die fest zu ihren Überzeugungen gestanden, ihre unsterbliche Seele in die Hand genommen und den Vollstreckungsbefehl gegen den König unterzeichnet haben.

Ich bin müde und hungrig, die Abenddämmerung naht bereits, und so bin ich froh, dass wir die Formalitäten rasch hinter uns bringen. Nach wenigen Minuten werden Liza, unsere Dienerin und ich in eine Kutsche gesetzt, die uns ein paar Meilen weit zu einer Herberge bringt. Dort werden wir übernachten, um am nächsten Tag nach Dublin zu Henry weiterzureisen – was drei oder vier Tage in Anspruch nehmen wird. Die Nacht verläuft unruhig. Die völlig erschöpfte Liza schläft in meinem Bett und legt sich dabei quer über mich, während ich wach liege, seltsam beklommen bei der Aussicht, bald wieder mit Henry vereint zu sein. Zwar habe ich ihm all die Monate hindurch jede Woche geschrieben, und er hat geantwortet, wann immer er die Zeit fand und ein Schiff ging. Aber dennoch stehen die lange Trennung und die Entfernung mächtig zwischen uns, erst recht seit der Geburt der kleinen Bridget vor zehn Monaten. Seitdem ist es mir schwergefallen, an meinem alten Selbst festzuhalten – wieder einmal habe ich die Wöchnerinnenstube gleichsam als anderer Mensch verlassen, nachdem ein weiteres Kind in meinem Körper herangewachsen ist und aus ihm herausgepresst wurde. Wird Henry mich sehr verändert finden? Wird er die Falten bemerken, die schlaffe Haut und die Spuren, welche die Strapazen von drei Schwangerschaften in weniger als vier Jahren an meinem Körper hinterlassen haben?

Diese Gedanken plagen mich, als wir uns nach einem zeitigen Frühstück aus Dünnbier und warmen Brötchen auf den Weg nach Dublin machen. Doch bald vertreiben die Bilder, die ich durch das Fenster der Kutsche sehe, meine Grübeleien und Selbstbetrachtungen. Wir reisen entlang der Ostküste der Insel gen Norden. Dabei treffen wir auf die ausgebrannten Ruinen menschlicher Behausungen, kommen an Bettlern vorbei, die an zerstörten Mauern hocken, und an zerlumpten Familien, die sich über die Straßen schleppen, Bündel mit ihrer Habe auf die mageren Rücken geschnallt.

«Wohin gehen sie?», frage ich Ludlow, als sein Pferd in die Nähe meines Fensters kommt.

«Sie werden umgesiedelt. Wir vertreiben die katholischen Iren aus allen Gebieten, die von strategischer Bedeutung sind. Euer Vater hat hart gekämpft, um diesen östlichen Teil der Insel zu erobern – nun, da er nach Schottland gegangen ist, dürfen wir nicht riskieren, das Land wieder zu verlieren.»

«Aber …?» Ich suche nach passenden Worten. Eben zieht ein Mann ein mageres kleines Mädchen, kaum älter als Liza, zur Seite, um unserer Kutsche Platz zu machen. Das Kind bleibt stehen und schaut zu, wie ich vorbeifahre, die Werkzeugtasche seines Vaters fest umklammert wie eine kostbare Puppe. Ich weiß, dass diese Leute als Royalisten unsere Feinde sind, und als Katholiken können sie nicht hoffen, vom Herrn erlöst zu werden. Dennoch steht mir das magere Gesicht des kleinen Mädchens noch lange vor Augen. «Diese Familien von ihrem Land zu vertreiben», frage ich, «ist das denn wirklich nötig?»

Ludlow blickt mich durchdringend an. Groll regt sich in mir, denn ich sehe ihm an, dass er mich für ein schwaches Weib hält. «Euer Mann muss tun, was nötig ist, um dieses Land zu sichern und an das Commonwealth anzuschließen», sagt er schroff. «Ihr mögt Mitleid mit diesen Leuten empfinden, aber sie waren es, die 1641 unsere protestantischen Brüder abgeschlachtet und uns überhaupt erst in diesen endlosen Krieg hineingezogen haben.»

Natürlich denkt er so; er zählte schon immer zu den entschiedensten und unerbittlichsten Armeeführern. Ich überlege, ob ich ihm widersprechen soll. Manche sagen, John Pym und die Seinen hätten in ihren Berichten über diese Massaker drastisch übertrieben, als sie das Land gegen den Tyrannenkönig zu den Waffen riefen. Doch ich kann nicht glauben, dass unsere glorreiche Sache gleich dem Haus des törichten Mannes auf Sand gebaut ist. Wie auch immer die Wahrheit aussehen mag – kann dies wirklich das Ziel sein, auf das wir hingearbeitet haben? Dörfer niederzubrennen und kleine Mädchen heimatlos über die Straßen wandern zu lassen? Ich lehne mich auf dem abgewetzten Ledersitz zurück und nehme Lizas Hand.

Es kommt noch schlimmer: Es ist kaum neun Uhr am Morgen, als unsere Kolonne scharf nach Westen abbiegt und wir ein paar Meilen weit landeinwärts fahren, ehe wir wieder Kurs nach Norden nehmen.

«Weshalb ändern wir die Richtung?», rufe ich Ludlow zu, als er wieder einmal in Hörweite ist.

«Der Lord Deputy hat uns angewiesen, einen Bogen um Wexford zu machen», antwortet er und lenkt seinen Schimmel näher an die Kutsche heran. «Die Stadt liegt in Trümmern, und wir können nicht ausschließen, dass Ihr immer noch unbestattete Leichen am Straßenrand sehen würdet.»

Wexford. Ich schaudere. Ich kenne den Namen natürlich, ganz England kennt ihn. Eine der wenigen Städte, die sich weigerten, sich Vaters Armee zu ergeben, mit schrecklichen Folgen. Gerüchten zufolge starben rund zweitausend Menschen. Wir im Hause Cromwell im weit entfernten London konnten uns nie überwinden, Vater oder Henry in unseren Briefen zu fragen, wie es dazu kam. Ich rutsche auf die andere Seite der Sitzbank hinüber, um dort aus dem Fenster zu schauen. Über die fernsten Baumwipfel hinweg kann ich am rosigen Horizont die zackigen Umrisse der höchsten Gebäude in jener verfluchten Stadt ausmachen. Dazwischen liegt ein geschwärzter Flickenteppich aus verbrannten Feldern, von tiefen Belagerungsgräben durchzogen, wie ich sie von Colchester kenne. Gegen den Himmel zeichnen sich unverkennbar Galgen mit den schaukelnden Gestalten Gehängter ab. Bei dem Anblick schließe ich die Augen. Liza drückt sich mit ihrer Puppe an mich und will, dass ich ihr eine Geschichte erzähle, und so verliere ich mich nur zu gern in einer Märchenwelt.

Ich bin unsäglich erleichtert, als wir nach zwei weiteren Nächten mit unruhigem Schlaf und Tagen im rumpelnden Fuhrwerk endlich unter Hufgeklapper in den gepflasterten Straßen Dublins Einzug halten. Minuten später kommt die Kutsche vor einem ansehnlichen Stadthaus zum Stehen; eine breite Vortreppe führt zur blau gestrichenen Haustür hinauf. Ich beuge mich aus dem Fenster und blinzle ins Sonnenlicht. Dort in der Tür steht Henry.

Es dauert einen Moment, bis ich ihn erkenne. Er ist dünner geworden, die Wangenknochen in seinem füchsischen Gesicht scheinen stärker hervorzutreten, der hohe weiße Kragen sitzt loser um seinen Hals. Das Leinen ist auch nicht mehr schneeweiß, sondern schmutzig cremefarben unter seinem zottigen Bart, der jetzt graue Strähnen aufweist. Sein dünnes, ebenfalls angegrautes Haar erweckt zusammen mit der fahlen Haut den Eindruck von Marmor, ein starker Kontrast zu dem tiefschwarzen Haar und den blassen Wangen, die ich in Erinnerung habe. Henrys graues Wams und die Hosen wirken vornehm – ich nehme an, dass die Kleidung neu ist, denn ich kenne sie nicht –, und darüber trägt er eine glänzende Amtskette. Auf den ersten Blick bietet er ein eindrucksvolles Bild, doch ich weiß, worauf ich achten muss: Seine Fingernägel sind schmutzig, seine Manschetten ausgefranst und seine alten Stiefel abgetragen. Endlich kehrt mein Blick wieder zu seinen Augen zurück: Wenigstens sie sind klar und strahlen, aber ich bemerke die Fältchen an den Augenwinkeln und die grauen Tränensäcke.

Ich habe ihn zu lange allein gelassen, denke ich und setze ein Lächeln auf.

«Ist das Vater?», flüstert Liza. Allerdings ist sie nicht wegen der Veränderungen verwirrt, sondern weil sie mit ihren drei Jahren keine klare Erinnerung an ihn hat.

«Ja, mein Schatz», antworte ich ebenfalls flüsternd. Ich reiche sie zuerst aus der Kutsche, damit sie die Stufen hinaufklettern und sich in seine Arme werfen kann. Obwohl sie ihn nicht wiedererkennt, hat sie keine Scheu vor ihm.

«Meine liebe Bridget», sagt Henry über Lizas Kopf hinweg zu mir. Seine Stimme klingt förmlich – ich hoffe, es ist nur wegen der zahlreichen Bediensteten und Amtspersonen, die zu meinem Empfang um ihn versammelt sind, und nicht etwa, weil seine Gefühle für mich abgekühlt wären.

«Mein Gemahl.» Ich knickse, wie es die Etikette verlangt, dann raffe ich meine Röcke, um die Treppe hinaufzusteigen.

«Willkommen zu Hause», sagt er, nimmt meine Hand und führt mich ins Haus.

Ich komme mir vor, als sei ich wieder auf See. Dies ist nicht mein Haus, und dennoch bin ich die Herrin. Ich habe die Bediensteten nicht eingestellt, nicht über die Einrichtung entschieden und unsere Lieferanten nicht ausgewählt. Ich habe Mühe, den Akzent der Haushälterin zu verstehen, und weiß nicht recht, wie ich sie anreden soll. Sobald ich mich frisch gemacht und Liza mit unserem

Mädchen in die Küche geschickt habe, damit sie Milch und Kekse bekommt, führt Henry mich im Haus herum. Es ist groß und herrschaftlich, geradezu palastartig, wie es sich für die offizielle Residenz des Gouverneurs einer Nation geziemt. Und doch sind die Räume kalt, der Geruch von Zitronenwasser liegt in der Luft, und die Oberflächen glänzen: Zeugnis davon, dass eine Armee von Dienern Tage damit zugebracht hat, bisher ungenutzte Räumlichkeiten herzurichten. Staubflocken tanzen in der Luft wie Regentröpfchen, wo die Januarsonne durch die Fenster hereinscheint – offenbar wurden die Teppiche und Laken vor meiner Ankunft hastig ausgeschüttelt.

Ich bin gerührt über diese Bemühungen und ebenso über Henrys Eifer, mir mein neues Zuhause zu zeigen – er stößt alle Türen auf und redet schneller als gewöhnlich. Doch mich beschleicht das unbehagliche Gefühl, dass er hier gar nicht wirklich gelebt hat. Nur sein Privatkabinett, das vordere Empfangszimmer und eines der Schlafzimmer sehen aus, als seien sie schon länger bewohnt. Ich weiß, dass er den größten Teil des vergangenen Jahres auf Feldzügen überall im Land unterwegs war und dass Zelte und Wirtshäuser sein Zuhause waren. Dieses herrschaftliche Haus ist nur die offizielle Residenz des Lord Deputy, während die Armee im Winterquartier ist. Aber andere Männer hätten nach den Entbehrungen der Feldzüge den Luxus genossen, hätten sich die köstlichsten Speisen und Weine kommen lassen, in den Räumen vornehme Empfänge gegeben und ein paar Monate in aller Annehmlichkeit verbracht. Nicht so Henry: Der Rundgang durchs Haus verrät mir alles über seine langen Arbeitstage und seine spartanische Lebensweise, und der starke Tabakgeruch, den er verströmt, spricht dafür, dass er zu viel raucht.

Er lässt mich allein, damit ich mich waschen, ausruhen und mich zum Abendessen umkleiden kann, während er sich mit Eifer wieder in die Arbeit stürzt. «Das macht dir doch nichts aus?», sagt er noch, schon wieder an der Tür unseres Schlafzimmers. «Ich erwarte morgen eine Delegation der Schlossergilde der Stadt, die mit mir über neue Vorschriften sprechen will. Anschließend habe ich eine Beratung mit einem Komitee aus Friedensrichtern, bei der es um die Verwaltung der lokalen Gerichte geht; und dann muss ich Ludlows Bericht anhören und ihn mit dem Rest des Stabs bekannt machen. Ach, und ein paar Briefe muss ich auch noch schreiben. Hast du alles, was du brauchst? Die Neuigkeiten können wir beim Abendessen austauschen.» Und schon ist er verschwunden.

Es ist bereits neun Uhr, als Henry mit seiner Arbeit fertig ist und wir endlich gemeinsam am Tisch sitzen. In der Zwischenzeit habe ich Liza zu Bett gebracht und hatte ein freudiges Wiedersehen mit meinem Bruder Harry. Er hat das vergangene Jahr hier in Irland verbracht, erst als Vaters Stellvertreter und nun als der seines Schwagers Henry. Es ist offensichtlich, dass die beiden inzwischen enge Vertraute sind. Mir geht das Herz auf, als ich sehe, wie sie sich gemeinsam über die Meldungen des Abends beugen, wie einer den Satz beendet, den der andere angefangen hat. Henry könnte keinen besseren Gefährten und Unterstützer haben als Harry, der schon als Junge so klug und voller Eifer war, ohne eine Spur von Dicks Lethargie oder Ollys Schüchternheit. Er ähnelt am ehesten Robin, denke ich und betrachte über den Esstisch hinweg sein zuversichtliches, strahlendes Gesicht, das dem unseres Vaters mit jedem Tag ähnlicher wird. Robin war Vaters Goldjunge, bis der Herr ihn zu sich nahm. Ich denke, nun ist

Harry derjenige, der ihn am ehesten ersetzen kann. Ich verstumme, und das Atmen fällt mir schwer, so sehr sehne ich mich plötzlich nach meinen älteren Brüdern. Selbst in der Erinnerung erscheinen sie mir so fern, zeitlich und auch räumlich. Was würden sie denken, wenn sie uns hier an diesem vornehmen Tisch sehen könnten, als Herrscher in einem fremden Land?

Das Gespräch kommt wie von selbst auf die Zustände in Irland, da Henry und Harry Lieutenant-General Ludlow auf den neuesten Stand bringen wollen.

«Es gilt nur noch drei Städte einzunehmen», sagt Henry. «Limerick, Athlone und Galway, alle westlich oder südwestlich von hier. Wir mussten von dort abziehen, als der Winter hereinbrach, aber im Frühjahr wird es uns gelingen, sie zu erobern.»

«So wenige?» Ich staune.

«Vaters Feldzug war bemerkenswert erfolgreich», erklärt Harry und gestikuliert mit einem Brötchen in der Hand, um seinen Worten Nachdruck zu verleihen. «Als er mit der Haupttruppe einmarschierte, befand sich der allergrößte Teil Irlands in der Hand der Royalisten unter dem Marquis von Ormonde, der mit den konföderierten Katholiken gemeinsame Sache machte. Prinz Ruprechts seeräuberische Schiffe blockierten Kinsale im Süden und warteten auf ihren sogenannten «König» im Exil, Prinz Charles, den Sohn des toten Königs. Er sollte mit Schiffen vom Kontinent herüberkommen und eine Invasionstruppe gegen England anführen. Nur dieses Gebiet hier um Dublin wurde von einer Armee kontrolliert, die unserem Parlament treu war. Unser neues Commonwealth war in großer Gefahr. Vater hat dann binnen Monaten achtundzwanzig Städte eingenommen, alle bis auf zwei mit geringen Verlusten, und den Besiegten hat er stets großzügig Pardon gegeben, sofern sie ihn annahmen.»

«Dank ihm», nimmt Henry den Faden auf, «hat Charles Stuart sich von Irland abgewandt und seine Hoffnungen stattdessen auf Schottland gerichtet. Er hat seinen Verbündeten Ormonde und die anderen irischen Anführer im Stich gelassen und eine schmutzige Vereinbarung mit den Schotten geschlossen, indem er seiner Religion abschwor und – wie bereits sein Vater vor ihm – versprach, den Presbyterianismus in England einzuführen, wenn sie für ihn dort einmarschierten.»

Den Rest kenne ich: Der Staatsrat beorderte Vater vorigen Sommer nach England zurück. Für kurze Zeit war er bei uns in London, ehe er nach Schottland ritt, Seite an Seite mit den neu ernannten Generälen Major-General Lambert und Lieutenant-General Fleetwood. Dort ist er noch immer. Als ich nach Irland aufbrach, erwarteten Mutter und Großmutter gerade wieder einmal ängstlich jede Post und hofften auf Nachricht, dass er wohlauf sei. Als das Parlament Vater auf seinen jüngsten Feldzug nach Schottland entsandte, wurde er zugleich zum Commander-in-Chief der Armee befördert, nachdem Lord General Fairfax sich geweigert hatte, gegen seine schottischen Brüder zu kämpfen. Der General und die Generalin sind endlich von der Bühne verschwunden, und Vater hat das Oberkommando inne – ein beeindruckender Aufstieg von seinen bescheidenen Anfängen als Captain der örtlichen Kavallerie in seiner ländlichen Heimat. Nachdem er Irland verlassen hat, ist es Henry zugefallen, die Eroberung dieses feindlichen Landes zu vollenden und den Wiederaufbau zu beginnen, um es zu Wohlstand und gesicherten Verhältnissen zurückzuführen.

Meine Gedanken kehren zu dem zurück, was Henry eben gesagt hat – ich bin entschlossen, die Grauen dieses dritten Bürgerkrieges richtig zu verstehen. «Alle Städte bis auf zwei?»

Für einen Moment herrscht Schweigen, und Harry wirft Henry einen Hilfe suchenden Blick zu.

«Drogheda und Wexford», sagt mein Mann schließlich, und die Namen kommen ihm schwer über die Lippen. «Sie haben sich geweigert zu kapitulieren, obwohl Oliver sie warnte, es werde keinen Pardon geben. Als wir die Städte eroberten, gab es viele Tote.»

«Tausende, haben wir in London gehört», hake ich nach. «Auch Zivilisten.»

Er nickt langsam und weicht meinem Blick aus. «Die Soldaten hatten den Befehl, keine gegnerischen Kämpfer zu verschonen und auch keine Priester. Und in der Hitze des Gefechts war es schwer, die zivile Bevölkerung von den Kämpfenden zu unterscheiden.» Er spricht zögernd, und ich höre, dass sein eigener Bericht ihm Unbehagen bereitet.

Übelkeit steigt mir in die Kehle. Doch nicht mein Vater, doch nicht unsere Armee …

«Ganz und gar vernünftig», wirft Edmund Ludlow resolut ein. «Völlig in Übereinstimmung mit den Regeln des Krieges und nichts im Vergleich zu dem, was die Armeen auf dem Kontinent einander jahrzehntelang angetan haben. All die Veteranen jener Kriege, die ich als Söldner in den Reihen unserer New Model Army kennenlernte, waren erstaunt, dass wir in den Bürgerkriegen in England stets Pardon gaben. Außerdem wird hier in Irland, soweit ich weiß, traditionell selbst dann kein Pardon gegeben, wenn das zuvor zugesichert wurde.» Er trinkt ausgiebig von seinem Wein und setzt das Glas mit Nachdruck wieder ab, restlos von der Richtigkeit seiner Worte überzeugt.

«Aber so viele Tote», sage ich leise, «und auch Zivilisten ...»

«Dennoch, auf lange Sicht wurden mehr Leben gerettet», erwidert Henry sanft, als könne er so meine Gefühle schonen. Als verdiente ich, dass meine Gefühle geschont werden, wenn doch Frauen und Kinder gestorben sind. «Nach Drogheda und Wexford haben die anderen Städte rasch kapituliert und unsere Friedensbedingungen angenommen. Anderenfalls wäre dies ein längerer, blutigerer Zermürbungskrieg geworden.»

Das alles klingt sehr vernünftig, all die Erklärungen und Rechtfertigungen dieser Männer, die hier sicher am Tisch sitzen, Weingläser in den Händen. Ich weiß, dass vieles von dem, was sie sagen, rational betrachtet richtig ist. Doch ich kann mich der Fragen in meinem Herzen nicht erwehren: Was ist mit den Frauen, den Kindern? Was ist mit den Leben, die in Blut und Feuer ausgelöscht wurden?

Später, als Henry und ich endlich allein sind, spüre ich, dass er auf das Thema zurückkommen will. In der Vertraulichkeit unseres Schlafzimmers, nachdem die Lichter bis auf ein paar Kerzen gelöscht sind, ist es, als wolle er eine Beichte ablegen. Ich versuche, ihm den Einstieg zu erleichtern.

«Kannst du mir von der Erstürmung der Städte erzählen?», frage ich in sanftem Ton.

«Ich fühle mich kaum imstande, darüber zu sprechen, Biddy», antwortet er im Halbdunkel.

«War es noch schlimmer als Colchester?»

«Viel schlimmer.»

Ich bin erschüttert. Es ist schwer vorstellbar, dass es in diesem Krieg noch grauenhaftere Szenen gegeben haben soll als jene, die ich in Colchester gesehen habe. Doch ich will meinem Mann helfen, damit fertigzuwerden. «Ich habe gehört, was Ludlow und Harry gesagt haben: Es gab rationale Gründe dafür.»

Henry schnalzt mit der Zunge. «Mag sein. Sicher. Vielleicht war Vernunft an den vorab getroffenen Entscheidungen beteiligt, und nachher in den Rechtfertigungen. Doch in den Momenten des Blutvergießens selbst – ich kann dir nur sagen, dass da ein Geist der Rachsucht deinen Vater ergriffen hat.»

Ich schaudere, obwohl das Feuer munter brennt, um die Winterkälte zu vertreiben. Rachsucht. Diese Vorstellung ist unvereinbar mit dem Vater, den ich kenne. Ich hätte gedacht, der Begriff käme in seinem Wortschatz nicht vor.

«Ich glaube, er hat sich so gefühlt wie ich nach Colchester und nach Francis' Tod.» Harry nimmt meine Fassungslosigkeit wahr und spricht die Worte behutsam aus, als schriebe er sie mit Bleistift auf, nicht mit Tinte. «Nur viel, viel stärker. Was dort geschehen ist, war Irrsinn.»

«Wir haben in London gerüchteweise gehört, Sir Arthur Aston sei in Drogheda mit seinem eigenen Holzbein zu Tode geprügelt worden.»

Henry seufzt, dann bläst er sein Nachtlicht aus und steigt zu mir ins Bett. Seine kalten Hände tasten nach den meinen.

«Du musst verstehen, Biddy. Dieser neue Krieg – dieser dritte Krieg – ist noch schlimmer als der letzte, und der war schon schlimmer als der erste. Das Tableau der Kämpfe hat sich wiederum vergrößert, die Gewalt geht tiefer, es steht mehr auf dem Spiel. Dies ist nicht länger ein Krieg zwischen einem König und seinem Parlament in England mit dem Ziel, das Verhältnis zwischen beiden besser zu regeln – ein Krieg zwischen Gentlemen, in dem der Lord General dem Duke of York einen Essenskorb schickt. Dies ist ein Krieg, in dem ein neu geborener Staat sich gegen Feinde außerhalb unserer Grenzen verteidigt: in Irland und Schottland, überall in Europa und sogar in der Neuen Welt. Die großen Mächte Europas erkennen nach und nach unser Commonwealth an, zuletzt Spanien. Doch unsere Gesandten im Ausland riskieren noch immer ihr Leben, indem sie uns vertreten. Auf See haben wir es mit einer Piratenflotte zu tun, und aus Schottland droht eine neue royalistische Invasion. Du hast auf der Reise sicher noch nicht davon gehört, aber gerade vor zwei Tagen wurde Charles Stuart dort auf dem alten Stone of Scone zum König von Schottland gekrönt. Er wird in England einmarschieren, wenn die neue Feldzugsaison beginnt, und dann steht nur dein Vater zwischen ihm und unserer völligen Vernichtung.»

Henry seufzt lange und tief, sein ganzer Körper bebt, als er den Atem ausstößt.

Das hier ist wahrhaftig eine Beichte, denke ich. Er hat diese Last mit sich herumgetragen und darauf gewartet, sie bei mir abzuladen. Ich drücke seine kalten Hände und beschließe, ihm auf eine Weise Trost zu spenden, wie nur ich es vermag.

«Ich verstehe», sage ich schlicht. «Ich schaue in dein Herz, ich sehe, was dich belastet. Ich bin jetzt hier und werde für dich sorgen. Wollen wir gemeinsam beten?»

Schweigend steht er auf und kommt auf meine Seite des Bettes, um mir aufzuhelfen. Wir knien neben dem

Bett nieder, auf dem Teppich, der sich unter meinen Knien fremd anfühlt, und beugen uns vor, bis unsere Stirnen sich berühren. Jeder hat für sich die Hände gefaltet. Keiner von uns sagt ein Wort – dies ist ein Moment stillen, persönlichen Gebets. Doch ich vernehme kaum hörbar geflüstert die Worte: «Die Leichen, die Leichen ...» Ich lege eine Hand auf Henrys Finger, warte, bis unser Atem allmählich den gleichen Rhythmus annimmt, und mein Herz ruft Gott an, das Blutvergießen zu beenden und meinen Mann zu erretten.

Endlich, als ich sicher bin, dass er wieder Frieden gefunden hat, nehme ich sein knochiges Gesicht in beide Hände und küsse es zärtlich. Erleichterung und Wärme durchströmen mich, wie wenn eine angewärmte Kompresse auf geschundene Haut gelegt wird. Ich bin da, wo ich hingehöre, bei meinem Liebsten. Wir haben wieder zueinander gefunden: Nun hat er sein Gewissen erleichtert, nun sind wir allein mit Gott. Ich denke an den Rat für die Ehe, den Vater mir ein paar Monate nach unserer Heirat schrieb: «Was in deinem Gemahl am meisten Liebe verdient, ist das, worin er ein Abbild Christi ist. Schau darauf und liebe es am meisten und alles andere um dessentwillen.»

Henry berührt erst mein Gesicht, mein Haar, dann wandern seine Hände hinab zu meiner Brust und Taille. Mit plötzlichem Erschrecken besinne ich mich darauf, wie mein Körper sich verändert hat, erinnere mich an das Neugeborene, das ich bei meiner Mutter in der Wiege zurückgelassen habe. Mir wird bewusst, dass Henry sich gar nicht nach ihm erkundigt, mich nicht gefragt hat, wie es mir nach der Geburt dieses dritten Kindes geht. Doch als er mich auf den Boden unseres Schlafzimmers legt, als unsere leidenschaftlichen Küsse nach den Tränen schmecken, die uns über die Wangen laufen, kümmert es mich nicht mehr.

KAPITEL FÜNFUNDZWANZIG

Die Monate, die ich in Dublin verbringe, sind für uns alle eine beunruhigende Zeit. Nun, da ich wieder mit meinem Mann vereint bin, empfinde ich die bräutliche Liebe, die ich als Jungverheiratete nicht gespürt habe. Damals fühlte sich das Ehebett für mich an wie ein Marktplatz: Unsere geschlechtliche Vereinigung war ein Geschäft, das ich eher hingenommen als genossen habe. Nun jedoch erröte ich unter seinem Blick und liege mit Wonne in seinen Armen. Wenn ich sehe, wie er auf dem Boden mit der kleinen Liza spielt, geht mir das Herz auf. Mich betrübt nur, dass solche Momente allzu selten sind, denn Liza und ich müssen jede Stunde, jeden Tag um Henrys Aufmerksamkeit buhlen. Wir wetteifern darin mit der Armee, der Lokalregierung Irlands, der Bevölkerung von Dublin und Munster im Süden, dem Staatsrat und dem Parlament – Konkurrenten, gegen die wir uns niemals durchsetzen können.

Henry arbeitet fieberhafter denn je: Er schläft wenig; empfängt zehn, manchmal zwanzig Delegationen und Bittsteller am Tag; reitet los, sobald er irgendwohin gerufen wird; inspiziert beschädigte Mauern und Ackerland, auf dem die Ernte verfault; brütet über Landkarten und Bauplänen. Er wechselt kaum die Kleidung und raucht ständig – nicht so wie Vater, der sich zur Entspannung in Gesellschaft hin und wieder eine Pfeife genehmigt, sondern schnell und ohne erkennbaren Genuss, als brauche er den Tabak, um durch den Tag zu kommen. Wieder einmal bin ich überwältigt von Henrys administrativen Fähigkeiten: Was er anfasst, gelingt ihm. Wenn er eben noch über die Kanalisation von Dublin diskutiert hat, kann er sich im nächsten Moment Regularien für die Landwirtschaft zuwenden, dann der Versorgung Gefangener oder komplizierten juristischen Streitfragen. Er weiß immer genau, wie viel Geld in der Kasse ist, wie viel Getreide in den Kornspeichern der Stadt. Und jedes Dokument, jeden Brief und jedes Buch, das er benötigt, findet er im Handumdrehen.

Wie schon früher fehlt es dem einstigen Quartiermeister der New Model Army in seinem politischen Arsenal nur an einem einzigen Talent: der Fähigkeit zu delegieren. Harry und Ludlow reden ihm zu, ihnen mehr von seiner Arbeit zu übertragen, doch Henry wehrt sie mit einer Litanei von Begründungen ab: *Dazu habe ich bereits die Unterlagen studiert; ich kenne den Baumeister, er will gewiss mit mir persönlich sprechen; ich bin sowieso in der Gegend unterwegs …*

«Er wird niemals jemandem befehlen, etwas zu tun, was er nicht auch selbst tun würde», beklagt Harry sich bei mir, «und so tut er allzu oft kurzerhand Dinge selbst, ehe er überhaupt jemand anderen fragt.»

Er kann Henry ebenso wenig ändern, wie ich es vermag. Ich begnüge mich deshalb damit, mich mit dem Haushalt vertraut zu machen und die Sorge für Henry in die Hand zu nehmen: Ich bringe ihm das Abendessen auf einem Tablett, nehme ihm spätabends die Feder aus der Hand, lasse seine Kleidung und Unterwäsche jede Woche in die Wäscherei bringen und seine Stiefel bei Bedarf zum Schuster. Außerdem verstecke ich seinen Tabak. Allmählich verblassen die Ränder unter seinen Augen, seine Wangen nehmen wieder Farbe an, und er legt etwas an Gewicht zu.

Henry fordert mich auf, neben meinen häuslichen Pflichten Ausflüge zu unternehmen und Dublin zu erkunden. Und das tue ich: Ich besuche die Ehefrauen der bedeutendsten Bürger der Stadt und begleite Henry zu Empfängen, Gottesdiensten und weltlichen Zeremonien, wie es mein neuer Stand als Gemahlin des Lord Deputy hier verlangt. Doch ich fühle mich dabei seltsam beklommen, und zum ersten Mal im Leben habe ich Heimweh nach dem vertrauten England und der Familie, die für mich immer so selbstverständlich war. Ich bin all die Aufmerksamkeit nicht gewohnt und fühle mich in der albtraumhaft komplizierten Politik und den Konflikten dieses fremden Landes nicht trittsicher genug. In den Monaten vor dem Prozess und der Hinrichtung des Königs empfand ich solches Selbstvertrauen, auch im Umgang mit Elizabeth Lilburne und den Levellers. Doch das scheint sich verflüchtigt zu haben angesichts dieses neuen, verwirrenden Kriegsschauplatzes, so weit entfernt von allem, womit ich mich auskenne. Zwar ist Dublin unserem Commonwealth gewogen, aber dennoch bin ich nervös und unsicher: Ich fürchte auf Schritt und Tritt, auf Feindseligkeit zu stoßen oder noch einmal Dinge zu sehen, wie sie mir auf meiner Reise durch Irland begegnet sind. Henry setzt alles daran, seine schier unmögliche Aufgabe zu bewältigen. Doch dies ist ein zutiefst unglückliches Land, ich spüre es beinahe in der Luft, die ich atme. Und er selbst ist ständig frustriert wegen der Beschränkungen dessen, was er erreichen kann.

«Im Einverständnis mit den Kommissaren des Parlaments habe ich an den Staatsrat geschrieben und eine dauerhafte Einigung vorgeschlagen, durch die der irischen Bevölkerung ihr Leben, ihre Freiheiten und ihr Grundbesitz garantiert werden sollen. Der Staatsrat hat mich einfach ignoriert», sagt er eines Abends zu mir, während er auf mein energisches Drängen hin vor der Feuerstelle in unserem Schlafzimmer ein Bad nimmt. Ich reiche ihm die Seife, und er reibt damit geistesabwesend über seinen Körper. Der weiße Schaum glitzert in dem dunklen, krausen Haar auf seiner Brust.

«Ich habe ihnen in aller Deutlichkeit gesagt, ohne eine solche Zusage werden nach all dem Blutvergießen die Äcker weiterhin nicht gepflügt und die Herden nicht gehütet. Der Krieg wird auf unabsehbare Zeit andauern, die finanzielle Belastung für England ins Unermessliche wachsen. Dennoch lassen sie nicht zu, dass ich diese Zusagen gebe, ohne die es für Irland keine blühende Zukunft geben kann. Mir scheint, niemand außer mir denkt überhaupt an die Zukunft», schließt er, lässt die Seife ins Wasser fallen und wirft den Kopf in den Nacken. Dabei spritzen Wassertröpfchen aus seinem Haar. Sie leuchten vor dem Hintergrund des Kaminfeuers wie Glühwürmchen und fallen auf den Teppich.

«Schreibe an Vater», rate ich ihm eindringlich. «Auch wenn er in letzter Zeit krank war», füge ich hinzu, als ich mich auf Mutters letzten Brief besinne. Im Stillen spreche ich rasch ein Gebet für seine Genesung. «Er ist nicht mehr jung, die Feldzüge strapazieren seine Gesundheit.»

«Ein Glück, dass Lambert und Fleetwood ihn unterstützen», erwidert Henry. Der Gedanke an die Herausforderungen in Schottland lenkt ihn für einen Moment von seinen eigenen Problemen ab. «Lambert ist überaus fähig, in militärischen Dingen ebenso wie als politischer Denker ...»

Alle sagen, er sei ein Genie, denke ich, doch ich spreche es nicht aus. Ich weiß um die freundschaftliche Rivalität zwischen Henry und dem einzigen anderen Mann in der Armee, dessen Geistesgaben den seinen nicht nachstehen.

«Und Charles Fleetwood ist loyal und ernsthaft, wenn auch leicht zu beeinflussen.»

Ich erinnere mich an Charles' hübsche Frau und wie stolz sie auf ihn war. Dann richte ich meine Aufmerksamkeit wieder auf Henrys Problem. «Sprich mit Ludlow.» Dieser Gedanke ist mir eben erst gekommen. «Er sitzt im Staatsrat, er kann gewiss einigen Einfluss nehmen.»

«Er hat ebenfalls geschrieben, es ist aussichtslos», grollt Henry, und ich weiß, was er denkt, aber nicht ausspricht: *Hätte nur das Parlament mich in den Staatsrat berufen. Ich weiß, wie man Dinge regelt, kann mit Feder und Papier ebenso umgehen wie mit Menschen und Werkzeugen, um aus Trümmern und Asche Neues aufzubauen. Ich kann in die Zukunft blicken und bessere Welten sehen, die nur darauf warten, erschaffen zu werden, statt eines bodenlosen Abgrunds, der alles verschlingt.*

Ich nehme ein Handtuch, knie mich ans Kopfende des Badezubers und fange an, sein Haar trocken zu rubbeln.

Die Tage vergehen, und die Schneeglöckchen, die in Töpfen auf unserer Vortreppe stehen, weichen Krokussen, dann Narzissen. Mir ist bewusst, dass unsere gemeinsame Zeit hier begrenzt ist: Wenn im Frühjahr die Kämpfe wieder losgehen, müssen wir uns trennen. Doch ich bin entschlossen, wenigstens noch für die Dauer des nächsten Feldzugs in Dublin zu bleiben, um zu sehen, wie Henry wieder wohlbehalten aus dem Sattel steigt. Es war keine leichte Entscheidung: Ich bin hin- und hergerissen zwischen dem Drang, für ihn zu sorgen und an seiner Seite zu sein, und meiner Sehnsucht, zu Jane und der kleinen Bridget zurückzukehren. Wenigstens habe ich Liza bei mir. Zu meiner Freude und Verwunderung ist auch Henry nicht entschieden dagegen, dass ich für den Rest des Jahres bleibe, wenngleich er leise Bedenken wegen meiner Sicherheit äußert. Doch dann beschleicht mich ein unnatürliches, unweibliches Grauen: Mein Monatsfluss hat ausgesetzt, und meine Taille ist breiter geworden.

Noch ein Kind? Ich stelle mich der Erkenntnis mit der Erschöpfung eines Gastwirts, der am späten Abend einen wohlbekannten, lästigen Reisenden vor seiner Tür sieht. Wie beim letzten Mal verschweige ich Henry die Neuigkeit. Halb wünsche ich, das Kind möge abgehen, dann schelte ich mich selbst für diesen unchristlichen, unmütterlichen Gedanken. Henry beruft in Clonmel einen Kriegsrat ein, um den neuen Feldzug zu besprechen. Sie beschließen, dass er eine Truppe nach Südwesten führen soll, um Limerick zu erobern, eine Hochburg der Royalisten. In den folgenden Tagen helfe ich ihm bei seinen Vorbereitungen für den Krieg: Er muss Vorräte beschaffen, die Regimenter versammeln und ihre Ausstattung ergänzen, Nachrichten verschicken. Dabei hoffe ich die ganze Zeit, er möge meinen wachsenden Bauch nicht bemerken. In seinem Beisein bin ich geschäftig wie eine Biene und halte nie lange genug still, dass er mich richtig anschauen kann. Doch es ist nur eine Frage der Zeit.

Als der Abschied kurz bevorsteht, richtet mein Mann

seine Aufmerksamkeit auf mich. Ein paar Tage vor seinem Aufbruch zieht er mich im Bett an sich, und seine Hand gleitet unter meinem Nachthemd aufwärts. Mir stockt kurz der Atem, und er hält inne.

«Biddy.»

«Mmmm?» Ich schließe die Augen.

«Bist du schwanger?»

Ich seufze.

«Liebling!» Henry ist überglücklich. Er küsst mich, wobei er darauf achtet, meinen Bauch nicht zu drücken. «Wie wunderbar. Wie hoffnungsvoll. Dass aus all dem hier ein Geschenk für die Zukunft entsteht …» Er schüttelt verwundert den Kopf, dann verdüstert sich sein Blick. «Du weißt, was das heißt: Du musst nach England zurückkehren.»

«Nein! Henry, nein –»

«Doch, Biddy, doch. Es war eine Sache, dass du mit Liza hier bleiben wolltest, während ich auf den Feldzug gehe – du weißt, auch dagegen hatte ich Vorbehalte. Aber ich lasse nicht zu, dass du hier die Geburt erwartest mit all den Gefahren, die damit einhergehen. Hier unter Fremden, wo du zur Unterstützung nur Diener hast? Und was, wenn die Royalisten ihre Kräfte neu sammeln und Dublin einnehmen? Meinst du nicht, die schwangere Frau des Lord Deputy wäre eine kostbare Beute für sie?»

«Aber –», setze ich an, doch ich weiß, dass es zwecklos ist. Wenn Henry sich einmal entschieden hat, könnte nicht einmal Simson ihn umstimmen.

«Ich treffe gleich morgen früh die Vorbereitungen», sagt er und küsst mich auf die Nasenspitze.

Henry organisiert meinen Aufbruch ebenso präzise wie seinen eigenen: Er sorgt für eine Eskorte, ein Schiff wird bereit gemacht, Liza und ich werden eingepackt. Da sich derzeit in ganz Irland Truppen für die bevorstehende Feldzugsaison sammeln, will Henry nicht, dass ich über Land reise. Deshalb richtet er es so ein, dass ich gleich in Dublin an Bord eines Schiffes gehe. Allerdings bedeutet das nach der Überfahrt eine längere Reise durch Wales und England. Wenigstens können Harry und Henry uns gemeinsam verabschieden.

Am Tag vor dem Abschied lasse ich meinen Liebsten kaum aus den Augen. Obwohl er noch mehr Arbeit hat als gewöhnlich, bestehe ich darauf, dass er an unserem letzten Nachmittag ein paar Stunden mit Liza und mir im Garten verbringt. Ich hole eine Decke und lasse Bier und Honiggebäck bringen. Wir machen es uns gemeinsam auf dem Rasen bequem, genießen die späte Maisonne und lauschen den Blaumeisenküken in ihrem Nest in der Hecke.

«Ich komme wieder herüber, sobald das Kind alt genug ist», sage ich, doch die Aussicht auf so viele Monate der Trennung erfüllt mich mit Grauen. «Und du musst mir versprechen, gut auf dich achtzugeben, solange ich nicht da bin. Du musst regelmäßig essen, immer beide Hälften der Nacht schlafen, so oft wie möglich baden, jede Woche die Kleidung wechseln, deine Unterwäsche zum Waschen geben, einen Teil deiner Arbeit an deine Untergebenen delegieren – hörst du? Ich will dich nicht im gleichen bedenklichen Zustand wiedersehen, in dem ich dich diesmal vorgefunden habe.»

Henry nickt und lächelt mir zu. «Ja, Gebieterin.»

«Ich meine es ernst.»

«Ich weiß.» Er schaut mich liebevoll an, doch sein

Blick verrät mir, dass er alle meine Ermahnungen vergessen wird, sobald ich einen Fuß auf das Schiff gesetzt habe. Ich kann mich nicht darauf verlassen, dass er selbst auf sich achten wird, also muss ich eine Möglichkeit finden, wie ich es tun kann. «Vielleicht könntest du in der Zwischenzeit einmal nach London kommen?», schlage ich vor. «Du willst doch sicher irgendwann dem Rat persönlich Bericht erstatten? Dich für deine Forderung nach einer dauerhaften Regelung für Irland einsetzen?»

«Ja …», räumt Henry lächelnd ein, das Gesicht mit geschlossenen Augen der Sonne zugewandt. «Es wäre gut, persönlich dort zu erscheinen, im Parlament zu sitzen und mir selbst ein Bild von der Lage zu machen. Ich könnte die Kinder sehen und auch Mutter in Attenborough besuchen.»

«Du könntest so lange Ludlow und Harry als deine Stellvertreter hier zurücklassen.»

«Das könnte ich, ja. Und wenn wir bei der Belagerung Limericks und der anderen Städte Glück haben, ist möglicherweise bis nächstes Jahr schon ganz Irland befriedet. Dann wäre es vielleicht unbedenklich, für ein paar Monate heimzukehren. Heim …», wiederholt er mit einem Seufzer, und ich frage mich plötzlich, was er eigentlich als sein Heim ansieht. Sein Elternhaus in Attenborough? Das Haus der Familie Cromwell in London? Allerdings sind wir inzwischen aus der Drury Lane in Räume im Cockpit auf dem Gelände des Whitehall Palace umgezogen, unsere Wohnung wäre also neu für ihn. Vielleicht auch unser kleines Haus auf dem Gelände von Windsor Castle? Oder das gemietete in Kingston? Wir konnten nie auf Dauer sesshaft werden, hatten keine Zeit, uns ein eigenes Zuhause und einen Hausstand aufzubauen, mit unseren Kindern eine richtige Familie zu sein. Immer sind die Kriege uns dazwischengekommen. Als ich in London bei meiner Familie wohnte, fand ich es schrecklich ermüdend, tagtäglich die Rollen der Mutter, Tochter, Schwester und Enkeltochter zu spielen. Ich sehnte mich danach, wieder meinen eigenen Haushalt zu führen, wo ich nur für Henry und meine Töchter da sein muss: von Sonnenaufgang bis Sonnenuntergang Ehefrau und Mutter zu sein und noch genügend Freiraum zu haben, um außerdem ich selbst zu sein, eine eigenständige Frau.

«Zuhause ist, wo du bist», antwortet Henry auf meine unausgesprochenen Gedanken, die Augen noch immer geschlossen. Ich staune, wie gut er mich inzwischen versteht.

«Ich werde im November vierzig», sagt er, wälzt sich auf die Seite und öffnet die Augen, um mich liebevoll anzuschauen. Er krabbelt Liza unter dem Kinn. «Kannst du dir das vorstellen, Liza? Ich werde vierzig. Und du hast im Oktober Geburtstag – wie alt wirst du dann?»

«Vier!», antwortet sie fröhlich.

«Dann haben wir beide die Zahl vier in unserem Alter!» Er hebt sie hoch, legt sich auf den Rücken und hält sie über sich, während sie quietscht und mit den Beinen strampelt. «Weißt du was? Sobald ich nach England heimkomme, machen wir eine Geburtstagsfeier für uns beide, und überall muss die Zahl vier sein: auf dem Kuchen, auf den süßen Brötchen. Deine Mummy kann sie aus Zuckerguss und Teig machen.»

Ich lache laut und herzhaft, die frische Frühlingsluft füllt meine Lunge, bis sie schier zu platzen droht. «Und Jane hat auch Geburtstag», erinnere ich die beiden. «Mitten zwischen euch.»

«Ach ja.» Henry lächelt betreten, weil er das vergessen hat. «Nun, dann kann es ja für Jane auch ein paar Dreien geben. Dreien und Vieren überall!» Er streckt die Hand aus und zieht mich zu sich und Liza herunter. Wir liegen kichernd übereinander und umarmen uns, Lizas Gesicht zwischen uns beiden, ihre klebrigen Hände in meinem Haar. Die Zeit steht still. Nach ein paar Augenblicken verebbt unser Lachen, und wir liegen umschlungen da und spüren den Atem der anderen.

«Weißt du noch, wie du zu mir nach Oxford gekommen bist?», fragt Henry plötzlich durch Lizas Haar. Seine Stimme ist sanft und leise. «Dein Vater hat gefragt, ob du seinetwegen da seist.»

Ich denke zurück an eine andere junge Frau, ein anderes Leben. «Und ich sagte, nein, ich komme wegen Henry», ergänze ich, lächelnd bei der Erinnerung an meine eigene Kühnheit.

Er grinst mich jungenhaft an. In diesem Moment ist er wieder der junge, stille Major, als den ich ihn kennenlernte, und mir geht das Herz über.

Auf der Heimreise bin ich einerseits unerträglich niedergeschlagen, andererseits voller Hoffnung. Mit jeder Meile, die ich mich weiter von Henry entferne, komme ich den Mädchen näher, und ich tausche Irland, das ich nicht verstehe, gegen das vertraute England ein. Doch anstelle der Gefahren, die ich jenseits der Irischen See zurücklasse, erwarten mich hier andere. Denn als wir in Birmingham die Kutsche wechseln, erreicht mich die Nachricht, dass Charles Stuarts schottische Armee sich nördlich der Grenze sammelt und wahrscheinlich binnen Wochen in

England einmarschieren wird. Ich richte meine Gebete und Gedanken nach Norden auf Vater, John Lambert, Charles Fleetwood und die Armee, und wir legen die restlichen Meilen nach London so schnell zurück, wie es den Pferden und uns zuzumuten ist, um nur ja nicht den Invasoren in die Hände zu fallen.

Mutter und Großmutter empfangen uns daheim mit Tränen, Umarmungen und Küssen. Meine Jane wirft sich mir in die Arme, während die kleine Bridget mich mit großen Augen anschaut, die Finger im Mund. Betty ist jüngst mit John und dem kleinen Cromwell aus Northborough eingetroffen und begrüßt mich mit kühlem Lächeln. Und ich stelle fest, dass zwei weitere Frauen sich zu unserer Familie gesellt haben: Vaters verwitwete Schwester, meine Tante Catherine, und ihre Tochter Lavinia wohnen jetzt ebenfalls im Cockpit. In den heißen Wochen des Juli und August sitzen wir beisammen, schauen zu, wie mein schwangerer Bauch anschwillt, und beten für Vater, Henry und Harry. Unablässig lauschen wir auf das Klopfen an der Tür, das den nächsten Brief ankündigt. Draußen brütet London in der Hitze, und Sommergewitter erhellen den tintenschwarzen Himmel mit Blitzen. Wir essen, wir schlafen, wir waschen uns, wir reden, wir warten – und endlich werden unsere Gebete erhört. Im September trifft ein Bote mit der ersehnten Nachricht ein: Vater hat am 3. September in der Schlacht von Worcester einen außerordentlichen Sieg errungen, der wohl der Vorsehung zu verdanken sein muss. Der sogenannte «König» ist geflohen, seine schottische Armee vernichtet; die Sache der Royalisten ist am Ende. Eine Flut von Briefen und Glückwünschen strömt ins Haus: Alte Freunde tauchen aus der Versenkung auf, neue kommen zu Besuch. Glocken läuten, es gibt eine Danksagungsfeier, und das Parlament spricht Vater als Anerkennung eine Zuwendung von viertausend Pfund pro Jahr zu. Als endlich der große Mann persönlich in die Stadt geritten kommt, drängt sich das Volk in den Straßen, überall in Whitehall wimmelt es von Menschen, und sie versammeln sich sogar vor unserem Haus, wo wir mit Bannern bereitstehen, um den Lord General daheim willkommen zu heißen. Hier ist unser Alexander, unser Caesar, verkünden die Zeitungen überschwänglich, unser Moses, unser Gideon.

Wir Frauen scharen uns um Vater wie eh und je, wie Tauben um ihren Schlag schwärmen. Er weint, drückt uns an sich, küsst Wangen, nimmt Kinder in den Arm. Ich schüttle immer wieder den Kopf und kann kaum glauben, dass dieser Volksheld und dieser Familienvater ein und dieselbe Person sind. Dass der Mann, der in hitzigen Gefechten Wexford und Drogheda erstürmte, derselbe sanftmütige Mensch ist, der seine Enkel innig liebt und an jeden im Hause denkt, bis hin zum niedersten Bediensteten – binnen Stunden nach seiner Rückkehr hat er jeden Einzelnen aufgesucht, um sich nach dem Befinden zu erkundigen. Seine herzlichste Begrüßung gilt nicht mir, nicht einmal Mutter, sondern der Witwe und den Kindern seines treuen Dieners Jean, der ihn während seiner Krankheit in Schottland pflegte und später selbst in den Armen seines Herrn starb. Wie Vater nun einmal ist, schrieb er unverzüglich an Mutter, sie möge nach Jeans Familie schicken, sie bei sich aufnehmen und für sie sorgen. Und wie Mutter nun einmal ist, tat sie ebendas.

Ich bin nicht die Einzige, die sich verwirrt fragt, wer mein Vater nun eigentlich ist. Seine offizielle Stellung ist bei seiner triumphalen Rückkehr so unklar wie schlammiges Wasser. Der Eroberer führte die Armee zu ihren größten – und hoffentlich endgültigen – Siegen. Dabei genoss er uneingeschränkte und ungeteilte Macht, Gott war ihm hold, und seine Taten wurden in Versen und in Prosa gerühmt. Er überließ Henry die Herrschaft über Irland und General George Monck die über Schottland; beide unterstehen ihm und legen ihm Rechenschaft ab. Doch zurück in den Schatten und Spinnennetzen von Whitehall ist er einfach nur ein gewähltes Mitglied des Staatsrats (dem Henry und Monck ebenfalls unterstehen und der letztendlich dem Parlament rechenschaftspflichtig ist). Somit ist Vater nicht in der Lage, die politischen Maßnahmen, die er befürwortet, durchzusetzen und ihren Erfolg sicherzustellen: Das Rumpfparlament zögert die Beschlüsse hinaus, durch die es sich selbst auflösen und Neuwahlen herbeiführen würde. Es müsste dringend nötige Gesetzesreformen auf den Weg bringen, eine neue Kirche etablieren, in der die unterschiedlichen Glaubensrichtungen ihren Platz finden, und Vater und seine Verbündeten sähen es gern, wenn das Parlament Gnade gegen die Royalisten walten ließe. Die Armee hat die militärischen Auseinandersetzungen unter Vaters brillanter Führung beendet, doch eine dauerhafte politische Einigung scheint enttäuschenderweise so unerreichbar wie eh und je.

Selbst unsere häuslichen Verhältnisse sind unklar. Wir leben auf dem Gelände des Whitehall Palace, in einem wahren Labyrinth aus herrschaftlichen Räumlichkeiten in den renovierten Gebäuden um das alte Cockpit aus Tudorzeiten – halb in der Öffentlichkeit, halb im Privaten. Unsere Bediensteten und unsere Einkünfte sind teils unsere eigenen, teils werden sie vom Staat zur Verfügung gestellt. Scharen von Besuchern und Bittstellern drängen sich zu jeder Stunde vor unserer Tür, und die führenden

Händler und Lieferanten Londons reißen sich darum, uns auf Kredit mit edlen Speisen und Wein zu versorgen, mit prächtigen Möbeln und Kleidung. Doch wir ziehen ebenso viel Spott wie Begehrlichkeiten an – bei Spaziergängen in den Spring Gardens wurden wir so oft belästigt und angespuckt, dass die Regierung den Park geschlossen hat. Mutter nimmt sich diese Übergriffe mehr zu Herzen, als ihr ähnlich sieht, und gesteht uns flüsternd, sie wäre lieber wieder in Ely, wo die Leute anständig miteinander umgehen.

Vater indessen bleibt gänzlich unbeirrt von all diesen Veränderungen. Unseren gesteigerten Wohlstand und die größeren Annehmlichkeiten in unserem Leben nimmt er mit Stolz und Wohlgefallen als gerechten Lohn für seine Verdienste an, doch seine Erhabenheit steigt ihm nicht zu Kopfe, wie es dem Vernehmen nach bei den Lamberts in ihrem herrschaftlichen Haus in Wimbledon der Fall ist. Er lebt unter uns, ganz so wie immer: Seine dreckverkrusteten Stiefel stehen im Flur, seine Pfeife liegt auf dem Kaminsims, und zum Abendessen gibt es Aalpastete. Dieser schlichte Lebensstil scheint die ausländischen Besucher zu verwirren, die an unsere Tür klopfen – die Könige und Herzöge, die sie entsandt haben, nahmen an, Vater müsse die große Macht im Lande sein. Doch wenn er sie empfängt, bewirtet er sie nicht vornehm, sondern bietet ihnen lediglich Dünnbier und Brot an oder vielleicht Wein und etwas Gebäck, wenn sie am Abend kommen. Ich beobachte, wie sie nach dem Besuch verwundert die Köpfe schütteln und das nächste Wirtshaus aufsuchen, um sich mit ihren Freunden zu treffen und über diesen Puritanerfürsten zu plaudern. Alles, was Vater tut und lässt, wird beobachtet, jede Haltung, jedes Detail seiner Kleidung und seiner Gewohnheiten, seine Freundschaften und seine Eigenheiten. Alles wird weitererzählt, in Zeitungsberichten aufgebauscht und ausgeschmückt – die Presse kann gar nicht genug von ihm bekommen.

Ein so erhabener Stand bringt neue Gelegenheiten für Vater, seinen Reichtum zu mehren, doch er verliert darüber nicht seinen Sinn für Mäßigung. Beispielsweise verzichtet er auf seine Einkünfte als Lord Lieutenant von Irland, da er sie nicht mehr braucht. Er besteht darauf, dass ein Teil an Henry geht. Ich freue mich heimlich darüber, da Henry weder Vermögen noch Grundbesitz geerbt hat und nicht über die Mittel verfügt, unsere Töchter auszustatten – er besitzt nichts als sein Gehalt von drei Pfund pro Tag und die Einkünfte aus Ländereien, die er in Irland gekauft hat. Doch wo mein Vater in seinen Neigungen maßvoll ist, da ist mein Mann ein wahrer Heiliger: Henry schreibt mir, er habe die zweitausend Pfund vom Parlament ausgeschlagen und darum gebeten, dass das Geld stattdessen seinen Soldaten ausgezahlt wird, deren Sold im Rückstand ist. Mutter und Betty sind entsetzt, als ich es ihnen erzähle. Ich hingegen begrabe meine selbstsüchtige Enttäuschung unter aufrichtigem Stolz und Bewunderung für Henrys Selbstlosigkeit. Das andere Gefühl, das ich meiner Familie lieber nicht offenbare, ist Sorge. Diese jüngste Entscheidung macht einmal mehr deutlich, dass Henry die Bedürfnisse anderer, die von ihm abhängig sind, stets höher bewertet als seine eigenen. Er würde alles dafür tun, dass der Armee und dem gemeinen Volk, für das sie steht, Gerechtigkeit widerfährt. Nun, da die Feldzugsaison wieder beginnt, bete ich, er möge sich in diesem Bestreben nicht selbst in Gefahr bringen.

Ständig lebe ich in banger Erwartung der neuesten

Nachrichten aus Irland. In den folgenden Wochen lenke ich mich mit den Vorbereitungen für all die Geburtstage ab, die demnächst in unserer Familie bevorstehen. Während der August quälend langsam voranschreitet, stricke ich mit der Unterstützung meiner Schwester Mary Kleidung für die hölzernen Puppen, die ich für Liza und Jane gekauft habe. Anschließend mache ich mich auf, in der Stadt Geschenke für Henry zu bestellen. Ich denke an Colchester zurück und frage mich, was ihm wohl während einer Belagerung am willkommensten wäre. Alles verläuft gut: Liza und Jane lieben ihre Puppen sowie die Geschenke von meiner Familie, Holztiere und ein Steckenpferd. Und ich schicke Koffer mit Gaben an Henry, begeistert über die Schätze, die ich für ihn aufgetrieben habe: neue Stiefel, warme Strümpfe und Unterwäsche, einen Läusekamm, Bücher, Papier, Tinte, einige Ausgaben der Londoner Zeitungen, Kerzenständer und Kekse. Dazu gibt es Briefe, die Kinder haben Bilder für ihn gemalt, ich habe wie versprochen einen Geburtstagskuchen mit den Zahlen drei und vier dekoriert, und das Beste und Nützlichste von allem ist eine neue Reiseapotheke. Zur Krönung unserer Feiern trifft ein Brief von Henry ein, in dem er berichtet, dass Limerick nach einer langen, von Krankheiten erschwerten Belagerung kapituliert hat. Das war der große Stolperstein, schreibt mein Liebster auf einem schmutzigen, verknitterten Blatt Papier. Nachdem Athlone bereits gefallen ist, bleibt nun nur noch Galway. Henry sieht die Möglichkeit eines prekären Friedens am Horizont – vielleicht kann er sein Versprechen halten, nächstes Jahr heimzukommen.

Danach bin ich etwas beruhigter, und zum ersten Mal seit Langem gestatte ich mir, über die Zukunft nachzudenken. Selbst Vater nimmt sich neben der Arbeit ein wenig frei, um mehr Zeit mit seinen Enkeln zu verbringen. Er platzt ins Wohnzimmer wie ein Bär und kriecht auf allen vieren mit ihnen auf dem Boden herum. Eines Sonntagnachmittags gegen Ende des Monats beobachte ich wieder einmal eine solche Szene. Ich halte die kleine Bridget im Arm, und Jane und Liza spielen zu meinen Füßen mit ihren Puppen, als der Hausdiener auf mich zukommt, einen Brief in den behandschuhten Händen. Mein Herz macht einen Hüpfer – gewiss hat Henry geschrieben, wie sehr er sich über seine Geschenke freut, die inzwischen bei ihm eingetroffen sein müssten. Sicher will er mir mitteilen, dass sie ihm gezeigt haben, wie sehr er geliebt und vermisst wird. Doch dann erkenne ich auf der Außenseite eine andere, mir ebenso vertraute Handschrift.

«Der Brief ist von Harry!», verkünde ich.

«Oh, sehr schön», sagt Mutter, die eben mit einem Tablett voller Zitronenküchlein hereinkommt. Ich höre die Erleichterung in ihrer Stimme – sie ist immer froh, wenn sie eine schriftliche Nachricht von einem ihrer Lieben erhält, der sich in einer gefahrvollen Situation befindet. «Was schreibt er denn? Gibt er gut auf sich acht?»

Ich gebe Mary die kleine Bridget zu halten. Liza stützt sich mit den Ellenbogen auf meine Knie, um den Brief ihres Onkels anzuschauen, ihre neue Puppe in einer Hand. Gespannte Erwartung liegt im Raum, während ich den Brief öffne und auseinanderfalte.

Ich lese die erste Zeile, die zweite. Ein Gruß, ein Gebet und dann Worte, bei denen sich mein Herz zusammenkrampft. Henrys Name. Verwirrt springe ich ein paar Zeilen zurück.

Und dann bricht die Welt zusammen, und Dunkelheit umfängt mich.

«Was ist?» Mutter ist in einem Augenblick bei mir, die Kuchen sind vergessen.

«Die Kinder», bringe ich mit zugeschnürter Kehle heraus, während ich mit jeder Faser meines Seins darum kämpfe, eine unbewegte Miene zu wahren.

Die Frauen verstehen sofort. «Kommt, meine Herzchen.» Großmutter geht mit unsicheren Schritten zu Liza und nimmt ihre Hand. Auf einen Blick von Mutter übernimmt Frances Jane, und gleichzeitig trägt Mary die kleine Bridget hinaus. Nachdem sie eilends den Raum verlassen haben, bleiben Mutter, Betty und ich zurück. Vater hat die Rolle des Bären abgeschüttelt und kniet steif zu meinen Füßen. Sein Körper ist gebeugt, der Kopf gesenkt, als ob er bereits betet.

«Henry!» Ich stoße laut seinen Namen hervor, sobald die Tür sich geschlossen hat. «Er ist tot. Er ist fort. Er hat mich verlassen.»

Ich höre ein Stöhnen und weiß nicht, ob es von Vater kommt oder aus meinem eigenen Inneren. Dunkelheit ergreift von mir Besitz, das Gesicht meines Liebsten steht mir verschwommen vor Augen wie von Rauch umwölkt, und ich strecke blind die Hand nach meiner Mutter aus. Schreiend stürze ich ins Nichts und weiß nicht, ob sie mich auffängt.

KAPITEL SECHSUNDZWANZIG

Winter 1651–1652

«Gott wird mich zu sich nehmen», dringt Henrys Stimme in meine Träume. Dabei streckt er tröstend die Arme nach mir aus. Ich erwache schreiend und taste im Dunkeln nach ihm, doch er ist nicht da. Stattdessen liegt er in meiner Vorstellung als Leichnam auf einer Bahre neben Robin, Olly und Val. Sein liebster Freund Francis Thornhaugh ist auch da, ebenso Tom, der junge Cornet aus Colchester, Sir Charles Lucas und Sir George Lisle und auch der gut aussehende junge Mann, dem wir in dem Lazarett bei Ely den Arm abnehmen mussten. All diese wunderbaren Männer und noch Tausende mehr, all die klugen, kühnen, lebensprühenden Menschen, die durch die Welt rennen, reiten und marschieren, reden, lachen und alles Erdenkliche tun, bis Gott beschließt, dass dies ihr letzter Atemzug war, und sie niedergemäht werden wie Weizen, der noch auf der Dreschtenne in der Sonne glänzt.

Henry hat mich bei all den früheren Trauerfällen getröstet, doch nun ist er nicht hier, um mir bei diesem schlimmsten aller Verluste beizustehen. Ich zerkratze mir das Gesicht, als könnte ich die schmerzhaften Gedanken aus meinem Kopf herausreißen. Doch es nutzt nichts. Ich vegetiere in einem grässlichen Zwielicht vor mich hin, Tage und Nächte gehen unterschiedslos ineinander über. Ich sehe Henry neben mir im Bett, spüre die Wärme auf seiner Seite des Lakens unter meiner Hand, höre im Kopf seine leise Stimme. Hitze durchströmt mich, wenn ich mir einbilde, dass er mich berührt, ich verzehre mich nach ihm, will mich an ihn schmiegen und finde immer nur Leere.

Die Kerzen malen schwarze Schatten an die Wände, erzeugen Formen, die um mich zucken und tanzen. Während ich sie beobachte, pulsieren Fragen in mir, Fragen, auf die es nie eine Antwort geben wird: Wie ist er gestorben? Warum war ich nicht bei ihm? Wie konnte er aus dieser Welt verschwinden, ohne dass ich es spürte? Hat er in seinen letzten Augenblicken an mich gedacht? Was hätte er mir gern noch gesagt? Die Fragen drängen sich in meinem Kopf, bis es sich anfühlt, als müsse mir der Schädel platzen. Sie lauern hinter meinen Augen, stechen mich wie Nadeln, sobald ich erwache oder versuche, meine verworrenen Gedanken in eine andere Richtung zu lenken. Ich fühle mich, als ob in meinem Körper ein eigener Bürgerkrieg tobt: Mein Kopf – zornig, ungläubig, auf der Suche nach Antworten – streitet mit meinem Herzen – gebrochen, verletzlich, voller Liebe – in einem Körper, der nicht funktionieren kann. Meine Zunge stolpert über Worte; mein Geist vermag keinen Gedanken richtig zu fassen; meine Hände lassen alles fallen, was sie zu greifen versuchen. Ich bin wie eine wandelnde Tote, wünsche mir nichts inniger, als mich niederzulegen und zu sterben.

Ich sehne mich nach meinen Töchtern, und doch ist das Zusammensein mit ihnen mir unerträglich, denn jeder Blick, jede Handlung von ihnen ist ein Ding mehr, das Henry niemals sehen wird. Er, der selbst so früh seinen Vater verloren hat, wäre über glühende Kohlen gegangen, um zu verhindern, dass seine Kinder den gleichen Schmerz erleiden. Wie ungerecht es gegenüber Henry ist, denke ich wieder und wieder, dass er wider Willen die Ursache für das Elend seiner Kinder ist. Ich erinnere mich, wie er in unserem Haus in Windsor peinlich darauf geachtet hat, die Treppe und spitze Ecken von Möbelstücken abzusichern, damit Liza sich nicht verletzte, als sie auf wackeligen Beinen anfing zu laufen. Er wollte nicht, dass ihre weiche Haut auch nur einen Kratzer bekam, dabei hatten ihre Stürze nie mehr als ein paar Tränen zur Folge und waren über einem Keks sofort wieder vergessen. Doch nun hat er, er allein ein Geschwür in die Herzen seiner Kinder gepflanzt, das sie ihr Lebtag nicht mehr loswerden. Und er kann es nicht wiedergutmachen, niemals. Sein Tod ist das Erste, woran jeder von uns denken wird, wenn wir uns an ihn erinnern; sein Andenken ist für immer belastet.

Wie grausam von Gott, gerade den aus unserer Mitte zu reißen, der den Blick am stärksten auf die Zukunft richtete. Der in den Krieg zog und es mit einem König aufnahm, dann mit einem Parlament, um eine bessere Welt zu erschaffen. Wie konnte der Herr ihn sicher durch all diese Kriegsjahre führen, nur um ihn ganz am Ende zu töten, gerade als er die Früchte seiner Anstrengungen ernten sollte? Anders als Vater, anders als Betty, sogar anders als Fanny, die ihren Kopf stets in Bücher steckt, hat Henry nie zurückgeschaut. Er hat nicht in der Geschichte nach Antworten gesucht, nie das Argument akzeptiert, dass etwas bleiben sollte, wie es ist, nur weil es schon immer so war. Die Vergangenheit spendete weder seiner Seele Trost, noch rührte sie ihn zu Tränen. Er achtete sie, lernte natürlich aus ihr. Doch für ihn wohnte ihr kein besonderer Zauber inne. Die Vergangenheit war nichts weiter als das, was

Menschen vor ihm getan hatten. Die Gegenwart und die Zukunft, welche die Vorsehung in Blitzen göttlichen Eingreifens zu erkennen gibt: Darauf kam es ihm an, darauf richtete er all sein Denken. Das war sein Reich. Während andere Schuld zuwiesen, schmiedete er Pläne. Wenn andere sich nach Westen der untergehenden Sonne zuwandten, schaute er nach Osten dem Sonnenaufgang entgegen. Wenn andere noch im Bett lagen, stand er früh auf, um den neuen Tag zu begrüßen und für sich zu formen: In diesem Punkt waren wir uns sehr ähnlich, und das liebte ich an ihm am meisten.

Wird mir das erst jetzt bewusst, denke ich fieberhaft, erkenne ich nun zum ersten Mal die Ähnlichkeiten, die unsere Seelen miteinander verbanden? Aber wie viel von mir gab es überhaupt schon vor Henry? Wir sind so ineinander verwachsen, dass ich seine Äste, seine Wurzeln nicht mehr von den meinen zu unterscheiden vermag. In den letzten Jahren habe ich mich nach der Zukunft gesehnt und neue Möglichkeiten entdeckt, daran Anteil zu nehmen. Ich habe von den anderen Frauen gelernt, auf die ich geschaut habe, um mir an ihnen ein Beispiel zu nehmen: Anne Fairfax, Elizabeth Lilburne, Betty mit ihren besonderen Fähigkeiten, andere zum Handeln zu bewegen oder ihnen Geständnisse zu entlocken. Sogar Jane Whorwood, die ihr Leben selbst in die Hand nahm und zur Spionin des Königs wurde. Aber habe ich schon immer nach vorn geblickt und nicht zurück, schon als Kind, oder kam das von Henry? War es Henry, der mir die Kraft und das Selbstvertrauen gab, für meine Überzeugungen mit der Armee zu marschieren und mit den Levellers, oder habe ich mich in ihn verliebt, weil er den Geist ansprach, den ich bereits in mir trug?

«Würdet Ihr mich heiraten wollen, wenn ich nicht die Tochter meines Vaters wäre?», habe ich ihn gefragt, als er mir den Antrag machte. Ich tauche in die Flut meiner Erinnerungen ein, kämpfe gegen die Strömung an, um seine Antwort zu bergen und sie für immer zu bewahren: «Wenn Ihr nicht seine Tochter wäret, dann wäret Ihr nicht die Frau, die Ihr seid. Ihr habt all seine besten Eigenschaften, gepaart mit Euren eigenen. So sehe ich es.» Die Szene spielt sich vor meinen Augen noch einmal ab wie auf einer Bühne, doch die Lippen der Schauspieler sind versiegelt, sie können einander nicht sagen, welches Schicksal vor ihnen liegt. Ich sehe die junge Biddy stolz und unsicher auf der Straße in Ely, wie sie kleine Hüpfer machen muss, um mit Henrys langen Schritten mitzuhalten, und ich will ihr durch die Zeit zurufen: Er wird sterben! Er wird dich allein zurücklassen! Das ist es, was ich am allerwenigsten begreifen kann und was mir am meisten Angst macht. Der nächste Tag und der übernächste. Henry war immer meine Zukunft, stieg vor mir auf wie die Sonne, die mir den Weg leuchtete. Aber welche Zukunft bleibt jetzt für mich, worauf kann ich mich noch freuen? Unser strahlendes neues Commonwealth schien ein Anfang zu sein, doch Henrys Tod fühlt sich an wie das Ende.

Ich ziehe mich zurück, wende mich nach Westen, ich bleibe im Bett. Ich will in der Vergangenheit verharren, meiner Vergangenheit mit Henry, eingerollt und sicher wie eine Katze am Herd. Schlaflos und ungewaschen lasse ich Tage und Nächte an mir vorüberziehen, verliere Henry, verliere mich selbst, verliere jeden Sinn für Raum und Zeit, auf dem Ozean umhergetrieben wie Noahs Frau. Doch in all meiner Verwirrung und Seelenqual weiß ich irgendwo ganz tief in meinem Inneren, dass mein Rückzug von der Welt nicht von Dauer sein kann. Für mich als Frau und Mutter ist diese Trauer ein Luxus. Meine kleinen Mädchen brauchen mich, und Henrys Kind, das nun fast fertig in mir herangereift ist, tritt und strampelt wie aus Protest, wenn ich wieder einmal eine Schale Suppe unberührt erkalten lasse. Wenigstens sind Jane und Bridget noch zu klein, um zu begreifen, was passiert ist, denke ich – auf der Suche nach Trost klammere ich mich an jeden Strohhalm. Nur Liza, die den vergessenen Vater gerade wieder lieben gelernt hatte, weint und ist verwirrt; doch sie kann nicht wirklich verstehen, was Tod bedeutet.

Ich sehne mich nach meinen geborenen und ungeborenen Kindern und empfinde zugleich Ablehnung gegen sie. Die neuen Risse und Verwerfungen in meinem empfindlichen Mutterinstinkt machen mir Angst. Doch irgendwie scheinen die Frauen meiner Familie die beängstigenden Gefühle zu verstehen, die Hell und Dunkel in mir vermischen wie Brombeermarmelade mit Sahne. Großmutter setzt sich zu mir ans Bett und liest mir meine Lieblingspsalmen vor. Mary, die plötzlich über ihre vierzehn Jahre hinaus erwachsen wirkt, übernimmt bereitwillig die Betreuung von Liza, Jane und Bridget. Sie kommt mich mit ihnen besuchen, damit ich die drei kurz umarmen kann, dann entführt sie sie rasch wieder zum Spielen mit ihren Puppen oder um ihnen eine Geschichte zu erzählen. Fanny trottet hinterher und weiß nicht recht, wie sie helfen soll.

Indessen tasten Mutter und Betty sich vor. Sie pflegen mich und sind dabei mal nachsichtig und verständnisvoll, mal schelten sie mich, bis sie mir eines Tages energisch die Decke wegziehen, mich ins Bad tragen und mich waschen wie ein kleines Kind. Ich wüte gegen diese Ungerechtigkeit, schreie sie an, dass sie mich wie Vater in Ruhe lassen sollen – ich weiß, dass er sich in sein Kabinett zurückgezogen hat, betet und um den Schwiegersohn weint, den er liebte wie seinen eigenen verstorbenen Erstgeborenen. Doch Mutter und Betty lächeln nur und geben mir einen Kuss. Nach dem Abtrocknen legen sie mir die kleine Bridget in den Schoß, wo sie sich an meinen prallen Bauch schmiegt, den Daumen im Mund. Etwas an dem Gefühl von ihrer Haut an meiner, ihrer warmen Schwere auf meinen Beinen rührt an mein Inneres, und ich schließe sie in die Arme und rufe Betty zu, sie solle mir Kleidung bringen. Sie pudert und parfümiert mich, dann kleide ich mich an. Meine Gliedmaßen fühlen sich fremd und schwer an. Zum ersten Mal setze ich mich wieder in den Lehnstuhl am Fenster und wende das Gesicht dem Himmel zu, der grau und stumpf ist wie unpoliertes Zinn.

Ich bin wieder auf und klar bei Sinnen, mein Verstand arbeitet, wenn auch eingeschränkt. Erst jetzt wende ich mich voller Grauen der Frage zu, wie mein Liebster mir entrissen wurde. Ich habe Harrys Brief, und Vater hat auch einen von ihm erhalten. Colonel Ludlow schreibt an uns beide. Ich stürze mich auf jeden dieser Briefe, forsche in den Zeilen nach Informationen, suche die Bruchstücke von Henrys letzten Tagen zusammen wie Glasscherben und schneide mich an den scharfen Kanten, während ich sie zu einer albtraumhaften Szene zusammenfüge. Anfang November war das Wetter schlechter geworden, und er kämpfte mit einer schweren Erkältung. Ludlow und Harry redeten ihm zu, kürzerzutreten und sich zu schonen, doch er hörte natürlich nicht auf sie. Statt zu ruhen, ritt er durch ein Unwetter zu den Garnisonen, die Galway belagerten, dabei hätte er ebenso gut jemand anderen schicken können. Sein Körper war geschwächt durch Überarbeitung, unzureichende Ernährung und Schlafmangel, und so hatte er der Seuche nichts entgegenzusetzen, die ihn bei seiner Rückkehr nach Limerick befiel. Das Fieber ergriff von seinem Körper Besitz, doch er arbeitete noch immer von seinem Zelt aus weiter, im Lager auf dem schlammigen Gelände vor der Stadt. Seine letzte Tat war, dem Kriegsgericht über einen seiner meistgeschätzten Offiziere vorzusitzen, den er wegen Gewalttaten gegen die Iren entlassen musste.

Ich lese die Berichte in rasender Trauer. Voller Zorn auf Henry, der nicht genug auf sich achtgegeben hat. Bitter darüber, wie selbstsüchtig er in seiner selbstlosen Hingabe an seine Arbeit war, sodass jene, die ihn lieben, einen solch entsetzlichen Preis zahlen mussten. Verzweifelt bei der Vorstellung, dass ich ihn vielleicht hätte retten können, wenn ich dort gewesen wäre. Niemand konnte ihn dazu bewegen, schlafen zu gehen, ehe er mit seiner Arbeit fertig war, schreibt Harry. Er blutete und schwitzte, und doch opferte er sich weiter für sein Amt auf – noch auf dem Siechbett empfing er Delegationen und diktierte Briefe und Anweisungen. Ludlow berichtet dasselbe: *«Der Lord Deputy vernachlässigte sich selbst»*, schreibt er. *«Während der gesamten Belagerung hat er die Kleidung nicht gewechselt, nur die Unterwäsche. So konnten die üblen Säfte, die seinem Körper anhafteten, nicht entweichen.»* Henry hielt gerade noch lange genug durch, um seinen vierzigsten Geburtstag zu erleben, allerdings war er da bereits nicht mehr bei Sinnen. In keinem der Briefe wird erwähnt, dass er meine Geburtstagsgeschenke erhalten hat. Ich weine bitterlich bei dem Gedanken, dass sie zu spät eintrafen und ihn nicht mehr erreichten; dass er diesen letzten Kontakt und Trost aus meiner Hand nicht mehr empfing. Henry starb glücklich und ohne Schmerzen, versucht Harry mich zu beruhigen, *«seine Hand in die meine gelegt und seine Gedanken auf Gott gerichtet»*. Doch seine Worte lesen sich hohl, und ich werde nie erfahren, wie viel Wahrheit diese tröstliche Version der Geschichte enthält.

Die Szene, die er malt, verschwimmt vor meinen Augen. Leinwand flattert im Winterwind, Kerzen flackern, und die Laterne über dem Feldbett schaukelt quietschend hin und her. Ludlow, halb im Schatten verborgen, flüstert Krankenpflegern Anweisungen zu und bespricht sich mit den Armeeärzten, die Schüsseln mit Henrys dunklem Blut tragen. Harry kauert neben Henrys Pritsche auf einem Schemel, die langen Beine angezogen, den Kopf tief über den sterbenden Freund und Bruder gebeugt, den er so liebte, seit Henry damals Vater überzeugte, Harry nach Cambridge gehen zu lassen. Und Henry – mein Henry –, dünn und verschwitzt, liegt in schmutziger Wäsche da, blutige Verbände um die Arme, verliert immer wieder zeitweise das Bewusstsein, starrt in das Licht, das über seinem Kopf schwebt, spricht zu Gott und denkt – vielleicht – an mich. Ich vergrabe mich erneut in dunklen Tiefen und verweigere das Essen.

Doch diesmal lassen die anderen es nicht zu. Mutter setzt sich vor mich, klemmt die Knie zwischen meine und löffelt mir Brühe in den Mund. Betty und Mary passen auf, dass ich mich ihr nicht entziehen kann. Zwei Tage lang füttern sie mich gemeinsam, und ich, erschöpft und ausgewrungen wie ein Geschirrtuch, schlafe in der Nacht zwischen diesen beiden Tagen beinahe normal.

Sie retten mich gerade noch rechtzeitig. Denn in der nächsten Nacht kommt das Kind.

Er kommt zu früh. Doch Henrys Sohn drängt mit Macht auf die Welt, um die Leere zu füllen, die sein Vater hinterlassen hat, damit es in meinem Bett und in meinem Herzen wieder einen Henry Ireton gibt. Klug wie sein Vater, hat er das kleine Zeitfenster genutzt, in dem mein Körper gestärkt und ausgeruht war, um sich hinauszuzwängen. Anschließend schrumpft meine Welt wieder zusammen, mein Leben spielt sich zwischen den vier Pfosten meines Bettes ab. Das alte Jahr weicht dem neuen, ohne dass ich es wahrnehme. Jeden Tag schaue ich verstört und verwundert auf meinen neugeborenen Sohn. Ich hasse ihn dafür, dass ich seinetwegen nicht bei seinem Vater war, als der starb. Ich liebe ihn dafür, dass er mit seinem schmalen Gesicht und den dunklen, klugen Augen seinen Vater wieder zum Leben erweckt. Es ist mir schier unerträglich, den Sohn in den Armen zu halten, den Henry nie kennenlernen wird. Und es ist mir ebenso unerträglich, ihn jemand anderem zu übergeben und aus den Augen zu lassen, da ich fürchte, er könnte verloren gehen. Nicht einmal Margery mag ich ihn anvertrauen, und so lege ich ihn selbst an die Brust, verliere mich in der schmerzlichen Wonne, wenn er saugt. Betty will mir ausreden, ihn zu stillen, doch das kümmert mich nicht. Ich will mein Kind ganz für mich haben.

Ich verehre ihn wie ein Wunder. Und ich schlafe.

KAPITEL SIEBENUNDZWANZIG

Das erste Mal, dass der kleine Henry Ireton das Haus verlässt, die Sonne auf seinem Gesicht spürt und andere Stimmen hört als die seiner Familie, ist, um den Sarg seines Vaters zu sehen.

Henrys Leichnam wurde mit großem Aufwand und Zeremoniell aus Irland überführt. Angeblich waren viertausend Menschen zu seinem Empfang versammelt, als er in Bristol eintraf, und die halbe Armee eskortierte ihn im Tode quer durch England bis nach London. Nun liegt er im Somerset House öffentlich aufgebahrt wie früher die Prinzen. Der Sarg ist mit schwarzem Tuch abgedeckt und wird von einem lebensgroßen hölzernen Abbild meines toten Geliebten bewacht. Seine Marmoraugen blicken auf die Hunderte Menschen, die sechs Wochen lang Tag für Tag an ihm vorbeidefilieren und dafür einen Sixpence zahlen.

«Das ist Götzenverehrung», beklage ich mich bei Vater. «Henry hätte solch leeren Pomp verabscheut. Er hätte gewollt, dass seine sterblichen Überreste an Ort und Stelle begraben werden, nicht öffentlich ausgestellt und verehrt.» Doch während die Wochen vergehen, muss ich immerzu an Henrys Körper denken, der nur etwa eine halbe Meile von mir entfernt allein daliegt. Schließlich raffe ich mich auf und verlasse mein Kindbett, um privat Totenwache zu halten, ehe ich meinen Mann zur Begräbniszeremonie wieder an die Öffentlichkeit verliere.

Vater veranlasst, dass die makabre Ausstellung eines Nachmittags früher geschlossen wird, und als der Abend anbricht, kommen wir Cromwells. Um Aufsehen zu vermeiden, wählen wir den Zugang vom Fluss, nicht den Haupteingang von der Strand. Ich komme mit Mutter überein, Liza und Jane bei ihr und meinen Schwestern zurückzulassen, jedoch bestehe ich darauf, Bridget und den kleinen Henry mitzunehmen: «Es wird das einzige Mal in ihrem Leben sein, dass sie mit ihrem Vater im selben Raum sind», sage ich und wickele noch eine Decke um den Säugling. «Das will ich den beiden nicht vorenthalten.» Im Somerset House angekommen, trage ich Henry die breite Treppe hinauf und durch eine Flucht von Räumen, von denen einer prächtiger ist als der andere. Schweigende Diener leuchten mir mit Kerzen den Weg, bis ich in das riesige, stille Staatsgemach komme. Hinter mir tritt Vater mit Bridget auf dem Arm ein. Dick und John Claypole warten indessen im Vorzimmer, um uns Raum für den Abschied zu geben.

Ich spüre die Wärme unseres Sohnes in meinen Armen, während ich über den Marmorboden auf das riesige Bett zugehe. Ein Brautbett für den Tod. Ich erschrecke, als ich im schwachen Licht Henrys Gestalt hoch auf dem Bett liegen sehe, doch dann besinne ich mich darauf, dass es nur sein Abbild ist. Er selbst liegt in dem Sarg darunter, vor meinen Blicken verborgen. Ich schaue nach oben, sehe das rautenförmige Trauerwappen über dem Bett hängen und lese laut die Worte: *«Dulce et decorum est pro patria mori.* Es ist … süß und ehrenvoll für sein Land, dass er gestorben ist?» Ich habe Mühe mit dem Latein, blinzle entsetzt.

«Nein, nein, mein Liebes.» Sofort ist Vater an meiner Seite. «Es ist süß und ehrenvoll, für sein Land zu sterben.»

Ich halte den kleinen Henry in einem Arm und strecke die freie Hand nach meinem Vater aus. Er nimmt sie mit festem Griff, und so stehen wir gemeinsam da, verbunden, eins miteinander, die Hand der kleinen Bridget in meinem Haar.

«Würdest du beten, Vater?», frage ich ihn mit kindlich leiser Stimme. «Ich glaube nicht, dass ich es kann.»

Vater küsst mich auf den Kopf, dann wendet er sich mit tiefer, klangvoller Stimme an Gott und spricht zu Ihm von dem großen Mann, den wir beide mehr als jeden anderen liebten. Er gedenkt der Schlachten, in denen sie gemeinsam kämpften, der Auseinandersetzungen, die sie führten, und der Arbeit, die sie im Dienste des Herrn taten. Er spricht von Henrys Härte – von seiner Hingabe und Entschlossenheit, seiner Unbeirrbarkeit, wenn er einmal den richtigen Weg gefunden hatte. Und von seiner Sanftheit – seiner Liebe zu seiner Familie, zu seinen Soldaten, zu den Armen, deren Bedürfnisse ihm am Herzen lagen. Er spricht von seiner eigenen Liebe zu Henry und der Leere, die Henrys Tod in seiner Seele hinterlassen hat. Er befiehlt ihn Gott an, und er nimmt Abschied.

Ich lausche liebevoll dieser privaten Trauerrede, stelle mir vor, die Worte seien ein Balsam, der Henrys geschundenen Körper heilen könne, und hoffe, dass seine Seele im Himmel uns hört. Als Vater geendet hat, sage ich Henry, wie sehr ich ihn liebe. Mir ist gar nicht bewusst, dass ich laut spreche, bis ich das Echo meiner Stimme vom Marmor widerhallen höre – erst da erkenne ich, dass meine Gedanken in Worten Gestalt angenommen haben. Nun ist es Zeit für den Abschied. Ich halte den kleinen Henry hoch und fasse Bridgets winzige Hand. «Das hier sind deine Kinder, mein Liebster», sage ich weinend, «die du nie kennengelernt hast. Aber sie sind hier, um dich zu sehen, dir die Ehre zu erweisen und von dir Abschied zu nehmen. Sie leben. Sie lieben und werden geliebt, und sie werden gedeihen und dich ihr Lebtag nicht vergessen. Du bist jetzt heimgegangen zu Gott, Er hat dich zu sich genommen. Ruhe in Frieden, mein Liebster, und sorge dich nicht um uns.»

Dann lehne ich mich an Vaters Schulter, schließe die Augen und lasse meinen Tränen freien Lauf.

Nach diesem Abschied fühlt es sich bei der Beisetzung an, als handele es sich um jemand anderen. Die Zeremonie ist so ungeheuer aufwendig, dass sie zu einem König oder Prinzen passen würde, nicht zu dem schlichten, praktischen Henry Ireton aus Attenborough. Nicht zu dem Mann, der sein Leben im Sattel zubrachte und mit seiner Taschenbibel unter dem Kopfkissen schlief. Wochenlang haben Regierungsbeamte geplant, und so gibt es einen Trauerzug, wie man ihn in den Straßen Londons kaum je gesehen hat, seit der Vater des toten Königs, König James, zu Grabe getragen wurde. Es fällt mir schwer, dieses Spektakel mit dem bescheidenen Mann in Einklang zu bringen, den ich liebte.

Und so spiele ich an einem frischen, klaren Winternachmittag meine Rolle in diesem Schauspiel. Ich warte auf den Stufen vor der Westminster Abbey auf die gedämpften Trommelschläge, die meinen Mann ankündigen. Harry ist zur Beisetzung aus Irland zurückgekehrt.

Er steht neben mir, und ich halte seine Hand, wie ich es in jedem wachen Moment seit unserem Wiedersehen getan habe. Er hielt Henrys Hand, als dieser starb. Indem ich nun seine Hand halte, ist mir, als könne ich irgendwie seinen Platz einnehmen und Henry ein letztes Mal berühren. An meiner anderen Seite steht Henrys Mutter, hoch aufgerichtet in puritanischem Stolz, wenngleich ihr faltiges Gesicht vor Trauer um ihren ältesten Jungen ganz verzerrt ist. Seit sie früh zur Witwe wurde, hat ihr Sohn ihr gleichsam den Mann ersetzt. In den paar Tagen, die sie nun in London ist, hat sie ihre Zeit aufgeteilt zwischen ihren Enkelkindern und Henrys Advokaten, Nachlassverwaltern und Bankiers, um all die Angelegenheiten der Familie in Ordnung zu bringen, um die Henry sich immer für sie gekümmert hat. Jetzt hält sie schweigend und reglos ihren zweiten Sohn am Arm, John Ireton, der inzwischen ein wohlhabender Ratsherr der Stadt ist. Er spricht leise Gebete für seinen Bruder, während er nervös den edlen Stoff seines Mantels zwischen den Fingern reibt.

Gemeinsam schauen wir zu, wie Scharen schweigender Menschen in Wintermänteln sich zwischen der Abtei und dem Westminsterpalast drängen. Manche essen warme Pasteten oder Backkartoffeln – die Straßenhändler machen gute Geschäfte. Die Stimmung ist ernst und feierlich, dem Tod eines Helden angemessen, doch daneben regt sich auch Unmut über das Rumpfparlament. Zudem wachsen die bösen Vorahnungen wegen der bevorstehenden Sonnenfinsternis, die für nächste Woche angekündigt ist – auf der Straße sprechen sie vom «schwarzen Montag». Die Leute fürchten, er könnte ein Vorbote unvorstellbarer Ereignisse sein. Steht das Ende der Welt bevor? Die fünfte Monarchie, das Reich Christi? In der Bevölkerung herrscht solche Panik, dass die Regierung eine Flugschrift herausbringen musste, um zu erklären, dass Sonnenfinsternisse ganz natürliche Ereignisse sind. Doch die Unwissenden lassen sich ihren Aberglauben nicht austreiben.

Zuerst erscheint die Armee – lange nachdem wir sie bereits gehört haben, kommen die ersten Regimenter aus Reitern und Fußsoldaten in Sicht. Ihre umgedrehten Waffen ragen über den Köpfen der Zuschauermenge auf wie die Zinken eines Kamms. Ich erhasche einen Blick auf Vater und die anderen obersten Befehlshaber an der Spitze der offiziellen Trauergäste. Sie tragen dunkle Kleidung und schwarze Trauerflore an den Hüten. Unter ihnen erkenne ich John Lambert, herrschaftlich und stattlich, Charles Fleetwood, traurig und feierlich, Onkel Desborough, unbeholfen und mit düsterer Miene, und den «Pfauenprediger» Harrison in vollem Trauergefieder zu Ehren seines einstigen Busenfreundes. Viele Mitglieder des Rumpfparlaments marschieren nebenher, Männer halten den Amtsstab hoch, das Schwert und weitere Symbole von Henrys Amt in Irland. Dahinter folgen seine Lieblingspferde, natürlich ohne Juno, die im Himmel mit ihm vereint ist. Und dann, erst dann kommt mein Liebster selbst auf einer sechsspännigen Kutsche. Sein Sarg ist mit schwarzem Samt bedeckt, und Bedienstete halten ein Bahrtuch darüber, um ihm Schatten zu spenden. Ich denke daran, wie ich damals in aller Bescheidenheit vor den Altar trat, um ihn zu heiraten, wie fest ich Vaters Arm hielt und wie ich meinen Griff lockerte, als ich Henrys Lächeln sah.

Nun sehe ich, wie den Leuten bei dem Anblick der Mund offen steht und Pastetenteig auf ihre Kleidung krümelt. Mir wird klar, weshalb der Staatsrat und das Parlament Wert auf diese öffentliche Inszenierung gelegt haben:

Sie nutzen den unerfreulichen Anlass, um eine großartige Geschichte über unser neues Commonwealth zu erzählen. Gewissermaßen einen Ursprungsmythos. Hier vor uns sind die führenden Männer der Nation versammelt, die Männer, die sich den Weg durch den Wald unserer Vergangenheit geschlagen haben, um den Pfad in die Zukunft freizumachen. Die Soldaten, die Politiker, die Geistlichen, Verwaltungsbeamten, Künstler und Philosophen. Und unter ihnen spielt Henry gezwungenermaßen die Rolle des gefallenen Helden, des erschlagenen Achilleus, des Talismans einer Nation. Das beste Beispiel für einen Mann des Commonwealth. Während ich das Schauspiel verfolge, versuche ich, Ordnung in den Wirrwarr meiner Gefühle zu bringen. Ich stelle mir vor, stattdessen eine königliche Prozession vor mir zu sehen: einen hochwohlgeborenen Prinzen, umschwärmt von einer Schar feister und törichter Edelleute, die ihre Macht einzig den Namen ihrer Väter oder den hübschen Gesichtern ihrer Mütter verdanken. Bei der Vorstellung erfüllt mich Stolz auf diese neue, gewählte Regierung: Männer, die aufgrund ihrer Fähigkeiten, ihrer Tapferkeit und Weitsicht in ihre Ämter kamen, ohne Ansehen ihres Namens oder Erbes. Ihr geliebter Herrscher ist der Staat, nicht ein aufgeblasener König, und ihr Streben ist auf das Gemeinwohl des englischen Volkes gerichtet. Doch nun, da Henry tot ist und die Levellers aus dem Kreis der Macht verstoßen wurden, spüre ich auch, wie unzureichend und instabil dieser neue Staat ist. Und ich kann mich eines gewissen Grolls darüber nicht erwehren, dass diese extravagante, kostspielige Inszenierung Henrys Andenken irgendwie abwertet.

Harry reißt mich aus meinen Gedanken, um mir ein paar Blätter Papier zu geben. «Das ist die Trauerpredigt, die Dr. Owen gleich halten wird – der Text wurde gedruckt, damit die Leute draußen mitlesen können, während der Prediger drinnen spricht.»

Ich nehme das Blatt mit tauben Fingern. Als ich darauf schaue, entfährt mir ein bitteres Schnauben – welch passender Titel: *Der schwer arbeitende Heilige wird zur Ruhe entlassen.* «Er widmet die Predigt dir», stelle ich überrascht fest, auch wenn es mich nicht sonderlich kümmert.

«Ich weiß, er hat es mir gesagt. Er dachte, es könnte dich zu sehr aufwühlen, wenn er sie dir widmet.» Harry lächelt mir verlegen zu. Dabei sollte er mich gut genug kennen, um zu wissen, dass ich mich an einer solchen weltlichen Belanglosigkeit nicht stören würde.

Ich gebe ihm die Seiten zurück. «Bewahre das für mich auf, für die Kinder. Ich will es jetzt nicht lesen. Dr. Owens Worte sollen ungefiltert zu mir kommen, ebenso wie zu Henry.»

Es war eine gute Entscheidung, die Predigt nicht vorab zu lesen, denn sie ist wirklich eindrücklich – der einzige Teil der ganzen Begräbniszeremonie, der mir etwas Trost spendet, das Einzige, wovon ich glaube, dass Henry es so gewollt hätte. Allerdings hätte er sich wohl dagegen gesträubt, dass der Prediger ihn als einen wahren Löwen darstellte. Ich hingegen bin frei von solcher Bescheidenheit, als ich in der kalten Marmorpracht der Königskapelle von Henry VII. stehe. Stattdessen empfinde ich puren Stolz auf meinen Mann und Liebe zu ihm. Dr. Owen hat als Bibeltext das Buch Daniel gewählt, Kapitel zwölf, Vers dreizehn, und ich lasse die Worte zu mir kommen wie alte Freunde: *Du aber geh hin, bis das Ende kommt, und ruhe, bis du auferstehst zu deinem Erbteil am Ende der Tage.* Henry war wie Daniel, verkündet Owen: in weltlichen und geistlichen Dingen gleichermaßen weise. Ich nicke und denke an unsere politischen Diskussionen bei Tage und die Gebete zur Nacht. Doch vor allem, fährt der Prediger fort, vermochte Henry in irdischen Vorgängen göttliches Walten zu erkennen, er verstand die Vorsehung. Er war anders als die meisten Menschen, die «wie Schweine, die unter dem Baum nach Eicheln suchen, nicht die Augen aufheben zu dem Baum, von welchem sie fallen».

Er hat immer nach oben geschaut, denke ich. Tränen der Trauer brennen mir in den Augen bei dem Gedanken, wie Henry den Blick zum Horizont richtete, und Tränen der Freude darüber, dass er nun mit dem Gott vereint ist, den er immer gesucht hat. Gott wird ihn zu sich nehmen, denke ich, während mein Mann unter den Boden der Kapelle hinabgesenkt wird. Gott *hat* ihn zu sich genommen.

An diesem Abend suche ich die Gesellschaft meines Vaters. Ich fühle mich zu ihm hingezogen, da wir beide die Liebe zu Henry und die Trauer um ihn teilen. Wir sind erst sehr spät aus der Abtei zurückgekommen. Ich schaue nach den Kindern, lege mein steifes Trauerkleid ab und ziehe stattdessen ein bequemeres Hauskleid an. Dann steige ich die Treppe hinunter und gehe über den Flur. Unter der Tür zu Vaters Arbeitszimmer ist ein Lichtstreifen zu sehen. Ich klopfe leise an und trete ein.

Er sitzt im Feuerschein zusammengekauert in seinem Sessel mit hoher Lehne, ein Glas Wein bedenklich schräg in einer Hand. Das Licht ist schwach, und Tabakgeruch liegt in der Luft, doch in diesem Moment erscheint mir dieser Raum männlicher Besinnung wie ein Zufluchtsort. Als Vater mich sieht, streckt er die Hand aus, und ich trete näher. Er fordert mich mit einer Geste auf, mich zu ihm zu setzen. Ich küsse Vater auf die Stirn, dann lasse ich mich in dem zweiten Lehnstuhl am Kamin nieder und ziehe die Füße in Hausschuhen unter meinen Rock hoch. Er deutet fragend auf sein Glas, doch ich schüttle den Kopf – heute Abend könnte ich keinen Wein trinken. Dann schauen wir beide ins Feuer und sitzen in einträchtigem Schweigen da.

«Ich muss gestehen, es fällt mir schwer, darin göttliches Walten zu erkennen», unterbricht Vater nach ein paar Minuten meine Gedanken. «Henry von uns zu nehmen, gerade jetzt und auf diese Weise.» Er schüttelt verständnislos den Kopf und wischt mit einem Daumen unter seinem Auge entlang. «Was hat das zu bedeuten?»

Ich suche nach einer Antwort, die uns beiden Frieden geben könnte. «Die einzige Lehre, die ich daraus ziehen kann, ist: Alles auf dieser Welt ist vergänglich.»

«Ja, das ist wohl wahr.» Vater nickt bedächtig. «Du bist ein kluges Mädchen. Du hast dasselbe in ihm gesehen, was ich sah, und ihn ebenso geliebt wie ich. Du warst ihm eine gute Ehefrau, darauf bin ich stolz.»

Bei diesen Worten muss ich blinzeln, um die Tränen zurückzuhalten; zur Rechten von Henry und zur Linken von Vater zu sitzen war alles, was ich mir je gewünscht habe. Zwischen ihnen beiden zu leben. Was wünsche ich mir jetzt? Werde ich mir überhaupt jemals wieder etwas wünschen? Kann ich denn mehr wollen? Ich vergrabe das Gesicht in den Händen, sehe den Feuerschein durch die Ritzen zwischen meinen Fingern.

«Es ist alles schiefgelaufen», sagt Vater in die Flammen. «Und ich kann den Weg vorwärts nicht mehr erkennen.»

«Du meinst, wie es mit dem Parlament weitergehen soll?»

«Und ohne Henry.» Er nickt. Plötzlich empfinde ich einen überwältigenden, zweifachen Verlust: Nicht nur meine Liebe ist verloren, auch unsere Sache scheint am Halm zu verdorren. «Wir müssen das Land auf ein solides, dauerhaftes Fundament stellen», fährt Vater fort. «Die Kriege sind gewonnen, nun brauchen wir eine permanente Einigung. Was wir in den Monaten nach der Hinrichtung des Königs taten, geschah in Eile, wir mussten ständig unsere Feinde im Blick behalten, die sich zusammenrotteten. Unser Handeln war von Zweckmäßigkeit bestimmt, nicht von wohldurchdachter Planung. Wir haben niedergerissen und aufgebaut. Aber wir haben die Wunden der Kriege nur verbunden, wir haben nicht die Arznei entdeckt, die den Körper wirklich heilen kann.»

«So dachte Henry auch», sage ich leise. Ich spreche seinen Namen flüsternd aus wie im Gebet.

«Ich weiß, wir haben uns oft in Briefen darüber ausgetauscht. Ich bräuchte ihn jetzt hier bei mir, damit er mich und uns alle beraten könnte.»

Plötzlich steht mir ein lebhaftes Bild von Henry vor Augen, wie er in unserem Zimmer in der Drury Lane am Schreibtisch saß, eine Feder in der Hand, Tinte an den Fingern, die andere Hand in seinem Haar vergraben, und bei der Arbeit an seinem jüngsten Vertragsentwurf immer wieder Wörter durchstrich und neu schrieb.

«Er würde die Absichten der Menschen und die Pläne Gottes ergründen, dann würde er schreiben und schreiben, bis er die Antwort hätte», sage ich. «Und dann würde er zum Handeln aufrufen, zur Kühnheit.»

«Ich weiß. Aber mit welchem Ziel? Wir brauchen eine neue Volksvertretung anstelle dieses verhassten Rumpfparlaments, wenn wir Legitimität und dauerhaften Frieden wollen. Doch dieses lahme, träge Parlament weigert sich noch immer, sich aufzulösen und Neuwahlen zu beschließen.»

«Aber sind denn Neuwahlen das, was du willst?», frage ich und spüre, wie sich das vertraute Interesse an Politik in mir regt wie ein Tiger, der aus einem Traum erwacht. «Durch das Rumpfparlament, wie es jetzt ist, bleibt wenigstens noch eine Verbindung zum Langen Parlament erhalten, für das wir den Krieg gewonnen haben. Und denke an die Armee! Wenn es Neuwahlen gibt, was könnte die Wähler mit Grundbesitz daran hindern, für ein Parlament aus Presbyterianern und Royalisten zu stimmen? Dann würden wir niemals eine tolerante Kirche bekommen, auch keine Reform der Gesetze und des Wahlrechts. Welche Hoffnung bliebe dann für das einfache Volk?»

Vater schnalzt mit der Zunge. «Es ist die Wahl zwischen Pest und Cholera, wie man sagt. Und meine Freunde sind nicht die, für die ich sie gehalten habe. Sir Henry Vane findet, ich hätte jetzt zu viel Macht, er meint, die Armee sei dem Parlament nicht gefügig genug, und er nähert sich wieder den Presbyterianern an. Er, der gegen Holles und seine Fraktion immer auf unserer Seite war!»

«Dann besinne dich auf deine wahren Freunde», rede ich ihm zu. Dabei schaue ich mich nach einem Glas um und schenke mir nun doch etwas Wein ein. «Die Armee. Die repräsentiert doch gewiss das Volk von England besser als diese eigennützigen, korrupten Politiker?»

Vater rutscht in seinem Sessel herum. «Das glaube ich in der Tat», sagt er nach kurzem Schweigen, «erst recht nach dem Wunder der Schlacht von Worcester. Was, wenn die Siege, die wir jetzt brauchen, ebenfalls mit dem Schwert erkämpft werden müssen? Wir haben den Triumph errungen. Liegt es da nicht auch in unserer Verantwortung, die Einigung herbeizuführen?» Plötzlich steht er schwungvoll auf und geht im Zimmer auf und ab, den Kopf gesenkt und das Kinn in eine Hand gestützt.

«Geh mit Gott und der Armee», sage ich. Der warme Wein macht meinen Kopf klarer.

«Nun, von dir hätte ich erwartet, dass du das sagst», erwidert er. «Auch wenn du mit den Levellers geliebäugelt hast – dein Herz ist doch bei der Armee und ihrer Sache.»

Dass er so beiläufig und wegwerfend von den Levellers spricht, ärgert mich ein wenig – ich denke an die Petition von Elizabeth Lilburne und ihren Frauen und an den kleinen Tower, der in der Wiege starb. «Ich glaube, dass das Wohl des gesamten Volkes das oberste Anliegen sein sollte», stelle ich sorgfältig klar. «Und im Augenblick kann ich im Eigennutz der trägen und gierigen Parlamentsmitglieder wenig Sorge um das Volk erkennen.»

«Ha! Lass das nicht Betty hören. Sie ist immer für das Parlament, das hat sie erst gestern zu mir gesagt.»

Das wundert mich nicht – ich sehe vor mir, wie sie mit einem Essenstablett zu Vater hereinschlüpft, ihre beringte Hand auf seine legt und ihm ihre irregeleiteten Ansichten ins Ohr wispert. Betty und ich haben ihm schon immer von entgegengesetzten Seiten eingeflüstert, wie das Engelchen auf der einen Schulter und das Teufelchen auf der anderen. Aber wer von uns ist eigentlich das Engelchen? Ich seufze, sage jedoch nichts. Vater versenkt sich wieder in sein Dilemma, ebenso abrupt, wie er daraus aufgetaucht ist, und ich kann nur abwarten, wohin ihn seine Gedanken als Nächstes führen.

«Aber wäre ich dann womöglich nicht besser als der

tote König?» fragt er endlich, nicht direkt an mich gerichtet. «Wenn ich mit Soldaten gegen die Männer des Parlaments vorginge? Und wenn ich es täte – was für eine Regierung sollten wir dann stattdessen einrichten?»

Ich breite die Hände aus und schüttle den Kopf angesichts der vertrackten Lage. Er sieht es nicht, schaut mich gar nicht an und erwartet auch keine Antwort von mir, denn er hat sich im Nebel seiner eigenen Erwägungen verirrt. Ich trinke noch einen Schluck Wein und wende mich dem Kaminfeuer zu, suche in den Flammen nach den Zügen von Henrys füchsischem Gesicht. Minutenlang bleibt es still, ehe ich bemerke, dass Vater innegehalten hat und nun vor mir steht wie ein Schuljunge.

«Was, wenn ein Mann es auf sich nähme, König zu werden?», fragt er, die Stimme zu einem Flüstern gesenkt. «Das Volk will wieder einen König auf dem Thron, die Leute wollen wissen, wo sie stehen. Sie wollen eine neue Regierung, aber nach altbekannten Grundsätzen. Eine Regierung, die den Krieg gewonnen und ihre Lektionen gelernt hat, die aber Heilung und eine neue Stabilität verspricht. Der junge Charles Stuart kommt nicht infrage, nun, nachdem wir ihn in der Schlacht besiegt haben. Und sein jüngerer Bruder, der Duke of Gloucester, den wir in Gewahrsam haben, weigert sich, an seine Stelle zu treten …»

Plötzlich erkenne ich mit entsetzlicher Klarheit, worauf er abzielt. «Vater, nein.»

«Ich will die Krone nicht, Biddy! Nicht für mich selbst. Ich wäre froh, wenn ein anderer sie nähme – Fairfax vielleicht? Aber wenn es keine andere Möglichkeit gibt?»

«Nein!», wiederhole ich noch entschiedener. «Alle diese Männer – Olly, Henry – sind nicht gestorben, damit wir das Haus Stuart stürzen und durch das Haus Cromwell ersetzen.» Ich verschlucke mich fast an den letzten Wörtern, lache vor Unglauben laut auf. «König Oliver! Sollen wir dann etwa alle in den königlichen Palästen wohnen? Betty wäre natürlich liebend gern Prinzessin, ebenso wie Fanny. Wie kannst du nur an so etwas denken? Und die Armee! Was würden die Männer dazu sagen?» Ich denke an den toten Säugling zurück, den ich in Colchester in den Armen hielt, an die Leichen, die bei Wexford am Galgen baumelten.

«John Lambert hat angefangen, eine Verfassung auszuarbeiten, die –»

Lambert! Natürlich. Wer anders als Lambert hätte Henrys Rolle als führender Theoretiker der Regierung übernehmen können? «Nein, nein, nein.» Ich schüttle den Kopf, und ein paar Tropfen dunklen Weines spritzen auf mein Kleid.

«Er könnte einen Teil von Henrys Ideen aus der *Remonstrance* übernehmen –»

«Henry hätte das nicht gewollt.» Die Vergangenheitsform bleibt mir fast in der Kehle stecken.

«Wir wissen nicht, was Henry gewollt hätte! Er verstand, dass der Boden unter unseren Füßen sich immerfort verschiebt, dass wir uns mit dem Wind beugen müssen.» Vater tritt auf mich zu, nimmt meine Hände und kniet mit knackenden Gelenken vor mir nieder. «Er hat von uns allen am härtesten dafür gearbeitet, den König auf dem Thron zu halten. Er hatte nichts gegen die Monarchie an sich.»

«Aber dann erkannte er, dass es eine bessere Möglichkeit gibt», sage ich unter Tränen. «Er erkannte die Wahrheit, die im *Agreement of the People* steckte: dass mehr

Männer – und eines Tages vielleicht auch Frauen – das Recht haben müssen mitzubestimmen, wer sie regiert.»

«Er hat das Parlament gesäubert.»

«Mit deinem Segen! Das wissen wir beide. Und weil er glaubte, dass wir eine bessere Lösung finden könnten, nachdem der König aus dem Weg geschafft war. Er hat es nicht getan, um die Levellers zu verraten. Er stimmte mit ihnen darin überein, dass das Parlament aufgelöst und neu gewählt werden sollte. Er wollte nie, dass nach der Säuberung die eigennützige, leere Hülle zurückbleibt, die wir jetzt haben.»

Vater senkt den Kopf und tätschelt meine Hand, um die Diskussion zu beenden – ihm ist wieder einmal aller Wind aus den Segeln genommen. «Es ist ja nur ein Gedanke», sagt er leise. «Wir müssen alle Optionen in Betracht ziehen. Bidding Biddy – Biddy die Gebieterische –, so habe ich dich immer genannt, und so bist du. Du achtest wie niemand sonst darauf, dass ich nicht vom rechten Weg abkomme.» Mit einem Seufzer über seine schmerzenden Knie stemmt er sich wieder hoch, hinkt zurück zu seinem Lehnstuhl und sinkt seufzend hinein.

Ich beobachte ihn mit Tränen in den Augen. Ich liebe ihn unverändert, doch jetzt fürchte ich ihn auch. Welche Richtung wird er an all den Scheidewegen in den kommenden Monaten und Jahren einschlagen? Auf wen wird er hören? Und kann ich den Rest meines Lebens als machtlose, abhängige Witwe zubringen, verloren in seinem riesigen Haushalt, und zusehen, wie er falsche Wege beschreitet?

KAPITEL ACHTUNDZWANZIG

Frühjahr 1652

Die Narzissen neigen sich mir fröhlich zu, recken ihre leuchtend gelben Trompeten aus dem Teppich des Frühlingsgrases, ein närrisches Orchester neuen Lebens. Ich weiche zurück, schirme meine Augen gegen die Farben ab, die für das Grenzland meiner Trauer allzu grell sind.

«Ich wäre jetzt viel lieber in meinem Zimmer», beklage ich mich bei Betty und denke an meinen bequemen Fenstersitz im Erker. Dort sitze ich gern, um den kleinen Henry zu stillen, und wende das Gesicht vom Sonnenlicht ab, wenn es mich verbrennt.

«Unfug.» Betty fasst mich fester am Arm. «Du musst an die frische Luft. Du hast schon etwas mehr Farbe im Gesicht.»

Zu müde, um zu widersprechen, lasse ich mich von ihr durch die privaten Palastgärten hinter unserer Wohnung im Cockpit führen und hinaus in den St. James's Park. Dort wimmelt es von Leuten: Diener führen die Hunde ihrer Herrschaften aus, Kindermädchen laufen herumtollenden Kindern nach, um sie von den Gärtnern fernzuhalten. Diese fällen gerade noch zwei Bäume als Feuerholz für die Armen. In der Nähe genießen Soldaten von der Palastwache nach der Schicht ihre freie Zeit und pfeifen den

Blumenmädchen hinterher, die mit Körben voller frischer Blüten auf den Köpfen über die Wege gehen und versuchen, elegante Paare beim Spaziergang auf sich aufmerksam zu machen.

Ich betrachte die umherschlendernden Liebespaare voller Widerwillen. Dies ist die Jahreszeit alberner Tändeleien und Liebschaften, selbst bei uns zu Hause, wo meine Schwester Mary nichts als Romanzen im Kopf hat: Neulich hat sie versucht, Harry mit ihrer Freundin, Lord Whartons Tochter, zu verkuppeln. Es endete unweigerlich mit Verwirrungen und Tränen, als das Paar nicht zueinanderfand. Am Ende mussten Mutter und Vater einschreiten und die Situation retten, in die Mall alle hineinmanövriert hatte. Dabei hätten die beiden eigentlich ein gutes Paar werden können. Aber Vater wird niemals eine Heirat in Erwägung ziehen, wo keine Liebe ist, so vorteilhaft die Verbindung auch sein mag. Er besteht darauf, dass über die Angelegenheit nicht weiter gesprochen wird. Und wie immer ist seine Geduld mit seinen «kleinen Frauenzimmern» Mary und Frances unerschöpflich: «Nimm Rücksicht auf die Gefühle der kleinen Mall», bittet er mich, als ich mich über das Debakel beklage, das sie angerichtet hat. «Und erspare es ihr, auch noch eine gute Freundin zu verlieren.» Sie ist vierzehn, doch Vater behandelt sie noch immer wie ein Kind.

Mag sein, dass ich zu streng mit ihr bin, und mit Fanny auch. Aber sie stören mich in meiner empfindlichen Trauer, wenn sie sich ihren neuen Allüren hingeben, ihre vornehmen Kleider zur Schau tragen und hinter ihren Fächern über ihre jüngsten Schwärmereien tuscheln. Ich muss immerzu daran denken, wie Betty und ich in ihrem Alter waren und was für ein einfaches Leben wir damals führten, in Ely vor dem Krieg, bevor Vater eine große Persönlichkeit war, nur einen Schritt von der Krone entfernt. Vor all diesem Luxus. Wir fanden nichts dabei, den ganzen Tag Hausarbeiten zu verrichten und uns nachts ein Bett zu teilen. Die Heirat mit einem anständigen puritanischen Mann aus der Nachbarschaft war das Höchste, worauf wir hoffen konnten. Und nun springen Mall und Fanny in Whitehall herum, bestellen neue Seiden- und Atlasstoffe und träumen von hochgeborenen Ehemännern. Unsere Cousine Lavinia, die jetzt bei uns lebt, ermutigt sie noch. Kann ich wirklich den Rest meines Lebens als die verwitwete ältere Schwester zubringen wie Tante Catherine, denke ich zum tausendsten Mal, niemals wirklich frei, mit meiner eigenen Familie nach meinen Vorstellungen in meinem eigenen Haushalt zu leben? Soll ich für immer auf die Großzügigkeit eines Vaters oder Bruders angewiesen sein, um ein Dach über dem Kopf zu haben und meine Kinder ernähren zu können? Soll ich auf den Hochzeiten meiner Schwestern tanzen und am Tisch unter ihnen und ihren Ehemännern sitzen?

Ich versuche, diese Gedanken zu verscheuchen, und richte meine Aufmerksamkeit wieder auf Betty. Sie plappert gerade über das neue Kindermädchen der Kleinen, während wir an einer Baumgruppe vorbei auf einen breiten Schotterweg hinaustreten. Es fällt mir schwer, Bettys Redefluss zu folgen, aber der Klang ihrer Stimme und ihre Gegenwart wirken zutiefst tröstlich auf mich. Dieses Gefühl erinnert mich daran, dass sie all ihren Schwächen und irregeleiteten Ansichten zum Trotz die einzige wahre Gefährtin aus meinem alten Leben ist. Sie hat als Einzige mit angesehen, wie meine Liebe zu Henry wuchs – sie hat diese Liebe sogar schon bemerkt, ehe ich selbst mir ihrer bewusst war. In dieser Stunde meiner Not haben wir zu einem unbehaglichen Waffenstillstand gefunden: Wir reden nicht über Politik oder die Zukunft, sondern halten uns sicher in den seichten Gewässern unserer alltäglichen häuslichen Angelegenheiten.

«Meine Güte, da ist Frances Lambert!» Bettys Ausruf holt mich mit einem Ruck aus meinen Gedanken zurück, und ich nehme die Szene vor uns auf dem Weg wahr. Frances hat eben mitten in einer heiteren Anekdote innegehalten, umgeben von einem Gefolge aus Freundinnen und Bewunderinnen, die sich um sie scharen wie Höflinge um eine Königin. Mit ihrem weiten, tiefblauen Kleid und dem spitzenbesetzten Umschlagtuch sieht sie blendend aus. Ich spüre, wie Betty neben mir sie mit Blicken schier verschlingt.

«Mistress Lambert.» Ich ringe mir ein Lächeln ab und knickse vor meiner alten Freundin, unbeholfen, da ich seit Monaten nicht mehr in Gesellschaft war. Dabei bin ich mir meines unscheinbaren Trauerkleides sehr bewusst.

«Mistress Ireton», erwidert sie ohne Wärme. Ich suche im Geiste nach Artigkeiten, die mir früher leicht über die Lippen gekommen wären, doch mir fällt nichts ein. Einst hätte ich selbstsicher eine Plauderei begonnen, doch nun stehe ich steif und nervös da wie ein Mädchen vom Land. Ich wünschte, Betty würde etwas sagen, um mir aus der Verlegenheit zu helfen. In grässlich unbehaglichem Schweigen warte ich darauf, dass Frances und ihre Freundinnen Platz machen, um uns vorbeizulassen. Doch sie rührt sich nicht von der Stelle.

«Oh nein, Bridget», sagt sie und nimmt eine noch aufrechtere Haltung an. «Ich fürchte, nun müsst Ihr mir Platz machen.»

Ich starre sie verwirrt an, unfähig, einen Gedanken zu

fassen. Andere Spaziergänger sind stehen geblieben, um uns zu beobachten. Aus dem Augenwinkel sehe ich ein elegant gekleidetes Paar hinter vorgehaltenen Händen tuscheln, und ein Wolfshund bellt den Bediensteten an, der ihn an der Leine führt und nun nicht weitergeht.

«Ihr habt gewiss schon davon gehört», fährt Frances überheblich fort, «dass mein Mann zum neuen Lord Lieutenant von Irland ernannt werden soll, zum Nachfolger Eures verstorbenen Mannes, Gott schenke seiner Seele Frieden.» Die letzten Worte fügt sie wie einen beiläufigen Nachgedanken hinzu. «Wir haben bereits eine ganze Menge Vorbereitungen für unser Leben dort getroffen, als Herr und Herrin des Landes. Es gab ja so viel zu bestellen! Eine neue sechsspännige Kutsche, Wandteppiche und Tafelsilber, einen ganzen Hausstaat an Personal, und natürlich muss das Haus in Dublin ausgestattet werden. Wie ich hörte, soll Euer Mann es schändlich vernachlässigt haben. Und Ihr, meine Liebe, seid nunmehr schlicht *Mistress Ireton*, also müsst Ihr Platz machen, um mich vorbeizulassen.» Zum Abschluss ihrer Rede wedelt sie mit ihrem Fächer und schenkt mir ein mitleidiges Lächeln, das mich durchbohrt wie ein Pfeil.

Bei dieser grausamen Herabsetzung verschlägt es mir die Sprache. Meine Gedanken rasen, mein Herz hämmert. Ich fühle mich nackt, als hätte Henrys Tod mich sämtlicher Kleider beraubt. Mit leeren Händen stehe ich da, habe in der Welt nichts mehr vorzuweisen. Sieht so meine Zukunft aus? Ohne Haushalt oder Status wie unsichtbar zu sein, von allen übergangen zu werden? Ich schaudere trotz der warmen Frühlingssonne, und Übelkeit überwältigt mich, während rosa und weiße Blütenblätter um uns wirbeln und vor meinen Augen verschwimmen. Ich spüre, wie Betty an meiner Seite sich anspannt wie die Feder eines aufgezogenen Uhrwerks.

«Also wirklich», setzt sie hörbar entrüstet an und fasst mich schützend am Arm. «Verzeiht, Mistress Lambert, aber mir scheint, in Eurer Begeisterung über Euren neuen Stand habt Ihr ganz vergessen, dass meine Schwester in Trauer ist.»

Frances schaut Betty mit hochgezogener Augenbraue an. «Mistress Claypole, wenn ich mich recht entsinne?», fragt sie und betont damit Johns vergleichsweise unbedeutenden Stand.

Ich muss mich an Bettys Arm festhalten, um nicht zu stolpern, denn plötzlich schießen mir wider Willen Tränen in die Augen. Ich bin wütend auf mich selbst, dass eine so oberflächliche, belanglose Angelegenheit mich zum Weinen bringt. Im nächsten Moment spüre ich eine feste Hand an meinem anderen Arm – ein Mann ist an meine Seite getreten.

«Mistress Ireton», sagt eine vertraute Stimme neben mir höflich. «Würdet Ihr mir die große Ehre erweisen, mich auf meinem Weg zu Eurem Vater zu begleiten? Ich würde sehr gern Euren klugen Rat einholen, den ich überaus schätze.»

Ich wende mich der Stimme zu und erkenne durch den Tränenschleier verschwommen Charles Fleetwoods blonde Locken. Der Wind spielt mit ihnen wie mit den Blütenblättern.

«Lieutenant-General Fleetwood», säuselt Frances Lambert, doch Charles nickt ihr nur steif zu, ehe er mir ein strahlendes, bewunderndes Lächeln schenkt.

«Wollen wir?»

Ich nehme dankbar seinen Arm, Betty stolziert an meiner anderen Seite, und so gehen wir ruhig und selbstbewusst über den Schotterweg zurück zu den Gärten des Cockpit.

«Es tut mir so leid, dass Ihr eine derart herzlose Kränkung erdulden musstet», sagt Charles sanft, als wir sicher außer Hörweite von Frances sind. Er neigt den Kopf zu mir herab, und sein rötlich brauner Armeemantel fühlt sich unter meiner Hand steif und vertraut an.

«Ich weiß nicht, was ich davon halten soll», erwidere ich verstört. «Wir waren Freundinnen, wenigstens dachte ich das. Und Vater schätzt sie sehr», füge ich hinzu. Erst zu spät fällt mir wieder ein, dass ein absurdes, lächerliches Gerücht in Umlauf war, die beiden hätten eine Affäre gehabt.

Betty schnalzt laut mit der Zunge, und in diesem einzigen Laut liegen Zorn, Stolz und Eifersucht.

«Sie bildet sich allzu viel auf ihren neuen Stand ein», sagt Charles. Wärme durchströmt mich, als ich den vertrauten Akzent von Nottinghamshire höre: Charles' Stimme ist der Henrys sehr ähnlich, nur ein wenig heller in der Tonlage. «Ganz London weiß, dass sie und Major-General Lambert sogar noch höhere Ämter im Auge haben. Sosehr ich ihn achte, immerhin haben wir Seite an Seite gegen die Schotten gekämpft, und ich kenne niemanden, den ich auf dem Schlachtfeld lieber bei mir gehabt hätte. Doch ich fürchte, er ist anfällig für Eitelkeiten. Nicht wie Euer werter Gemahl», fügt er hinzu. Er verlangsamt seinen Schritt ein wenig, und ich gehe etwas dichter neben ihm – die Wärme seiner freundlichen Worte macht Henry für einen flüchtigen Moment wieder lebendig.

«Und auch nicht so wie Ihr, General Fleetwood», erwidere ich das Kompliment. Ich erinnere mich daran, wie lobend Henry sich stets über seinen Kameraden äußerte. «Henry hat oft von Eurem gottgefälligen Lebenswandel und Eurer Hingabe an die Sache gesprochen.»

Daraufhin lächelt Charles ehrlich erfreut und errötet ein wenig. Unwillkürlich lächle ich ebenfalls und bin gleich darauf irritiert über das ungewohnte Gefühl in meinen Wangen.

«Nun, wir sind Euch jedenfalls überaus dankbar, General», mischt Betty sich in unser Gespräch ein. Dabei neigt sie kokett den Kopf, eine Geste, die mir sehr vertraut ist. «Ihr werdet doch mit uns zu Abend essen?»

Ich schaue zu Charles auf, und auf meine stumme Ermutigung nickt er dankend.

Betty wirft uns beiden einen kurzen Blick zu, dann macht sie sich plötzlich von meinem Arm los. «Ich gehe voraus und kündige Euch bei Vater an», sagt sie rasch. «Bitte bleibt mit meiner Schwester noch ein paar Minuten an der frischen Luft, General – es täte ihr gut, wieder Farbe in den Wangen zu haben, ehe sie ins Haus zurückkehrt. Das heißt, wenn es dir gut geht?» Sie schaut mich an, und ich nicke. Ich fühle mich mit jedem Moment kräftiger und erholter.

So bleiben wir allein zurück. Charles führt mich zwischen knospenden Sträuchern hindurch zu einem Beet mit buttergelben Narzissen und Primeln. Erst jetzt bemerke ich, dass auch er Trauer trägt: Er hat einen Trauerflor aus schwarzem Bombasin am Hut, hält in der Hand seine Handschuhe von gleicher Farbe, und am Finger trägt er einen Trauerring. «Ihr seid ebenfalls in Trauer?», erkundige ich mich verwirrt – seine Aufmachung kann nicht mehr Henry gelten, nun, da wir in der letzten Phase der öffentlichen Trauer sind.

Charles versteift sich ein wenig, ehe er antwortet. «Ich habe meine Frau verloren, sie starb ein paar Wochen vor Eurem Mann», sagt er langsam, und ich höre den Schmerz in seiner Stimme. «Ich teile also die besondere Trauer der kürzlich Verwitweten mit Euch. Deshalb hat es mich so betroffen gemacht, wie herzlos Mistress Lambert Euch behandelte, und ich musste einschreiten. Ich weiß, wie es ist, sein zweites Ich und damit jeden Halt verloren zu haben.»

Ich halte im Gehen inne, und er bleibt ebenfalls stehen. «Das tut mir sehr leid, Charles, ich wusste nichts davon», sage ich und erinnere mich schmerzlich an die hübsche Frau, die beim Prozess gegen den König mit mir auf den Zuschauerrängen saß. «Ich bin ihr einmal begegnet, sie war reizend. Und überaus stolz auf Euch.»

Er beißt sich auf die Lippe, senkt den Blick und stößt mit dem Fuß ein Steinchen beiseite. «Wir waren glücklich», sagt er schließlich, ohne aufzuschauen. «Ich habe Kinder, die ich nun allein großziehen muss, und sie sehen ihr so ähnlich.» Seine Stimme wird leiser, dann verstummt er. Ich denke an meinen kleinen Henry mit seinem spitzen Gesicht. Wenn wir von diesem Spaziergang zurück sind, wird er schon darauf warten, dass ich ihn wieder in die Arme schließe.

«Ich habe selbst vier Kinder», sage ich, in Gedanken bei ihnen. «Drei kleine Mädchen und einen neugeborenen Jungen. Er kam erst zur Welt –» Ich kann mich nicht überwinden, den Satz zu Ende zu sprechen.

«Nachdem Henry gestorben war, ich weiß.»

Unsere Blicke begegnen sich. Zwischen uns herrscht das unausgesprochene Einverständnis zweier verlorener Seelen, die einander erkennen, haltlos in der Flut treibend.

«Fühlt Ihr Euch wieder wohl genug, um ins Haus zu gehen?» Charles kehrt in die Gegenwart zurück und bietet mir wieder den Arm.

«Ja.» Ich bücke mich und pflücke drei Narzissen für die Mädchen. «Ja, wir können gehen.»

Charles Fleetwood bleibt zum Abendessen. Ein paar Tage darauf besucht er uns erneut und zwei Tage später wieder. Beide Male kommt er, um mit Vater zu sprechen, und Vater legt ihm den Arm um die Schultern und führt ihn in sein Arbeitszimmer, wo sie rauchen und sich unterhalten. Doch jedes Mal findet Charles danach den Weg in die Stube und setzt sich auf ein Glas Wein zu mir. Bei seinem dritten Besuch zeige ich ihm die Kinderstube, und er erklärt, die Mädchen seien entzückend und der kleine Henry das Ebenbild seines Vaters.

«Würdet Ihr mich noch zu einem Spaziergang im Park begleiten?», fragt er, als ich die Tür zur Kinderstube hinter uns schließe. «Die Narzissen haben jetzt den Tulpen Platz gemacht.»

Meine Füße fühlen sich schwer an, aber er ist so freundlich. «Wenn ich mich wieder in den Park wagen kann, ohne eine erneute Kränkung befürchten zu müssen», sage ich in dem Versuch, scherzhaft zu klingen. In Wahrheit schmerzt mich die Erinnerung noch immer.

«Ihr könnt es wagen, schließlich habt Ihr schon viel Schlimmeres durchgestanden», erwidert Charles lächelnd und führt mich die Treppe zum Flur hinunter. «Wisst Ihr noch, wie Ihr einmal mit einem Kerzenständer auf mich losgegangen seid?»

Augenblicklich fühle ich mich durch die Jahre zurückversetzt. Ich bin wieder das verängstigte Mädchen, das unter der Treppe kauert, während draußen die Rufe der Soldaten durch die Straßen hallen. Dann wird die Tür aufgebrochen, und zwei Männer stürzen mir geradewegs entgegen: Henry, dunkel und mit finsterer Miene. Charles, hell und lächelnd.

Charles öffnet die Tür zum Garten, und ich rechne halb damit, dort draußen Henry mit blutender Lippe vorzufinden. Ich trete in den stillen Sonnenschein hinaus, im Geiste noch immer Henrys Bild vor Augen. Doch dann holt Charles' Stimme neben mir mich in die Gegenwart zurück.

«Würdet Ihr mich heiraten, Bridget?»

Mir stockt das Herz. Verblüfft schaue ich ihn an, lasse das Tuch fallen, das ich mir eben um die Schultern legen wollte.

«Es tut mir leid, das kam wohl sehr plötzlich.» Er schüttelt den Kopf wie über seine eigene Torheit, wobei seine blonden Locken den weißen Kragen streifen. Dann bückt er sich, um mein Tuch aufzuheben. «Ich wollte Euch eigentlich im Park fragen – oder vielleicht noch ein paar Wochen warten. Ich musste nur eben daran denken, wie Ihr damals auf uns losgingt, wie tapfer Ihr Eure Familie verteidigtet, und da ist es mir herausgerutscht. Kommt.» Er fasst mich am Ellenbogen und führt mich um das Haus herum zu einer Bank an der Mauer, die von einem Kirschbaum am Spalier umrahmt ist. Der Baum ist voller rosiger Blüten.

Ich setze mich und starre Charles völlig verwirrt an, während er vor mir auf und ab geht und versucht, sich zu sammeln. Endlich ergreift er wieder das Wort, nun mit dem Hut in den Händen.

«Dies ist keine romantische Laune, sondern ein praktischer Vorschlag», erklärt er leise. «Ich habe eine zerrissene Familie und brauche jemanden, der mir hilft, sie wieder ganz zu machen und zu beschützen. Eine Frau, die selbst auch Kinder hat, die ich im Gegenzug ebenfalls lieben kann. Eine, die meinen Verlust versteht. Eine, die ebenso innig von unserer Sache überzeugt ist und ihr gemeinsam mit mir dienen will. Wir waren doch immer Freunde, nicht wahr, und pflegen gern Umgang miteinander?»

Mir fällt es schwer, eine Antwort herauszubringen. Ich fühle mich wund und betäubt, wie ein Fisch auf Eis, der auf dem Marktstand des Fischhändlers in Ely auf einen Käufer wartet. Mir ist, als könnte meine schuppige Haut es nicht einmal spüren, wenn ein anderer Mann mich berührte. Und doch, und doch …

«Kann ich darüber nachdenken? Würdet Ihr mir etwas Zeit geben?» Ich lege eine Hand an den Kopf, wie um ihm deutlich zu machen, was ich brauche. Er verbeugt sich und geht über den Weg davon. Seine letzten Worte – «Selbstverständlich, lasst Euch nur Zeit» – bleiben hinter ihm in der Luft hängen wie Pulverdampf hinter einem Soldaten.

Ich senke den Blick und betrachte die federleichten blassrosa Blütenblätter, die sich in den steifen schwarzen Falten meines Rockes gesammelt haben. Ich nehme ein Blütenblatt und betrachte es auf dem schwarzen Seidenatlas meines Handschuhs. Wo ist Henry, frage ich mich. Wo ist Gott? Was würden sie wollen, dass ich tue? Wieder liege ich in meiner Erinnerung auf dem Steinboden unseres Hauses in Ely, und Henry hilft mir auf, während Charles kichernd neben ihm steht. Dort werden sie ewig stehen, in diesen Augenblick gebannt, sich ihre Wunden reiben und mit dem Akzent von Nottinghamshire reden, und Vater hinter ihnen lacht. Ist es das, was die Vorsehung mir bestimmt hat? Was, wenn das Schicksal mich zu jener ersten Begegnung zurückführt, um mir einen anderen Weg zu zeigen, den ich damals hätte einschlagen können und der mir jetzt wieder offensteht? Wie um mir zu zeigen, dass ich im Leben eine zweite Chance bekommen kann. Vielleicht nicht die Chance auf eine neue Liebe, aber auf ein neues Leben? Im Augenblick kann ich es mir nicht vorstellen, da ich so in Trauer und Schmerz gefangen bin, doch vielleicht ist das auch nicht nötig. Vielleicht muss ich einfach Vertrauen haben, mich darauf einlassen und die Dinge nehmen, wie sie kommen.

«Er hat dir einen Antrag gemacht, nicht wahr?» Plötzlich sitzt Betty neben mir auf der Bank. Ihr Rosenwasserduft umfängt mich wie ein Frühlingsnebel.

Ich schaue sie verständnislos an, und sie legt den Kopf schief, wie sie es zu tun pflegt, wenn sie mir in Gedanken voraus war und ich sie endlich eingeholt habe.

«Ich wusste, dass er das tun würde, schon seit er neulich im Park deine Würde gerettet hat.» Sie seufzt zufrieden, da sie wieder einmal recht behalten hat. «Ich dachte schon vor Jahren, er habe ein Auge auf dich geworfen», fährt sie fort, «aber wer hätte ihn je in Betracht gezogen, solange Henry da war? Henry war so kraftvoll, so willensstark. Selbst ich konnte das erkennen, seinem füchsischen Gesicht zum Trotz.»

«Er ist nicht Henry», höre ich mich wie betäubt sagen – es ist ausgesprochen, ehe ich es wirklich gedacht habe. «Er ist nicht mein Liebster, sondern nur ein blasser Abglanz.»

Betty schürzt nachdenklich die Lippen. Dann sitzen

wir gemeinsam da und schweigen in einträchtiger Trauer. Ich erinnere mich, wie wir uns als Mädchen in unserem kalten Bett in den Armen hielten, wenn eine von uns ein Kümmernis hatte, und meine Finger wollen nach den ihren greifen. Plötzlich sehne ich mich danach, dass sie mich in die Arme schließt wie früher. Doch sie sitzt nur reglos und gefasst neben mir: noch immer meine Gefährtin, aber nunmehr allzu oft auch meine Widersacherin.

«Ich sage das wirklich ungern», beginnt Betty schließlich ihre Erwiderung, «denn wie du weißt, teile ich nicht deine blinde Verehrung für die Armee und ihre Unterstützer. Mir wäre es am liebsten, wenn du einen von Johns Freunden heiraten würdest, einen Mann aus dem Parlament, der darauf hinarbeitet, das Land nach der alten Ordnung zu befrieden –»

Ich versteife mich, doch da gleitet ihre behandschuhte Hand auf meinen Rock, und sie fährt fort: «Aber es war immer klar, dass dein Weg nicht in dieselbe Richtung führen würde wie der meine. Charles würde gut zu dir passen. Seine politische Gesinnung mag mir nicht gefallen, aber er ist durch und durch ein Mann der Armee, ein Mitstreiter und Bewunderer Henrys, und Vater liebt ihn und vertraut ihm.»

Ihre sanften Worte sinken in meine Gedanken. Wie hat Henry Charles einmal beschrieben? Ich beschwöre ihn von den Toten herauf, damit er noch einmal sein Urteil spricht: *loyal und ernsthaft, wenn auch leicht zu beeinflussen.* Ein Mann, der leicht zu beeinflussen ist, wäre vielleicht eine angenehme Abwechslung nach Henrys Starrsinn und Unbeirrbarkeit. Wenn ich überhaupt noch einmal heirate, müsste der zweite Mann flexibel sein und mich so akzeptieren, wie ich bin, mitsamt meiner vergangenen Liebe. Und Charles weiß, wie tief ich für Henry empfunden habe – er selbst hat seine Frau innig geliebt. Er würde nicht dasselbe von mir erwarten, ebenso wenig wie ich von ihm. Henry würde in die Zukunft blicken, wie er es immer tat, und er würde mich auffordern, es ebenfalls zu tun.

Quietschen und Kreischen reißen mich aus meinen Überlegungen, und Betty lacht, als die Kinder um die Hausecke kommen. Die älteren rennen laut rufend, und das Kindermädchen folgt ihnen, den kleinen Henry in ein Tuch gewickelt schlafend in ihren Armen. Betty springt auf und läuft über den Rasen hinter ihrem Cromwell her, holt den Jungen ein und hebt ihn hoch in die Luft. Liza und Jane klammern sich an ihre Röcke, während Bridget auf ihren wackeligen Beinchen hinterherläuft. Das Kindermädchen kommt näher, und ich winke sie zu mir heran, damit sie mir Henry übergibt. Behutsam nehme ich ihn, rücke ihn ganz vorsichtig zurecht, um seinen kostbaren Schlaf nicht zu stören, bis er an mich geschmiegt in meinen Armen liegt.

Ich lehne den Kopf an die warme Ziegelmauer und schaue den Kindern zu. Brauchen sie nicht ein eigenes Zuhause, eine Mutter, die ihren eigenen Haushalt führt und ihr Leben selbst gestaltet, einen Vater, der für sie sorgt? Und was ist mit mir? Will ich wieder wie ein Mädchen leben, mein Schicksal an das meines Vaters binden? Will ich mich von der Welt zurückziehen, mich in einem Winkel seines Hauses einrichten – oder wenn er einmal nicht mehr ist, im Haus von Dick oder Harry? Will ich leben wie Tante Liz oder Tante Catherine, mich von den verheirateten Frauen, die meinen Platz eingenommen haben, öffentlich demütigen lassen? Im Geiste höre ich Jane Whorwoods Stimme: *Ich werde mein Schicksal selbst in die Hand nehmen*. Für einen Moment frage ich mich kühn, ob ich auf eigenen Beinen stehen könnte. Ich könnte eine Spionin werden wie Jane oder mir ein Beispiel an Elizabeth Lilburne nehmen, von der Witwenrente leben, die das Parlament mir zugesprochen hat, und Flugschriften verfassen. Oder ich könnte Predigerin werden, wie ich es mir einst erträumte. Mit meiner Erfahrung aus dem Krieg könnte ich wie die Witwen von Colchester ein Quartier für Leute anbieten, die Pflege brauchen, Kranke und Verletzte, Wöchnerinnen und Sterbende. Oder vielleicht sollte ich ganz aus England fortgehen und in der Neuen Welt ein neues Leben beginnen.

Aber meine Kinder könnten so nicht leben. Außerdem, schießt es mir plötzlich durch den Kopf, ist die alte Welt hier in England gerade der neuen gewichen. Ich muss bleiben, um sie selbst zu sehen, sogar mitzugestalten, wenn ich kann. Mit Charles an meiner Seite wäre das möglich: Ich hätte wieder einen eigenen Haushalt, eine richtige Familie und könnte erneut meinen Platz in der Welt beanspruchen. Wenn ich in den vergangenen Jahren etwas gelernt habe, dann dies: Es ist die Aufgabe der Frauen, durchzuhalten und immer weiterzumachen. Sei es, dass sie in Kriegszeiten die Flamme der zivilisierten Gesellschaft am Leben erhalten, wie die Generalin bei unserer ersten Begegnung zu mir sagte, oder dass sie selbst für größere Freiheiten kämpfen wie die Frauen der Levellers. Oder sei es auch nur – ich lächle Betty zu, die sich nach mir umschaut –, dass sie einer schiffbrüchigen Schwester zu einem neuen Ehemann verhelfen, sie ans sichere Ufer geleiten. Wir können Dinge bewahren oder sie verändern, aber wir müssen handeln. Eine Frau muss morgens aufstehen, selbst nachdem sie ihren Mann oder ihr Kind begraben hat.

Meine Gedanken wandern wie immer zu Henry, und ich erinnere mich an seinen plötzlichen, unvermittelten Antrag – auf seine Weise war er ebenso unromantisch wie der von Charles. Ich erinnere mich, wie abweisend ich in meinem Stolz und meiner Verwirrung reagierte. Wäre ich ihm nicht später nachgereist, um ihm mein Jawort zu geben, dann hätte ich ihn für immer verloren. Als Nächstes kommt mir Olly in den Sinn, sein leuchtendes Gesicht, von unten angestrahlt von der Sonnenspiegelung im Wasser der Fens. *Versprich mir, dass du nicht aus Stolz diese Gelegenheit ausschlägst, selbst wenn sie in Gestalt eines Ehemannes daherkommt,* sagte er einst zu mir, und sein Rat hat mich schon einmal in die richtige Richtung gelenkt. Da regt sich der kleine Henry in meinen Armen und erwacht, und seine klaren, kohlschwarzen Augen holen mich aus der Vergangenheit zurück.

«Ich verspreche es», flüstere ich Olly zum Abschied zu, und er lächelt.

EPILOG

Dublin, Dezember 1653

Ich bin stets die Erste im Haus, die erwacht. Vor meinem Mann und meinen Kindern. Vor dem Küchenjungen, der das Feuer anfacht und das Brennholz hereinholt.

Ich bin sogar vor dem Neugeborenen auf.

Sie steht vor Tage auf und gibt Speise ihrem Hause, und dem Gesinde, was ihm zukommt.

Ich mag diesen Vers aus den Sprüchen Salomos. Was mich anspricht, ist nicht allein die Wärme, nicht die Vorstellung, Licht in die Dunkelheit zu bringen oder für geliebte Menschen zu sorgen. Es ist das Wort *Sie*. Sie steht auf. Sie handelt. Sie begegnet dem neuen Tag als Erste und auf ihre Weise, gestärkt durch ein paar kostbare Minuten der Stille. Sie facht das Feuer an und deckt den Tisch, ja. Aber sie leistet mehr als das: Sie gibt dem Tag seine Form, für sich selbst und für alle um sie herum.

Und so erwache ich jeden Morgen als Erste und nehme den Tag in Besitz.

Heute ist das noch wichtiger als sonst.

Die Nacht ist beißend kalt, eine Kälte, die sich mit langen, knochigen Fingern in den Kopf bohrt wie Nadeln. Aber ich gehe dennoch in den Garten hinaus, um in Decken gehüllt auf meinem Flecken gefrorenen, brüchigen

Rasens zu sitzen, der im müden Mondlicht aussieht wie mit Zuckerguss überzogen. Die dünne Luft lässt meine Finger erstarren und macht mir das Atmen schwer, dennoch muss ich hier sein auf dem Rasen bei der Hecke, in der immer die Blaumeisen nisten, um mit Henry zu sprechen. Als könnte ich ihm näher sein, wenn ich auf demselben Fleckchen Erde sitze, wo er, Liza und ich bei dem Picknick an unserem letzten gemeinsamen Tag umschlungen lagen. Und ich brauche ihn, er muss bei mir sein, wenn ich im Geiste das Bild heraufbeschwöre, vor meinem inneren Auge Englands neuen Herrscher sehe: meinen Vater.

Ich füge die Szene aus den Bruchstücken zusammen, die ich kenne: aus Mutters Bericht darüber in ihrem Brief, aus der atemlosen Erzählung des offiziellen Boten aus London und den reißerischen Darstellungen der Zeitungen – sowohl derer, die uns gewogen sind, als auch der zahlreichen anderen, die uns von allen Seiten attackieren. Ich fühle mich Welten von meiner Familie entfernt, doch allmählich erscheinen ihre Gesichter in dem schwarzen Dunst vor meinen Augen. Mutter, still und nervös, fährt mit einem Finger unter der zweireihigen Perlenkette an ihrem Hals entlang, während sie zusieht, wie ihr Leben sich von Grund auf verändert. Meine Brüder – Dick, der in der Ecke sitzt und reichlich trinkt, Harry, der in seinem besten Staat eifrig auf und ab geht. Mall, schüchtern lächelnd, sitzt dicht neben Mutter, und Fanny, strahlend vor freudiger Erwartung, lässt den Blick durch den Raum wandern.

Doch als ich Betty vor mir sehe, habe ich plötzlich einen Kloß im Hals, und mir ist, als bohrte sich ein Dolch in mein Herz. Sie sitzt elegant und herrschaftlich, prächtig in dem neuen Kleid aus dunkelgrüner Seide mit rosafarbenen englischen Rosen am Saum. Sie ist schön. Eine mildtätige Göttin, eine neue puritanische Prinzessin, mit dem engelsgleichen kleinen Cromwell auf dem Schoß und einem weiteren Kind in ihrem Bauch. Die Lieblingstochter und der älteste Enkel neigen ihre lächelnden Gesichter in liebender Andacht der stämmigen, zobelbraun gekleideten Gestalt zu, die in ihrer Mitte verwurzelt ist wie eine gewaltige Eiche: Vater, Lord Protector Oliver Cromwell. Nun mit einem Schlag Herrscher über drei Nationen.

Mein Geist malt ein Bild, ebenso lebhaft wie die Gemälde, die für den toten König und seine Familie erschaffen wurden und die ich in Hampton Court sah, als ich dort dem Tyrannen selbst begegnete. «Van Dyck», sagte Vater und stupste mich an. Wir standen gemeinsam vor den Leinwänden, und sein Gesicht strahlte vor Bewunderung, während ich nichts als Verachtung empfand. Und nun soll es also meine Familie sein, die Cromwells, die unter den Augen der Öffentlichkeit ihr Leben in der neuen Ordnung führen, jederzeit bereit, in Farbe auf Leinwand oder in Versen auf Papier gebannt zu werden. Eine neue Mythologie ist geboren. Eine neue Dynastie, um die Sachsen zu lenken, die so lange unter dem normannischen Joch lebten, und um Gottes Volk aus Ägypten zu führen. Aber wird Vater der gute Mose sein oder der böse Pharao?, frage ich Henrys Geist. Kann dies wirklich der Weg ins Gelobte Land sein?

Zweifel drängen in meine Gedanken, während ich noch kopfschüttelnd darüber staune, welche Macht meinem Vater verliehen wurde. Wie wird er mit diesen Reichtümern umgehen? Er könnte die offene, tolerante Kirche erschaffen, die er sich immer gewünscht hat. Er könnte der protestantischen Sache in Europa dienen und es mit dem großen katholischen Gegner Spanien aufnehmen. Er könnte das Rechtssystem reformieren und das Wahlrecht für das Parlament, das war ihm stets ein Anliegen. Er könnte sogar eine Lizenzpflicht für Mietkutschen in London einführen – wie oft habe ich ihn schon über diese grummeln hören. Er könnte viel Gutes tun, ja, aber hat er auch das Recht dazu? Und was ist mit dem Schlechten, das er tun könnte? Den Entscheidungen, mit denen ich vielleicht nicht einverstanden sein werde? Ich vertraue Vater wie keinem anderen, aber auch in seinem Wesen gibt es Düsternis und Zweifel, wie jeder Mensch sie in sich trägt. Mit einem Schlag kommt mir Wexford wieder in den Sinn. Für die meisten Engländer war das Blutvergießen dort nur eine abstrakte Vorstellung, für mich jedoch, die ich nur drei oder vier Tagesritte von dem Ort entfernt bin, fühlt es sich sehr real an.

Solle ein einzelner Mensch jemals solche Macht besitzen, selbst wenn es mein Vater ist? Ich kehre zu Vater in dem Bild zurück, versuche, seine Gedanken zu ergründen. Doch diesmal wendet meine Aufmerksamkeit sich stattdessen den klaffenden Lücken in dem Familienporträt zu. Meine toten Brüder Robin und Olly erscheinen geisterhaft dort, wo das Kerzenlicht auf der Farbe spielt, der kleine James mit Bleistift skizziert in Mutters Armen. Unser berühmter Urahn Thomas Cromwell beobachtet aus den Schatten seine Nachfahren. Von den Lebenden fehle nur ich, die älteste Tochter.

«Bridget!», ruft mein Mann Charles mich vom Fenster aus; der unstete Wind trägt seine Stimme durch die nächtliche Stille. Erschrocken schüttle ich die Szene aus meinem Kopf, sodass die gemalten Stückchen glänzend durch den mondhellen Himmel fliegen wie ein Buntglasfenster, das ein Soldat auf Vaters Kreuzzug mit dem Hammer zerschmettert hat. Die verwirrenden Bilder sind verschwunden, die reine, ruhige puritanische Welt des Wortes umfängt mich wieder.

Für einen kurzen Moment glaubte ich, es sei Henry, der mich rief. Vielleicht *war* es Henry, der mir aus dem Himmel zurief, an unserem geheiligten Ort heraufbeschworen, um sein Urteil über die Szene abzugeben, die ich im Geiste vor mir sah. Was hättest du von all dem gehalten, was dieses Jahr geschehen ist?, frage ich ihn. Von Vater – wie das Rumpfparlament ihm versicherte, es werde sich dem Volk zur Neuwahl stellen, ihn dann jedoch verriet und in seiner Abwesenheit eilends ein Gesetz verabschiedete, mit dem es seinen unbefristeten Fortbestand sicherte. Vater, wie er zur Raserei getrieben wurde und die Gräuel von Drogheda und Wexford anrichtete, und wie der alte König Charles ins Parlament marschierte, um es mit Waffengewalt aufzulösen. Was hättest du von der Versammlung neu ernannter «Heiliger» gehalten, die der Armeerat einberief, um anstelle des Parlaments zu regieren, ehe Thomas Harrisons Millenaristen die Gelegenheit verspielten und ihre Verantwortung wieder an die Armee abtraten? Von der neuen schriftlichen Verfassung – der ersten in England und überhaupt in der ganzen Christenheit –, entworfen von John Lambert? Durch sie wurde Vater zum Lord Protector: König in allem außer im Namen.

Was hättest du dazu gesagt, dass Lambert so viele deiner Ideen, deiner Begriffe und Formulierungen in dieses außerordentliche Dokument einfließen ließ, das Vater auf den Thron bringt? Vieles Gute hat er aus deiner *Heads of Proposals* entlehnt, die du vor all den Jahren dem König nahezubringen versuchtest. Was hättest du dazu gesagt, dass John Lilburne wieder einmal im Tower sitzt, weil er die Regierung bedroht und sich mit Royalisten verschworen hat? Sein *Agreement of the People* taugt heute nur noch als Papier für den Abort, und von seinem kleinen Sohn Tower ist nichts geblieben als ein Häufchen Gebeine in der Erde.

Und nicht zuletzt, was würdest du dazu sagen, dass ich wieder hier in Irland bin, als Frau des neuen Gouverneurs Charles Fleetwood? Er erhielt das Amt, nachdem das Parlament diesem den übertriebenen Glanz und Titel genommen hatte, sodass der erboste Lambert und seine Frau es für unter ihrer Würde befanden. Dabei hatten sie bereits Tausende Pfund für ihre herrschaftliche Ausstattung ausgegeben. Was würdest du davon halten, dass deine Kinder und ich in demselben Haus in Dublin wohnen, in dem wir beide gemeinsam jene kostbaren Monate verbrachten? Wir lauschen der nächsten Generation derselben Blaumeisenfamilie, die im Garten nistet. An manchen Tagen sehe ich dich auf dem Rasen liegen und komme hierher zu dir; manchmal bringe ich den kleinen Henry mit, der herumtapst und ins weiche Gras fällt. Ich hoffe, auch du spürst unsere Nähe. Ich bete, du mögest mit den Entscheidungen, die ich getroffen habe, einverstanden sein.

Ist dies das Ziel, auf das wir von Anfang an hinsteuerten?, frage ich mich, während ich die Decken fester um meine Schultern ziehe und zu den Sternen im Tintenschwarz und Marineblau des Nachthimmels hinaufschaue. Ist dies der Endpunkt, den die Vorsehung uns diese drei Kriege hindurch bestimmt hat? All die Proteste und Petitionen, all das Blutvergießen und der Schmerz, all die ausgelöschten Leben und gebrochenen Herzen, um uns an diesen Punkt zu führen, zu Vaters Protektorat? War es von Anfang an Vaters Stern, auf den es ankam, wie der Stern, der einst über den Himmel Judäas wanderte, um über Bethlehem zu scheinen? War ich ihm zu nahe, um es zu erkennen? Und wäre es anders, wenn du noch hier wärest, Henry? Wie anders hätten die Dinge sich entwickeln können, wenn du im Parlament gewesen wärest, wenn du in der Ernannten Versammlung gesessen hättest und mit der Feder in der Hand an Vaters Seite gewesen wärest? Hätte Vater sich auch dann die höchste Macht übertragen lassen? Einst nahm er sich Gideon zum Vorbild, der den Krieg gewann, den König tötete, die Krone jedoch ablehnte, um auf seinen Hof zurückzukehren. Ich versetze mich durch die Jahre zurück auf unseren Hof in Saint Ives, wo ich an einem anderen frühen Morgen das Gesicht gen Himmel wende. «Nun kann ich Gott durch meine *Taten* dienen, nicht mehr nur durch mein Leiden», ruft mein junger Vater mit Betty auf dem Arm freudig aus. «Und was ich in der Welt bewirken werde!»

Ich werde die Antworten auf all meine Fragen nie erfahren. Niemand wird sie erfahren. Ich kann nichts anderes tun, als was Henry getan hätte – auf die Zukunft schauen, den Blick nach Osten richten. Wie zur Antwort höre ich das leise Weinen der neugeborenen Anne, die drinnen im Haus erwacht, und ich stehe auf. Ich hatte geglaubt, Henrys Tod sei das Ende meiner Geschichte, doch nun erkenne ich, dass die Geschichte meiner Familie gerade erst anfängt. Das Zeitalter der Tudors und Stuarts ist in Staub geendet, das Zeitalter des Commonwealth und der Cromwells ist angebrochen. Und ich muss meinen Platz darin finden.

Hinter mir erwacht das Haus zum Leben, in der Küche scharren Stühle über Steinfliesen, und Wasser plätschert in Töpfe. Ich höre meinen Mann noch einmal nach mir rufen, gerade als die erste schüchterne Morgenröte um die östlichen Giebel kriecht.

«Ich komme!», antworte ich und gehe wieder hinein, um den Tag zu beginnen.

ANHANG

DANKSAGUNG

Die letzten zwei Jahre waren für mich sehr schwierig, und ich schulde einigen Menschen Dank, weil sie mir geholfen haben, trotz allem meinen zweiten Roman fertigzustellen, *Die Tochter der Rebellion*. Mein Agent Giles Milburn hat mich weiterhin wunderbar bestärkt und ermutigt, unterstützt von dem fantastischen Team bei MMLA. Ich habe mit mehreren Lektorinnen bei Orion Fiction zusammengearbeitet und möchte mich bei Victoria Oundjian, Olivia Barber, Harriet Bourton und Charlotte Mursell bedanken sowie bei dem gesamten Team für all ihre Bemühungen. Meine Kollegen und Freunde bei NRF und in der Cromwell Association unterstützen mich und mein Schreiben, wofür ich sehr dankbar bin, und ich möchte ganz besonders den Experten danken, die die Entwurfsfassungen dieses Buches gelesen und mir Rückmeldung dazu gegeben haben.

Mein erster Roman, *Die Tochter des Königsmörders,* erschien in derselben Woche, in der mein zweiter Sohn Orlando zehn Wochen vor Termin geboren wurde, mitten im ersten Corona-Lockdown im April 2020. In jenen kräftezehrenden Monaten hätte ich mir nicht vorstellen können, dass es noch schlimmer kommen könnte, doch dann verlor ich im März 2021 nach kurzer, schwerer Krankheit meine geliebte Mutter Joanna Malins. Ich wäre niemals zurechtgekommen oder hätte gar dieses Buch fertiggestellt, wenn meine Familie und Freunde mich nicht so liebevoll unterstützt hätten, ganz besonders meine Schwestern Annabel und Cressida, mein Vater Julian sowie Michèle und Stephanie, Jenny und Becca. Und natürlich danke ich meinem wunderbaren Mann Charlie und unseren beiden wundervollen Söhnen Theodore und Orlando (der inzwischen gut gedeiht). Sie haben mich mit Liebe, Glück und Trost durch jeden Tag getragen.

Doch schließlich und vor allem bin ich dankbar für die vielen Geschenke, die meine unvergleichliche Mutter Joanna mir in meinem Leben gemacht hat – sie hat mich geliebt, sich für mich eingesetzt und mich inspiriert wie kein anderer Mensch. Sie hat immer daran geglaubt, dass ich als Schriftstellerin und Historikerin Erfolg haben würde, und hat alles getan, was in ihrer Macht stand, um mir zu helfen und mich zu ermutigen. Sie hat mich auf Forschungstrips mitgenommen und ist der Cromwell Association beigetreten, als ich meinen ersten Vortrag hielt; sie hat freitags auf Theodore aufgepasst, damit ich schreiben konnte, und sich um mich gekümmert, wenn ich mich für ein Wochenende zurückziehen musste, um konzentriert zu arbeiten; und sie hat bis zum Schluss jedem, der ihr über den Weg lief, ein Exemplar von *Die Tochter des Königsmörders* in die Hand gedrückt. Ihr habe ich es zu verdanken, dass ich bin, die ich bin, und heute da stehe, wo ich stehe. Und darum widme ich ihr – der Mutter, gegen die ich nie zu rebellieren brauchte – *Die Tochter der Rebellion*.

Weitere Titel

Cromwells Töchter

Die Tochter des Königsmörders